Tödliche Walpurgis

Volle Pulle für Pullstedt 2

Nicole Morich

AF211593

Über die Autorin

Nicole Morich, Jahrgang "Ich-habe-das-Handy-immer-tonlos", hat eine Schwäche für spezielle Persönlichkeiten: In ihren Büchern ist jede Figur besonders - manchmal auch besonders anstrengend.

Mit viel Humor werden die Helden des Alltags (und auch die Schurken) liebevoll auf die Seiten gebracht, ohne dabei die Spannung zu vernachlässigen.

Nicole Morich ist Erziehungsberechtigte eines dreibeinigen Hamsters und wohnt am Rande des niedersächsischen Harzes, unweit des schönen Nationalparks Harz.

Kriminalhauptkommissar Schönbohm erlebte im Jahr 2021 seinen ersten »Mord im Ort«. »Mord im Ort – Volle Pulle für Pullstedt« erschien als eBook und Printversion bei BoD – Books on Demand, Norderstedt.

Nicole Morich

Tödliche Walpurgis

Ein Harz-Krimi

Impressum

Personen und Handlung sind frei erfunden. Ähnlichkeiten mit leben oder toten Personen sind rein zufällig und nicht beabsichtigt.

Bibliografische Information der Deutschen Nationalbibliothek: Die Deutsche Nationalbibliothek verzeichnet diese Publikation in der Deutschen Nationalbibliografie; detaillierte bibliografische Daten sind im Internet über http://dnb.dnb.de abrufbar.

Flaschendesign Open Source via Freepik.com

Umschlaggestaltung Open Source via Canva.com

2. Auflage 2024

Nicole Morich

c/o easy-shop, Kathrin Mothes, Schloßstr. 20, 06869 Coswig (Anhalt)

Verlag: BoD • Books on Demand GmbH, In de Tarpen 42, 22848 Norderstedt
Druck: Libri Plureos GmbH, Friedensallee 273, 22763 Hamburg
ISBN: 978-3-7583-3957-8

EINS

»Okay«, sagte Kriminalhauptkommissar Marco Schönbohm geduldig und setzte sich schwer seufzend auf seinen Schreibtischstuhl in der kleinen Polizeidienststelle Pullstedt. »Könnten Sie sich vorstellen, hier zu arbeiten?«

»Aber ich bin doch schon hier angestellt«, seine 450-Euro-Schreibkraft Barbara Rautmann sah ihn verständnislos an und fuhr sich mit der Hand durch die kurze Dauerwelle.

»Ja, angestellt, aber können Sie sich auch vorstellen, einmal hier zu arbeiten? Sie laden doch die ganze Zeit nur illegal Filme aus dem Internet runter und essen Schlagsahne!«

»Ist doch gar nicht wahr«, brummte die korpulente Frau in Leopardenleggins und flatternder Bluse.

»Was stimmt denn bitte nicht daran?« Auffordernd sah Schönbohm die Frau an und drehte sich dann zu seinem Kollegen um, der ebenfalls gespannt zur Rautmann blickte. Polizeimeister Lasse Weber blinzelte sie neugierig und erwartungsvoll an.

»Ich lade nicht ständig Filme runter!« Ihre Stimme klang aufmüpfig und trotzig. »Manchmal auch Musik!«

Weber gab ein jungenhaftes Lachen von sich und schlug schnell eine große Hand vor den Mund und eine blonde Haarsträhne fiel ihm in die Stirn.

Schönbohm seufzte noch einmal sorgenvoll und schüttelte resignierend den Kopf.

»Uuuuund«, sagte sie gedehnt mit erhobenem Zeigefinger, »ich bringe oft Essen von Burak mit und Sie haben mir eine neue Mikrowelle zu verdanken!«

»Für das Protokoll, Frau Rautmann: Die ganzen Börek von Buraks Börekbude haben Sie alle ergaunert, weil Sie gesagt haben, die wären schlecht. Und die Mikrowelle haben Sie geklaut. Vom Pfarrer!«

»Aber für Sie.« Mit Hundeblick sah sie in die blassen Augen des Kommissars.

»Habe ich darum gebeten? Habe ich darum gebeten, Weber?« Wieder wandte sich der Dienststellenleiter hilfesuchend an seinen jungen Kollegen. Seine Atmung ging schneller und er fürchtete, dass er eines Tages vor Aufregung einen Herzinfarkt erleiden würde.

Der junge Polizist schüttelte den Kopf und hatte Mühe, das Lachen zu unterdrücken. Sein neuer Chef hatte keine Ahnung vom Dorfleben oder von Dorfmenschen oder vom Dorf oder von zwischenmenschlichen Beziehungen, was immer wieder für ungewollte Komik sorgte. Weber wusste, dass Schönbohm lieber wieder den Dienst in Hannover antreten würde, aber nun war er hier. In Pullstedt. Im Harz.

Nach der letzten Bürgermeisterwahl – Bürgermeister Sonnemann wurde wiedergewählt – wurde das Pullstedter Wappen modernisiert. Ein kleines Niedersachsenpferd und dahinter ragte eine große Flasche hervor. Darunter das Motto »Volle Pulle für Pullstedt« in Anlehnung an die große Pullstedter Flaschenrevolte wegen angeblich falsch befüllter Bierflaschen, angezettelt von Michael Lüdermann. Darunter die, wie Weber immer wieder verlegen anmerkte, nicht ganz korrekte Übersetzung in Latein:

Plenus suffocare pro Pullstedt.

Immerhin konnte sich Schönbohm eigentlich glücklich schätzen, dass dieses Wappen mit einer Stimme Mehrheit gewählt wurde und nicht der Vorschlag seines Erzfeindes Lüdermann. Wäre es nach ihm gegangen wäre das Niedersachsenross auf einer umgedrehten Bierflasche geritten wie auf einer Rakete, angetrieben von der Kraft des heraussprudelnden Bieres. Und trotzdem war Schönbohm ganz besonders unleidlich seit dieses neue Wappen in der Dienststelle Pullstedt angebracht worden war. Warum sich sein Chef nicht integrieren konnte oder wollte, war für Lasse Weber ein Rätsel.

Fakt und des Rätsels Lösung war, dass Schönbohm kein Dorfmensch war und auch nicht freiwillig nach Pullstedt kam. Strafversetzung. Denn ungestraft schießt man auch in der Großstadt seinen Vorgesetzten nicht an, auch nicht, wenn man denkt, er würde die Sekretärin ermorden, statt außerehelichen Aktivitäten nachzugehen.

Und nun saß Kriminalhauptkommissar Marco Schönbohm in Pullstedt und bildete sich ein, er könne fühlen, wie seine Knochen vor Langeweile in dieser beruflichen Sackgasse verfaulten. Er konnte sich weder für die naturbelassene Landschaft noch für die eigenbrötlerischen Menschen erwärmen und wurde nicht müde zu betonen, wie sehr er die Zeit vermisste, als es nur einen Trottel pro Dorf gegeben haben soll.

»Ich weiß, ich soll es eigentlich gleich in den Aktenvernichter werfen, aber Frau Krekel hat die freiwillige Feuerwehr angezeigt, weil die Sirene des Feuerwehrautos ihrer Meinung nach die zulässigen Dezibel überschritten hat.« Barbara Rautmann sah Schönbohm groß an und wartete auf eine andere Reaktion als das bereits automatisch erfolgte Verdrehen der Augen. Zu seinem

Glück klingelte das Telefon auf seinem Schreibtisch. Er atmete tief ein und blickte auf die Uhr.

»Natürlich. Kurz vor Feierabend.« Er schüttelte den Kopf, zog enttäuscht den linken Mundwinkel runter und drückte den Rücken durch. Lasse Weber warf ihm einen geknickten Blick zu.

»Sie sind verbunden mit der Polizeidienststelle Pullstedt. Kriminalhauptkommissar Schönbohm hier«, murmelte er unzufrieden ins Telefon, nachdem Barbara Rautmann keine Anstalten gemacht hatte, den Anruf entgegenzunehmen.

Eine männliche Stimme krähte in sein Ohr: »Hier läuft ein Betrunkener über die Autobahn.«

Schönbohm zog erneut die Mundwinkel nach unten und die Augenbrauen nach oben, während er den Lautsprecher betätigte.

»Pullstedt hat keine Autobahn. Sind Sie sicher, dass Sie die Autobahn meinen oder haben Sie eine falsche Nummer gewählt?«

Der Mann am Telefon hustete. »Ja, nee, keine Autobahn, das ist die Bundesstraße aus Pullstedt raus. Da ist ein Betrunkener. Das ist doch gefährlich.«

Barbara Rautmann erkannte sofort die Stimme, die aus dem Lautsprecher plärrte und verdrehe die Augen.

»Wo genau befindet sich die Person? Können Sie mir die genaue Position nennen?« Schönbohm griff nach einem Kugelschreiber.

»Ja, woooo, äh…« Der Anrufer hustete nachdenklich ins Telefon. »Na, ich sitze hier auf der Leitplanke direkt hinterm Ortsschild.«

»Lüdi«, rief die Rautmann laut genug, dass er es auch ohne Telefon hätte hören können, »ich werde das deiner Mutter erzählen!«

»Müssen wir da hin?« Webers Tonfall war quengelig und er blickte unruhig auf seine Armbanduhr.

»Weber, wir sind die Polizei. Leider müssen wir auch solche Sachen machen.«

»Aber das ist eine Landstraße, nicht mal eine Bundesstraße. Da laufen doch oft Betrunkene herum.«

»Und der Lüdi macht das doch schon über zwanzig Jahre«, gab Barbara Rautmann zu bedenken und drehte sich auf dem Schreibtischstuhl hin und her.

»Ich kann euch hören«, plärrte die Stimme von Micha Lüdermann aus dem Telefonhörer.

Erschrocken ließ Schönbohm den Hörer fallen und stellte dann fest, dass der Anruf nicht nur unterbrochen worden war, sondern der alte Plastikhörer in mehrere Teile zersprungen war.

»Das habe ich jetzt natürlich nicht gewollt.«

»Das Gefühl kenne ich«, sagte die Rautmann und sah den Kriminalhauptkommissar eindringlich an.

»Wissen Sie was?!«, wisperte die 450-Euro-Schreibkraft und lehnte sich vertrauensvoll in seine Richtung. »Ich hatte mal Blähungen. Und ich konnte das nicht mehr unterdrücken. Mir hat es schon die Eingeweide zerrissen, ja? Und da denke ich mir, Barbara, denke ich, überdecke den Furz doch einfach mit einem anderen lauten Geräusch.« Sie zwinkerte ihm verschwörerisch mit dem linken Auge zu. Schönbohm seufzte gequält.

»Und dann knalle ich schwungvoll die Tür zu. Alle gucken mich an. Und dann habe ich gefurzt.« Mit großen Augen und hochgezogenen Augenbrauen sah sie ihn intensiv an, dann legte sie den Kopf schief und wartete auf eine Reaktion.

»Das war gestern.« Schönbohm massierte seine Nasenwurzel, seine Stimme klang angestrengt.

»Nicht nur gestern, glauben Sie mir.« Sie zuckte die Schultern.

»Vielleicht müssen Sie Ihre Taktik überdenken, Rauti«, lachte Weber. »Cheffe«, wandte er sich dann wieder weinerlich an Schönbohm. »Können wir es kurz machen mit dem Lüdermann? Ich muss noch ein bisschen was erledigen. Meine Oma hat doch morgen ihr Jubiläum, dass sie noch nicht tot ist.«

Marco Schönbohm, der in den Tiefen eines Schrankes nach einem Ersatztelefon suchte, blickte auf und sah Weber irritiert an. »Quasi ihr Geburtstag? Meinen Sie das?« Er legte ein Faxgerät auf dem Tisch ab.

»Nein, Jubiläum, dass sie noch nicht tot ist«, erwiderte der junge Polizist trocken. »Geburtstag hat sie erst im Sommer.«

»Ooookaaaaaay«, sagte Schönbohm gedehnt. »Und wie alt ist Ihre Oma?«

»Anfang ranzig«, kam es von der Rautmann, die gerade einen USB-Stick in den Computer schob und die illegal heruntergeladenen Dateien verschob.

Lasse Weber sah empört aus. »Also Frau Rautmann…«

»Ist ja gut, es tut mir leid.« Sie drehte sich zu Schönbohm um und flüsterte beinahe tonlos: »Hundertfünfundzwanzig.«

Schönbohm hüstelte und wischte den Staub von einem alten Telefon. »Für ein paar Tage wird das wohl reichen.«

»Wissen Sie, Frau Rautmann, meine Oma sagt immer, wenn man keine Ahnung hat, dann macht man es wie ein Nichtschwimmer und hält den Rand.« Er starrte finster auf ihren dauergewellten Hinterkopf.

Barbara Rautmann war unbeeindruckt. »Ach ja, die Oma war ja Bademeisterin.« Sie nickte lächelnd, während sie scheinbar in Erinnerungen schwelgte. »Sie kann auf eine chlorreiche Zeit zurückblicken.«

Schönbohm stöhnte gequält. »Frau Rautmann, bitte, morgen möchte ich an Ihrem Schreibtisch eine Mitarbeiterin sitzen haben, die nett zu allen Anwesenden ist und keine schlechten Wortspiele macht. Okay?«

Die mollige Frau legte die Stirn in Falten und zog eine Schnute. »Und wo soll ich dann sitzen?«

»Wenn es so weiter geht, dann vor der Tür. Machen Sie hier bitte hinter sich zu, wenn Sie gehen. Wir kümmern uns um den Lüdermann.«

Die Pullstedter Polizeibeamten waren innerhalb weniger Minuten mit ihren alten Dienstfahrrädern am Ortsausgang. Schönbohms Rad quietschte mehr denn je.

»Gut, dass wir uns nicht anschleichen müssen«, bemerkte Weber spitz und Schönbohm schnaufte.

»Weber, wie oft soll ich Ihnen noch sagen, dass man sich mit einem Fahrrad nicht anschleicht?!«

»Wo ist der Lüdermann denn?«, fragte Weber und ignorierte Schönbohms Genörgel. »Also an der Leitplanke ist er nicht. Vielleicht ist er in den Graben gefallen?«

Noch bevor der Dienststellenleiter wieder seufzen und die Augen verdrehen konnte, sah er etwas aus dem Augenwinkel und dann hörte er es auch:

Micha Lüdermann versuchte, eine Straßenlaterne auszutreten.

»Oh Mann, Lüdi«, seufzte Weber vorwurfsvoll und zugleich amüsiert. »Jedes Frühjahr und jeden Herbst dasselbe mit dir.«

»Im Sommer macht er das nicht?« Schönbohm zog die linke Augenbraue skeptisch hoch.

»Nee.« Weber schüttelte den Kopf. »Wenn es im Sommer dunkel genug ist, dass die Laternen angehen, dann ist Lüdi schon hackedicht und kann nicht mehr alleine raus.«

Sie wendeten mit ihren Rädern und fuhren einige Meter zurück in die kleine Gasse.

»Herr Lüdermann, das ist Sachbeschädigung.«

»Na, na, na«, lallte er betrunken-fröhlich. »Noch ist es ja nicht kaputt, oder?«

Weber betrachtete die Straßenlaterne und nickte zustimmend, während er vom Rad stieg.

Schönbohm stellte ebenfalls das Rad ab und klappte den Fahrradständer herunter, der jedoch sofort wieder einklappte. Das Rad landete scheppernd auf der Straße.

»Das ist auch Sachbeschädigung. Sie ruinieren hier meine Steuergelder!« Lüdermann streckte den Rücken durch und in seinen kurzen Hosen, die er zu jeder Jahreszeit zu tragen schien, sowie dem etwas zu großen Strickpullover, wirkte er wie ein kleiner Junge. Er trat noch einmal gegen die Laterne, erstarrte und kippte steif nach hinten. Geistesgegenwärtig griff Weber nach ihm und konnte verhindern, dass der Mann stürzte.

»Wenn Sie hier betrunken randalieren…«, begann Schönbohm oberlehrerhaft und der Schreck stand ihm ins Gesicht geschrieben.

Lüdermann, weiterhin mit mehr Glück als Verstand gesegnet, äffte ihn nach: »Wenn Sie hier betrunken randalieren und Staatseigentum beschädigen, dann nehme ich Sie mit in die Ausnüchterungszelle!« Er warf sich stolz in die Brust und zwinkerte im Zeitlupentempo. Schönbohm verzog das Gesicht und sah Weber ungläubig an.

»Ich nehme Sie jetzt mit, Freundchen!«, rief Micha Lüdermann, stieß sich von der kleinen Mauer ab, auf die Weber ihn gesetzt hatte und machte einen wackeligen Schritt auf Schönbohm zu. »Wo sind denn meine Handschellen?«

Weber zeigte einen Vogel. »Hält sich jetzt auch noch für einen Polizisten.«

Schönbohm sah ratlos aus. »Machen Sie es nicht noch schlimmer, Lüdermann.«

»Wollen Sie mir drohen? Bedrohung eines Staatsangehörigen, nee, eines Staatsbediensteten«, lallte Lüdermann, der im nicht alkoholisierten Zustand Rettungswagen ohne Führerschein fuhr.

»Staatsbediensteter. Wenn schon, denn schon«, murmelte Weber und stemmte die Hände in die Hüften.

»Werden Sie nicht frech, sonst buchte ich Sie ein!«

Lüdermanns warmer, alkoholisierter Atem stieg in Webers Nase, woraufhin dieser einen zaghaften Schritt zurück machte.

»Wo waren Sie letzte Nacht?«, fragte Lüdermann aggressiv.

»Mein Gott, Lüdi, bei deiner Mutter!« Weber verdrehte genervt die Augen. »Ich muss bald los. Komm in die Pötte.«

»Wir spielen hier nicht Polizei, Lüdermann.« Schönbohm rollte die Ärmel seines Pullovers hoch.

»Wo dann, wenn nicht hier? Im Büro? Außerdem: Ich stelle hier die Fragen!«, brüllte er. »Kapiert?«

Ein Fenster hinter ihnen kippte auf. »Halt die Schnauze, Mann!«

Geräuschvoll knallte das Fenster zu.

»Sachbeschädigung, Ruhestörung«, zählte Marco Schönbohm auf und bevor er gucken konnte, lief Lüdermann wie von der Tarantel gestochen von dannen.

»Hinterher«, johlte Weber, der für Schönbohms Geschmack mit einem Mal unangebracht viel Gefallen an der Situation zeigte. »Eine Verfolgungsjagd mit Fahrrad!«

»Hier sind doch alle bescheuert«, murmelte der Dienststellenleiter Pullstedts während er sein Dienstrad vom Bordstein hob und sich dann in die Pedale schwang. Es knirschte hässlich, als der Fahrradständer herunterklappte und über den Asphalt schliff.

»Warum verfolgt ihr mich?«, brüllte Lüdermann nun panisch mit einem Blick nach hinten.

»Warum läufst du weg, Lüdi?« Weber hatte aufgeholt und war ihm dicht auf den Fersen, bis sie zu einer verkehrsberuhigenden Insel kamen, welche von Anwohnern liebevoll mit Frühjahrsblühern bepflanzt worden war. In der Mitte thronte ein staksiger, trockener Rosenbusch.

Schönbohm fragte sich schon gar nicht mehr, warum es überhaupt verkehrsberuhigende Maßnahmen in Pullstedt gab.

»Polizeigewalt«, brüllte Lüdermann und warf sich in die Mitte der Verkehrsinsel und nutzte den Schutz, den der Rosenbusch von der einen Seite bot. Schönbohm, der nach Weber angekommen war und sein Rad wieder hatte fallen lassen, blickte sich nervös um, ob er Gesichter an den Fenstern der umliegenden Häuser sehen konnte.

»Weber, Herr Lüdermann lässt sich nicht mehr einordnen.« Damit meinte Schönbohm im besten Lehrertonfall, dass es nicht mehr möglich war, Micha Lüdermann nach Hause zu schicken. »Er ist eine Gefahr für sich und andere.«

»Also ins Gästezimmer?« Weber griff zu den Handfesseln und Schönbohm nickte zustimmend.

»Eigentlich müssten wir ihn auch zapfen.«

»Ich nehme ein Weizen«, meldete sich Lüdermann wieder zu Wort, dem in seinem Zustand gar nicht bewusst war, dass sie über eine Blutentnahme zur Feststellung der Blutalkoholkonzentration sprachen.

»Das dauert doch wieder so lange mit Dr. Bremer«, jammerte Weber.

»Mädels, ich blase nicht«, lallte Lüdermann, dem es langsam dämmerte, dass es wohl um seinen Promillewert gehen könnte. »Ich habe nur ein Bierchen getrunken, bin homophil, Friedenskämpfer und Feminist und so. Keine Diskriminierung mit mir! Dafür dürft ihr mich nicht einsperren.« Seine Augen weiteten sich, als Weber mit den Handfesseln auf ihn zu kam. »Eine wunderbare Wendung ist, dass ich zufällig auf Fesselspiele stehe. Mein Safe Word ist Hackfleischklöpschen. Auuuuuuu«, jammerte er dann, als sich die Handschellen schlossen. »Was ist mein Safe Word? Habt ihr zugehört?«

Schönbohm beschloss, Lüdermann einfach zu ignorieren und drehte sich mit dem Rücken zu ihm und deutete Weber, ihn ebenfalls zu ignorieren. »Ich habe keine Ahnung, was heute mit dem Mann los ist, aber er ist schlimmer denn je. Er darf nicht in diesem Verhalten bestätigt werden.«

Lüdermann rumorte in den Frühjahrsblühern. »Können wir Hübschen hinterher wenigstens zusammen was essen gehen?«

»Wir bringen ihn zusammen zur Dienststelle, ich rufe jetzt den Bremer an und Sie können dann die Erledigungen machen, okay?«

»Das klingt nach einem Plan, Cheffe!« Weber strahlte. »Es soll so richtig schön werden für Oma. Vielleicht ist es ihr letztes Jubiläum. Man weiß es ja nicht.«

Marco Schönbohm nickte halbwegs verständnisvoll, kramte sein Mobiltelefon aus der Hosentasche und scrollte im Telefonbuch nach der Nummer von Dr. Bremer. Er blickte zu Weber. »Ich hoffe, der Besoffski schafft den Weg zu Fuß, denn auf dem Gepäckträger nehme ich ihn nicht mit.«

»Das hält Ihre alte Tretgurke auch nicht aus.«

Schönbohm hielt inne und lauschte dem Signal im Telefon. »Dr. Bremer, Schönbohm hier. Hauptkommissar Schönbohm. Sie machen ja offiziell die Feststellung der Blutalkoholkonzentration, wenn ich richtig informiert bin. Wird sicher lange her gewesen sein, aber jetzt wäre ich Ihnen dankbar, wenn Sie gleich zur Dienststelle kommen könnten. Genau, der Lüdermann. Danke, bis gleich.« Er nickte und erstarrte. »Es ist so still.«

Die Polizisten drehten sich um. Micha Lüdermann war verschwunden.

»Scheiße« flüsterten Schönbohm und Weber zeitgleich. Sie sahen einander irritiert an.

»Der muss doch hier irgendwo sein. Der kann doch nicht so schnell torkeln!« Kriminalhauptkommissar Schönbohm klang verärgert.

»Aber Cheffe, der Lüdi hat doch langes Training hinter sich. Der kann.«

»Weber, ich sage Ihnen, der muss hier irgendwo sein!« Schönbohm reckte den Hals, als wäre er dadurch in der Lage, den Flüchtigen besser zu orten.

Lasse Weber hingegen legte die Hände wie einen Trichter um den Mund und rief in gemäßigter Lautstärke nach Lüdermann. Er machte ein paar Schritte rückwärts und rief erneut. Schönbohm schlich währenddessen zu einer Hecke, hinter der er Lüdermann vermutete, hielt jedoch inne, als er einen Schmerzensschrei Webers hörte. Der junge Mann lag zusammengekrümmt am Boden.

»Ich habe mir das Bein gebrochen, weil Sie Ihr Fahrrad nicht vernünftig hinstellen können«, jammerte er und im Licht der Straßenlampe sah Schönbohm, dass ihm Rotz aus der Nase lief und seine Augen feucht waren.

»Da guckt ein Knochen raus«, flennte Weber und seine Wangen wurden rot. Neben ihm auf dem Boden lag Schönbohms Dienstrad und einer der Reifen drehte sich.

»Seien Sie nicht so dramatisch, Weber, sieht doch alles ganz gut aus.« Besorgt hatte der Kriminalhauptkommissar die Stirn gerunzelt. »Aber ich rufe trotzdem den Notarzt.«

Weber zog geräuschvoll die Nase hoch. »Das einzige Gute ist, dass der Lüdi mich nicht mit dem Krankenwagen abholt.«

ZWEI

»Wo kommen Sie denn her?«, brummte Kriminalhauptkommissar Marco Schönbohm am nächsten Tag als Dr. Bremer in der Dienststelle erschien.

»Ich? Ich komme aus meiner Mutter.«

Barbara Rautmann, die gerade die gesamte The Fast and the Furios Filmreihe illegal herunterlud, würgte theatralisch.

»Ich meinte das nicht biologisch, sondern geographisch.« Schönbohm hatte das Gesicht humorlos verzogen und warf einen traurigen Blick auf den freien Schreibtisch von Weber.

»Geographisch wäre die Antwort identisch, wenn man es genau nimmt. Nur weil meine Mutter keine eigene Postleitzahl hatte, heißt es nicht, dass sie kein Aufenthaltsort war. Aber um die Frage in Ihrem Sinne zu beantworten: Sie hatten mich doch angerufen, dass ich wegen einer Blutabnahme erscheinen soll.« Dr. Bremer zwirbelte die Enden seines mächtigen grau-gelben Schnauzbartes.

Schönbohm atmete tief ein und ließ sich in die Rückenlehne seines Schreibtischstuhls fallen. »Ich habe Sie gestern Abend angerufen. Sie sollten gestern Blut abnehmen. Gestern. Heute wäre der Mensch ja schon wieder ausgenüchtert.« Vorwurfsvoll sah er den Arzt an.

»Na ja, dafür habe ich im Krankenhaus Ihrem Kollegen das Sprunggelenk gerichtet.« Der Doktor warf sich stolz in die Brust.

»Ich hoffe, das haben Sie nicht, wenn Sie das genauso schlecht machen wie die Blutabnahmen.«

»Oder alles Andere«, flüsterte Barbara Rautmann und erntete einen verletzten Blick des Dorfarztes.

»Okay, habe ich nicht.« Trotzig steckte er die Hände in die Taschen seines Arztkittels, den er trug. Abgesehen von dem Kittel trug Dr. Bremer nur noch Strümpfe sowie ein Paar braune Sandalen mit Klettverschluss. Bei jeder Begegnung zwang sich Schönbohm, nicht auf die krampfadrigen O-Beine des Arztes und Vorsitzenden des Pullstedter FKK-Clubs zu starren. Er stand auf und öffnete das Fenster hinter sich. Angenehm kühle Luft kam Schönbohm entgegen und er hörte das Gezwitscher der Vögel, das dann von einem vorbeifahrenden Traktor unterbrochen wurde. Seufzend setzte er sich wieder.

»Aber wird das jetzt immer so sein, Dr. Bremer? Dass sich die Polizei nicht auf Sie verlassen kann?«

»Na ja«, fing der Arzt an und stemmte die Hände erst in die Hüften und verschränkte sie dann vor der Brust. »Es kommt darauf an, ob Sie mich immer gerade dann anrufen werden, wenn ich keine Zeit habe.«

»Sie haben sich doch für diese Art von Bereitschaftsdienst freiwillig gemeldet.« Schönbohm lehnte sich zurück und verschränkte ebenfalls die Arme vor der Brust.

»Jaaahaaaaa«, sagte Bremer gedehnt, »aber das war, als mich niemand angerufen hat und gestern stand auch noch dieser Türke bei mir in der Praxis und wollte bei mir arbeiten. Der akzeptiert keine Absage. Ich suche doch gar keinen Kollegen, ich brauche auch keinen.«

»Welcher Türke?« Neugierig setzte sich Schönbohm auf. Er selbst kannte in Pullstedt nur Burak, den Inhaber von Buraks Börekbude, mit dem er und Weber zusammen in der Kneipe Dart spielten.

»Dieser, äh, Türk, äh, Türkolomu, ich weiß nicht, wie er heißt.«

»Türkoglu«, rief die Rautmann und klickte zwei Mal mit der Computermaus. »Dr. Ali Türkoglu. Der ist total nett und komplement.«

»Kompetent, das heißt kompetent, Frau Rautmann«, korrigierte Schönbohm sie mit leichtem Kopfschütteln, doch sie ignorierte ihn.

Dr. Bremer starrte verletzt und empört zugleich auf den Hinterkopf der Rautmann, die nicht aufhören konnte: »Nicht, dass Sie nicht, äh, sowas wie nett wären.«

»Der hat hier doch gar keine Zulassung! Und er ist vielleicht kompetenter als ich, aber bestimmt nicht penibler! Ich bin ja schon zwanghaft! Ich führe über alles Buch! Alles!«

»Soll das jetzt gut sein?« Die Rautmann und Schönbohm wechselten einen besorgten Blick, während Dr. Bremer mit hochrotem Kopf Richtung Ausgang marschierte. Er reckte die Faust in die Luft. »Ich werde, ich werde…«

»Ich erinnere Sie hiermit daran, dass Sie sich in einer Polizeidienststelle befinden. Achten Sie auf Ihre Wortwahl.«

»Ich werde das so nicht hinnehmen!« Eine dicke Ader kam auf der Stirn des älteren Mannes zum Vorschein und er starrte die Anwesenden aus wässrig blassblauen Augen an.

Schönbohm stand langsam auf und ging auf ihn zu. »Dass jemand nett und kompetent ist, können Sie niemandem verbieten. Das müssen Sie leider so hinnehmen.«

»Woher«, brüllte der Bremer und machte einen Satz auf die Rautmann zu. »Woher wissen Sie, wie kompetent er ist?«

Daher wehte der Wind also, dachte Schönbohm und blickte wie beim Tennis von der Rautmann zum Arzt und wieder zurück.

»Haben Sie sich etwa illegalerweise von dem behandeln lassen?«

Barbara Rautmann drehte sich mit dem Schreibtischstuhl um und ihre Augen verengten sich. »Ich habe ja den direkten Vergleich. Als ich das letzte Mal bei Ihnen in der Sprechstunde war, haben Sie gesagt, meine Kopfschmerzen kämen daher, dass ich zu dick sei. Als ich meinte, ich hätte gerne eine zweite Meinung, sagten Sie, dass ich auch noch hässlich wäre.«

Dr. Bremer wandte sich verständnislos an Schönbohm: »Ich habe das mit der zweiten Meinung eben missverstanden. Kommt doch mal vor.«

»Und der Oma von unserem Lasse haben Sie ein Rezept für Kuchen ausgestellt und mit Dr. Oetker unterschrieben. Die Frau hat Diabetes!«

»In Maßen darf sie alles«, rechtfertigte sich der Arzt mit beleidigtem Tonfall. »Und Lachen ist die beste Medizin. Hat hier denn keiner mehr Humor?«

»Dr. Oetker«, echote Schönbohm. »Also Dr. Bremer, ich muss Sie schon sehr bitten.«

Marco Schönbohm hatte sich an diesem Morgen vorgenommen, er würde motiviert sein. Er hatte sich vorgenommen, gute Laune zu haben. Er hatte sich vorgenommen, Pullstedt eine Chance zu geben. Doch dann betrat er die Dienststelle, seine Dienststelle immerhin, und er wollte wieder zurück nach Hannover. Und am schlimmsten war es, dass Lasse Weber mit gebrochenem Knöchel im Krankenhaus lag und nach der OP einige Zeit ausfallen würde. Er schloss für einen Moment die Augen und versuchte, das Gezeter seiner Schreibkraft und des Dorfarztes auszublenden. Als es erschreckend ruhig geworden war, öffnete er die Augen.

»Was war denn das für eine Aktion?«, raunte die Rautmann ihn schlecht gelaunt an. »Jetzt ist der Quacksalber schon abgehauen.«

»Ich musste mein inneres Zen finden, Frau Rautmann. Sie und der FKK-Bremer sind zu viel für mich alleine.« Traurig blickte er auf seinen Schreibtisch, auf dem die gewaltsam geöffneten Handschellen lagen, die die Rautmann im Briefkasten gefunden hatte, nachdem sie gestern Micha Lüdermann angelegt worden waren.

Die Tür der Dienststelle öffnete sich erneut und eine Frau mit den Körperproportionen einer faulen Birne trat ein. Die herausgewachsene Dauerwelle schien ihr am Kopf zu kleben. Ein mürrisches Mädchen mit strähnigen, blonden Haaren und zusammengewachsenen Augenbrauen befand sich im Windschatten der Frau.

Barbara Rautmann sah einen Moment auf, dann wieder demonstrativ auf den Computer und verdrehte die Augen, bevor sie aufstand und sich langsam auf die Frau zubewegte. »Ich bin heute emotional nah am Mittelfinger gebaut. Meine Laune schwankt zwischen Axt und Benzin und jetzt kommen auch noch die da. DIE!« Ihr Tonfall erinnerte an das gereizte Zischen einer Schlange. Sie sah Schönbohm eindringlich an, bevor sie sich an die Besucher wandte.

»Frau Röllke«, säuselte sie dann mit übertrieben gespielter Freundlichkeit, die vor Verachtung nur so triefte. »Was kann ich gegen Sie tun?«

»Ich will eine Anzeige machen. Die Lollo, die wurde gestern angefahren. Von einer Mülltonne. Ohne TÜV.«

Die Rautmann schmatze einmal desinteressiert. »Gehen Sie ruhig nach hinten durch zu Herrn Schönbohm. Der nimmt Ihre Anzeige auf. Ich halte solange Ihren

Affen.« Sie sah das dürre Mädchen an. »Ich meine, ich passe auf Ihre Tochter hier auf.«

Schönbohm griff schnell zum Telefonhörer und blickte konzentriert aus dem Fenster, während er so tat als würde er jemanden anrufen, doch als ihm wieder einfiel, dass Weber nicht da war, ließ er den Hörer sinken. Jetzt musste er sich selbst um solche Angelegenheiten kümmern. Pflichtbewusst bot er der Röllke einen Stuhl an und sie keifte über die Schulter ihre Tochter an. Diese wiederum knurrte die Rautmann mit hochgezogener Oberlippe an und gesellte sich dann zu ihrer Mutter und Schönbohm, jedoch ohne den Blick von Barbara Rautmann zu wenden.

»Also die Lollo wurde angefahren. Von einer Mülltonne ohne TÜV.«

»Und was wollen Sie zur Anzeige bringen, Frau Röllke?«

»Na, dass die Lollo angefahren wurde von einer Mülltonne ohne TÜV!«

Schönbohm wandte sich unbehaglich hinter seinem Schreibtisch. »Ja, aber was denn nun davon? Dass Ihre Tochter angefahren wurde oder dass die Mülltonne keinen TÜV hatte? Oder Beides?«

Schönbohm fuhr sich mit der Hand über die Stirn. Barbara Rautmann erhöhte demonstrativ die Lautstärke des Films, den sie gerade auf einer illegalen Tauschbörse im Internet ansah und gleichzeitig herunterlud, wobei Schönbohm sich des Verdachts nicht erwehren konnte, dass immer, wenn Frau Röllke sprach, seine Schreibkraft den Ton besonders laut stellte oder einfach immer zu der Stelle zurücksprang, an der ein Automotor aufheulte.

»Man versteht ja sein eigenes Wort nicht«, brummte Schönbohm und fing sich einen bösen Blick von der Rautmann ein.

Konzentriert klickte er dann ein paar Mal mit der Computermaus, tippte auf der Tastatur.

»Ich habe aber das Kennzeichen der Mülltonne nicht gesehen«, erklang die Stimme der Röllke wieder. Die Frau klopfte ungeduldig mit dem Zeigefinger auf die Schreibtischplatte.

»Woher wissen Sie denn dann, dass die Mülltonne keinen TÜV hatte?« Die Rautmann funkelte sie garstig an.

Frau Röllke schnappte irritiert nach Luft, blickte erst hilflos ihre Tochter und dann den Polizisten an.

Schönbohm sah vom Computer auf und atmete tief durch. »Mülltonnen bekommen in Deutschland kein Kennzeichen und erst recht keinen TÜV«, belehrte er die Damen. »Also, was bedeutet das?«

»Aber«, stotterte Carola Röllke und dachte dann einen Moment angestrengt nach. »Ich möchte mich aber beschweren, dass meine Tochter von einem Kraftfahrzeug angefahren wurde, dass keinen TÜV hatte!« Sie hatte verärgert und verständnislos die Augenbrauen zusammengezogen.

»Frau Röllke«, Schönbohm musste sich beherrschen, freundlich zu klingen und er spürte den Blick der Rautmann auf sich. »Mülltonnen sind keine Kraftfahrzeuge und bekommen deswegen keinen TÜV.«

»Dann ist das ja so richtig illegal«, empörte sich die Frau und ihr Körper wogte in dem Stuhl. Ihre Tochter, die so dürr war wie ihre Mutter korpulent, nickte trotzig und gab ein knurrendes Geräusch von sich.

»Nehmen wir mal die Personalien und den Hergang auf«, meldete er sich wieder resignierend zu Wort. »Wann ist es denn passiert?«

»Gestern um Viertel nach sechs. Langsam, aber sicher bleibt es bald wieder länger hell.«

»Wer ist zu Schaden gekommen?«

»Ich habe doch schon gesagt, die Lollo hier.«

Der Teenager knurrte in die Richtung des Kriminalhauptkommissars.

»Wie schreibt man den Namen? Also den vollen Namen?«

»Wie man ihn spricht, oder, Lollo? L-O-R-I-O-T-T-A. - OTTA! Wie das Tier im Wasser, das Fische isst und Steine sammelt.«

»Okay«, erwiderte Schönbohm. »Lollo also.« Er tippte hektisch.

»Konnten Sie den Führer der nicht zugelassenen Mülltonne sehen?«

»Nö, wie denn? War ja der Deckel zu. Du hast auch keinen niemals nicht gesehen, oder, Lollo?«

Sie schüttelte knurrend den Kopf.

Die Tür der Dienststelle öffnete sich erneut schwungvoll und ein schlaksiger Teenager mit schwarz gefärbten langen Haaren und blassem Gesicht stand vor ihnen. »Frau Bohle wurde entführt!«

»Ich war's nicht«, sagte Barbara Rautmann resolut und verschränkte die Arme vor der Brust. Damit spielte sie auf das Ereignis im vorigen Jahr an, als sie eine alte Dame überrumpelt, ihr eine Plastiktüte über den Kopf gezogen und so auf die Dienststelle befördert hatte.

Ein weiterer Jugendlicher mit zu großer und tiefsitzender Hose kam herein.

Schönbohm räusperte sich. »Frau Röllke, können wir Ihre Anzeige später fortsetzen. Hier ist womöglich Gefahr im Verzug.«

Die Frau nickte eifrig. »Kein Problem, na klar!« Sie kramte in ihrer Handtasche und holte eine Tüte schokolierter Erdnüsse hervor.

»Was machen Sie da?« Ärgerlich blickte Schönbohm sie an.

»Jetzt wird es doch spannend, oder?«

Loriotta Röllke kicherte dümmlich und warf ihren blonden Pferdeschwanz nach hinten über die Schulter.

»Sie verlassen jetzt bitte die Dienststelle. Das ist eine Entführung. Sensible Daten und so.«

»Ich kann ja einfach eine Banane rauswerfen und dann ist das da gleich weg.« Die Rautmann starrte die Tochter der Röllke an, die wiederum mit einem tierischen Laut die Schreibkraft anknurrte. »Duuuuuu Kakerlaaaaake!«

»Aber nur, wenn die Banane schokoliert ist, oder, Lollo?« Frau Röllke stieß ihrer Tochter den Ellenbogen in die Seite und lachte, als sie aufstand. »Das ist Pullstedt. Morgen wissen es doch eh alle.«

Der schwarz gekleidete Teenager hatte sich seit seiner Ankunft nicht gerührt und stand dramatisch im Eingang. Noch dramatischer drückte er sich mit dem Rücken an die Wand als die beiden Röllke-Damen an ihm vorbeigingen. Sein Freund stand unbeeindruckt daneben.

»Alpha-Kevin, komm her, du alte Vogelscheuche«, rief die Rautmann und der schwarz gekleidete Teenager trottete leichten Schrittes auf sie zu.

»Deine schönen blonden Haare.« Sie hielt eine seiner Haarsträhnen in der Hand und schüttelte bedauernd den Kopf. »Wieso trägst du nur immer schwarz?«

Der junge Mann lachte glucksend und es klang wie »Höhö« und Grübchen erschienen auf seinen Wangen. »Damit jeder hier weiß, dass ich bereit bin für eine Beerdigung.« Er gestikulierte wild herum, was Schönbohm als den traurigen Versuch deutete, irgendwelche Gang-Zeichen oder Martial Arts zu imitieren.

»Mittenmang, du Pfeife, lungere da nicht an der Tür rum.«

»Rautiiiii«, sagte der Junge gedehnt und machte eine grüßende Geste.

»Okay…« Schönbohm warf sich in die Brust. »Jetzt mal schön der Reihe nach. Was ist passiert? Frau Rautmann, schreiben Sie mit.« Er deutete den Teenagern, sich zu setzen. »Personalien, wenn's genehm ist.«

»Ich bin der Alfons-Kevin Kaufmann. Künstlername: Alpha-Kevin. Wohnhaft: Lindenallee 3 in Pullstedt, 1,83m groß und meine Lieblingsfarbe ist Döner.« Er lachte und sein Freund schlug sich quiekend auf den Oberschenkel.

»Mein Name ist Thorben Mittenmang, Künstlername: Mittenmang-Schneckenmann.«

»Das ist aber nicht besonders cool«, warf Schönbohm unbeeindruckt ein.

Der Teenager drehte die Handflächen nach oben und zog die Schultern entschuldigend hoch. »Ich bin eben ein Schneckenenthusiast.«

»Und damit meint er tatsächlich nicht die Zweibeinigen.« Alfons-Kevin schüttelte den Kopf.

»Bauchfüßler. Gastropoden.« Engelshaft lächelte Thorben Mittenmang und seine Wangen nahmen eine rötliche Farbe an.

»Sollte man in der Pubertät nicht auf was anderes stehen?« Die Rautmann hatte ungläubig das Gesicht verzogen.

»Keine Diskriminierung hier, Frau Rautmann«, warf Schönbohm ein. »Jeder darf in diesem Land schneckophil sein. Können wir von dem Thema dann vielleicht mal wegkommen? Ich möchte gerne mehr über das Kidnapping erfahren.« Schönbohms Stimme war ungeduldig.

»Also der Mittenmang und ich, ja, also wir standen so an der Busse und, äh…«

»Was ist denn eine Busse?« Schönbohm sah von einem zum anderen.

»Das ist die Bushaltestelle«, klärte Barbara Rautmann ihn auf.

»Warum sagt man das denn nicht einfach?« Schönbohm seufzte. »Weitermachen.«

»Ja, also, wir waren so an der Busse und dann kam der Bus und wir waren da halt noch so mit dem Brokkoliverschwender Müller und haben nicht geraucht oder so. Nur gewartet.«

»Aber der Bus war doch gerade schon da in der Erzählung. Und wer ist Brokkoliverschwender Müller?«

Thorben Mittenmang vergrub das Gesicht in den Händen. »Oliver. Oliver Müller. Oliver wie in Brokkoliverschwender. Logisch, ja?«

Schönbohms Nasenflügel blähten sich auf als er besonders tief einatmete. »Und was ist mit dem Bus?«

»Ja, also, höhö«, lachte Alfons-Kevin. »Die Tragik in meinem Leben ist ja, dass ich weiß, wann ich besser meinen Mund halten sollte und dann höre ich mich plötzlich reden.« Sein Tonfall war philosophisch geworden.

Mittenmang nickte zustimmend.

»Ihr habt Schule schwänzen wollen«, keuchte Schönbohm und blickte auf die Uhr.

»Nein, nein, nein!« Alfons-Kevins Zeigefinger schoss in die Höhe. »Wir wollten die Lernzeit auf unseren Biorhythmus anpassen, um dann zu der richtigen Zeit einhundert Prozent geben zu können! Und wenn das hier jetzt schnell geht, schaffen wir es noch, den anderen Bus zu kriegen. Dann kommen wir rechtzeitig zu Physik!«

»Ja, Physik«, echote Mittenmang.

»Aber es ist ja nicht so, dass uns die Polizei zwangsweise zur Schule bringen könnte. So ohne Dienstfahrzeug.« Grinsend lehnte sich Alfons-Kevin zurück.

»Aber«, Schönbohm lehnte sich bedrohlich nach vorne und grinste die Jungs schief an. »Wir haben eine Rautmann und wir wissen sie einzusetzen.«

»Oh Mann«, maulte Mittenmang und zog an den Bändern seines Kapuzenpullovers, sodass sich die Kapuze zusammenzog und nur die Nase herausguckte.

»Ich habe bei der Ernährungsberatung gelernt, dass es gute Fette gibt und schlechte Fette. Ich bin definitiv eine gute Fette.«

»Ich glaube nicht, dass die das so gemeint haben, Frau Rautmann.« Schönbohm verzog hilflos das Gesicht.

»Und wenn Sie hinter einem Baum stehen, gehören Sie dann zu den versteckten Fetten?« Alfons-Kevin lachte glucksend und steckte seinen Freund Mittenmang und die Rautmann an. »Versteckte Fette, kapiert?!«

»Ich weiß nicht, wie Sie das selbst lustig finden können, Frau Rautmann. Ein Witz auf Ihre Kosten.«

»Das nennt sich Humor, Herr Schönbohm. Googeln Sie es.« Sie wandte sich lachend an die Teenager. »Mein Chef ist zwar nicht so lustig wie andere, dafür aber unfreundlicher.«

»Ich denke, Sie sind jetzt hier fertig. Sie haben doch bestimmt noch einen anderen 450-Euro-Job, bei dem Sie die Leute tyrannisieren können.«

Die Rautmann stand auf und nahm ihre Handtasche, machte aber keine Anstalten zu gehen. »Ja, ich gehe zu Burak, da gibt es wenigstens Essen.« Sie rührte sich nicht vom Fleck.

»Burak ist der beste Gastronom hier!« Wieder hatte Alfons-Kevin den Zeigefinger erhoben.

»Der hat eine Börekbude«, warf Schönbohm ein. »Nicht, dass ich sein Essen abwerten will, aber… Wieso reden wir überhaupt davon? Ich will von der Entführung hören!«

»Ja, na ja, wir saßen halt in der Busse und die Bohle kam vorbei. Die hat doch den abgebrannten Jänner-Hof gekauft. Da will sie wohl eine große Schweinemastanlage bauen oder sowas. Erzählt man sich, ja?«

Mittenmang nickte zustimmend. »Ja, erzählt man sich.«

»Und da wollte sie bestimmt hin. Sie rennt ja immer von ihrem Hof zu dem anderen und fuhrwerkt da rum. Jedenfalls bleibt die dann bei uns stehen und ranzt uns an, was wir da rumsindeln und warum wir nicht in der Schule sind, ob wir Pissnelken keine Erziehung hatten und so. Und aus dem Nichts kam wie bei the Fast and the Furious eine Mülltonne angerauscht, fährt die Bohle um, die knickt irgendwie in der Mitte ab wie ein verdammter Klappstuhl, landet in der Mülltonne und fährt weg.«

»Sicher, dass das nicht ein Taxi war?«, fragte Barbara Rautmann spitzfindig.

Alfons-Kevin sah sie entgeistert an.

»Ist ein Mülltonnen-Taxi eigentlich die Müllabfuhr?« Nachdenklich wanderte Mittenmangs Blick durch den Raum.

»Okay, gibt es eigentlich eine Statistik für den durchschnittlichen Intelligenzquotienten in Pullstedt? Ich könnte nämlich gerade schwören, dass der im Minusbereich liegt.« Letzteres sagte Schönbohm mit strengem Blick auf Mittenmang.

»Also zurück zum Anfang.« Er räusperte sich. »Was war das denn für eine Mülltonne?«

»Kein Biomüll.« Mit Kopfschütteln verlieh Thorben Mittenmang seinen Worten Ausdruck.

»Mann, er meint die Größe der Tonne.« Enttäuscht blickte Alfons-Kevin auf seinen Freund. »Man soll Kritik ja immer positiv formulieren, also versuche ich es mal so: Einer von uns beiden ist klüger als du.«

»Ich weiß nicht, ob das wirklich positiv ist.« Barbara Rautmann hatte die Stirn gerunzelt, doch Alfons-Kevin Kaufmann winkte nur ab.

»Das war nicht so eine neue Tonne, das ist noch so eine alte, große Tonne. Die meisten Bauern haben so eine noch.«

»Frau Bohle ist ja eine sehr kleine, schmale Person…« Die Rautmann klang nachdenklich und kratzte ihren Kopf.

»Aber nichtsdestotrotz müssen ja zwei Personen reinpassen. Die Bohle und der Entführer, oder?«

»Ein kleiner muskulöser Mann«, wisperte Thorben Mittenmang, der in die Leere starrte und eine Haarsträhne fiel in sein Auge.

»Die Staatsanwältin hat die Bohle entführt!« Die Schreibkraft schlug entsetzt die Hände vor den Mund.

»Sie sind ja immer noch hier, Frau Rautmann!«

»Auf mich hört in diesem Büro eh keiner«, schnaufte sie.

»Wie lenkt man überhaupt eine Mülltonne?«, murmelte Schönbohm grübelnd.

»Das ist ja eigentlich ein MGB, ein Müllgroßbehälter oder noch besser ein Abfall- und Wertstoffbehälter«, krähte Alfons-Kevin altklug.

Die Schreibkraft schnaufte verächtlich. »Niemand mag Klugscheißer.«

»Lassen Sie meine Verdauung aus dem Spiel. Das beleidigt meine Intelligenz.«

Schönbohm seufzte. »Willst du sagen, dass der Ausdruck „Mülltonne" politisch nicht korrekt ist?«

»Nein, so wollte ich das nicht sagen, ich wollte nur den offiziellen Namen verwenden, damit nicht irgendwer denkt, wir könnten etwas Anderes meinen.«

Stumm und verwundert sah Schönbohm ihn an.

Alfons-Kevin räusperte sich. »Zum Beispiel einen Papierkorb.«

Marco Schönbohm schloss die Augen und atmete tief ein. Er zählte bis acht und atmete dann wieder aus.

»Ey, hey, hey, hey«, rief Alfons-Kevin Kaufmann plötzlich aufgeregt, sah erst Mittenmang eindringlich an und dann Schönbohm. »Können wir hier Praktikum machen? Schulpraktikum?«

Schönbohm wurde für einen kurzen Moment schwarz vor den Augen. »Nein, das geht nicht. Ich habe hier bereits ein Kind.« Er warf einen Blick zu Webers verwaistem Schreibtisch.

»Aber der Lasse kommt ja erstmal nicht wieder. Sie könnten bestimmt ein bisschen Hilfe gebrauchen.« Die Rautmann sah von Schönbohm zu den Teenagern und wieder zurück. »Ich habe hier ja genug zu tun, ich kann nicht helfen.«

Panik. Wovor hatte Schönbohm eigentlich mehr Panik? Dass Weber ihn krankheitsbedingt mit den wildgewordenen Pullstedtern allein ließ oder dass er ersatzweise zwei bekiffte Teenager an der Backe hatte, die sich im Grunde nur durch das Kiffen von seinem Mitarbeiter unterschieden.

»Ich denke darüber nach«, knirschte Schönbohm.

»Aber was ist jetzt mit der Geiselnahme?«, fragte Alfons-Kevin Kaufmann gedehnt und sprang von dem Stuhl auf, in dem er gerade noch krumm herumgelungert hatte.

Schlapp richtete Schönbohm sich auf. »Von einer Geiselnahme sprechen wir, wenn der Aufenthaltsort von entführten Personen bekannt ist!« Er hob belehrend den Zeigefinger. »Ist der Aufenthaltsort jedoch unbekannt, spricht man im polizeiaktischen Sinne von einer Entführung.«

»Cool«, murmelte Mittenmang und machte sich unauffällig Notizen auf seinem Handrücken.

»Und erstmal muss das gar keine Entführung sein!« Schönbohm klang nörgelig und äußerst unzufrieden. »Kann doch auch sein, dass das ein Scherz ihrer Freunde war.«

»Also, sorry, großer Meister.« Alfons-Kevin räusperte sich. »Aber zum einen glaube ich nicht, dass die Frau hier Freunde hat und zum anderen ist das doch ein untypischer Scherz für alte Knacker, die den Oberschenkelhalsbruch noch mehr fürchten als die Abschiebung ins nächste Altenheim.«

»Es kann ein E-Rollator gewesen sein.« Schönbohm klang selbst nicht überzeugt von seinem Einwand.

Der Jugendliche lachte. »Der neue E-Rollator. Jetzt geht Oma 30 km/h, ob sie will oder nicht, ja?!« Er stieß Mittenmang den Ellenbogen in die Seite. »Sah das aus wie ein Rollator?«

Sein Kumpel schüttelte den Kopf. »Keine Chance, Alter.«

»Frau Rautmann, ich bitte Sie, rufen Sie mal bei der, äh, Frau Bohle an, ob sie sich zu Hause eingefunden hat.«

Unzufrieden brummte sie, griff dann aber zum Telefon. »Eben sollte ich verschwinden, jetzt telefonieren…«

»Wieso kam die Röllke eigentlich auf die Idee mit dem TÜV? Eine Mülltonne mit TÜV!« Schönbohm kratze seinen Hinterkopf.

»Na ja, fragen Sie doch mal hier beim TÜV nach«, schlug Alpha-Kevin vor.

»Beim TÜV? Pullstedt hat eine TÜV-Prüfstelle?«

Die Teenager nickten. »Ja, beim Schrottplatz von Wu.«

Schönbohm wurde das Gefühl nicht los, dass diese TÜV-Stelle gar nicht so offiziell und legal war, wie er sein sollte.

»Okay, Jungs«, sagte er nachdenklich. »Danke für den Tipp. Wir sprechen morgen nochmal wegen des Praktikums. Jetzt geht mal in die Schule.«

»Alles klar, großer Meister.« Alfons-Kevin Kaufmann hob die Hand zum Abschied und lachte wieder sein »Höhö«-Lachen.

Beim Hinausgehen hörte Schönbohm ihn Mittenmang fragen: »Wie viele Chamäleons muss man eigentlich tragen, um unsichtbar zu sein?«

Er widerstand dem Drang, seinen Kopf auf die Tischplatte des Schreibtischs zu schlagen.

»Sind Sie okay?«, Barbara Rautmann sah ihn besorgt an.

»Ja, ja, ja, Frau Rautmann, das ist nur wieder das Problem mit den Menschen hier. Das ist mir ein bisschen viel heute.«

Erst nickte sie verständnisvoll und ihre Minipli-Dauerwelle wippte fröhlich auf dem Kopf, den sie dann im Anschluss energisch schüttelte.

»Also die Bohle ist wieder zu Hause. Sie hat mich auf ihre sympathische Art angebrüllt und gesagt, mit den Bullen arbeitet sich nicht zusammen, das wären alles Steuerhinterzieher. Die Bohle war beim Finanzamt tätig, müssen Sie wissen. Sie sagt, eine Aussage macht sie nur bei Chef Henke.«

»Aber der ist tot.« Schönbohms Gesichtszüge entglitten. »Der Mann ist tot!«

Die Rautmann zuckte mit dem Achseln. »Habe ich ihr auch gesagt. Sie meinte, wenn wir eine Aussage wollen, müssen wir eben eine Se-ang-se machen.«

»Séance«, wiederholte Schönbohm. »Na gut, wenn sie nicht will, soll es mir recht sein. Ich werde trotzdem mal zum Pullstedter TÜV gehen und mich da erkundigen.«

»Oooh«, raunte die 450-Euro-Kraft, »passen Sie auf, die sind da ein bisschen…kuckuuuuck…« Sie drehte den rechten Zeigefinger neben der Schläfe.

»Ist das ein großer Unterschied zu den anderen Bewohnern des Ortes?«

Auf dem Weg zu Wus Schrottplatz, hinter dem sich die zweifelhafte TÜV-Prüfstelle befinden sollte, kam Schönbohm innerorts an einigen großen Gärten vorbei, die zu noch größeren alten Bauernhäusern gehörten und deren Baumbestände mit dem ersten Grün die Gasse verdunkelten. Vereinzelt traf er auf gackernde, scharrende Hühner und stromernde Katzen. Er dachte schon, es gäbe hier keine Menschenseele bis er, zu seinem Leidwesen, drei Personen sichtete, von denen ihm zwei schmerzhaft bekannt waren. Die Jugendlichen standen an einem der Zäune. Thorben Mittenmang befand sich in Hockstellung und rief »Miau, Miau, Miauuuuuu.« Der ihm unbekannte, leicht untersetzte Junge zog Mittenmang am Rucksack. »Du Dödel, warum miaust du das Pferd an?!«

Alfons-Kevin Kaufmann schlug sich klatschend die Hand vor die Stirn. »Das ist ein Alpaka!« Seine Stimme überschlug sich aufgrund des Stimmbruchs.

Schönbohm schüttelte den Kopf und sein Blick und der des Esels trafen sich. »Du bist Deutschland«, flüsterte er und sagte dann lauter »Müsstet ihr nicht in der Schule sein?!«

Der dicke Teenager drehte sich hektisch und mit einem schrillen Quieken um und sein Gesicht war noch roter als seine Haare. »Oh mein Gott, wir wurden erwischt, wir haben versagt, wir haben als Gruppe versagt, wir sind ein Scheiterhaufen, oh mein Gott!« Er atmete schnell.

»Ist er okay?« Schönbohm sah ihn besorgt an.

»Er ist immer so, kein Ding. Aber wir haben den Bus verpasst. Der nächste Bus kommt erst in 45 Minuten. So ist das eben auf dem Dorf.« Er zuckte mit den Schultern und Mittenmang nickte bestätigend.

»Können euch nicht die Eltern fahren?«

»Nein«, bedauernd schüttelte Alfons-Kevin den Kopf. »Dieser Mann hier, diese Legende«, er riss den Arm des kleinen korpulenten Teenagers hoch, »ist der Grund, weshalb wir nicht mehr in Privatfahrzeugen gefahren werden und auch nur mit offiziellem Schreiben von der Schule den Schulbusverkehr nutzen können.«

»Zumindest exakt bis zur Schule und zurück«, ergänzte Mittenmang und fingerte an einem Büschel Moos herum.

Schönbohm verzog skeptisch das Gesicht und atmete tief ein.

»Diese Legende«, wiederholte Alpha-Kevin, der sich in die Brust geworfen hatte wie ein König, der zu seinem Volk sprach und dabei an dem dicklichen Arm des Jungen zerrte, sodass dessen rotblonde Locken genauso wippten wie sein Doppelkinn, »macht seinem Namen alle Ehre. Mehr muss ich dazu nicht sagen!« Abrupt ließ er den Arm los, der dem Teenager an den Oberschenkel klatschte.

»Vielleicht müsstest du den Namen noch sagen?!« half Schönbohm weiter. »Ist das der Brokkoliverschwender? Sieht zumindest so aus, als würde er Pizza bevorzugen.«

»Burn«, brüllte Mittenmang aufgedreht, »der war böse!«

»Mea culpa, großer Meister«, Alfons-Kevin verbeugte sich leicht. »Sein Name ist«, sagte er und machte eine Pause, die von Mittenmang gefüllt wurde: »Dadadadaaaaaaaaaaaa… Trommelwirbel!«

»Pupsi«, antwortete der Junge, dessen Eltern ihn nicht nur mit dem Namen Rüdiger-Rodriguez Mehlmann gestraft hatten, sondern auch mit einem erblich bedingt nervösen Darm. Schönbohm hörte einen zischenden Pups.

»Das kommt daher, dass er von seinen Eltern ballaststoffreich und mit Insektenprotein ernährt wird. Dieser Berg von einem halben Mann produziert mehr Methan als eine Kuhherde.« Die Begeisterung in Alfons-Kevin Kaufmanns Stimme war nicht zu leugnen.

»Okay, ich muss jetzt zum TÜV. Ich bin schon zu spät.« Ohne einen weiteren Kommentar ging Schönbohm weiter.

»Falsche Richtung«, rief ihm Alfons-Kevin hinterher, als er wenige Meter weiter um die falsche Ecke bog.

I I ✔

Schönbohm bereute es schnell, dass er nicht sein Dienstfahrrad genommen hatte, um zur angeblichen TÜV-Stelle hinter Herrn Wus Schrottplatz zu kommen, aber… Er fühlte sich schuldig an Webers Unfall.

Eigentlich hatte er den Fahrradständer sofort reparieren lassen wollen, aber zu seiner eigenen Überraschung war er nicht in der Lage, sein Dienstrad auch nur anzuschauen. Er schnaufte einmal frustriert, das Ziel fest im Blick. Es war lediglich ein Fußweg von zehn, fünfzehn Minuten, gemütlich und ohne Straßenverkehr an einem Feldweg entlang, aber es kam ihm vor wie eine Ewigkeit. Und ebenfalls überraschenderweise vermisste er Webers Anwesenheit. Er wollte gerade zu seinem Telefon greifen, um seinen Kollegen anzurufen und zu fragen, ob er die Operation des Knöchels gut überstanden hatte, als er ein Geräusch hinter sich hörte. Er blickte sich um und unterdrückte ein Fluchen.

»Hey großer Meister, ich dachte, Sie brauchen vielleicht Hilfe!« Alfons-Kevin kam verschämt hinter einem Baum hervor, der ihn gar nicht hätte verbergen können, selbst wenn er es gewollt hätte.

»Warum hast du dich hinter dem Baum versteckt?«

»Schlechte Angewohnheit«, antwortete Alfons-Kevin, doch es klang eher wie eine Frage. »Sie wissen schließlich gar nicht, wo der TÜV ist, und außerdem kann ich mich so würdig erweisen, Ihr Praktikant zu werden.« Er deutete eine ehrfürchtige Verbeugung an.

Schönbohm schnalzte mit der Zunge. »Du solltest doch in der Schule sein.«

»Ach, da sind genug Schüler.« Ungerührt warf der Teenager seinen Rucksack über die rechte Schulter. »Na, kommen Sie schon. Sonst verpasse ich noch Sport in der achten Stunde.«

Schönbohm verdrehte die Augen und ging hinter dem Teenager her, der mit schwer beschuhten Füßen lange Schritte machte.

Schnell kamen sie zu dem großen Gelände und als sie es betraten, kam der Eigentümer, Herr Wu, aus dem Bürogebäude auf sie zu.

»Die Polizei ist da! Sehr gut! Sie müssen mir helfen!« Der Chinese gestikulierte übertrieben theatralisch und trug ein Hawaiihemd mit Krawatte. »Können Sie das hören?«

Das Geräusch einer Explosion ließ Schönbohm vor Schreck schutzsuchend hinter ein Auto springen. Mit großen Augen sah Alfons-Kevin ihn an und er hielt den Träger seines Rucksacks ein bisschen fester. Seine Hände zitterten.

»Die Explosion haben wir gehört!« Schönbohms Stimme klang schrill, als er sich langsam aufrichtete.

Mit einer ärgerlichen Handbewegung verwarf Wu Schönbohms Kommentar. »Nicht das! Warten Sie einen Moment!« Ärgerlich hatte Wu die Augenbrauen zusammengezogen und schüttelte den Kopf. Die Explosion ignorierte er völlig.

Schönbohm und Alfons-Kevin sahen sich konzentriert an und lauschten. Sie hörten ein leises Klappen, dann ein ebenso leises Gerumpel. »Können Sie das hören?« Wus Stimme war erstickt und leise.

Schönbohm drehte sich um. Wu war verschwunden. »Herr Wu?«

»Was? Was? Ich kann Sie nicht hören«, krächzte der Mann und die Kofferraumklappe des Autos neben ihnen sprang auf. Im Kofferraum lag Wu. »Konnten Sie das hören?«

»Was, äh, warum fragen Sie das?« Schönbohm verschränkte die Arme vor der Brust und hatte die Augen zusammengekniffen.

Wu schwang die kurzen Beine aus dem Kofferraum und breitete die Arme aus. »Ich will eine

Entfesselungsshow machen. Für den Kindergarten!«
Schönbohms Blick war zweifelnd, doch Wu lächelte ihn
unschuldig an. Eine weitere Explosion ertönte hinter einem Schrotthaufen und ein Baum kippte in Zeitlupe um.
Der Kriminalhauptkommissar und sein Praktikant in spe
liefen los. Doch das, was sie sahen, war alles andere als
das, was sie erwartet hatten.

Ein großer, kräftiger Mann mit blond gelocktem Vo-
kuhila und königsblauer Hose stand neben einem kleinen, sehr dünnen Mann, der die orangefarbene Sicher-
heitskleidung der Gemeinde und einen voluminösen
Schnauzbart trug, gekrönt von einem Topfschnitt, der
das Ende der 90er Jahre verpasst hatte und ihm etwas zu
lang vor der Brille hing. Beide hatten die Hände in die
Hüften gestemmt und blickten hinter etwas her, das aussah wie eine fahrende Mülltonne, die beißenden Qualm
ausspuckte.

»Was war das?« keuchte Schönbohm und sah sich um.
Neben dem dicken Mann schmorrte ein klappriger run-
der Grill.

»Das war der«, doch der dicke Mann wurde unterbrochen, als der dünne Mann ihm den Ellenbogen in die
Seite stieß.

»Das war ein Schweinehund«, stieß er dann korrigierend hervor und reckte die behandschuhte Faust drohend in die Luft, dann versenkte er die Hände gleichgültig in den Jackentaschen. »Also ich hoffe ja, dass die
Sonne morgen auf der anderen Seite aufgeht. Gestern
ging die ja da drüben auf und das fand ich zu warm.«

Für eine Sekunde dachte Schönbohm, er hätte einen
Schlaganfall erlitten, doch dann erinnerte er sich, dass es
einfach Pullstedt war. Aber das hatte die bisherigen
Pullstedter Weisheiten übertroffen. »Okay, wer waren

Sie gleich?« Auffordernd sah der Polizist die beiden Männer nacheinander an.

»Björn Björnsen«, der dünne Mann streckte seine Hand aus. Sein Gebiss, das er beim Lächeln entblößte, hätte einen Brauereigaul neidisch gemacht.

»Gehe ich richtig in der Annahme, dass Sie für die Gemeinde arbeiten?« Schönbohm sah sich suchend um und entdeckte dann das orangefarbene Gemeindeauto, das mit dem rostigen, verbeulten Hintergrund des Schrottplatzes verschmolz.

»Ja, und das macht er schon seit dreißig Jahren und er war nie auch nur einen Tag krank! Nicht einen! Urlaub macht er auch nie. Nie!« Die Stimme des großen Mannes war ehrfurchtsvoll.

»Und Sie sind nochmal wer?«

»Das ist mein Schwager, Jörg Brüller«, antwortete Björnsen. Brüller griff derweil zum Grill und hielt Schönbohm und Alfons-Kevin eine Tasse entgegen.

»Wolln'se auch eine Teewurst?«

Mit heruntergezogenen Mundwinkeln sah Schönbohm zu der Tasse, aus der traurig ein dünnes, schrumpeliges Würstchen ragte. Zu seinem Unglück sah sein hingegen Praktikant aufrichtig interessiert aus.

»Wie lange muss so'ne Teewurst denn kochen?« fragte der junge Mann.

Tadelnd schüttelte Brüller den Kopf und zog langsam die Tasse wieder weg und signalisierte damit, dass Alfons-Kevin der vermeintlichen Teewurst unwürdig war und dass das großzügige Angebot zurückgezogen wurde.

»Die sollte nicht gekocht werden. Teewurst muss ziehen.« Er stellte die Wursttasse wieder auf das Grillrost.

Schönbohm wollte den Einwand erheben, dass Teewurst so nicht gemacht würde, besann sich jedoch seufzend anders.

»Wussten Sie, dass Bambusbjörn ein großer Panda ist? « Brüller schlug Björn Björnsen kräftig auf den Rücken und der Mann stolperte ein paar Schritte nach vorne und sah so gar nicht wi ein großer Panda aus.

»Ich bedanke mich für die Information, mit der ich leider so absolut nichts anfangen kann. «

»Ich weiß zwar nichts, aber ich kann mir beinahe alles merken«, fing Brüller wieder an und gestikulierte wild. »Ich kann Ihnen zum Beispiel sofort sagen, dass China der größte Importeur von Sand ist! «

»Das ist ja atemberaubend interessant.«Alfons-Kevin gähnte demonstrativ.

»Können Sie uns stattdessen sagen, was die Explosionen verursacht hat?«

»Das war eine Mülltonne.« Brüller schob wieder die Hände in die Hosentaschen, machte ein Hohlkreuz und streckte den Bauch raus.

»Die, äh, fahrende Mülltonne?«

»Ja und nein«, warf Gemeindepfleger Björn Björnsen ein.

»Was heißt das genau?« Schönbohm sah zu Alfons-Kevin, der seinen Schreibblock aus dem Rucksack geholt hatte und eifrig mitschrieb.

Mit einem Nicken deutete der große Brüller auf eine schwarze Stelle auf dem Boden. »Das war eine Mülltonne. Die ist aber so richtig in die Luft geflogen. Da hatten wir die Mische noch nicht richtig raus.«

»Was für eine Mische?«

»Na ja, Treibstoff und so.«

»Großer Meister, da!« Alfons-Kevin deutete ins Gebüsch, wo Teile einer explodierten und teilweise geschmolzenen Mülltonne lagen.

Schönbohm spürte, wie seine Toleranz dem Nullpunkt entgegenging. Was war nur mit den Pullstedtern los?

»Was können Sie mir über die fahrende Mülltonne sagen?«

»Wir haben die ein bisschen gepimpt.«

»Gepimpt?«

»Ja, gepimpt, aufgemotzt.«

Ausdruckslos wandte sich Schönbohm an Alfons-Kevin. »Äh, Kevin, Alfons-Kevin, wir sind hier auf einem Schrottplatz, richtig?«

Der junge Mann nickte zustimmend.

»Wenn du hier etwas aufmotzen wollen würdest, würdest du dann eine Mülltonne nehmen oder eins von den alten Autos?«

»Ein Auto. Wenn es regnet, dann regnet es ja direkt in die Tonne.«

»Ist das der einzige Grund, weshalb du ein Auto vorziehen würdest?«

»Na ja, eine Mülltonne hat auch einen Deckel, nur so am Rande«, warf Brüller ein. »Im wahrsten Sinne des Wortes.«

Alfons-Kevin sah Kriminalhauptkommissar Schönbohm hilflos an. Dieser wandte sich wieder an die beiden Teewurst-Enthusiasten.

»Eine Mülltonne aufzupimpen und zu einem fahrbaren Untersatz zu machen, ist schon ziemlich sinnlos. «

»Sinnlos?! «, echote Jörg Brüller. »Ich sage Ihnen mal, was sinnlos ist! Aspirin ist sinnlos! Und warum ist es sinnlos? Weil es gegen Kopfschmerzen ist und zugleich ist eine Nebenwirkung von Aspirin Kopfschmerzen. So etwas ist sinnlos! «

»Das kann man wirklich nicht leugnen. « Alfons-Kevin blickte beeindruckt und Schönbohm konnte leider nicht widersprechen. Das war wirklich äußerst sinnlos. Er räusperte sich.

»Ich hatte eine Beschwerde, dass jemand mit einer Mülltonne angefahren wurde. Können Sie mir dazu etwas sagen?« Er verschränkte die Arme vor der Brust.

Der dicke Jörg Brüller malte mit der Schuhspitze ein Muster auf den Boden. »Nö, also ich weiß ja nichts. Schon in der Schule nicht.«

»Kann ich nur bestätigen«, sagte sein Schwager. »Der weiß immer noch nichts. Fakt ist, dass der Mann zwei Gehirnzellen hat und die streiten sich um den dritten Platz.«

Eine Hand legte sich auf Schönbohms Schulter und er zuckte zusammen. Herr Wu blinzelte in die Runde. »Der Mann ist nur tot zu gebrauchen. Dann kann man seinen Kopf aushöhlen und ein Vogelhaus daraus bauen.« Er lächelte einen nach dem anderen an.

Alfons-Kevin machte einen Schritt zurück und sah Schönbohm an, der seinen entsetzten Blick mit aufgerissenen Augen erwiderte. Ein Schauer lief ihm über den Rücken.

»Ähm, okay«, Schönbohms Stimme klang verunsichert, »hier ist noch ein Anliegen, das ich gerne klären würde. Es geht um eine TÜV-Station, die es hier geben soll.«

»Oh«, rief Wu aus und drehte sich so schnell um, dass ihm die Krawatte über die Schulter flog. »Ich habe meine Oma im Toaster vergessen. Ich muss schnell los.« Dann hielt er inne, steckte die Hand erst in die Hosentasche, zog sie wieder hervor und gestikulierte umständlich.

»Mein Telefon klingelt.« Alle sahen auf seine leere Handfläche. »Kleines Telefon. Lautlos.« Er zwinkerte die Männer an und sprach dann beim Weggehen in seine Hand.

»Verrückter Mann«, wisperte Björn Björnsen mit einer gewissen Anerkennung in der Stimme.

»Meine Herren«, Schönbohm räusperte sich und blickte mit gerunzelter Stirn und zusammengekniffenen Augen gen Himmel, als es plötzlich donnerte und dicke Tropfen vom Himmel fielen.

»Geil, gratis $H2O$ To Go!« Alfons-Kevin öffnete den Mund und versuchte, Regen zu sammeln.

Björnsen und Brüller blickten ausdruckslos auf den Teenager.

»Ja, also, ich werde in der Angelegenheit Mülltonne ermitteln. Falls Sie verstehen, was ich meine. Sollten Sie damit etwas zu tun haben, wird es rechtliche Konsequenzen haben. Ich nehme noch schnell Ihre Personalien auf und dann…« Regen prasselte auf sie hinab und die Fichten bogen sich unter den plötzlichen Sturmböen. »Dann sind wir auch schon wieder weg.« Er blickte zu Alfons-Kevin, den ein Hustenanfall schüttelte.

Der Junge deutete mit dem Zeigefinger auf seinen Hals. »In die falsche Röhre gekriegt«, krächzte er und hustete erneut. Die Farbe seiner schwarzen Haartönung tropfte ihm langsam, aber sicher über das Gesicht.

»Herr Björnsen, Ihre Daten, bitte.«

»Langmannsgasse 13, Pullstedt.«

»Danke«, sagte Schönbohm gedehnt und blickte noch einmal zu Alfons-Kevin, ob dieser wieder mitschrieb. Der Teenager war jedoch damit beschäftigt, seinen Rucksack auf dem Kopf zu balancieren, um sich vor dem Regen zu schützen. Wobei man beim genaueren Hinsehen feststellen konnte, dass er weniger balancierte, vielmehr trug er den Rucksack wie eine Mütze. Die Träger, durch die er seine Arme gesteckt hatte, zogen den Rucksack fest runter auf den Kopf.

»Ich merke mir das einfach«, murmelte Schönbohm und wandte sich an Brüller. »Und Sie?«

»Hinter'm Renault Megane scharf links und dann dritter Caddy von rechts.«

»Das ist keine Meldeadresse. Gibt es eine ladungsfähige Anschrift?«

»Nehmen Sie meine«, nuschelte Björnsen hinter seinem großen Schnauzbart hervor.

Ein Blitz erhellte ihre Gesichter und als es donnerte, drückte sich Alfons-Kevin Kaufmann theatralisch die Hände auf die Ohren.

Brüller schaute traurig auf den Grill. »Die konnte nicht genug ziehen und jetzt isse verdünnt.«

Björnsen zog eine Augenbraue und einen Mundwinkel hoch und sah Schönbohm mit schiefem Grinsen an. »Ich fahre euch beide mal besser zurück ins Dorf.«

DREI

»Wie hätten Sie denn gerne Ihren Kaffee?« fragte Barbara Rautmann am nächsten Morgen und tänzelte in ihren rosa Gummischuhen durch die Polizeidienststelle Pullstedt.

Schönbohm, der am Schreibtisch saß und Zeitung gelesen hatte, sah sie aus blassblauen Augen müde an. »Wie meinen Humor, Frau Rautmann, wie meinen Humor.«

Die Schreibkraft hielt inne und zog die Stirn kraus. »Also keinen Kaffee?!«

Schönbohm ließ die Zeitung sinken und seufzte. »Schwarz!«

»Darf man das noch so sagen oder ist das diskriminierend?«

Energisch schob Schönbohm die Zeitung von sich. »Das werde ich bestimmt nicht mit Ihnen diskutieren, Frau Rautmann. Aber ich bezweifle ganz stark, dass es anstößig ist, wenn man schwarzen Kaffee trinkt.«

»Vielleicht nennt es sich nichtlaktosierter Kaffee.« Die korpulente Frau, an diesem Tag in einer flattrigen schwarzen Bluse mit goldfarbenem Leo-Print und Leggins mit Schlangenmuster gekleidet, sah nachdenklich aus. »Wenn unser Lasse nur hier wäre, der wüsste das.«

»Das ist nicht einmal ein Wort, Frau Rautmann.« Marco Schönbohm blickte wieder angestrengt auf die Zeitung vor sich. »Vorstand des Seniorensportclubs 'Turne bis zur Urne', Dr. med. Bremer, mit Sportpreis ausgezeichnet« lautete eine Überschrift des wie üblich einschläfernden Sportteils. Langsam faltete er die Zeitung zusammen und ließ sie in den Papierkorb neben dem Schreibtisch gleiten, als mit lautem Getöse die Eingangstür auf flog.

Flink wie ein Kugelblitz verschwand Barbara Rautmann schutzsuchend unter dem Schreibtisch und Schönbohm, der einfach nur die Augen geschlossen hatte, öffnete diese nun blinzelnd. Zu seinem Leidwesen sah er als erstes Alfons-Kevin Kaufmann, der mit einem dürren Mädchen, das er als die sogenannte »Ziegen-Lissi« identifizierte, lautstark diskutierte.

»Mein Gott, die kackt hier alles voll«, schnaufte die Rautmann genervt. Irritiert blickte Schönbohm zu dem Mädchen, das sich nicht im Geringsten angesprochen, dafür aber umso mehr berufen fühlte, Alfons-Kevin am Ohr durch das Büro zu ziehen. Dann merkte Schönbohm etwas an seinem Hosenbein ziehen. Er schob zaghaft den Stuhl zurück und blickte dann tief in die Augen einer schwarzen Ziege.

»Hallo Cheffe«, hörte er eine Stimme und für einen Moment nahm er an, dass er halluzinierte. »Hier hinten!«

Von dem Computerbildschirm bedeckt, befand sich Lasse Weber in einem kleinen Bollerwagen, der an die Ziege gespannt war. Sein gebrochener Knöchel ruhte auf einem Kissen an der Kante des Bollerwagens.

»Was ist das denn für eine beknackte Shit-Show?« Die Rautmann erhob sich zu ihrer vollen Größe und lief dann zu Weber. »Wurdest du entführt?«

Weber lachte jungenhaft. »Nein, ich wollte mal vorbeischauen.«

»Okay, aber was machen diese Kackbratzen hier?«

Die Teenager stellten das Streiten ein und insbesondere die Ziegen-Lissi bedachte die Rautmann mit bösen Blicken.

»Na, ich habe ihn auf die Idee gebracht, mal den großen Sheriff zu besuchen«, warf sich Alfons-Kevin in die Brust.

»Und ich bin die Eigentümerin des Pullstedter Ziegen-Express«, näselte die Ziegen-Lissi und ihr altmodisches langes Kleid mit weißem Häkelkragen hing wie ein Sack an ihrem dürren Körper herunter. Ihr langes braunes Haar trug sie zu einem Pferdeschwanz gebunden und eine Strähne hing ihr traurig ins Gesicht. »Und das ist Franziege«, dröhnte das Mädchen herrisch und Schönbohm hatte den Eindruck, die Fensterscheiben vibrierten.

»Äh, okay«, stotterte Schönbohm gedehnt, »ich kenne mich ja nicht aus mit Ziegen, aber... Nichts für ungut, Weber, aber dürfen die überhaupt so viel ziehen?«

»Eine Ziege kann das Eineinhalbfache ihres Körpergewichts ziehen. Also im Schnitt 70 bis 90 kg!« Dann verschränkte die Ziegen-Lissi resolut die Arme vor der Brust. »Frau Rautmann würde die Zuglast vollkommen überschreiten.«

Die Schreibkraft schüttelte wortlos und angesäuert den Kopf und die Locken ihres Minipli wackelten sachte.

Der Kriminalhauptkommissar lehnte sich vor und sah Polizeimeister Lasse Weber eindringlich an. Leise flüsterte er: »Wenn Sie von diesen Individuen festgehalten werden, dann blinzeln Sie zweimal.«

Doch Weber lachte nur.

»Gut, was können wir machen, dass ihr beiden euch verpisst?« Barbara Rautmann hatte die Hände in die Hüften gestemmt.

»Müsstet ihr nicht in der Schule sein?«

»Ich bin Unternehmerin und gehe nur Teilzeit in die Schule.«

Rautmann und Schönbohm wechselten einen flüchtigen, skeptischen Blick.

»Und ich mache hier Praktikum.« Alfons-Kevin zuckte mit den Achseln und sah unschuldig aus.

»Aber doch wohl nicht heute.«

»Ich habe meinem Lehrer gesagt, Sie brauchen hier Unterstützung. Ohne mich sind Sie aufgeschmissen.«

»Das wage ich zu bezweifeln«, flüsterte Schönbohm und öffnete das Fenster. »Du hast Schulpflicht!«

»Okay, einerseits ist mein Lehrer froh, wenn ich nicht da bin, außerdem ist er der Onkel meiner Tante und ich kann mir ein bisschen mehr Abwesenheit erlauben. Andererseits haben Mittenmang, Pupsi und ich das mit dem Praktikum einfach verpennt. Die Anderen machen schon seit einer Woche Praktikum. Und bevor Sie was sagen, ich weiß es. Sie fragen sich wahrscheinlich, wie man nur so dumm sein kann. Ich frage mich das auch andauernd und dann bin ich es einfach.«

Aber Schönbohm war zu abgelenkt, um auf Alfons-Kevin zu achten. Vielmehr beäugte er misstrauisch die Ziege, die gerade Müll aus dem Papierkorb zu fressen begann.

»Lass das, Franziege, sonst bist du nicht mehr bio!« Wütend stampfte Ziegen-Lissi mit dem Fuß auf. Weber hielt sich an den Seitenwänden des Bollerwagens fest als die Ziege diesen vor Schreck ins Wanken brachte.

»Und ich habe gesagt«, fügte die Ziegen-Lissi hinzu und holte einmal tief Luft, »dass dieses eine Premium-Ziege ist und dass es 200 Euro pro Tag kostet. Ich bringe das hier sonst direkt zur Anzeige, wenn du das nicht zahlst!« Sie ballte die Hände zu Fäusten.

Alpha-Kevin streckte das linke Bein lässig aus und hakte beide Daumen in die Gürtelschlaufen seiner schwarzen Jeanshose. »Schon einmal was von § 138 BGB gehört? Das ist ein sittenwidriges Rechtsgeschäft und nichtig, weil du meine Unerfahrenheit, den absoluten Mangel an Urteilsvermögen und meine erhebliche Willensschwäche schamlos ausnutzt.«

»Das nennt sich Blödheit«, ätzte das Mädchen und verschränkte wieder die Arme vor der Brust.

»Für 200 Tacken kann ich ein komplettes Auto leasen!« Entgeistert blickte er sie an und deutete auf die Ziege.

»Was willst du mit einem Auto, wenn du keinen Führerschein hast? Angebot und Nachfrage. Kennste?! Also 200 Euro!« Sie hielt eine dürre, schwielige Hand auf.

»Ich brauche deinen Ziegen-Express gar nicht!«

Ziegen-Lissi legte den Kopf schief und mit schweren Schritten marschierte sie zu Weber im Bollerwagen. Sie mühte sich ab, den Bollerwagen anzuheben. Wenig überraschend gelang es ihr nicht. Zweimal trat sie gegen das Gefährt und Lasse Weber jaulte auf.

»Mann, Elisabeth, lass das. Die Vibrationen gehen durch bis auf den Knochen, ey!«

Mit wirbelndem Kleid drehte sie sich, Weber geflissentlich ignorierend, zu Alfons-Kevin um. Ihre Augen wurden schmal. »Ich nehme meine Ziege jetzt mit.« Ihre Stimme war nur ein zischendes Flüstern. »Und nur, weil ich diesen Lulatsch nicht aus meinem Premiumwagen kippen kann, heißt es nicht, dass ich den Wagen nicht zurückhaben will, oder diesen Tag nicht in Rechnung stelle. Capice?!«

Der Junge schluckte schwer und sein Adamsapfel sprang wild auf und ab.

Ziegen-Lissi drehte ihm den Rücken zu und spannte ihre Ziege ab.

»Ich will den spätestens in einer Stunde vor meiner Tür stehen sehen«, knurrte sie und starrte jeden für einen Moment an.

»Mich?« stotterte Lasse Weber.

»Nein, Mann, den Bollerwagen! Das ist immerhin der Wackelfix 280! Die Zeit läuft! 59 Minuten!« Die Ziege meckerte zum Abschied auch noch einmal und bevor Ziegen-Lissi die Tür erreicht hatte, betraten zwei weitere Personen die Dienststelle Pullstedt. Sie zuckten zusammen als das Mädchen es schaffte, die Tür, die sich eigentlich langsam von alleine schloss, laut zuzuknallen.

Schönbohm stand auf und ging schnurstracks zum Fenster. Er hatte den Geruch von Ziege in der Nase.

»Schönen guten Tag«, sagte der Mann in dem braunen Anzug und senkte den Kopf. »Ich bin Dr. Ali Türkoglu und das ist mein Sohn Metin. Ich wollte anfragen, ob Metin hier Praktikum machen kann.«

Besagter Metin, ein dürrer, blasser Junge mit kurzem Haar und müdem Blick, verzog den linken Mundwinkel zu einem Lächeln und hob zur Begrüßung die rechte Hand.

»Nee, Mann, nicht du auch noch«, schnaufte Alpha-Kevin. »Ich mach das hier schon.«

Metin guckte traurig und ließ die Schultern hängen.

Schönbohm ging auf sie zu und schüttelte zur Begrüßung ihre Hände. »Dr. Türkoglu, tut mir sehr leid. Da mein Kollege ausfällt, kann ich wirklich nur einen Praktikanten gebrauchen. Waren Sie schon bei Dr. Bremer? Vielleicht funktioniert das kurzfristig und unbürokratisch unter Kollegen?!«

»Nein, nein, er will nicht. Ein sehr unangenehmer alter Mann. Und immer ohne Unterhose. Das ist nicht gut«, sagte er und spielte auf Bremers Hingabe zur Freikörperkultur an. »Er will nicht einmal, dass ich ein paar Stunden bei ihm arbeite.« Er zuckte traurig mit den Schultern und schob die Unterlippe hoch.

»Ich habe mal einen Zeitungsartikel über einen Ihrer Fälle in Hannover gelesen, Herr Hauptkommissar Schönbohm«, eiferte Metin sich. »Oh, entschuldigen Sie. Herr Kriminalhauptkommissar! Wir kommen nämlich auch aus Hannover.«

»Fan«, gackerte Alpha-Kevin amüsiert, doch Metin Türkoglu nickte nachdrücklich und unbeirrt.

»Ich möchte auch gerne Kriminalhauptkommissar werden.« Metin strahlte über das ganze Gesicht.

»Dann aber nicht in Pullstedt. Es kann nur einen geben.« Alfons-Kevin lachte wieder. »Geht es dir schon besser? Sehen wir uns später bei Schneckenmann?«

Metin blickte aus dem Augenwinkel kurz zu seinem Vater und dann wieder zu seinem Kumpel. »Ja, alles gut. Ich fühle mich besser. Ich komme nachher vorbei.«

Schönbohm fühlte sich zwar geschmeichelt, dass er endlich jemanden in Pullstedt gefunden hatte, der ihn nicht von Traktoren vierteilen lassen wollte, aber jugendliche Fans waren ihm dann doch zu viel. Sozial unbeholfen wie er war, tat er das Einzige, was ihm einfiel: Er ignorierte es und lenkte ab. »Haben Sie es mal bei Burak versucht?«

»Cheffe, das ist diskriminierend«, warf Weber ein, der immer noch im Bollerwagen vor dem Schreibtisch stand.

»Ich lass mich einfach von Dr. Bremer krankschreiben«, maulte Metin weinerlich, drehte sich um und machte Anstalten, zu gehen.

»Sohn einer Gurke«, spie sein Vater aus, »bleibst du hier!«

»Burak geht nicht«, warf die Rautmann ungerührt ein. »Ich arbeite da schon.«

»Sie bekommen da 450 Euro, aber ich bezweifle, dass Sie dort arbeiten. Machen Sie hier ja auch nicht.« Schönbohm sah sie mit auf die Seite geneigtem Kopf an.

»Buraks Vater arbeitet auch dort. Und außerdem bekomme ich dort jetzt 520 Euro!«

»Frau Rautmann«, Schönbohm sah sie eindringlich an. »Warum müssen Sie immer das letzte Wort haben?«

»Als könnte ich ahnen, dass Sie nichts mehr sagen wollen.« Schmunzelnd drehte sie sich mit dem Schreibtischstuhl um.

»Gehen wir doch einfach mal zusammen bei Burak vorbei. Wir müssen ja ohnehin den Weber nach Hause transportieren.«

»Sie können ihn hinter das Fahrrad spannen«, meldete sich die Rautmann wieder zu Wort.

»Ich kann ihn auch hinter Ihr breites Kreuz spannen.«

»Nee, geht nicht, ich habe Plattfüße, sonst gerne.« Sie kramte in ihrer großen Handtasche und holte eine DVD hervor, die sie in das Laufwerk des alten Computers legte.

»Wir können gerne wechseln«, bot Dr. Türkoglu an und versuchte im nächsten Augenblick, den Bollerwagen samt Weber vom Schreibtisch wegzurangieren.

»Alter«, raunte Alpha-Kevin dem anderen Teenager zu, »warum bist du eigentlich noch nicht wieder in der Schule? Hast du dir einen weggeholt, als du umgekippt bist?«

Metin verzog wieder das Gesicht, schüttelte den Kopf und sah sein Gegenüber von unten bis oben an. »Warum bist DU nicht in der Schule?«

»Ist halt kacke«, lachte er.

»Ja«, nickte Metin und grinste leicht. »Echt nur Idioten.«

»Idioten, Idioten«, rief Dr. Ali Türkoglu und machte eine Handbewegung, als würde er Hühner verscheuchen. »Ich höre immer nur Idioten. Raus, raus!«

Die Jungs machten einen Satz zur Tür und hielten diese für den Doktor und den Polizisten im Bollerwagen auf.

»Wieso?«, fragte Schönbohm nachdenklich sich selbst als auch Barbara Rautmann, »Wieso habe ich das Gefühl, dass uns im Erste-Hilfe-Kasten eine Zwangsjacke fehlt?«

Dr. Türkoglu und sein Sohn waren nach einigen Versuchen, Weber unauffällig zu transportieren, zu Buraks Börekbude der osmanischen Köstlichkeiten vorgegangen. Aller Wahrscheinlichkeit nach lag es daran, dass weder der eine noch der andere besonders darauf erpicht war, den großen Lasse Weber länger als nötig in dem viel zu kleinen Bollerwagen zu ziehen und sich zudem den belustigten Pullstedtern auszusetzen, die über die seltsame Truppe lachten.

Schönbohm übernahm gerade den Bollerwagen von seinem Praktikanten, als sie um die Ecke auf den Hof der Familie Weber bogen.

»Wissen Sie, Cheffe, ich bin nicht so richtig ausgelastet. Kann ich nicht doch für ein paar Stunden pro Tag kommen und wenigstens Telefondienst machen?«

Bevor Schönbohm antworten konnte, hupte es lautstark hinter ihnen und sie zuckten vor Schreck zusammen.

»Mein Gott, ich wüsste gar nicht, wen von Ihnen beiden ich zuerst reanimieren müsste«, keuchte Alfons-Kevin. »Alte Menschen.«

Es hupte erneut und sie drehten sich um. Hinter ihnen hielt Micha Lüdermann mit dem Rettungswagen, Ellenbogen im geöffneten Fenster. »Was ist denn hier los? Macht das Irrenhaus einen Betriebsausflug? Ich lache mich tot!« Er klopfte mit der linken Hand auf die Tür des Wagens.

»Dann lach mal schneller, großer Meister.« Alfons-Kevin sah ihn provokant an. »Ich wusste ja schon, dass der Tag echt hässlich wird, aber mit dir habe ich nicht gerechnet.«

Lüdermann lachte keckernd. »Du bist komisch, Alpha-Kevin.« Sein Lachen hörte abrupt auf. »Aber nicht so Hahaha-komisch. Eher so komisch, wie ein Nachbar, der nachts bei einem klingelt, weil das Aquarium brennt.«

Schönbohm und Weber sahen sich stumm an.

»Bist du schon wieder Easy-Going mit spirituosem Hintergrund, mein Junge? Hältst du dich für lustig?« Alfons-Kevin sah ihn an und kniff das rechte Auge leicht zu.

»Okay«, sagte Lüdermann jetzt unsicher und langsam schloss sich das Fenster, »ich muss jetzt los. Ihr wisst schon…« Er deutete mit einer lässigen Bewegung in den hinteren Teil des Rettungswagens. »Blut und Eiter, mein täglicher Begleiter.« Dann war das Fenster komplett zu.

»Da fällt mir ja vor Lachen gleich der Kaktus aus dem Arsch«, brüllte Alfons-Kevin und ging dem Rettungswagen ein paar Schritte hinterher. »Von so einem

Schlappschwanz mit Tatütatatütütattoo lass ich mich nicht blöd anmachen!«

»Gut, jetzt macht er mir Angst«, raunte Schönbohm Weber zu, der mit vor Schreck geweiteten Augen eifrig nickte.

»Was ist denn ein Tatütatatütütattoo? Ich kann das nicht mal aussprechen.« Hilflos zog Schönbohm die Augenbrauen zusammen.

»Der Lüdi hat sich einen Krankenwagen mit Ballettrock tätowieren lassen.«

»Was ist denn das für eine Sprache? Mein Gott, ich rufe gleich die Polizei!« Hinter der großen Steinmauer, auf der vereinzelt dunkles Moos wuchs, kam Oma Weber hervor. Eine kleine, zähe Frau mit faltigem Gesicht und einer geblümten Schürze über einem Frottee-Jogginganzug.

»Oma, wir sind die Polizei«, rief Lasse Weber. »Alles ist in Ordnung.«

»Ist das auch keiner dieser Enkeltricks?« Sie zog die mächtige Nase hoch, die für ihr Gesicht viel zu groß schien.

»Oma, ich bin dein Enkel und ich bin bei der Polizei!« Webers Stimme klang aufrichtig entrüstet.

Eine Schar Hühner näherte sich und eins nach dem anderen begann, gegen Webers Gips zu picken. Ein weiteres Huhn sprang ihm auf die Schulter und zog an seinem Ohrläppchen.

»Ja, du bist mein Enkel«, rief die alte Frau aus. »Nur dir passiert das mit den Hühnern. Oder anderen Tieren.«

Eine Pullstedter Legende besagte, dass Lasse Weber von einer Frau mit zuckendem Auge, die einem nicht sesshaften Volk angehörte, verflucht wurde und ihn seitdem alle Tiere hassen. Inwieweit die Spuckkünste der Oma Weber an besagtem zuckendem Auge und dem nachfolgenden Fluch beteiligt waren, sollte jedoch ein ungeklärtes Mysterium bleiben.

»Kommt mit, kommt mit« rief die alte Dame und deutete, ihr zu folgen. »Ich habe Kaffee, Tee und Kuchen. Kommt. Bowle, Schnaps, Punsch.«

»Oma, wo sind denn Mama und Papa?« fragte Weber nörgelig, als er sah, dass das Auto fehlte.

»Die sind auf dem Friedhof«, sie lächelte lieb. »Aber keine Angst, sie kommen wieder.«

Schönbohm war dankbar, dass sie Weber endlich zu Hause absetzen konnten. Seine Arme und Schultern fühlten sich schwer an und ihm wurde klar, dass sich Muskelkater ankündigte.

Schönbohms Telefon klingelte.

»Hallo Burak!« Schönbohm lauschte ins Telefon und sah ernst aus.

»Okay, ich komme vorbei.« Er beendete den Anruf und steckte das Telefon wieder in die Tasche. »Ein bisschen Ärger mit dem Doktor.«

»Eine osmanische Schlacht«, hauchte Alfons-Kevin mit Hingabe.

Lasse Webers Augen wurden sehnsüchtig: »Essensschlacht.«

11

Mit seinem Praktikanten Alfons-Kevin Kaufmann, dem Alpha-Tier aller Kevins, im Schlepptau machte sich Kriminalhauptkommissar Marco Schönbohm auf den Weg in den Pullstedter Delikatessentempel, der sich »Buraks Börekbude« nannte. Da Schönbohm sich energisch weigerte, Alfons-Kevin im Bollerwagen zu ziehen, mühte sich der Teenager ab, den Wagen als Roller zu verwenden.

»Wäre total knorke, wenn der einen Motor hätte. So ein E-Bollerwagen. Wie ein E-Roller.« Zufrieden mit sich und seiner Idee nickte er grinsend.

»Wenn ich das immer höre… In meiner Kindheit hatten wir keine E-Roller, wir hatten noch ein zweites Bein.« Schönbohm schüttelte den Kopf.

Alfons-Kevin blickte irritiert an sich runter. »Ich habe sogar noch ein drittes Bein«, lachte er und fing sich einen finsteren Blick von Schönbohm ein. »Mann, Sie sind so ein Sonnenschein.«

»Dabei bin ich nicht einmal halb so unfreundlich wie ich sein könnte.«

»Welche Region Deutschlands spuckt denn solche Miesepeter wie Sie aus? Ich meine, sind Sie ein Unfall oder gibt es da ein Nest?«

»Hannover«, brummte Schönbohm und für einen Moment wurde sein Blick glasig.

Alpha-Kevin machte ein hustendes Geräusch »Nach Hannover fahre ich nicht mehr. Ich habe da mal einen Hut mit Geld gefunden und dann hat mich den ganzen Tag ein Irrer mit einer Gitarre verfolgt.«

Kopfschüttelnd blickte Schönbohm ihn an, dann zog er überrascht die Augenbrauen hoch und schüttelte erneut den Kopf, als er würde er das Gehörte aus seinen Ohren schütteln wollen.

»Ist das dein Ernst?«

»Jaaaaaa«, seine Stimme klang fröhlich, »hin und wieder frage ich mich auch, wie man so blöd sein kann, na, und dann bin ich es einfach. Der Mann war garantiert Talent Scout und wollte, dass ich Rockstar in einer Band werde. Ich habe es erst viel zu spät kapiert, dass es da

wahrscheinlich um ein Vorspielen auf der Gitarre ging.«
Dann zuckte er mit den Schultern und sah Schönbohm unschuldig an.

»Mein Gott«, wisperte dieser ungläubig und richtete den Blick stur auf den Weg vor sich.

In der Ferne konnte er bereits die Leuchtreklame von Buraks Börekbude leuchten sehen und er beschleunigte die Schritte.

»Buuuuuraaaaaak, Habibi« rief Alfons-Kevin freudig als er das breit grinsende, bärtige Gesicht des Börekbudeninhabers hinter dem Verkaufstresen sah und breitete die Arme in einer umarmenden Geste aus. »Einmal Bremer Stadtmusikanten mit Zaziki. Und schächte mir mal ein paar extra Tomaten, ich liebe den Scheiß.«

Burak lachte tief aus dem Bauch heraus, ein typisches Burak-Lachen. Er trug ein kariertes Hemd, dessen Kragen unter einem blauen Strickpullover hervorlugte.

»Alpha, Junge, was machst du denn hier, du kognitive Handbremse?« Wieder lachte er und erinnerte Schönbohm an einen Lachsack.

»Ich bin quasi Hilfssheriff.« Mit ausgestrecktem Daumen und Zeigefinger deutete er eine Pistole an und dann pustete er über die Spitze des Zeigefingers.

»Wolltest du neulich nicht Steinmetz werden oder sowas?«

»Nee«, er kratzte sich am Hinterkopf. »Das war Handzuginstrumentenmacher.«

Burak lachte wieder. »Wie kommt man darauf?«

Mit großen Augen sah Schönbohm seinen Kumpel Burak an. »Ich weiß nicht einmal, was das sein soll.«

»Das, großer Meister, erkläre ich liebend gern. Ein Handzuginstrumentenmacher macht natürlich Handzuginstrumente.«

»Natürlich.« Schönbohm verzog das Gesicht und stöhnte angestrengt. »Ich bin so froh, dass du das detailliert klargestellt hast.«

»Akkordeons und sowas. Aber das passt nicht zu meiner geplanten Karriere als Deutschrapper. Ich nenne mich übrigens DJ Habibi.«

Burak schüttelte lachend den Kopf und Alfons-Kevin fing an zu rappen: »Ich steck dich in den Koffer, ich zieh an deinem Muff, ich schieß dich ab, Puff, Puff, Puff.«

»Manchmal beneide ich echt die Leute, die dich nicht kennen«, grinste Burak und hielt sich dann den Bauch vor Lachen.

»Ich widme das Lied meinem alten Freund Burak.« Alfons-Kevin hatte emotional die rechte Hand auf seine Brust gelegt und lächelnd die Augen geschlossen. »Ich suche für die Band übrigens noch einen Rassisten. Hat jemand Interesse?«

»Ich hoffe inständig, du meinst einen Bassisten.« Burak und Schönbohm wechselten einen Blick und Alfons-Kevin legte eine verdächtig lange Pause ein.

»Nein.« Er blickte nachdenklich ins Leere. »Wie heißt der Mensch, der die Rasseln schüttelt?«

»Alpha-Kevin«, rief Burak, »deine Eltern wechseln doch auch das Thema, wenn nach dir gefragt wird, oder?!«

Schönbohm seufzte resignierend und sein Blick fiel auf einen kaputten Stehtisch, der am Boden lag. Ernst sah er Burak an. »Erzähl mal, was passiert ist.« Er deutete mit einem Nicken auf den Tisch.

Buraks Gesicht verfinsterte sich.

»Dieser Doktor kam her, der Türkoglu, mit seinem Sohn. Ob der hier Praktikum machen kann.« Burak streckte seine Arme einladend aus. »Ihr kennt mich, ich gebe jedem eine Chance. Ich stimme also zu und wir kommen ins Gespräch. Er fragt, ob seine Frau hier arbeiten kann. Ich sage, Bruder, sage ich, das geht leider nicht. Die Rauti arbeitet hier, mein Baba arbeitet hier. Ich kann nicht noch mehr Leute gebrauchen.« Burak machte eine Pause und sah die Beiden eindringlich an. »Dann sagt er, seine Frau macht die beste Börek-Lasagne.« Er drückte das Kinn gegen den Hals und sah Schönbohm und Alfons-Kevin von unten an. »Börek-Lasagne!« Er spie die Worte förmlich aus. »Börek-Lasagne! Das muss man sich mal vorstellen. Seine Frau wolle ein Restaurant eröffnen, sagt er plötzlich. Italienisch-türkisch.« Burak schüttelte den Kopf und sein Deckhaar glänzte von dem Haargel, das er neuerdings verwendete. Er verschränkte kurz die Arme vor der Brust und stützte sich dann wieder am Tresen auf. »Und bevor ich überhaupt wusste, was los war, ging das Geschrei los und plötzlich reißt der verdammte Idiot den Stehtisch um und knallt ihn gegen die Seite meiner Bude.« Er beugte sich vor und deutete mit einer nickenden Bewegung des Kopfes nach links, wo das Holz der Fassade abgeplatzt war.

»Buraaaaaaaaaaaaaaak«, klang es leidend, vorwurfsvoll und fordernd zugleich aus der besagten Börekbude und Buraks Vater Hilmi kam heraus.

»Ey, Baba«, lachte Burak verlegen, »wir haben Gäste, Mann.«

»Heeeee, Baba von Burak!« Alfons-Kevin hob die Hand zum Gruß und der gebeugte Mann öffnete die Tür der Bude und kam zu ihnen, um allen die Hände zu schütteln.

»Burak, İyi insan lafının üzerine gelirmiş!«

»Ja, Baba, das stimmt. Er sagt, gute Menschen kommen, wenn man von ihnen spricht. Und ich hatte ihm gesagt, dass ich dich angerufen habe. Wo ist eigentlich Lasse?«

»Der ist doch über, äh, ein Fahrrad gefallen und hat sich den Knöchel gebrochen. Er wurde abends noch operiert, aber ist tatsächlich schon wieder zu Hause. Ob das so sein sollte, weiß ich allerdings nicht.«

»Natürlich ist er über dein Fahrrad gefallen«, lachte Burak wieder. »Und du machst dann wohl Praktikum. Ja, jetzt ist Pullstedt von Praktikanten geplagt.«

»Buraaaaaaaaaak«, fing sein Vater wieder an und bahnte sich seinen Weg zurück in den Verkaufsstand. Er streckte ihm sein Mobiltelefon entgegen. »Burak, ist das eine Matratze oder eine Pommes?«

Schönbohm hustete, um ein überraschtes Lachen zu kaschieren und Alfons-Kevin sah ihn skeptisch von der Seite an.

»Baba, ey, was machst du da?« Burak nahm ihm lachend das Telefon aus der Hand. »Immer Kleinanzeigen und einkaufen.« Er schüttelte den Kopf.

»Ich will das kaufen.«

»Ja, ich sehe das. Aber Baba, warum willst du das kaufen, wenn du nicht mal weißt, was das ist?«

»Ich habe schon geschrieben.« Der kleine Mann zuckte mit den knochigen Schultern.

Burak schüttelte erneut den Kopf und sein Blick wanderte von seinem Vater zu dessen Telefon und er berührte mehrfach das Display mit dem Zeigefinger.

»Oh Baba!« Seine Stimme klang vorwurfsvoll. Er gab einen frustrierten Laut von sich und las vor:

»Was ist letzte Preis?

Antwort: Es ist zu verschenken und kostenlos.

Baba wieder: Ich biete 55 Euro. Wenn es mehr als 55 Euro kostet, will ich es nicht haben.

Antwort: Das ist zu verschenken.

Baba: Gut, dann nehme ich es nicht.«

Burak seufzte, ließ das Telefon sinken und blickte ungläubig in die Runde. »Du willst etwas kaufen, was kostenlos ist, obwohl du nicht weißt, was es ist. Super. Wenn ich das der Mutter sage.«

Buraks Vater Hilmi warf die Hände in die Höhe. »Nein, nein, Buraaaaak! Sie sagt, ich habe einen Kaufrausch, ich kaufe alles! Wieder nur Geschimpfe zu Hause. Meine armen Ohren!«

Burak lachte. »Ey, Baba, ich mache dir die Kindersicherung ins Telefon. Ich sperre alle Shopping-Apps, ich sage es dir.«

»Ich gehe zu Regina«, warf Hilmi unbeeindruckt in die Runde und meinte damit die Besitzerin des örtlichen Tante-Emma-Ladens.

»Burak, willst du die Sachbeschädigung zur Anzeige bringen?«

Der Börekbudenbesitzer sah einen Moment nachdenklich aus. »Ich behalte es mir vor.«

»Willst du, dass ich mit Türkoglu mal spreche? So ein Verhalten geht nicht.«

Burak hatte die Augenbrauen leicht zusammengezogen. »Nein, ich sage ihm das selbst. Wenn er hier noch ein einziges Mal aus der Reihe tanzt, dann...«

»Ja, ja, diese Kinder«, nickte Hilmi und schlug Burak auf den Rücken, »wollen immer streiten und kämpfen.« Er starrte in die Ferne. »Ah, da kommt dieser Sohn einer Gurke!« Die dürren Arme, die aus dem Strickpullunder ragten, zitterten, als er die Hände zu Fäusten geballt gen Himmel reckte.

Schönbohm drehte sich um und sah den Arzt und eine Frau auf die Börekbude zukommen und ein wenig abseits schlich Metin.

Wie zuvor begrüßte Dr. Ali Türkoglu die Anwesenden mit einer leicht angedeuteten Verbeugung.

»Hallo, hallo«, grüßte die Frau. »Melinda Möllenstein-Türkoglu.«

»Der Name einer Politikerin«, warf Alfons-Kevin ein und die Frau kicherte verlegen.

»Nun, wir sind hier, um den Schaden zu begleichen. Richtig, Ali?« Sie stieß ihm dezent den Ellenbogen in die Rippen und er kramte das Portmonee aus der Tasche.

Aufgeregt beugte sich Hilmi vor, um besser sehen zu können. »Fünfzig Euro!«

»Babaaaa«, rief Burak gequält und kam dann lachend hinter seinem Verkaufstresen hervor.

Metin war still und beäugte die Anwesenden skeptisch. Seine Mutter fuhr ihm lachend durch das Haar und legte dann Burak eine Hand auf den Oberarm. »Der Tisch war ja bestimmt auch fünfzig Euro wert.«

Schönbohm räusperte sich. »Gut, ich sehe, hier geht alles seinen Gang. Ich mache mich dann wieder auf den Weg.« Er stieß Alfons-Kevin an. »Und du bringst endlich den Bollerwagen zurück zu dem Ziegenmädchen.«

Ⅰ Ⅰ ✒

Es war bereits dunkel als Schönbohm nach dem wohlverdienten Feierabend zu Hause ankam. Er stieg von seinem Dienstfahrrad, das er gerade durch das kleine Tor schieben wollte, als der Bewegungsmelder anging und ihn blendete.

Berta Rehstock-Rosenstein, seine Gartennachbarin, stand in blau geblümter Kittelschürze mit verschränkten Armen und den obligatorischen Birkenstock-Sandalen auf dem Weg zu seiner Haustür. Fast wäre Schönbohm ein Schreckensschrei entwichen. Vorwurfsvoll tippte Berta Rehstock-Rosenstein mit dem Fuß auf die Waschbetonplatte. Schönbohm fühlte sich unwohl.

»Haben Sie...« Er bemerkte, dass ihm die Stimme wie einem pubertären Gesangsknaben versagte und er räusperte sich. »Haben Sie auf mich gewartet?«

»Ja, ich habe schließlich Ihr Fahrrad schon quietschen gehört, als sie aus dem Büro weggefahren sind. Da habe ich dann gewartet.«

»Im Dunkeln?«

»Ja, na hörnsema« entrüstete sich die korpulente Dame, »da ist doch ihre Putzfrau im Haus, da geh ich dann nicht rein. Wenn dann was fehlt, dann heißt es noch, ich wäre es gewesen. Und zeitgleich geht das Geld dann nach Pakistan. Nee, nee, ich warte hier draußen.«

Schönbohm atmete tief ein. »Frau Rehbein-Rosenstock!«

»Rehstock-Rosenstein! Ich muss doch sehr bitten!«

»Entschuldigung, Frau Rehstock-Rosenstein. Also ich bitte Sie noch ein letztes Mal in aller Freundlichkeit. Das ist keine pakistanische Putzfrau, sondern meine Verlobte! Und Sie ist die Inhaberin des Bestattungshauses. Also eine Geschäftsfrau und keine Kriminelle! Ich erinnere Sie in aller Form an den Anstand und die guten Sitten und verbitte mir hier jegliche Diskriminierung.«

Die ältere Frau lachte gekünstelt, dann ging das Licht des Bewegungsmelders aus. Als das Licht wieder den Weg erhellte, stand Berta Rehstock-Rosenstein direkt vor ihm. Er spürte ihren Atem in seinem Gesicht und er ließ erschrocken das Fahrrad fallen, das scheppernd zu Boden ging. Die Fahrradklingel gab einen blechernen Klang von sich.

»So geht die Polizei mit meinen Steuergeldern um.« Ihre Stimme hatte einen beleidigten Tonfall.

»Frau Rehstock-Rosenstein, was wollen Sie denn von mir?«, fragte er weinerlich.

»Jetz wernsema nich frech, junger Mann. Ich habe das Schnaufen gehört. Ich bin doch nur gekommen, um Ihnen Informationen zu liefern. Haben Sie das schon gehört? Mit der Irma Krekel? Die hat jetzt ja auch noch die Regina angezeigt, weil ihr Telefon zu laut geklingelt hat. Das Klingeln hätte die erlaubten Deeeziiiibeeeeel überschritten«, flüsterte sie gedehnt.

»Äh, 'tschuldigung Frau Rehstock-Rosenstein, aber ich arbeite bei der Polizei. Ich weiß, welche Anzeigen bei uns eingehen«, log er. Tatsächlich hatte er, nachdem die ältere Dame ihn aufgrund seines zu laut quietschenden Dienstrades zum wiederholten Male angezeigt hatte, Frau Rautmann befohlen, die Anzeigen der Krekel direkt verschwinden zu lassen.

»Nein, ich meine die Anzeigen, die sie direkt an die Staatsanwaltschaft schickt«, raunte die Rehstock-Rosenstein.

»Aber ich führe das doch alles für die Staatsanwaltschaft aus. Ich bekomme doch die Anzeigen von der Staatsanwaltschaft, um den Sachverhalten nachzugehen.«

»Aber haben Sie das auch mit dem Poldi gehört? Die Röllkes haben ihren Poldi gefunden. Vergiftet wahrscheinlich. Oder überfahren.«

»Das ist aber schon ein gewaltiger Unterschied.«

»Und«, setzte die Rehstock-Rosenstein mit einem besserwisserischen Tonfall erneut an, »die Bohle hat einen verscheucht, der ihren Schweinestall anzünden wollte.«

»Wollte einer den Stall anzünden oder stand dort lediglich jemand, der geraucht hat und dann von ihr und ihrer Mistgabel weggescheucht wurde?«

»Na, diese Frau ist ja ganz seriös und ich habe das von Ritas Cousine gehört.«

Schönbohm verdrehte die Augen. Das Licht hinter Berta Rehstock-Rosensteins Kopf flackerte und erlosch.

Der Kommissar spürte den Hauch einer schnellen Bewegung und der Bewegungsmelder spendete wieder helles Licht.

»Was ist denn hier los?« Schönbohms Verlobte, Kala Goraya, schaute misstrauisch aus der Haustür und hielt einen kleinen grünen Handfeger aus Kunststoff drohend von sich.

Die Rehstock-Rosenstein drehte sich demonstrativ um. »Bombenleger«, flüsterte sie gedehnt zwischen zusammengebissenen Zähnen und machte drei Schritte rückwärts, dann stieß sie gegen den hüfthohen Torpfosten.

Ein undefinierbares Grunzen ertönte aus dem Dunkel und alle erstarrten. Bevor Schönbohm sich zur Straße wandte, sah er, dass Kalas Augen weit aufgerissen waren. Er machte einen Schritt zur Rehstock-Rosenstein und schob sie mit ausgestrecktem Arm schützend hinter sich, während er nach seiner Waffe griff und mit zusammengekniffenen Augen in die Dunkelheit starrte.

Ein schlurfendes Geräusch kam näher und die korpulente Nachbarin krallte sich an Schönbohms Schulter fest. Kala hielt weiterhin abwehrend den Handfeger vor sich.

»Das... Das ist der Lüdermann, richtig?« flüsterte Berta Rehstock-Rosenstein und durch ihre feuchte Aussprache spuckte sie dem Kriminalhauptkommissar in den Nacken. Er zog die Schulter hoch und versuchte, den Speichel wegzuwischen.

»Schhhhh!«, raunte er ungehalten. Und plötzlich war es vollkommen still. Dann erlosch das Licht. Jemand furzte. Ein grunzendes, infantiles Lachen ertönte.

»Ewald«, keifte die Rehstock-Rosenstock ihren Mann an, den sie sofort am Lachen erkannt hatte. Rüde schob sie Schönbohm beiseite und er musste kämpfen, um das Gleichgewicht nicht zu verlieren.

»Ich habe dich gesucht und dann habe ich dich vor Angst pupsen gehört. Du wolltest mir doch einen schönen Salat machen.« Er klang erst belustigt, dann vorwurfsvoll.

Kala aktivierte den Bewegungsmelder und nun sah Schönbohm den älteren Mann, dem seit letztem Jahr noch genauso lange Haarsträhnen ins Gesicht fielen. Sowohl Latz als auch Träger seiner Latzhose hingen leger vor dem Bauch hinab. Und nicht nur das: Die Entscheidung, statt der Träger einen Gürtel zu verwenden, war nicht nur als modische Rebellion zu sehen, sondern auch als postmortalen Schlag ins Gesicht des Erfinders der Latzhose.

Unzufrieden schnaufte seine Frau und rammte die Hände in die Taschen ihrer Kittelschürze. »Mein Gott, immer nur essen.«

»Und du immer nur nörgeln.«

Berta Rehstock-Rosenstein stampfte mit ihren Latschen auf und nahm sichtlich erzürnt die Hände wieder aus den Taschen, um verärgert zu gestikulieren. »Wir gehen jetzt, Ewald!«

»Gut, ich habe nämlich wirklich Hunger, Berta. Es ist doch bestimmt schon eine Stunde her, dass du weg bist und ich die Mettwurst essen musste, die in der Vorratskammer hing.«

Seine Frau riss beherzt das kleine Tor des Jägerzauns auf. »Die ganze Mettwurst, mein Freund? Die sollte da noch ein bisschen abhängen!«

»Frau Rehstock-Rosenstein, bitte, denken Sie an die Uhrzeit und berücksichtigen Sie das bei der Wahl Ihrer Lautstärke.« Schönbohm steckte nunmehr die Waffe weg, auch wenn er unsicher war, ob er sie nicht zum Schutz des dicken Mannes noch benötigen würde.

»Ich sag es ja, immer nur nörgeln.« Er schlurfte schnaufend von dannen und seine Frau, laut zeternd, hinterher.

»Was war DAS denn?« Kala fuchtelte erneut vor dem Bewegungsmelder.

Marco Schönbohm ließ die Schultern hängen. »Das waren unsere liebreizenden Nachbarn.«

VIER

»Wollen wir auf das Pullstedter Walpurgisfest gehen?« Kalas fröhliche Stimme drang wie durch Watte in Schönbohms Ohren.

»Was ist das denn?« fragte er und klang grimmiger als er es beabsichtigt hatte, doch seine Verlobte ignorierte es schlichtweg.

»Na ja, das Böse wird ausgetrieben und traditionell fliegen die Hexen zum Brocken oder so.«

»Hm«, machte Schönbohm, »also sind wir dann die gute Frau Rehstock-Rosenstein los oder kommt die vom Brocken zurück?«

»Als hätte unsere nette und so zurückhaltende Nachbarin dir was getan«, lachte Kala.

»Die muss mir nichts tun«, murrte Schönbohm mit hängendem Kopf, »ich kann die Frau auch so unsympathisch finden.«

»Aber gehen wir nun zum Walpurgisfest? Ja?« Kala strich sich ihr langes schwarzes Haar hinter das Ohr.

»Nur, wenn ich mit niemandem sprechen muss.«

Kala Goraya strahlte übers ganze Gesicht.

»Aber Kala, nicht, dass du mir dann wieder sagst, du hast etwas Besseres zu tun und ich sitze alleine dort.«

»Äh«, fing sie kleinlaut an und kämpfte mit der störrischen Haarsträhne, die partout nicht hinter dem rechten Ohr bleiben wollte. »Du hast doch gesagt, du willst mit niemandem sprechen. Da passt es doch ganz gut, dass ich zu einer Weiterbildung auswärts muss. Ich will doch nur, dass du rausgehst, Spaß hast und Kontakte knüpfst.«

»Wie jetzt? Weiterbildung? Aber doch nicht um diese Uhrzeit! Und abgesehen davon, gute Frau, knüpfe ich mehr als genug Kontakte in diesem Kaff!«

»Die haben noch ein abendliches Symposium im Hotel. Und dann habe ich schon vor Wochen das Zimmer gebucht, um nicht noch so spät abends die ganze Strecke fahren zu müssen. Das hatte ich dir aber auch erzählt.« Sie sah ihn mit einer hochgezogenen Augenbraue skeptisch an.

Schönbohm schnaufte. »Lass uns nachher in Ruhe darüber reden. Ich muss langsam los.«

»Du kannst das über die Walpurgisfeier ja im Pullstedter Express nachlesen.« Kala nickte in Richtung der Tageszeitung, die auf dem Küchentisch lag. Schönbohm brummte erneut. Den Pullstedter Express las er schon lange nicht mehr richtig, bestenfalls überflog er ihn, seit ein – oder womöglich der einzige – Reporter, Dieter Anrheiner, es sich zur Aufgabe gemacht hatte, ihn besonders unfähig aussehen zu lassen. Ein Blick auf die Titelseite genügte:

»Dümmer als die Polizei erlaubt!

Die vom Steuerzahler finanzierte Unfähigkeit der Pullstedter Polizei hat vermutlich ihren Höhepunkt erreicht. Bei der angeblichen Verfolgung eines angetrunkenen Verkehrsteilnehmers ereignete sich ein Unfall, bei dem ein Beamter zu Schaden kam. Nach einem Sturz über das Dienstrad brach sich einer der eingesetzten Polizeibeamten den Knöchel. Hier kann man nur froh sein, dass weiterhin kein Dienstkraftfahrtwagen genehmigt wird, sonst würden sie sich wie ein Rudel lobotomierter Affen gegenseitig überfahren.«

Gnädigerweise war die Zeitung in der Mitte gefaltet, sodass ihm der Rest des wenig erfreulichen Artikels erspart blieb.

»Ich gehe jetzt zur Arbeit«, betonte Kriminalhauptkommissar Schönbohm noch einmal besonders übellaunig, woraufhin Kala nur lachte.

»Du bist viel zu jung, um so ein alter Stinkstiefel zu sein.« Sie blickte ihm hinterher und schüttelte grinsend den Kopf.

»Du musst ja auch nicht mit dummen Menschen arbeiten. Oder lebenden Menschen.«

Sie zog die linke Augenbraue hoch, blickte zur Seite und stimmte ihm dann nickend zu. »Ja, wenn man was mit Menschen machen, aber nicht mit deren Dummheit konfrontiert werden will, ist der Beruf des Bestatters wirklich von Vorteil.«

»Nur so kann man Menschen mögen.«

»Na, du mochtest Menschen doch vorher auch. Nur hier bist du so ein Grummel«, bemerkte sie, als sie hinter ihm zur Haustür ging.

»Ja«, erwiderte er patzig, »aber dafür, dass man angeblich von der Kleidung auf den Menschen schließen kann, gibt es in Pullstedt erstaunlich wenig Zwangsjacken.«

»Vielleicht muss man sich manchmal einfach nur zurücklehnen, seinen Kaffee trinken und akzeptieren, dass manche Menschen einfach, hm, anders sind.«

»Idioten«, murmelte Marco Schönbohm, »sie sind nicht anders, es sind Idioten.«

»Das habe ich über dich auch schon gehört.« Grinsend drehte sich Kala um. »Versuch es doch mal mit Musik. Das macht gute Laune.«

»Meine gute Laune schwankt zwischen Axt und Feuerwerfer«, zitierte er die Rautmann, als er in der

Schublade nach seinen Kopfhörern suchte. Warum war Kala nur immer so gut gelaunt, freundlich und logisch denkend? Da fühlte er sich direkt noch unzulänglicher. Schönbohm griff nach den Ohrstöpseln, rief einen Abschiedsgruß in Kalas Richtung und verschwand aus der Haustür. Ein schriller Aufschrei entwich ihm, als er sich erneut Berta Rehstock-Rosenstein gegenübersah. Ihr kupferrot gefärbtes Haar, das immer mehr von grauen Strähnen durchzogen war, stand an der Stirn ab. Das Deckhaar war lang, das restliche Haar war ein herausgewachsener Undercut. Als er einige drahtige, schwarze Haare an ihrem Kinn ausmachte, wusste er, sie standen zu nah beieinander. Pikiert räusperte er sich.

»Herr Kommissar«, sagte sie, »hörnsema, ich glaub, bei uns wollte einer einbrechen. Stimmt es, Ewald?«

Hinter der Hecke kam Ewald Rosenstein hervorgewatschelt.

»Bei uns bricht doch nur einer ein, um die Vorhänge zuzuziehen«, grunzte ihr Mann lachend und pustete dann eine Haarsträhne aus seinem Gesicht.

»Ich glaube, mein Schwein pfeift! Sagst du, ich bin hässlich?!«

»Nein, Spatzi, Worte können deine Schönheit sowieso nicht beschreiben. Zahlen aber schon. Drei von zehn.«

»Ich trete dir gleich einen Achter ins Hemd!«

»Wurde etwas entwendet?« erfragte Schönbohm, um einen Fall von häuslicher Gewalt abzuwenden.

»Ein Schinken!« Die Augen der Rehstock-Rosenstein funkelten böse.

»Ein Schinken«, flüsterte Schönbohm und ihm kam ein Verdacht. Sein Blick wanderte zu seinem Nachbarn, der hinter dem Rücken seiner Frau den Kopf schüttelte und wild gestikulierte. Schönbohm blickte auf den Rasen, den eine Amsel unbeirrt durchpflügte. Der Vogel scharrte, pickte, scharrte und störte sich gar nicht an den Menschen. Sei eine Amsel, erklang eine Stimme in seinem Kopf, die er so noch gar nicht gehört hatte. Er blickte zurück zu dem zeternden Ehepaar und wieder auf die Amsel, die so tat, als gäbe es nichts anderes als den Rasen mit einem Buffet aus Insekten und Regenwürmern.

Ohne auf seine Nachbarn zu achten, holte er sein Telefon aus der Tasche, startete die Musik, steckte die Ohrstöpsel in die Ohren und ging weg. Es war ihm vollkommen gleichgültig, dass ihm Berta Rehstock-Rosenstein noch ein paar Meter hinterherlief.

Marco Schönbohm hatte zwar nur die Musik, die er bei der Neuanschaffung des Telefons erworben hatte, aber sie gefiel ihm noch immer. Er merkte, wie seine Schritte leichter wurden und irgendwann fing er leise an zu singen. Er erhöhte die Lautstärke und als er die Dienststelle erreichte, schloss er gutgelaunt die Tür auf. Tanzend durchquerte er das Büro, schaltete dabei alle Computer an und sang lautstark »Move your Body« von Sia.

Doch dann blieben sowohl Schönbohm als auch sein Herz abrupt stehen. Oder zumindest fast. Barbara Rautmann stand mit hängenden Mundwinkeln und ebenso hängenden Schultern ausdruckslos vor ihm. Er entfernte schamhaft die Ohrstöpsel und stelle die Musik aus.

»Hat Ihnen mal jemand gesagt, dass Sie gut singen?« Die Rautmann erwachte aus ihrer Starre und stellte ihre überdimensionale Handtasche neben ihren Schreibtisch.

»Äh, nein, nein, das hat noch keiner gesagt.« Verlegen rieb Schönbohm über seinen Hals und setzte sich auf seinen Schreibtischstuhl.

Barbara Rautmann atmete heftig aus. »Das hätte mich aber auch schwer gewundert. Oh. Mein. Gott. Da hat jemand das Lied in einem Leichensack rausgeschleppt.

Den Song haben Sie so gekillt, das war einfach nur kacke. Den habe ich mal geliebt, aber jetzt hasse ich ihn nur noch und möchte mir ein heißes Eisen in meine Gehörgänge schieben, um nie wieder in die Gefahr zu kommen, Sie singen zu hören. Oder wurden Sie gerade von einer Katze angegriffen? Haben Sie eine Katze angegriffen? Oder hat Sie ein Dromedar vergewaltigt? Da singe ich ja besser. Mein Gott, da klang es ja besser als der Onkel von Pauls Bruder das Scheunentor zugeschoben hat und da ein Igel drin war, der dann dadurch zu Hackepeter verarbeitet wurde. Haben Sie das mal untersuchen lassen? Wenn Sie nicht Polizist wären, würde ich Sie wegen des Verstoßes gegen die Genfer Konventionen anzeigen. Warum singen Sie das Lied so traurig, als wäre man auf einer Beerdigung? Aber das macht wieder Sinn, da ich echt sterben will, weil das so schlecht klingt. Sie sind ein totaler Liedzerstörer. Selbst der Teufel fängt schon an, eine Schallisolierung und Lärmschutzwände in der Hölle anzubringen.«

»Wow«, sagte Schönbohm nur und merkte, wie ein kleiner Muskel unter seinem Auge zuckte.

»Mit dem Todesgekreische eines brennenden Esels im Stimmbruch wagt sich nicht einmal die GEMA hierher, um das Geld für die Urheberrechtsverletzung einzukassieren. Das muss man auch erstmal schaffen! Ich meine, so schlimm ist es eigentlich nicht, wenn man sich vorher von Pupsi Mehlmann in beide Ohren furzen, ach was, kacken lässt, dann zwei Stangen Dynamit nachschiebt und es anzündet, ja, dann ist es eigentlich ganz passabel!«

Schönbohm, der eine Tirade ähnlichen Kalibers das letzte Mal über sich hatte ergehen lassen, als er Salat ins Büro mitgebracht hatte, zog den linken Mundwinkel herunter und sein Auge zuckte erneut.

»Bei Disney, da singen sie wenigstens und lösen dann ein Problem, aber wenn Sie singen, dann geht das Problem erst los. Hoffentlich schaffen Sie sich nie Kinder an. Die singen Sie nicht in den Schlaf, sondern direkt in den Selbstmord.«

»Fertig?«

Barbara Rautmanns Blick wanderte nachdenklich von links nach rechts. »Zumindest fällt mir jetzt nichts mehr ein.«

»Gut« legte Schönbohm los, »eins will ich Ihnen sagen, Frau Rautmann, nur weil ich nicht singen kann, heißt es nicht, dass ich nicht singen werde!« Er bildete sich ein, leisen Beifall zu hören.

Ihre Augen verengten sich und sie lauschte ebenfalls für einen kurzen Moment, als hätte sie den Applaus auch gehört. »Gut« sagte sie dann laut und flüsterte dann noch laut genug, dass er es hören konnte: »Ohrenmörder.«

Ein Mann mittleren Alters stand im Büro. Schönbohm hatte ihn nicht hereinkommen sehen oder hören. Er trug eine dunkle Jeans, ein hellblaues Hemd und darüber ein dunkles Sakko. Sein braunes Haar trug er seitlich gescheitelt, gekrönt von einer altbackenen Föhnwelle.

»Entschuldigung, darf ich Sie kurz ficken? Stören!« Er zwinkerte ihn an.

Verwirrt blinzelte Schönbohm mehrfach.

Barbara Rautmann nahm ihre Handtasche. »Dann will ich euch Turteltäubchen mal nicht weiter stören. Ich werde mir mal eben Tampons in die Ohren stecken, die bluten nämlich immer noch.«

Sie ging an dem Besucher vorbei in Richtung Küche. »Hallo Herr Pfarrer!«

»Hallo Frau Schlampe. Rautmann!« Freundlich lächelte er sie an, zwinkerte und rang mit den Händen.

»Ähm, was kann ich für Sie tun?« Schönbohm sah den Besucher fragend an. Dieser machte ein paar Schritte auf ihn zu.

»Arsch«, murmelte er und kniff beide Augen zu, dann streckte er die Hand zum Gruß aus. »Hauke Haufen, ich bin der neue Pfarrer. Vielleicht ist es Ihnen aufgefallen, dass ich Tourette habe. Ich bin nicht wirklich vulgär. Schwanz! Aber wenn ich Stress habe oder aufgeregt bin, wie jetzt, weil ich nicht so reden will, dann wird es noch schlimmer. Diesen Fickarsch Tic kann man nicht unterdrücken.« Er sah den Kriminalhauptkommissar entschuldigend an.

»Wenn Sie das nicht erwähnt hätten, wäre es mir gar nicht aufgefallen«, log Schönbohm unbehaglich und wollte sich wegen der dreisten und offensichtlichen Lüge am liebsten in die Hand beißen. »Ich wurde hier grundlos schon viel schlimmer beschimpft«, spielte er es weiter runter. Pfarrer Hauke Haufen sah ihn zerknautscht an.

»Möchten Sie einen Kaffee, Herr, äh, Vater, Pfarrer?« Schönbohms Adamsapfel sprang wild auf und ab.

Pfarrer Hauke Haufen legte den Kopf schief und sah Schönbohm an wie ein Welpe. »Scheiße, ja.« Er zwinkerte wieder.

Der Kriminalhauptkommissar atmete tief durch und ging in die Küche, gefolgt vom Pfarrer, der unnatürlich steif ging. Die Arme hingen starr an seinen Seiten herab, die Hände waren zu Fäusten geballt. Seine Art zu gehen erinnerte Schönbohm an alte Spielzeugfiguren, die man aufziehen konnte und die sich dann mit ausholenden Schritten ganz steif vorwärtsbewegten.

Barbara Rautmann, die sich gerade Sprühsahne in den Mund sprühte, erstarrte mitten in der Bewegung und blickte die Männer an wie ein Reh, das in Autoscheinwerfer starrte. Dann fing sie sich, schloss den vor Sahne überlaufenden Mund und bot ihnen mit ausholenden Gesten ebenfalls welche an.

»Nein, Frau Rautmann, vielen Dank! Wollen Sie nicht mal die Post reinholen?«

Die gewichtige Frau kämpfte mit der restlichen Sprühsahne, die aus ihrem rechten Mundwinkel tropfte und lief dann nickend aus der Küche.

»Eigentlich ganz nett, wenn sie so ruhig ist.« Schönbohm drehte sich zu Pfarrer Haufen um, der mit eisernem Blick die Mikrowelle fixiert hatte. Dem Kommissar schwante Böses.

»Wissen Sie«, setzte der Pfarrer an und streckte den Zeigefinger zaghaft aus. »Im Pfarrhaus hatten wir auch exakt dieselbe Mikrowelle.«

Schönbohm wagte nicht, etwas zu sagen und der Pfarrer schwieg bedächtig. Es dauerte einige lange Sekunden, bis er erneut ansetzte: »Und dann kam eines Tages Frau Rautmann und sagte, die Mikrowelle sei defekt und hätte so viel atomare Strahlung, dass selbst Gott das aufgewärmte Hühnerfrikassee leuchten sehen könne.« Der Pfarrer verzog den Mund und sah nachdenklich aus.

»Wir, äh, hatten diese Mikrowelle auf dem Dachboden gefunden. Und Frau Rautmann ist ja nun nicht unbedingt eine Mikrowellenfachkraft.« Schönbohm lachte albern, schluckte trocken und obwohl er nicht religiös war, fragte er sich, ob ihn demnächst ein Blitz niederstrecken würde, weil er einen Mann Gottes dreist belogen hatte.

»Was, äh, kann ich eigentlich für Sie tun?« Schönbohm reichte Hauke Haufen eine Kaffeetasse.

»Wir wurden bestohlen. Unsere Kollekte war leer, obwohl eigentlich Geld hätte drin sein müssen.«

»Okay, haben Sie irgendwen in Verdacht?«

Der Pfarrer stellte die Tasse ab. »Nein, Arschloch, unsere Kirche ist so, wie eine Kirche sein sollte: Immer offen.« Sein Auge zuckte etwas heftiger und Schönbohm merkte, dass Herr Haufen emotional aufgewühlt war. Er fing an, derb zu fluchen.

»Und was kann ich in der Situation tun?« Schönbohm machte eine hilflose Geste und ließ dann die Hände gegen die Oberschenkel fallen.

Hauke Haufen hatte die Augen geschlossen, der Muskel an seinem Auge zuckte ein wenig. »Fickfokus«, flüsterte er und Schönbohm sah ihn abwartend an.

»Oh, was geht denn hier ab?« Die fröhliche Stimme Alfons-Kevins hallte durch die Küche. Hinter dem Teenager stand Barbara Rautmann, die mit einigen Briefen in der Hand wedelte und ihm signalisierte, dass sie sich um die Post kümmern würde.

»Der Herr Pfarrer meditiert kurz.« Schönbohm räusperte sich.

»Ja, geil, Meditation habe ich auch schon gemacht mit meiner Mutter. Ich habe dann immer so richtig gute Geistesblitze und Erkenntnisse.«

»Okay« sagte Schönbohm gedehnt und nicht darauf erpicht, das Gespräch zu vertiefen.

»Mir ist zum Beispiel aufgefallen«, plapperte Alfons-Kevin unbeirrt weiter, »dass wir eigentlich nur ein Gehirn sind, das in einem Raumschiff aus Fleisch durch das menschliche Leben treibt.«

Hauke Haufen öffnete ein Auge und schüttelte kaum merkbar den Kopf.

Schönbohm verzog Mund und Stirn. »Also manchmal«, er suchte nach den richtigen Worten, »ich weiß einfach nicht, also…«

»Fickfrosch«, rief der Pfarrer aus und blickte erst Schönbohm und dann den Teenager an. »Kindern kann man so viel mit auf den Weg geben. Schade nur, dass es bei dir immer nur der Biomüll war, Arschloch-Kevin.«

»Das war jetzt kein Tourette, richtig?« Alfons-Kevins Tonfall war skeptisch und er fragte genau das, was Schönbohm ebenfalls im Kopf umging.

»Halb und halb.« Er sah wieder Schönbohm an. »Es hilft mir sehr, wenn wir - ficken! - mein Tourette nicht ständig thematisieren. Einfach ignorieren, dann passiert es seltener. Wenn ein Tic kommt, dann hilft es mir, mich auf etwas zu konzentrieren. Kleine Hilfestellungen im − Arsch − Alltag.«

»Hilfestellungen im Arsch oder am Arsch? Höhöhö«, lachte Alfons-Kevin Kaufmann amüsiert.

»Mit Hilfestellungen im Arsch müsstest du dich auskennen«, erwiderte der Pfarrer zu Schönbohms Entsetzen.

»Eeeeey«, jammerte Alfons-Kevin, »meine Eltern sind lesbisch.«

»Kein Grund, nichts im Arsch zu haben«, flötete Barbara Rautmann fröhlich hinter ihnen.

Alfons-Kevin Kaufmann zuckte gleichgültig mit den Achseln und sah Schönbohm mit einem müden Grinsen an. »Können Sie sich vorstellen, wie viele »Deine Mutter« Witze man zu hören bekommt, wenn man zwei Mütter hat?«

Unweigerlich schüttelte er den Kopf.

»Deine Mutter ist so fett, um sie zu überfahren, muss man den LKW zweimal volltanken. Deine Mutter verkleidet sich Karneval als Zombie, um auch einmal schön zu sein«, zitierte Alfons-Kevin.

»Der war von mir«, rief die Rautmann wieder mit fröhlichem Tonfall.

Mit einem »Habe ich es nicht gesagt«-Blick sah Alfons-Kevin den Kommissar an.

»Deine Mutter macht mehr Dreier als BMW«, warf der Pfarrer ein und er sah ein wenig stolz aus. Dem Teenager entwich ein genervtes Stöhnen. »Wenn ich hier jetzt auch noch mit Gottes Unterstützung gedisst werde, kann ich auch gleich mein Referat machen.« Er drehte sich schmollend um und marschierte ins Büro zu Barbara Rautmann.

»Ich glaube, das war pädagogisch zweifelhaft, hat jedoch einen positiven Nebeneffekt gehabt«, bemerkte Schönbohm und Pfarrer Haufen sah mit sich und der Welt zufrieden aus.

»Kommen wir zurück zur Krokette«, fing Schönbohm an.

»Kollekte«, korrigierte der Pfarrer nachsichtig.

»Ja Kollekte, richtig. Ich kann die Spurensicherung rufen.«

Der Pfarrer schüttelte den Kopf und seine Föhnfrisur wackelte sachte. »Nein, seitdem waren viele Leute dort und haben ihre Fingerabdrücke hinterlassen. Ich leere die Kollekte nur einmal im Monat. Arschkeks!«

Schönbohms Gesicht verfinsterte sich. »Ich befürchte, dann kann ich nur noch eine Anzeige gegen Unbekannt aufnehmen.« Er schritt voran in Richtung Büro. »Aber warum leeren Sie die Kollekte nur einmal im Monat?«

»Mehr Kronkorken als Geld.« Der Pfarrer zuckte mit den Schultern und blickte durch den Raum. Alfons-Kevin saß an Webers Schreibtisch und blätterte durch ein Schulheft, die Rautmann telefonierte. Er seufzte. »Ich wollte damals auch zur Polizei gehen. Scheiße! Aber hat nicht geklappt.«

»Das muss nicht unbedingt ein Nachteil sein«, murrte Schönbohm.

Barbara Rautmann drückte den Telefonhörer gegen die Schulter. »Ich habe hier eine Bürgeranfrage. Wie meldet man gendergerecht ein herrenloses Damenfahrrad?«

»Das meine ich.« Der Kommissar blickte den Pfarrer an und ignorierte die Rautmann konsequent.

»Okay, okay, Rauti, ich hab's jetzt. Ich lese mal den Anfang vor, okay?« Der Schülerpraktikant legte den Stift beiseite.

»Nein, nicht okay«, Schönbohm blickte den Pfarrer eindringlich an. »Ein guter Rat: Laufen Sie! Verschwinden Sie schnell, bevor Gott Sie verlässt und der Wahnsinn über Sie kommt.«

Verunsichert zwinkerte Pfarrer Haufen und machte nervös ein paar Schritte Richtung Ausgang.

»Armut in Deutschland«, begann Alfons-Kevin, der wiederum Schönbohm ignorierte. »Definition: Man gilt als Arm, wenn man aus der Schulter wächst. Wenn man sich dann noch Sachen traut, dann ist man Armut.«

Pfarrer Hauke Haufen blickte Schönbohm mit aufgerissenen Augen an und bekreuzigte sich.

FÜNF

»Feierabend.« Resolut schlug Barbara Rautmann mit der Faust auf den Schreibtisch des Kriminalhauptkommissars.

»Wie bitte?« Er schenkte ihr einen irritierten Blick aus blassen Augen.

»Heute ist Walpurgis!«

»Bitte?«

»Sie sind heute ja ganz besonders kapiergeschützt, oder? WAL-PUR-GIS«, betonte sie besonders laut und langsam. »Haben Sie nicht die Hexendekoration im ganzen Dorf gesehen? Heute springen die Hexen über den Hexenberg. Wir treiben die schlechten Geister aus. Heute wird das gefeiert und deshalb machen wir den Laden mal früher dicht. Fertig.«

Schönbohm runzelte die Stirn, während Alfons-Kevin, der noch immer an seinem fehlgeleiteten Referat arbeitete, eine Siegerfaust in die Luft reckte. Tatsächlich hatte Schönbohm die hölzernen mannshohen Hexen vor diversen Häusern gesehen und auch die kleineren Figuren, die in Fenstern und an jedem freien Haken hingen, waren ihm nicht entgangen. Hexenfiguren auf den Dächern, Plakate, Kostüme und Souvenirs, es gab kein Entrinnen. Und er erinnerte sich auch schwach an einen Artikel im Pullstedter Express, dem er keine Bedeutung beigemessen hatte und natürlich, dass Kala auf ihn eingeredet hatte.

»Das bestimme immer noch ich als Dienststellenleiter. Und wollen Sie eigentlich mal arbeiten?«

»Ich habe gerade ein Blatt gelocht. Nur so am Rande...«, zischte sie. »Also was ist jetzt?! Walpurgis oder nicht? Das ist hier TRA-DI-TION!« Sie ging zu ihrem Schreibtisch, nahm ein Blatt und legte es dann Schönbohm vor die Nase.

»Ab 18 Uhr Hexenbesenführerschein für Kinder«, begann er das Programm vorzulesen. »Live Music mit dem fetten Elvis ab 18:30 Uhr, Einmarsch der Harzgeister, Feuershow ab 22:00 Uhr.« Er blickte auf. »Heißt das, der fette Elvis singt die ganze Zeit?«

»Besser er als Sie. Ich habe davon Narben auf dem Trommelfell! Sie können froh sein, dass ich Sie nicht verklage.«

»Sie können froh sein, dass ich Ihre illegalen Downloads bisher ignoriert habe.«

»Das war aber nicht das Thema«, lenkte die Rautmann ab und ihre kurze Minipli-Dauerwelle wackelte fröhlich wie eine Ansammlung vieler kleiner Sprungfedern auf ihrem Kopf.

»Das Thema war Armut in Deutschland«, meldete sich Alfons-Kevin zu Wort und tippte mit dem Kugelschreiber auf die Schreibtischplatte.

»Du kannst doch einfach nach Hause gehen. Heute ist noch weniger los als sonst.«

Alfons-Kevin Kaufmann schüttelte energisch den Kopf. »Nein, mein Praktikum hat begonnen. Ich muss bei Ihnen bleiben, mein Referat verfassen und meine Arbeit hier protokollieren.«

»Denk dir doch einfach was aus. Wie bei deinem Referat.«

Kaum merklich schüttelte die Rautmann den Kopf.

»Na los, nicht ablenken. Kommen Sie schon! Und wenn etwas passieren sollte, sind Sie auch sofort zur Stelle, richtig?« lockte die Rautmann.

Schönbohm sah nachdenklich aus. »Das stimmt. Und Kala ist auch nicht zu Hause. Eine Fortbildung zum Thema Diversität im Bestattungsfall.«

Barbara Rautmann nickte. »Dann verpassen Sie zu Hause nichts. Essen kann man dort auch gut, ist schließlich von Burak. Und Trinken ist sowieso angesagt. Also los, los.«

Brummend erhob sich Schönbohm und Alfons-Kevin packte seine Sachen zusammen. »Ich sehe meine Eltern ja sowieso dort. Muss ich gar nicht Bescheid sagen.«

»Ich mache die Anrufweiterleitung rein und wenn was ist, dann rufen die Leute einfach bei Ihnen an.« Die Rautmann lächelte Schönbohm freundlich an, der sich wiederum eine Antwort ersparte.

»Okay, wo müssen wir denn hin?«

»Einfach mir nach«, trällerte Barbara Rautmann, als sie an ihm vorbeipreschte. Schönbohm schloss die Dienststelle ab und trottete mit seinem Schülerpraktikanten hinterher.

Knatternd fuhr Schorsch Schladerbusch mit seinem alten Hanomag-Trecker an ihnen vorbei und hüllte die Fußgänger in eine graue Abgaswolke. An dem Traktor war ein Anhänger angespannt, auf dem mehrere Pullstedter saßen und zu Schönbohms Überraschung sogar noch grillten.

»Das ist gegen die Straßenverkehrsordnung«, schnaufte der Kriminalhauptkommissar fassungslos.

»Nein«, gallte die Rautmann unverhofft. »Das ist hier TRA-DI-TI-ON. Nun ziehen Sie doch mal den Stock aus Ihrem Hinterteil.«

»Richtig, sonst nehmen wir Sie nicht mehr mit zu so tollen Veranstaltungen«, pflichtete Alfons-Kevin ihr bei und öffnete die Dose eines Energydrinks, den er aus dem Rucksack gekramt hatte. »Ich hoffe, das Gesöff ist noch gut. Nicht so wie die Banane von neulich.«

»Das hinterfragen wir besser nicht«, schnaufte Schönbohm, als er ein Stück aufwärts gehen musste. »Wohin müssen wir eigentlich laufen? Hätten wir nicht einfach fahren können?«

»Mit ihrem Dienstfahrrad? Wir hätten auch mein Auto nehmen können, aber ich will saufen.«

Schönbohm sah sie empört an.

»Was gucken Sie denn so? Wenn ich betrunken bin, kann ich keine Kurven mehr fahren und dann kämen wir diesen Weg nicht mehr runter.« Gutmütig zuckte sie mit den Schultern.

»Wir sind ja gleich da, großer Meister«, lachte der Teenager. »Noch ein paar Meter Feldweg, dann ins kleine Wäldchen und dort geht dann die Party ab!«

Und so war es auch. Das kleine Wäldchen befand sich, wie Schönbohm schnell feststellte, auf einem kleinen Hügel, auf dessen höchstem Punkt Klippen in die Tiefe führten. Immerhin gab es zu seiner Erleichterung einen festen Weg.

»Wow«, keuchte er, als er vor einer Ruine stand. Die Reste der Sandsteinfassade waren halb mit Efeu überwuchert. Schönbohm blickte sich um: Solarbeleuchtung erhellte schwach die Umgebung, ein paar mobile Toilettenhäuschen standen ordentlich in Reih und Glied, daneben lehnten einige Fahrräder und Mopeds. Mehrere alte, rostige Traktoren standen traurig unter einer großen Buche und Schönbohm konnte nicht sagen, ob sie vor wenigen Minuten oder vor einem halben Jahrhundert dort abgestellt wurden.

»Dort ist der Hexentanzplatz.« Die Rautmann zeigte zu einer breiten Schneise mit trittfestem Trampelpfad und sah zufrieden aus.

Ein weiterer kleiner Traktor mit mehreren angetrunkenen Pullstedtern auf dem Anhänger, fuhr hupend hinter ihnen vorbei.

»Höhö«, lachte Alfons-Kevin auf seine typische Art, »schauen Sie mal, großer Meister!«

Schönbohm drehte sich um und sah, dass hinter dem Anhänger noch etwas angebracht worden war, und zwar ein Bollerwagen, in dem sich Polizeimeister Lasse Weber befand und ordentlich durchgeschüttelt wurde.

»Okay, dafür mache ich aber wirklich einen Vermerk und das gibt eine polizeiliche Verwarnung!«

»Ich muss erstmal was essen«, stöhnte Barbara Rautmann desinteressiert. »Wir sehen uns später.«

»Lassen Sie uns auch mal ein bisschen weitergehen, dort ist die ganze Action, hier stehen doch nur die Trecker rum«, lachte Alfons-Kevin wieder. »Da hinten ist übrigens noch ein kleiner Teich, falls Sie angeln.«

»Fischwilderei«, knurrte Schönbohm und fragte dann: »Gehört das hier eigentlich irgendwem?«

»Das Arschloch gehört einem älteren Bewohner des Dorfes. Aber wer schert sich schon um alte Ruinen?« hörten sie Pfarrer Hauke Haufen hinter sich.

»Was machen Sie denn hier? Das ist doch ein Heidenfest.«

»Ich bin hier Pimmel! privat.«

Alfons-Kevin kicherte. »Pimmelprivat.«

Schönbohm unterdrückte den Drang, seinem Praktikanten auf den Hinterkopf zu schlagen. Pfarrer Haufen hatte jedoch darum gebeten, sein Tourette im Alltag zu ignorieren, also bemühte er sich, auch Alfons-Kevins Reaktion darauf zu ignorieren.

»Und was ist das jetzt hier genau? Diese Walpurgissache? Mal im Ernst, es ist doch ein Heidenfest, oder?«

Pfarrer Hauke Haufen nickte und legte den Kopf schief. Er sah in Jeans und seinem braunen Tweed-Jackett unscheinbar und blass aus.

»Opferbringung für den Frühling, Freude über das Ende des Winters, Vertreibung der Dunkelheit und der bösen Geister.« Er zuckte mit den Achseln. »Die Hexen treffen sich auf dem Hexentanzplatz, tanzen um das Feuer und fliegen dann zusammen auf den Brocken, um dort den Teufel auf den Hintern zu küssen. Arsch.«

»Äh, okay und woher kommt der Name Walpurgis?«

Zwei als Hexen verkleidete Frauen liefen laut lachend an ihnen vorbei und jagten einen Jungen mit ihren Besen.

»Das kam mit der Christianisierung. Das Walpurgisfest wird am Vorabend des Namenstages der Walburga gefeiert. Ihre Heiligsprechung durch Papst Hadrian II fand an einem 1. Mai statt. Und natürlich ist sie unter anderem die Schutzpatronin gegen böse Geister.« Eindringlich blickte er Schönbohm an. »Es gibt viele Harzsagen und mittelalterliche Geschichten, an denen ein bisschen mehr oder ein bisschen weniger Wahrheit dran ist.«

»Ey Leuuuuude«, quakte es von der Seite und Thorben Mittenmang stellte sich zu ihnen.

»Mittenmang Schneckenmann, großer Meister!« Alpha-Kevin gab ihm ein High-Five.

»Wo bist du eigentlich abgeblieben?« fragte Schönbohm mit leicht zusammengekniffenen Augen. »Wolltest du nicht Praktikum machen?«

»Ja, nee, ich mache Prakti jetzt beim Tierarzt. Da kann ich manchmal Würmer sehen.«

»Und Würmer sind ja auch nur dünne Nacktschnecken«, lachte sein pubertärer Kumpel.

Schneckenmann griff in seinen Rucksack und übergab Alfons-Kevin Kaufmann eine Dose Bier.

»Hey, was ist das denn hier«, empörte sich Schönbohm. »Du trinkst noch keinen Alkohol, mein Freundchen.«

Alfons-Kevin lachte wieder sein »Höhö«-Lachen. »Großer Meister«, väterlich legte der Teenager ihm eine Hand auf den Oberarm und legte den Kopf schief. »Kein Bier vor vier bezieht sich in Pullstedt auf das Alter, nicht die Uhrzeit. Ich darf also.«

»Komm, lass uns gehen, Alpha, mal schauen, was die anderen machen.«

Schönbohm massierte sich mit den Fingerspitzen die Schläfen. »Ich bin nicht deine Mutter. Oder deine andere Mutter. Also hau ab, hab Spaß.«

»Ich bleibe aber in Ihrer Nähe. In Ihrem Orbit. Falls Sie Unterstützung benötigen. Verstärkung.« Selbstbewusst zwinkerte Alfons-Kevin ihm zu, führte Zeige- und Mittelfinger an die Lippen, küsste die Fingerspitzen und richtete sie dann auf Schönbohm, der nur irritiert das Gesicht verzog und ihn dann wie ein Huhn verscheuchte.

Ein kleines Rinnsal floss unter einer kleinen, maroden Holzbrücke, die sie überquerten, um zu den aufgebauten Ständen zu gelangen. Hier erkannte Schönbohm einen Essensstand, natürlich von Buraks Börekbude, direkt daneben den Getränkestand der urigen Kneipe »Zur Linde« und einiges mehr. Direkt vor den Klippen befand sich eine Bühne, die bereits kräftig in wechselnden Farben beleuchtet wurde. Picknicktische standen als Sitzgelegenheiten verteilt auf der Wiese und ein frischer Frühlingswind wehte Schönbohm den Geruch von fettigen Pommes in die Nase.

»Möchten Sie was trinken, Herr Pfarrer?«

»Da sage ich doch nicht nein.« Hauke Haufen lächelte den Kommissar freundlich an und gemeinsam machten sie sich auf den Weg zum Getränkestand.

Ingo Hopf, der Kneipier des Ortes, nahm gerade eine Bierflasche aus der Kühlung und schob sie einem Kunden zu. Wie immer trug er eine knappe Lederweste über einem hellmoosgrünen Hemd. Zur Begrüßung wackelte er mit der Nase, was wiederum seinen mächtigen Schnauzbart wackeln ließ.

Schönbohm bestellte zwei Bier und sein Nebenmann drehte sich zu ihnen um. Micha Lüdermann.

»Schauen Sie sich mal an, wie die Leute wieder fettige Pommes in sich reinfressen. Als wüssten die nicht, wie ein Bier aufgeht.« Er deutete mit seiner Flasche auf die hungrigen Menschengruppen. »Aber auf mich kannste dich wie immer verlassen, Ingo«, brüllte er verwaschen dem Hünen hinter der Theke entgegen.

Ingo Hopf zog wortlos eine Augenbraue hoch und stellte dem Kommissar und dem Pfarrer zwei Bierflaschen vor die Nasen.

»Oh, euer Hochwürden«, stieß Lüdermann ehrfurchtsvoll aus, als er Hauke Haufen sah. Er richtete sich auf und nun konnte Schönbohm den Aufdruck auf Lüdermanns T-Shirt richtig entziffern:

Morgens müde, abends blau – Ich bin Sanitäter und eine geile Sau.

»Dieser Mann«, begann Lüdermann und legte überschwänglich den Arm um Hauke Haufens Schultern, »dieser Mann ist der beste Mann! Auf den lass ich nichts kommen. Das ist der einzige Mann, der sagt, was hier alle denken!«

Das Auge des Pfarrers zuckte verdächtig.

»Lassen Sie mal den Herrn Pfarrer schön in Ruhe, Herr Lüdermann.« Schönbohm befreite Hauke Haufen aus

Lüdermanns Griff. »Was macht eigentlich Ihr Projekt mit dem Pullstedter Bier?«

Lüdermanns Augen glänzten noch mehr, jedoch weniger wegen des Alkohols, den er schon intus hatte, sondern nun vor Aufregung.

»Projekt PPP - Pullstedter Powerpils. Ich habe ein neues Reinheitsgebot konzipiert und eingereicht.« Er beugte sich zu Schönbohm rüber. »Nach Pullstedter Reinheitsgebot gebraut! Und die Flaschen sind voll. Volle Pulle eben.« Er lachte keckernd.

»Was bezwecken Sie mit dem neuen Reinheitsgebot? Das Ursprüngliche ist doch gut genug, oder nicht?«

»Ich will«, fing er an und trippelte hibbelig auf der Stelle, »ich will, dass man da mindestens einmal reinspucken darf.«

Die Anwesenden verzogen angeekelt die Gesichter.

»Aber warum würde man das kaufen wollen?«

Micha Lüdermann sah sich um und senkte dann geheimniskrämerisch die Stimme. »Für das Immunsystem. Das wird der Verkaufsschlager schlechthin. Ich sorge mit dem Bier für ein starkes Immunsystem. Pullstedter Powerpils für Grundimmunisierung! Keine Spritzen mehr!« Er verzog sein Gesicht zu einem betrunkenen Grinsen und setzte seine Bierflasche an, trank durstig zwei Schlucke und grinste wieder. »Ich bekomme den Nobelpreis.«

»Du bekommst eher Probleme mit dem Gesundheitsamt, du Flachpfeife«, dröhnte Ingo Hopf hinter der Theke.

»Gott schütze uns«, flüsterte der Pfarrer und Schönbohm konnte ihm ansehen, dass er es krampfhaft unterdrückte, sich zu bekreuzigen.

»Wir gehen bald in Produktion, nachdem du ja abgesprungen bist.« Lüdermann warf Hopf einen gekränkten Blick zu.

»Wer ist denn jetzt wieder "wir"?«, lachte Hopf und sein Bauch wackelte. »Du und die Stimmen in deinem Kopf?«

»Ich habe meine Verwandtschaft mit ins Boot geholt. Meine Cousins«, sagte er und er sprach es wie »Kusengs« aus. »Kennen Sie schon Matte und Friselotte?« Er deutete mit der Bierflasche in die Menschenmenge. Matte und Friselotte waren unschwer an ihren Frisuren zu erkennen: Beide hatten einen kurzen Pony, von dem man hätte annehmen können, er wäre mithilfe einer Salatschüssel bemessen worden, das Deckhaar spitz nach oben gestylt und hinten hing das Haar bis über die Schultern. Beide trugen enge Jeans, klobige Cowboystiefel und karierte Baumfällerhemden.

»Die Zwillinge waren mal im Manta-Verein. Jetzt lassen sie es ruhiger angehen.«

»Aber wer ist wer?«, raunte der Pfarrer, doch Lüdermann schien ihn nicht zu hören.

»Da kommt schon Ihre Frau, die guckt ganz eifersüchtig«, lallte Lüdermann lediglich und als Schönbohm sich umsah, rollte Lasse Weber in seinem Wägelchen auf sie zu, gezogen von einer sehr schwangeren Frau.

»Hallo Cheffe«, rief er freudig und sein jungenhaftes Grinsen nahm fast sein komplettes Gesicht sein. »Oh, Herr Pfarrer«, hauchte er dann fast so ehrfürchtig wie zuvor der Lüdermann. »Hey Lüdi! Cheffe, darf ich Ihnen eine meiner Schwestern vorstellen? Das ist Rosanna. Sie ist endlich mal wieder zu Besuch gekommen.«

Sie begrüßte Schönbohm und Haufen mit einem festen Handschlag.

»Rosanna«, sagte Lüdermann und dehnte den letzten Buchstaben. »Die schöne Rosanna. Willst du ein Bier?« Kokett wackelte er mit der Bierflasche vor ihrer Nase.

Webers Schwester sah ihn säuerlich an und deutete dann mit beiden Händen auf ihren runden Babybauch. »Ich bin schwanger!«

Lüdermann rollte die Augen. »Okay, okay, entschuldige! Wollt IHR ein Bier?«

»Du bist genauso dämlich wie früher.« Rosanna schüttelte den Kopf und eine Zornesfalte zog sich über ihre Stirn.

»Äh, und Sie wohnen nicht mehr in Pullstedt?«

»Nein, ich bin weiter in den Süden gezogen. Aus beruflichen Gründen.«

»Was machen Sie denn?« Neugierig legte der Pfarrer den Kopf auf die Seite und erinnerte Schönbohm an einen jungen Hund.

»Ich bin Lehrerin.« Sie nickte nachdrücklich und sah mit einem Mal sehr seriös aus.

»Und was unterrichten Sie?«

»Ich unterrichte Vollidioten. Das ist die Pommes-frites-Generation. Da hätte ich auch in Pullstedt bleiben können.«

Lüdermann nippte gedankenverloren an seinem Bier. »Ich dachte früher ja immer, wenn ich mich sterilisieren lasse, verhindert es, dass eine Frau schwanger wird. Aaaaaber«, seine Stimme hatte einen aufgewühlten Tonfall, »was einem kein Arzt der Welt sagt, das verrate ich euch jetzt. Wie sich herausstellt, ändert es nur die Farbe des Babys.«

»Fickscheiß«, stieß der Pfarrer hervor und Ingo Hopf schlug sich mit einem lauten Klatschen die Handfläche vor die Stirn und drehte sich schnell um.

»Äh, Danke, Herr Lüdermann«, brachte Schönbohm stotternd hervor und starrte Weber warnend an. Dieser hatte bereits die Hand auf den Mund gelegt, um ein Lachen zu verbergen.

Betretenes Schweigen legte sich über die Gruppe bis eine schrille Rückkopplung der Verstärker alle Anwesenden dazu brachte, die Hände schützend über die Ohren zu legen.

Schönbohm sah, wie sich der Mund des Pfarrers bewegte und war froh, dass er die wüsten Beschimpfungen nicht hören konnte.

»Entschuldigung, Entschuldigung«, lachte der fette Elvis, mit bürgerlichem Namen Maic Lohmann, ins Mikrofon.

Diverse Gegenstände wurden ihm mit lauten Buh-Rufen entgegengeworfen.

»Ich kack der dummen Sau nachher auf die Bühne«, knurrte Lüdermann und trank sein Bier.

Schönbohm zweifelte keine Sekunde an seinen Worten. Er wandte sich ab und blickte wieder zur Bühne, wo der fette Elvis mit dem Schweiß von seiner Stirn noch einmal seine Haartolle nachfettete. Er trug einen viel zu kleinen weißen Ganzkörperanzug mit Ausschnitt bis zum haarigen Bauchnabel. Statt des ausgestellten Hosenbeins wie Elvis Presley es getragen hatte, war dieser Overall eher im Look der Skinny-Jeans mit engem Bein gehalten, was dem Lohmann eine sehr unvorteilhafte Körperform verpasste.

»Okay, okay, okay«, schnaufte er wieder ins Mikrofon und Schönbohm stellte fest, dass er weniger wie Elvis Presley klang, sondern eher wie Peter Maffay. Zumindest bis zu dem Moment als er anfing, zu singen, denn nun verwandelte sich seine Stimme in einen hohen Tenor, darüber hinaus auch noch am Ton vorbei.

Lüdermann drehte sich hektisch zum Pfarrer um. »Der braucht einen Exorzismus!«

»Der fette Elvis ist doch ein wandelndes Talent. Er kann in drei verschiedenen Tonlagen singen: Falsch, laut und mit Begeisterung«, dröhnte Ingo Hopf und faltete die Hände über seinem Bauch zusammen. »Am besten gefällt mir persönlich ja die Musik während seiner Pause.«

»Ey«, ertönte Buraks Stimme gedehnt vom Börekstand nebenan.

»Hallo Burak, hallo Hilmi«, grüßte Schönbohm das Vater-Sohn-Gespann.

»Na, Bock auf Börek? Das wird übrigens unser neues Motto für die Social Media Kanäle.«

Pfarrer Haufen nickte anerkennend. »Klingt gut in den Ohren.«

»Ich habe Kohldampf«, jammerte Lasse Weber und ließ sich von seiner schwangeren Schwester näher zum Essensstand ziehen.

»Okay, ich bekomme einen Feta-Börek mit extra Oliven«, sagte sie nach einem langen konzentrierten Blick auf die Speisekarte.

Hilmi rammte resolut die Hände in die Hüften, schüttelte den Kopf und schaute auf ihren Bauch. »Das glaube ich nicht. Ich glaube, das wird ein Baby.«

»Oh Baba«, Buraks Stimme klang gequält, dann lachte er.

»Ich nehme den XXL-Börek«, rief Lasse Weber dazwischen und reckte den Hals.

»Heute keine Hilfe deines Praktikanten?«

»Nein, den habe ich mal in die Pause geschickt, damit er mit seinen Kumpels quatschen kann. Alle haben Spaß, nur er muss arbeiten. Ist doch nicht korrekt so.« Burak griff behandschuht nach dem armdicken XXL-Börek für

Weber und reichte ihn über den Tresen. »Da hinten ist er gerade zwischen den Harzgeistern und macht Selfies.«

»Was sind denn jetzt wieder Harzgeister?«

»Wenn du dich mal umdrehst, statt nur zwischen Trink- und Esstheke zu gucken, dann siehst du auch mal welche.«

Schönbohm blickte über seine linke Schulter und sah zunächst nur schwarz. Sein Blick wanderte nach oben. Leuchtend rote Augen sahen auf ihn hinab. Eine sorgsam gefertigte, schauerliche Maske, die leichenblass unter einer großen schwarzen Wollkapuze hervorblickte. Stöckchen, Blätter und Hasenpfoten waren an dem Filzumhang befestigt.

»Oh, hallo«, stotterte Schönbohm überrascht. Der Harzgeist nickte nur, dann ertönte ein quiekendes Geräusch und etwas Haariges sprang Schönbohm entgegen und machte dann einen Satz auf Weber, der sogleich anfing zu schreien.

Ein Frettchen attackierte den jungen Polizisten.

»Tollwut, Tollwut, ich bekomme wieder Tollwut, nehmt das weeeeheeeeg«, brüllte er und wedelte panisch mit den Armen.

»Wieder« echote Schönbohm und sah den Pfarrer fragend an.

Buraks Vater Hilmi holte sein Telefon hervor und filmte die tierische Attacke.

»Unsere Börek sind tierisch gut«, sagte er. Dann wandte er sich erklärend an Schönbohm. »Für Tiktok.«

Der Harzgeist pfiff einmal schrill, das Frettchen machte einen Satz und verschwand wieder in der Kapuze.

»Ich mache eine Anzeige bei der Polizei«, schimpfte Weber und Schönbohm seufzte.

»Wir sind die Polizei, Weber!«

Der Harzgeist schüttelte den Kopf und ging steifbeinig von dannen und Schönbohm sah, dass mehrere Harzgeister unterwegs waren. Sie überragten die Feiernden, entweder aufgrund der Körpergröße oder weil sie ausladende Kopfbedeckung oder Hörner trugen. Ihre Gesichter waren von schaurigen Masken bedeckt, manche hatten Wanderstöcke, andere hatten Tiere bei sich. Allesamt waren sie in grobe Umhänge und Felle gehüllt. Schönbohm war fasziniert. Die Kinder tanzten um die Harzgeister herum und immer wieder sah Schönbohm Blitzlichter aufleuchten, wenn Fotos gemacht wurden.

»Dasselbe wie immer?« Buraks Stimme riss ihn aus seinen Gedanken. Schade, dass Kala sich das nicht ansehen konnte. Sie hätte ihre Freude an den Harzgeistern gehabt.

»Äh, ja, mit extra viel Soße.«

»Kein Problem, der Praktikant hatte heute den Auftrag, einen extra Bottich Soße zu machen«, lachte Burak. »Oh nee, Baba, wo ist der Rest der Soße?« Sein Gesicht war fahl als er hinter der Theke wieder auftauchte.

»Im Kühlschrank, Burak.«

»Da steht sie gut. Wir brauchen die Soße hier.«

»Buraaaaaak«, sagte er gedehnt und seine Stimme hatte einen leidenden Tonfall. »Du hast gesagt, Baba, stell die Soße in den Kühlschrank. So hast du das gesagt.«

»Ja, aber was denkst du, was mache ich hier ohne die Soße?«

»Ich fahre schnell und hole sie.«

Burak warf einen Schönbohm einen gehetzten Blick zu. »Äh, nein, ich fahre schnell. Du bleibst hier. Du hast ja gar keinen Führerschein.« Er entschuldigte sich mehrmals bei Schönbohm und überließ seinem Vater das Ruder.

»Und wer jetzt nicht tanzt«, schrie der fette Elvis schwitzend ins Mikrofon, »der ist indiscotabel.« Er versuchte über sein eigenes schlechtes Wortspiel zu lachen, begann jedoch zu husten.

»Besoffen zu schlechter Musik zu tanzen, ist ja auch irgendwie Sport, oder?« murrte Lüdermann in sein Bier.

»Habe ich Sport gehört?« Barbara Rautmann drückte sich neben Lüdermann und reichte Ingo Hopf eine leere Bierflasche. »Dr. Bremer hat auch gesagt, dass ich mehr Sport machen soll. Ich mache jetzt Windsurfen.«

»Wo machst du Windsurfen, Rauti?« Lüdermann sah sie mit betrunkenem Silberblick an.

»Ich mache das zu Hause. Ich surfe im Internet und lass dann einen fahren. Windsurfen.«

»Oh Mann, du hast noch mehr drin als ich.« Betroffen schüttelte Micha Lüdermann den Kopf, dann drehte er sich zu Schönbohm.

»Mein Musikwunsch wäre Enjoy the Silence.« Er trank sein Bier in einem Zug aus und deutete Hopf, ihm ein neues Bier zu geben.

Die Rautmann griff sich ihr eigenes Bier und das vom Lüdermann. »Tschüss, Jungs!«

»Enttäuschende Feier.« Lüdermanns Augen wurden glasig, der Abend dunkler und schauerlich leuchteten die roten Augen der Harzgeister hinter Bäumen hervor.

»Bei deinem Alkoholkonsum kann es ja nicht so enttäuschend sein «, murrte Hopf.

»Ingo, Ingo«, tadelte Lüdermann ihn lallend. »Du weißt doch, dass man nicht nur hübsch sein kann, man muss auch Bier trinken können.«

»Und hier ist die kleine Lisaaaaaaa«, tönte es durch das Mikrofon und riss Schönbohm aus seinen Gedanken.

Der Pfarrer zog eine Grimasse und trank sein Bier. Weber, der seinen XXL-Börek verdrückte, winkte kauend zum Abschied, als seine Schwester ihn zum Crêpes-Stand zog.

»Mama, Papa, ich bin eine Kaffeemaschine«, juchzte die kleine Lisa ins Mikro. Sie trug einen kleinen, spitzen Hexenhut und ihre dünnen Beine baumelten in der Luft als der fette Elvis sie nach oben ans Mikrofon hielt. Die Augen des Entertainers weiteten sich und er ließ das Kind abrupt los. »Nein, du bist keine Kaffeemaschine, das ist Durchfall!«

Schönbohm massierte einen Punkt über seiner rechten Augenbraue und drehte sich weg, um das Kind nicht weinen zu sehen.

»Ja, ich kenn das. Mir fällt auch entweder alles schwer oder eben runter«, lachte die Rautmann, die schon wieder Leergut zurückbrachte und schlug Schönbohm auf die Schulter. Sie hatte eine kleine dünne Frau mit kurzen gefärbten Haaren und Nasenring im Schlepptau.

»Hi, ich bin Katrin. Wie in Wodkatrinken.« Sie hob zur allgemeinen Begrüßung ein Glas in die Höhe und zwischen Zeige- und Mittelfinger steckte eine halb gerauchte Zigarette.

Einen Moment lang sah Schönbohm sie irritiert an, dann fügte sie hinzu: »Ich bin Alpha-Kevins Mutter. Also eine von beiden.« Ein kleiner Kristall auf ihrem Eckzahn funkelte im Feuerschein eines Fackelträgers.

»Natürlich, wer sonst?!« Schönbohm lachte gekünstelt.

»Also ich«, sinnierte die Rautmann, »ich bin ja eher Weintrinker. Wenn ich Wein trinke, merke ich sofort: Aaaah, Wein!«

Kriminalhauptkommissar Schönbohm konnte sich ein Grinsen nicht verkneifen.

»Und, wie macht er sich so, der Alpha?«

Schönbohm und der Pfarrer wechselten einen kurzen Blick. »Sagen wir es mal so...« Der Polizist hüstelte nervös. »Referate sind nicht so seine Stärke. Und sonst sage ich ihm immer Bescheid, wenn ich keine Hilfe brauche.«

»Das hat er von mir. Seine Mutter ist ja die Studierte. Sie ist Psycho, sage ich immer. Psychologin. Schwerpunkt Verhaltenspsychologie.«

»Betriebsblind« murmelte der Pfarrer und trank schnell einen Schluck Bier. Sein Auge zuckte.

»Ich geh mal kurz schiffen«, lallte Lüdermann mehr zu sich selbst und machte sich mit unsicheren Schritten von dannen.

Die wodkatrinkende Katrin lachte gackernd und schob die rechte Hand in die Tasche ihrer derben Arbeitshose. »Was rast der denn so? Sogar über die Brücke. Hat der Bierschiss, oder was?« Wieder lachte sie, während die Gruppe in Richtung des laut knatternden Mopeds blickte.

»Och Kutte, mach mal langsam«, rief sie dem Mann entgegen, der vom Moped sprang und es so achtlos zu Boden fallen ließ, wie es sonst nur Schönbohm mit seinem Dienstrad konnte.

»Der Türke ist tooooooooooot!«

Hilmi griff sich ans Herz, dann schüttelte er entschieden den Kopf. »Nein, bin ich nicht!« Verärgert über diese dreiste Fehlinformation schlug er mit der Faust auf den Tresen.

»Burak?!« Schönbohm schluckte trocken.

»Nein, die Türken sind tot! Wir brauchen die Polizei!«

»Ich bin hier!« Schülerpraktikant Alfons-Kevin drängte sich in den Vordergrund. Genervt schob Schönbohm ihn zur Seite. »Ich bin die Polizei.«

»Nein«, rief Ernst Habermann, genannt Kutte, der sich einmal zu seinem Moped umblickte. »Wir brauchen die richtige Polizei!«

»Na, das bin ich doch.« Marco Schönbohm zeigte seinen Ausweis und die Rautmann nickte bestätigend.

»Mein Gott, dann kommen Sie halt mit, was warten Sie so lange?«

Ernst Habermann rannte o-beinig zum Moped zurück und sein langer Ledermantel, dem er seinen Spitznamen verdankte, aber so gar nicht zu seiner ausgebeulten Jogginghose passte, wehte dramatisch hinter ihm her. »Springen Sie drauf, Mann!«

»Was ist denn genau los?« bohrte Schönbohm nach.

»Ich bin auf dem Weg hierher mit dem Schnitzelmeier am Haus vorbeigekommen und die Tür stand weit auf, alles beleuchtet. Also bin ich hin und hab geguckt, ob alles in Ordnung ist und da habe ich sie liegen sehen. Der Schnitzi meint, Harzgeister haben sie geholt! Er steht vor dem Haus Schmiere, dass keiner mehr kommt. Wir haben quasi den Tatort gesichert. Sehen Sie es sich selbst an!«

»Los, machen Sie schon, wir kommen nach«, drängte Alfons-Kevin Kaufmann den Kriminalhauptkommissar und schob ihn auf das kleine Moped.

»Plumpsklogesicht«, rief ihm der Pfarrer hinter.

SECHS

Mit wackeligen Knien und schmerzendem Gesäß stieg Kriminalhauptkommissar Marco Schönbohm vom Gepäckträger des Mopeds. Er hielt sich kurz an Kutte Habermanns dürrem Rücken fest und strich sich dann durch das zerzauste blonde Haar.

Zu seiner Überraschung wurden er und sein Fahrer auf dem Weg vom Hexentanzplatz zum Tatort von Hilmi, Alpha-Kevin und Pfarrer Hauke Haufen auf einem Aufsitzrasenmäher überholt. Vor Schreck wäre Marco Schönbohm beinahe vom Moped gefallen, als das Gefährt mit lautem Getöse an ihnen vorbeirauschte.

Sein erster Gedanke war natürlich, Hilmi eine Verwarnung zu geben, da der Rasenmähertrecker einerseits viel zu schnell fuhr und andererseits mit drei Personen vollkommen überladen war.

»Ich benötige noch Ihre Zeugenaussage«, raunte er Ernst Habermann zu als er vom Mofa gestiegen war. »Warten Sie aber bitte, ich muss mir noch einen Überblick verschaffen.«

»Ja, kein Problem. Ah, dahinten steht der Schnitzelmeier. Der war die ganze Zeit bei mir. Der hat hier aufgepasst.«

»Okay, und Danke, dass Sie mich auf dem Mofa mitgenommen haben.«

Kutte hustete und richtete sich mit irrem Blick auf. »Hörnsema«, fing er an und Schönbohm beschlich das Gefühl, dass ihm das weder zum ersten noch zum letzten Mal in Pullstedt gesagt wurde. »Das ist ein Moped. Ein richtiges Moped! Das sieht vielleicht aus wie eine Mofa-gurke, aber das kann 45 km/h fahren! Fünfundvierzig!!!«

»Entschuldigung«, brachte Schönbohm hervor, aber es klang eher fragend als wirklich entschuldigend.

Mit einem Seufzen ließ sich Kutte wieder auf den Sitz seines Mopeds fallen und die Federung quietschte leicht. »Schon okay. Aber so ein Mofa fährt doch maximal 25 km/h, da glühen dir doch die Eier auf dem Asphalt!«

Schönbohm nickte und merkte, wie ein Muskel unter seinem rechten Auge zuckte. »Wir reden wann anders über, äh, Mopeds, jetzt muss ich schnell los. Mord und so.« Er gestikulierte unbeholfen zum Haus und drehte sich dann wortlos um.

Der Pfarrer und Alfons-Kevin waren bereits durch das kleine Tor auf das Grundstück gegangen. Ein unschein-bares, weiß gestrichenes Haus mit typischer Harzer Fich-tenholzfassade, rechts daneben eine Garage, die direkt an das Haus angrenzte und auf der anderen Seite nur we-nig Platz zum Zaun auf der Grundstücksgrenze ließ.

Mit unsicheren Schritten nach der holprigen Moped-fahrt stakste Schönbohm zu dem Pfarrer und seinem Schülerpraktikanten, die beim Schnitzelmeier standen.

»Herr Pfarrer, darf ich Sie bitten, darauf zu achten, dass der Minderjährige oder andere Personen nicht den Tatort betreten? Ich sichere den Tatort und rufe dann die Spurensicherung.« Er zog die Nase kraus, als ihm ein seltsamer Geruch entgegenwehte.

»Ich wäre ein guter Türsteher«, warf Alpha-Kevin Kaufmann ein und schwang mit einer lässigen Kopfbe-wegung eine Locke aus dem Gesicht und verschränkte dann die Arme vor der Brust. »Ich und der Schnitzi hier. Du kumms hier nüsch rein.«

»In deinem Rucksack hast du doch Schreibzeug, lass dir von Herrn Habermann und Herrn, äh, Kotelettenweber mal die ganze Geschichte erzählen und schreib es auf, ja?«

»Immer schreiben, ey«, nörgelte der Teenager und trottete zu dem Mopedfahrer, der direkt vor dem Tor des niedrigen Jägerzauns geparkt hatte und sich eine Zigarette drehte.

»Schönen guten Abend, Schnitzelmeier, Kurt, der Name. Nicht Kotelettenweber. Schnitzelmeier.«

»Herr Schnitzelmeier, ich danke Ihnen, dass Sie hier die Stellung gehalten haben.«

»Ich habe auch gleich mit Salbei rumgeräuchert. Böse Energien und Geister vertrieben.«

»Das riecht hier also so.« Schönbohm blähte die Nasenflügen auf.

»Böse Geister vertreibe ich immer mit Salbei. Besonders am heutigen Tag. Da ist mit mir nicht zu scherzen.« Kurt Schnitzelmeier, Sternzeichen Verschwörungstheoretiker, Beruf Harzschamane, schüttelte energisch den kleinen runden Kopf. Er trug eine braune Wildlederweste mit langen Fransen und eine Jeanshose, die ihm trotz Gürtel vom Hintern rutschte.

Immer mehr Personen versammelten sich am Zaun.

»Herr Schnitzelmeier, seien Sie doch so gut und gesellen Sie sich zu Herrn Habermann und meinem Praktikanten. Er nimmt Ihre Zeugenaussage auf.« Dann wandte er sich an Hauke Haufen. »Haben Sie das im Griff, Herr Pfarrer?«

»Auf jeden Fick-Fick-Fall«, brachte er angestrengt hervor und Schönbohm sah, wie sein linkes Augenlid flatterte.

»Hilmi, über diesen Rasenmäher sprechen wir später!«

Der hagere türkische Mann, der in seiner zu großen Allwetterjacke noch dünner aussah, zuckte nur mit den Achseln.

»Es wäre mir lieb, wenn sich alle ein bisschen entfernen könnten, falls der Täter noch auf dem Grundstück ist.« Schönbohm hatte sich an die Schaulustigen gewandt, die um den Zaun des kleinen Häuschens herumstanden. Ein Raunen ging durch die neugierige Menge.

»Also« vernahm er eine ihm bekannte Stimme, »Ich gucke ja Fernsehen und deshalb weiß ich, dass der Mörder immer zum Tatort zurückkehrt.« Berta Rehstock-Rosenstein hatte die Hände in die ausladenden Hüften gestemmt und sah Schönbohm provokant an. »Wir können doch einfach mal fragen, wer heute schon hier war.«

Schönbohm schüttelte sachte den Kopf, als hätte er einen Käfer im Ohr. Er wollte den Quatsch gar nicht glauben, den er gerade gehört hatte.

»Ich könnte auch alle Anwesenden hier in Gewahrsam nehmen, weil jeder ein potentieller Mörder ist, der gerade wieder zum Tatort zurückgekehrt ist. Wie finden Sie das?«

Die Menge raunte erneut, dieses Mal schwang Verärgerung mit.

»Darf man ja noch anmerken, oder nicht?«, keifte seine Nachbarin.

»He, was geht denn hier ab?«

Schönbohm drehte sich in die Richtung der Stimme um. Burak stand neben der Garage.

»Weg da, Burak!«, herrschte er ihn an. »Hilf mal dem Pfarrer, die Leute zu kontrollieren.«

Schönbohm, der von Barbara Rautmann genötigt worden war, direkt nach Dienstschluss zum Hexentanzplatz zu gehen, war jetzt froh darüber. Zwar trug er keine Uniform, diese Freiheit hatte er sich als Kriminalhauptkommissar einerseits gegönnt, andererseits war ihm seine alte Uniform zu eng geworden, doch seine Dienstwaffe hatte er dabei.

»Bei dem Trubel hier, ist der Mörder doch sowieso schon längst über den Brocken«, hörte er die Rehstock-Rosenstein.

Er zog seine Dienstwaffe und schob die angelehnte Tür auf. »Hallo? Hier ist die Polizei. Zeigen Sie sich!«

»Ich habe doch gesagt, die sind tot«, lamentierte Kutte in einem Tonfall, als wäre Schönbohm besonders schwer von Begriff.

»Der Mörder soll sich zeigen«, keifte ihn Berta Rehstock-Rosenstein an.

»Dann wäre er aber ein echt blöder Mörder.« Habermann schüttelte den Kopf, auf dem eine grüne Wollmütze saß.

»Den habe ich doch mit Salbei ausgetrieben«, nörgelte der Schnitzelmeier und stampfte mit dem rechten Fuß auf.

Die Fassade des alten Hauses war aus Fichtenholz, Schnitzereien zierten die Abgrenzung zwischen Erdgeschoss und erstem Stock. Mit dem Rücken zur Wand schob sich Schönbohm in das Haus.

»Gehen Sie mal ein bisschen mehr zur Seite, ich kann ja gar nichts sehen! «

»Verdammt, Frau Rehstock-Rosenstein, halten Sie endlich den Schnabel!« Schönbohm fühlte einen entsetzlichen Wutanfall hochkochen und musste sich beherrschen, seiner Nachbarin nicht die Dienstwaffe an den Kopf zu werfen, was schon albern genug war, weil er sie auch einfach erschießen könnte. Nur würde er den Schuss einfach nicht richtig erklären können. Stattdessen rieb er sich mehrfach die Stirn und riss sich zusammen. Er brachte sich erneut in Position mit dem Rücken zur Wand und kam sich nunmehr lächerlich vor.

Das Innere war modern nach dem, wie Kala es ihm während der Haussuche in einem Immobilienmagazin unter die Nase gehalten hatte, Open Floor Plan gehalten. Keine kleinen Flure, sondern offene Räume, Küche, Esszimmer und Wohnzimmer soweit möglich ohne Wände voneinander getrennt. Dies hatte für Schönbohm den Vorteil, dass er den Raum hervorragend überblicken konnte. Aber noch bevor sein Blick darauf fiel, roch er es: Blut. Unmengen von Blut. Der metallische Geschmack legte sich auf seine Zunge und füllte dann seinen gesamten Mund. Er schluckte mehrmals und blickte auf das Blut am Boden. Er ließ den Blick noch einmal durch den Raum schweifen, steckte seine Dienstwaffe zurück ins Halfter und eilte dann in Richtung der Blutlache. Er verlor das Gleichgewicht als er hinter der gemütlich aussehenden grauen Couch auf Blut ausrutschte, das in leicht geronnenem Zustand wie Schmiermittel unter seinen Füßen war. Er hielt sich an der Polsterlehne fest und blickte in das Gesicht von Dr. Türkoglu. Oder das, was davon übrig war. An seiner Kehle prangte ein langer Schnitt, beinahe von Ohr zu Ohr, und sein Gesicht und Körper waren von Einstichstellen übersät. Schönbohms Griff verfestigte sich und er atmete tief durch, während das verbliebene Auge des Arztes durch ihn hindurch ins Leere starrte.

Er schluckte trocken und merkte, wie ihm der Schweiß ausbrach. Er hatte schon viele Tote gesehen, viele Tatorte besucht, aber was ihn erschütterte, war, dass dieses Verbrechen in dem kleinen Ort Pullstedt geschah, wo jeder jeden kannte. Und es war kein anonymer Mord, das war ein Mord voller Emotion und Wut gewesen.

»Ich sage es nur ungern, aber ausnahmsweise bräuchten wir Dr. Bremer, bis einer von den kompetenten Kollegen hier ist.«

Hauke Haufen, der an der Tür gestanden hatte, nickte und verließ das Haus.

Schönbohm machte einen vorsichtigen Schritt zur Seite und entdeckte nun endlich Melinda Möllenstein-Türkoglu. Sie lag unweit am Fuße der Treppe. Hatte sie vor dem Täter flüchten wollen?

Der Hochflorteppich, der die Treppe hinaufführte, war auf den unteren Stufen von Blut getränkt.

»Oh Mann«, schnaufte Schönbohm und mit zitternden Fingern holte er sein Telefon aus der Tasche, um die Spurensicherung zu informieren.

Kaum hatte er aufgelegt, hörte er wildes Fluchen. Ein Handgemenge zwischen Burak und Metin Türkoglu entbrannte, als der Börekbudenbesitzer den Teenager davon abhalten wollte, das Haus zu betreten. Dann stießen der Pfarrer und Dr. Bremer hinzu. Und obwohl sie in der Überzahl waren, gelang es Metin, sich wie ein kleines Wiesel aus ihren Griffen zu winden und ins Wohnzimmer zu laufen.

»Baba«, schrie er und sein Gesicht war von der Anstrengung ganz rot. Schweiß tropfte von seiner Stirn, vermutlich war er den ganzen Weg gelaufen. Er stürzte an Schönbohm vorbei, der ihn gerade davon abhalten konnte, sich auf den Körper des leblosen Mannes zu werfen. Er blickte zur Haustür und sah hinter Pfarrer Haufen und Burak das betroffene Gesicht von Alfons-Kevin.

»Komm, Junge, komm«, sagte Schönbohm und hielt Metin fest an den Schultern. »Geh bitte zu Burak.«

Metin Türkoglus Kopf hing hinab, es war, als wäre all seine Kraft aus dem Körper entwichen.

Dann hörte Schönbohm es: Ein leises Gurgeln. Der Teenager neben ihm hatte es auch gehört. Sein Kopf ruckte hoch und er erstarrte. Schönbohms Hand glitt zu seiner Dienstwaffe. Dann hörten sie es erneut, nun auch Burak und der Pfarrer. Ein Gurgeln und ein Scharren.

Melinda Möllenstein-Türkoglu lebte. Die Finger ihrer rechten Hand kratzten über den alten Holzboden.

»Anne«, schrie Metin auf türkisch nach seiner Mutter und stürzte zu ihr. Ihr ausgestreckter Arm schnellte in die Höhe, als sich der Junge auf sie warf. Sie konnten sehen, wie sich sein Rücken hob und senkte, dann fing er an, zu schluchzen.

Die Beine der Melinda Möllenstein-Türkoglu zuckten, erst ganz wenig, dann immer mehr.

»Wir müssen sie stabilisieren.« Mit einem Satz war der Dorfarzt bei der Frau und riss Metin von ihr.

»Und ich verpasse sowas«, maulte die Rautmann am Morgen und blickte enttäuscht in Schönbohms müdes Gesicht. Seine Augen waren rot unterlaufen und helle Bartstoppeln waren in seinem Gesicht zu erkennen.

In den frühen Morgenstunden hatte er den Kriminaltechnikern das Haus der Türkoglus überlassen. Zu seiner Überraschung gab es einige hartnäckige Pullstedter, die mit Regencapes und Schirmen dem Dauernieselregen trotzten. Allen voran seine Nachbarin. Mit Thermoskanne und Klappstuhl gewappnet, saß sie vor dem Törchen, knabberte gelegentlich an mitgebrachten Snacks und sobald sich die Haustür öffnete, hob sie ein kleines Fernglas, das um ihren Hals hing und spähte hindurch.

Schönbohm sprach eine strenge Verwarnung aus, die jedoch im Gehörgang seiner Nachbarin verpuffte.

Es war ihm selbst nicht so ganz klar, warum er es tat, aber er ging noch einmal zu Fuß zum Hexentanzplatz. Auf dem Weg dorthin war alles so viel dunkler und ruhig. Und dann auch wieder nicht. Der Wald atmete, lebte und seine scheuen Bewohner nutzten die von den Menschen ungestörten Stunden.

Schönbohms Herz setzte für einen Moment aus, als es im Unterholz knackte und ein langbeiniges Reh auf den Weg schritt. Es blieb stehen, wackelte mit seinen Ohren und Schönbohm war sich sicher, dass es ihn abschätzend ansah. Leider war es zu dunkel, als dass er es genau hätte ansehen können. Das Reh senkte den Kopf und beäugte ihn ein letztes Mal, bevor es gemächlich seinen Weg fortsetzte und lautlos verschwand.

Schönbohms Herz raste und gleichermaßen fühlte er sich regelrecht glücklich, dass er ein Reh getroffen hatte. Er machte ein paar Schritte nach vorne und sah dem Reh nach. Ein weiteres leises Knacken weckte seine Aufmerksamkeit. Das Reh war nicht alleine. Es hatte sich zu zwei Artgenossen gesellt, die Schönbohm nicht einmal bemerkt hatte. Er lächelte zufrieden und setzte seinen Weg fort.

Der Wind rauschte sachte durch die Fichten und als der Kriminalhauptkommissar nach einigen hundert Metern ankam, sah er, dass einige Pullstedter ihre Räder vergessen hatten und ein Toilettenhäuschen war umgeworfen worden. Er schüttelte ungläubig den Kopf. Wer hatte nur so randaliert? Eine ungesicherte Feuerschale, die niemand gelöscht hatte, erhellte den Platz und unheimliche Schatten tanzten im Feuerschein. Er konnte sich gut vorstellen, woher diese Idee mit dem Vertreiben der Geister gekommen war, je länger er die Schatten beobachtete. Er riss sich von dem hypnotischen Anblick und der Wärme ab, sah sich um und ging dann einige Schritte zur Bühne. Die Aussicht war spektakulär.

Die Sonne stieg langsam hinter dem Waldrand hervor und ließ das junge Grün des Mischwaldes frisch leuchten.

Schönbohm überblickte die Felder und die Wälder, die Pullstedt umgaben und natürlich auch Pullstedt selbst. Vereinzelt stieg Rauch von den Schornsteinen auf und es sah einfach friedlich aus. Schönbohm hatte fast vergessen, dass zwei Personen gewaltsam zu Tode gekommen waren. Er spürte, wie ihn eine tiefe Ruhe überkam, sein Herzschlag verlangsamte sich und er atmete tief die frische Waldluft ein. Gemächlich setzte er sich im Schneidersitz auf die Bühne und konnte sich zu seiner eigenen Überraschung nicht sattsehen. Und seinen Ohren gefiel der morgendliche Gesang der Vögel, die den Tag zu begrüßen schienen.

Dunstschwaden stiegen in der Ferne aus dem Wald auf. Für ihn war es unheimlich und wunderschön zugleich. Es war fast als würden die Wolken zu tief hängen oder als würde ein seidiger Schleier auf den Baumwipfeln liegen. Das hatte er bisher so nur in Filmen gesehen.

»Feine Aussicht, hm? «

Schönbohm, der sich alleine glaubte, zuckte zusammen.

»Ich wollte Sie nicht erschrecken. Rudi Lustig. Ich bin hier Förster und Harzgeist.«

Mit steifem Rücken rappelte sich Schönbohm auf und schüttelte dem Mann die Hand zum Grüß.

»Marco Schönbohm. Kriminalhauptkommissar und neuer Dienststellenleiter in Pullstedt.«

Der Förster sah gar nicht mehr aus wie ein Harzgeist. Sein Gesicht war sauber, er trug eine dicke dunkelgrüne Jacke mit Kapuze und grüne Arbeitshosen sowie festes Schuhwerk.

»Da können Sie ein feines Beispiel für Interzeptionsverlust sehen.«

Irritiert sah Schönbohm den Mann an, der daraufhin auf die Nebelschwaden deutete.

»Wenn der Regen zuerst die Blätter und Nadeln benetzt, dann nennt sich das Interzeption. Von diesem Regen verdunstet aber ein Teil direkt wieder in die Atmosphäre und kommt gar nicht erst auf dem Waldboden an. Das nennt sich Interzeptionsverlust. Das passiert, wenn diese Dunstschwaden aus dem Wald hochwabern und so nett aussehen. Ganz fein für Touristen und Fotografen.«

»Oh, man lernt nie aus«, murmelte Schönbohm ehrlich beeindruckt und drehte sich noch einmal um und sah sich die Dunstschwaden an. Der Förster, der dieses Schauspiel schon häufiger gesehen hatte als er zählen konnte, beobachtete mindestens ebenso gebannt das Naturschauspiel.

»Ach, könnten Sie mir ein paar Fragen beantworten, da Sie gerade hier sind?« Schönbohm riss sich mühsamlos und wandte sich wieder an den Mann.

Der Förster nickte, zog eine grüne Mütze aus seiner Jackentasche und zog diese über sein dunkles Haar.

»Wer sind denn die Harzgeister? «

»Das bin ich, meine Frau, mein Sohn, mein Bruder und unser Cousin. Ich habe alles besser im Blick, was im Wald passiert, wenn wir das übernehmen. Da will ich nichts riskieren.« Er zuckte mit den Achseln.

»Waren Sie die ganze Zeit über hier auf dem Hexentanzplatz?« Schönbohm sah ihn scharf an.

Für einen Moment sah Rudi Lustig nachdenklich aus, dann nickte er selbstbewusst. »Ja, bis auf den gelegentlichen Gang zum Klo, waren wir alle hier. Ich bin mir ziemlich sicher, dass es unzählige Fotos gibt, die bezeugen, dass wir den ganzen Abend hier waren. Aber warum fragen Sie das denn? Habe ich was verpasst?«

Schönbohm ließ den Blick noch einmal schweifen und sah, wie sich der kleine Ort Pullstedt in die hügelige Landschaft, in die Wälder und Berge, kuschelte und behaglich zu seinen Füßen lag.

»Sie setzen sich vielleicht besser, Herr Lustig. Wir haben zwei Mordopfer und ein Zeuge will gesehen haben, dass ein Harzgeist den Tatort verlassen hat.«

Mit weichen Knien setzte sich der Lustig tatsächlich auf die Bühne. »Das ist mal was Neues.« Er räusperte sich.

»Kannten Sie die Türkoglus?« Schönbohm setzte sich neben den Förster.

»Nein«, sagte der Mann kopfschüttelnd, nachdem er einen kurzen Moment überlegt hatte. »Der Name sagt mir absolut nichts.«

»Könnte denn jemand ein Kostüm entwendet und sich als Harzgeist ausgegeben haben?«

Wieder schüttelte er den Kopf. »Vollkommen ausgeschlossen. Wir haben zwar Ersatzkleidung, aber es wurde nichts entwendet. Und mit Mord wollen wir auch nichts zu tun haben. Die Konkurrenz um Touristen ist schon groß genug zur Walpurgiszeit. Da kann schlechte Presse nur Schaden anrichten.«

»Falls Ihnen noch etwas einfällt, wäre ich Ihnen dankbar, wenn Sie mich anrufen, Herr Lustig.« Er hielt ihm eine Visitenkarte entgegen, die der Förster einsteckte.

»Wissen Sie was?« Schönbohm sah den Förster aus kleinen, müden Augen an. »Ich habe Rehe gesehen.«

Förster Rudi Lustig lächelte freundlich. »Das ist echt super.«

Schönbohm gähnte.

»Lassen Sie den Mann, Rauti. Sie sehen doch, dass er müde ist«, klang die Stimme des Praktikanten in Schönbohms Ohren, der aus seinen Erinnerungen gerissen wurde.

»Sie könnten sich doch einfach in die Ausnüchterungszelle legen und ein bisschen schlafen.« Die Rautmann sah ihn eindringlich an.

»Ja, ja, vielleicht mache ich das auch. Warum bin denn scheinbar nur ich so müde?«

Alfons-Kevin blickte fröhlich drein. »Ich lebe nach der Devise: Morgenstund' hat frühen Wurm im Mund.«

Barbara Rautmann machte ein angeekeltes Geräusch.

»Das heißt Morgenstund' hat Gold im Mund«, korrigierte Schönbohm.

»Na ja«, fing Alfons-Kevin mit einem besserwisserischen Tonfall an, »die einen sagen es so, die anderen sagen es so. Da beschneiden sich eben die Geister. Insbesondere, wenn Sie jetzt alles mit der Goldwaage spalten wollen.«

»Was?«, hauchte die Rautmann ungläubig und sah Schönbohm mit einem irritierten Blick an, den er gleichermaßen irritiert erwiderte.

»Das ist so nicht richtig«, brachte er langsam hervor.

»Ja, ach Mann, Sprichwörter sind einfach mein Achillesknie. Ich pack das nicht.«

»Universaldilettant«, zwitscherte Barbara Rautmann kopfschüttelnd. »Aber wir haben dich trotzdem lieb, mein Junge.«

Verdrossen schüttelte Schönbohm den Kopf. »Sie müssen gerade reden. Sie haben doch ständig die Dunstabzugshaube als Abdungsaughauber bezeichnet und am

Ende wusste keiner mehr, wie das Teil hieß. Also seien Sie vorsichtig, wen Sie hier als Dilettant bezeichnen. Der ist ja noch im Wachstum.«

»Kleiner Dilettant? Dilettant in Ausbildung?«

»Lassen Sie den Jungen in Ruhe! Sie müssen in dieser Behörde nicht noch eine Generation von Männern traumatisieren.«

»Okay« fing die 450-Euro-Schreibkraft wieder an, »aber dann will ich genau wissen, was gestern passiert ist!«

"Ich habe in der Nacht noch die Harzgeister befragt. Also die Darsteller. Aber es gibt natürlich unzählige Beweisfotos, dass sie auf dem Hexentanzplatz waren. Keiner von ihnen war weg, es hat kein Kostüm gefehlt. Die wollten einfach nur weg von hier. Kann ich ihnen nicht verübeln." Schönbohm gähnt wieder.

"Okay, aber ich will etwas hören, was interessanter ist als diese sinnlose Information." Barbara Rautmann sah enttäuscht aus.

»Die von der Spurensicherung haben Fotos von Metin und dem Tatort gemacht, das Jugendamt war auch da, die haben aber gesagt, er kann vorerst bei mir bleiben. Oder auch bei Burak, wenn das kulturell besser passt. Zumindest bis sein Onkel aus der Türkei kommt. Ich glaube, die waren froh, dass sie ihn nicht irgendwo unterbringen mussten. Und irgendwann hat mich der große Meister nach Hause geschickt, weil es zu spät wurde.«

»Und jetzt?«

»Was und jetzt? Jetzt sitzt er bei Burak rum. Ich glaube, meine Mütter sind ihm noch nicht ganz geheuer.«

»Aber heute ist doch Feiertag, 1. Mai!«

»Frau Rautmann, wir sitzen doch auch am Feiertag hier. Außerdem denke ich nicht, dass er heute bei Burak arbeitet.«

»Na, aber ich bin ja nicht hier, weil ich arbeite. Ich will nur Informationen haben.« Demonstrativ ließ sie ihre Fingerspitzen auf der Tischplatte tanzen.

»Richtig, wann sind Sie jemals hier, um zu arbeiten...?!«, brach es aus Schönbohm hervor, dann gähnte er herzhaft.

»Und ich bin nur hier, weil ich nichts verpassen will«, ereiferte sich der Schülerpraktikant.

»Aber wer will denn die beiden armen Leute umbringen und vergisst den Sohn?« Barbara Rautmann legte den Kopf schief. Sie zuckte zusammen als sich geräuschvoll die Eingangstür der Dienststelle öffnete.

»Ich will eine Anzeige gegen Unbekannt machen!«

Burak kam zu ihnen an die Schreibtische. Seine Augen waren angstvoll geweitet und sein Gesicht hatte eine ungesunde Farbe, beinahe grau.

»Du siehst ja aus, als wäre dir der Teufel erschienen. Was ist denn passiert?«

»Zwei meiner Messer sind verschwunden!«

Fast wie in Zeitlupe drehte die Rautmann den Kopf zu Schönbohm, um seine Reaktion zu sehen und ihre besorgten Blicke trafen sich.

»Das ist nicht gut«, flüsterte Schönbohm und schüttelte müde den Kopf. »Seit wann fehlen die Messer denn?«

»Ich weiß es nicht. Ich habe es vorhin erst bemerkt. Das sind diese großen Messer, weißt du? Die nehme ich nicht für alles und brauche sie auch nicht jeden Tag.«

Fast kraftlos ließ sich der Börekbudenbesitzer auf den Stuhl fallen.

»Dein Vater hat sie nicht zufällig weggelegt?«

»Oder verkauft?«, warf der Praktikant ein.

»Nein, ich habe meine Eltern gefragt, ich habe Metin gefragt. Keiner hat die Messer gesehen.«

Stille machte sich breit.

»Aber ich war das nicht. Ich habe die beiden nicht umgebracht! Ich habe niemals jemanden umgebracht!« Buraks Atmung wurde schneller.

»Das sagt auch keiner.« Vergeblich bemühte sich Schönbohm, Burak zu beruhigen, doch er wurde nur noch blasser und begann, an seiner Unterlippe zu kauen.

»Bin ich verhaftet?« Sein Adamsapfel sprang unruhig auf und ab.

Seufzend sah Schönbohm von seinem Schreibtisch auf. »Nein, wieso? Nur weil deine Messer fehlen? Wir wissen noch nicht einmal genau, was die Tatwaffe überhaupt war.«

»Du darfst die Stadt nur nicht verlassen«, imitierte Alfons-Kevin die Reden der Hollywoodfilme.

»Du bist keine Hilfe«, murmelte Schönbohm an seinen Praktikanten gewandt, welcher wiederrum den Kopf wie ein Hundewelpe schief legte.

»Burak, du bist unser bester türkischster Freund, du bist unser Mann. Auf dich lassen wir nichts kommen. Nichts.« Das Gesicht des Teenagers sah ernst aus.

»Ausnahmsweise hat Alfons-Kevin recht. Geh nach Hause, Burak, und schlaf dich ein bisschen aus.«

Wortlos stand der Börekbudenbesitzer auf und nickte müde.

»Du wirst sehen, nachher findest du die Messer in einer Schublade. Ist doch immer so«, versuchte der Hauptkommissar seinen Freund aufzumuntern.

»Ja, das Alter und so, Mann.« Alfons-Kevin hatte den Mund verzogen und nickte eindrücklich.

Stumm und nachdenklich blickte Burak einmal durch das ganze Büro. »Wahrscheinlich hast du recht. Ich schlafe noch ein bisschen.«

Schönbohm wusste, Burak würde nicht schlafen können. Er stand auf und legte ihm dann die Hand auf die Schulter.

»Burak, du hast nichts zu befürchten. Vergiss das einfach. Kümmere dich ein bisschen um Metin und schick ihn dann abends wieder zu Alfons-Kevin, damit uns das Jugendamt keinen Ärger macht.«

Burak nickte.

»Und vergiss nicht, dass wir übermorgen Dart spielen.« Er hatte ihn zur Tür gebracht und hielt sie ihm auf.

»Alles klar. Dart und Bier, wie immer.« Burak hatte wieder ein breites Grinsen aufgesetzt. »Macht's gut, Leute«, verabschiedete er sich.

»Okay, er hat sie umgebracht«, stieß Barbara Rautmann hervor, nachdem Schönbohm die Tür hinter Burak geschlossen hatte.

»Er bringt uns alle um«, fiel der Schülerpraktikant in die Panik ein.

Energisch und mit ausholenden Schritten ging Schönbohm durch das Büro und setzte sich hinter seinen Schreibtisch.

»Jetzt hört aber auf, Burak hat niemanden umgebracht!« Eine Zornesfalte zog sich über seine Stirn und er merkte, wie er ärgerlich den rechten Mundwinkel verzogen hatte.

»Ich mache euch Jungs auf den Schreck erstmal eine schöne Tasse Kuchen.«

»Au ja«, rief Alfons-Kevin Kaufmann erfreut.

»Du willst keinen Tassenkuchen, glaub mir.«

»Ja, ich will Tassenkuchen.«

Darauf hatte Barbara Rautmann nur gewartet und eilte in die Küche. Natürlich war das Timing perfekt, denn das Telefon klingelte. Schönbohm wartete einen Moment und sah sich dann gezwungen, den Anruf entgegenzunehmen. Zu seinem Leidwesen handelte es sich um Dieter Anrheiner vom Pullstedter Express.

»Herr Kommissar«, knarzte es aus dem Telefonhörer, »können Sie unseren Lesern einige Informationen zu dem Mord geben?«

Schönbohm, der über aktuell laufende Ermittlungen keine Informationen gab, verneinte.

»Muss sich unsere Bevölkerung vor einem irren Serienmörder in Sicherheit bringen?«

»Hier ist ganz bestimmt kein Serienmörder am Werk, auch wenn man das natürlich so früh noch nicht sagen kann.«

»Wie sieht es aus mit Harzgeistern?«

»Hier wurde mit an Sicherheit grenzender Wahrscheinlichkeit niemand von Harzgeistern getötet.«

»Mhm, mhm, mhm«, machte der Anrufer.

»Kommt es Ihnen nicht gelegen, dass Ihre Verlobte das örtliche Bestattungsunternehmen führt?«

»Worauf auch immer Sie hinauswollen, schlagen Sie es sich aus dem Kopf.«

»Ist es Zufall, dass die Toten wie Sie aus Hannover sind?«

Schönbohm atmete laut. »Ist es Zufall, dass die Toten wie Sie in Pullstedt gelebt haben? Dass sie dieselbe Luft geatmet haben? Also Sie machen sich bald lächerlich, Herr Anrheiner.«

»Mhm, mhm, mhm«, machte der Reporter wieder. »Gibt es denn schon einen Verdächtigen? Oder mehrere Verdächtige?«

Wieder musste Schönbohm verneinen. »Aber die Polizei Pullstedt ist über Hinweise der Anwohner natürlich sehr dankbar. Falls Sie so nett wären und es in Ihrem Artikel erwähnen oder sogar einen Aufruf starten könnten.«

»Oh ja, natürlich, das werde ich tun.«

»Haben Sie sonst noch Fragen?«

Anrheiner schnalzte ins Telefon. »Sie haben mir ja gar nichts gesagt, außer, dass sie selbst von nichts eine Ahnung haben.«

»Wissen Sie, ich habe zu tun. Ich bedanke mich für Ihren Anruf. Ich wünsche Ihnen den Tag, den Sie verdienen.« Schönbohm legte auf und zeitgleich kam die Rautmann mit dampfenden Tassen zurück.

»Extra trocken?«, fragte Schönbohm gallig.

»Dafür gibt es ja die Sahne.«

»Nimm bloß keine Sprühsahne, Junge.«

Die Augen von Alfons-Kevin Kaufmann glänzten und er rutschte näher an die Stuhlkante. »Oh, ich will Sprühsahne.«

Kriminalhauptkommissar Schönbohm schüttelte den Kopf. »Was ist denn los mit dir? Ich versuche, dir das Leben zu retten.«

»Na ja«, sagte der Teenager gedehnt, »ich bekomme zu Hause eben keinen Kuchen, keine Süßigkeiten. Und in dem Überraschungsei ist auch jedes Mal nur ein blöder Holzball drin.« Er kramte in seinem Rucksack und legte eine Avocado auf den Tisch.

»Geben Sie dem Jungen eine extra Portion Sahne, Frau Rautmann.«

»Das müssen Sie mir nicht zweimal sagen.« Mit einem lauten Pfssssssscht sprühte sie die Sahne in die Tasse des Praktikanten und dann sich selbst in den Mund.

»Ich werde noch einmal an den Tatort gehen und danach die Zeugenbefragungen durchgehen.« Er zog eine Tüte mit dem Schlüssel des Hauses des Türkoglus hervor.

»Ich komme mit«, riefen die Rautmann und der Praktikant wie aus einem Munde.

»Nein, nein, ich mache das alleine. Da bekomme ich sonst direkt Ärger mit den Erziehungsberechtigten.«

Barbara Rautmann kicherte. »Ach, Herr Schönbohm, ich bin doch schon volljährig.«

»Ich meinte ja auch nicht Sie«, brummte der Kriminalhauptkommissar und nahm seine Jacke vom Garderobenständer. »Sie haben die verantwortungsvolle Aufgabe, auf unsere Jugend aufzupassen, sie nicht zu verkorksen oder einfach direkt nach Hause zu schicken.«

»Ich könnte auch an der Bundesstraße den Verkehr regeln. Ich habe das schon mal in einer Dokumentation gesehen.«

Schönbohm verzog charakteristisch den linken Mundwinkel, was den Eindruck vermittelte, er sei von allen Menschen zutiefst enttäuscht.

»Nein, das wirst du nicht machen. Geh doch schön nach Hause und wirf dich vor die Daddelkiste, oder wie ihr das heutzutage nennt.«

»Ich daddel nicht. Ich spiele maximal Boule mit meinen ganzen Holzbällen hier.« Er nahm die Avocado, wedelte damit vor Schönbohms Gesicht und ließ den Arm dann kraftlos fallen.

»Du kannst mir hier helfen. Wir können einen Horrorfilm gucken und ich mache noch ein bisschen Tassenkuchen.«

»Frau Rautmann«, sagte Schönbohm mit Ungeduld in der Stimme, »Sie können doch auch nach Hause gehen.«

»Echt?«

»Sie sind doch nur gekommen, um vor allen anderen Informationen zu bekommen.«

»Ja, na dann, tut mir leid, Alpha, ich gehe dann nach Hause.« Sie sprang auf wie eine junge Gazelle und tätschelte dem Praktikanten den Kopf und verschwand.

»Sie können mich ja kaum alleine hierlassen«, Alfons-Kevin sah Schönbohm an.

»Deswegen sollst du auch nach Hause gehen.« Er langte nach der Jacke des Teenagers, drückte sie ihm in die Hand und bugsierte ihn und dann sich selbst aus der Dienststelle.

»Und du gehst nach Hause. Nicht wieder hinterherlaufen!«

»Nein, großer Meister, bestimmt nicht.«

Aber Schönbohm musste bald feststellen, dass in der Jugendsprache »Nein, großer Meister, bestimmt nicht«, genau das Gegenteil hieß. Nein, traumatisieren ließ sich der Praktikant durch eine Blutlache nicht mehr, ganz gleich, wie oft Schönbohm ein Trauma und den Jugendschutz betonte, aber schließlich hatte Alfons-Kevin in eben diesem Blut schon die Toten liegen sehen. Auch von Pfarrer Hauke Haufen, den sie unterwegs trafen, ließ er sich nicht überzeugen.

»Höhö«, lachte der Praktikant wieder, »meine Mutter sagt immer, ich wäre wie Herpes. Bin ich einmal da, gehe ich nicht mehr weg.«

»Welche von deinen beiden Müttern?« Hauke Haufen sah ihn an. »Die, die mit ihrem Gesicht Zwiebeln zum Heulen bringt?«

Bestürzt sah Alfons-Kevin ihn an, dann lachte er wieder. »Da haben Sie mich kalt erwischt. Voll überrascht, ey. Aber ich habe Sie durchschaut. Sie wollen mich wegmobben. Aber das versuchen meine Mütter auch ständig.

Ich bin gekommen, um zu bleiben. Ich bin der Herpeskönig.«

Irritiert und angeekelt verzog Schönbohm das Gesicht.

»Okay« gab der Junge zu, »das kam jetzt falsch rüber.«

»Alles klar, Herpeskönig«, lachte Schönbohm und entfernte das Polizeisiegel an der Tür des Hauses der Familie Türkoglu. »Ich bin jetzt wie einer dieser Polizisten im Fernsehen. Ich bringe Zivilisten an einen Tatort und der ganze Quatsch. Dazu noch einen Menschen in der Pubertät.«

Alfons-Kevin schüttelte bedauernd den Kopf. »Sie sind tief gesunken.«

»Die Staatsanwältin wird mich wieder anbrüllen, wenn sie das jemals rausbekommt.«

Die Staatsanwältin Lisa Böning war zwar kleinwüchsig, das hieß jedoch nicht, dass ihr Schreiorgan nicht hervorragend ausgebildet war, um einen Kriminalhauptkommissar in Grund und Boden zu schreien. Übellaunig war sie sowieso, denn wie Schönbohm war sie nicht freiwillig in der Region. Aber gerade ihre rüde Art schien Lasse Weber ganz und gar bezaubernd zu finden.

»Sie gehen eben nicht ans Telefon, großer Meister.«

Marco Schönbohm seufzte mal wieder. »Ich wünschte, die Welt wäre so einfach wie es in dem Kopf eines Pubertierenden zu sein scheint.« Er warf dem Pfarrer einen Blick zu.

»Das denken auch nur Sie. In der Pubertät ist man doch ständig in einer Phase der Selbstfindung.«

»Selbstfindung« echote der Pfarrer.

»Ja, ist ganz einfach. Der erste Schritt ist, dass man sich Marmelade auf den Rücken schmiert und dann vom Sofa rollt. Landet man auf dem Rücken, ist man wahrscheinlich ein Brot.«

Schönbohm verrutschten humorlos die Gesichtszüge.
»Jetzt reicht es aber, du Vollbrot. Nun mal anständig und mit Respekt, wir befinden uns hier an einem Tatort.«

»Herpesbrot«, stieß der Pfarrer hervor.

»Ey, ich weiß, dass das nicht Ihr Tourette war«, jaulte Alfons-Kevin Kaufmann auf. »Ich fühle mich von Ihnen immer voll hart gedisst.«

Hauke Haufen zuckte nur mit den Achseln und sah mit seiner Föhnwelle unschuldig drein.

»Na ja, jetzt spielen wir erst einmal Polizei.« Alfons-Kevin steckte die Hände in die Hosentaschen.

»Was heißt spielen?«, empörte sich der Kriminalhauptkommissar. »Ich bin die Polizei.«

»Wir investigieren«, warf der Pfarrer geduldig ein.

»Er hat "erigieren" gesagt«, gluckste Alfons-Kevin pubertär.

»Dann eben ermitteln.«

»Wie zwei kleine Kinder«, dachte Schönbohm und vermisste unvermittelt Lasse Weber. Mit ihm hatte er wenigstens nur ein Kind an der Backe gehabt, das darüber hinaus politisch korrekt war. Er blickte über seine Schulter zu den ungleichen Streithähnen.

Pfarrer Haufen sah kurz nachdenklich aus und stieß dann hervor: »Deine Mutter arbeitet bei Nordsee als Geruch.«

Alfons-Kevin schrie auf. »Ey, Sie haben für meinen Geschmack ein bisschen zu viel Spaß an den Sprüchen. Und für einen Pfarrer sowieso.«

Schönbohm konnte sich ein knappes Grinsen nicht verkneifen und bemühte sich dann, sie zu ignorieren. Fokus.

»Was suchen Sie überhaupt? Die Spurensicherung ist doch schon hier durchgefegt. Fast wortwörtlich.« Alfons-Kevins Stimme klang quakend.

»Eine neue Perspektive. Etwas finden, von dem man nicht weiß, dass es da ist. Oder etwas finden, das noch gar nicht gesucht wurde. Etwas, das fehlt…«

Alfons-Kevin sah den Pfarrer an und klopfte mit dem Zeigefinger gegen seine rechte Schläfe. »Ihm fehlt der Lasse Weber.«

Doch Kriminalhauptkommissar Marco Schönbohm ließ sich nicht beirren. Sein Blick war auf den Boden gerichtet, fernab der Markierungen der Spurensicherung, währenddessen standen der Pfarrer und der Praktikant betroffen und bedächtig nebeneinander neben der Blutlache des Dr. Türkoglu.

»Der Junge hat verficktes Glück gehabt«, murmelte Hauke Haufen.

»Ja, so richtig verficktes Glück«, stimmte Alfons-Kevin ihm bei. »Aber so ein bisschen wundert es mich schon, dass von ihm keine Schweißpfütze hier ist. Der hat ja geschwitzt wie ein Schwein. Dürfen Muslime denn überhaupt schwitzen wie Schweine oder schwitzen die dann anders?«

»Fickarsch«, rief der Pfarrer und Schönbohm war sich mal wieder nicht sicher, ob der Ausruf aus der Tiefe seines Herzens kam oder dem Tourette geschuldet war.

»Das ist eben Stress. Außerdem ist der vom Hexenplatz hierher gerannt. Da würde jeder so schwitzen«, gab der Kommissar zu bedenken. »Abgesehen davon hat mir Weber mal erklärt, dass Schweine nicht schwitzen können.«

»Ja, Stress. Kampf und Flucht und so, ich weiß. Der Sympathikus schüttet Hormone aus, die die Schweißdrüsen aktivieren, was unser Gehirn in erhöhte Alarmbereitschaft versetzen soll. Wenn ich mir das richtig gemerkt habe. Von meiner Mutter. Die Andere. Die

Verhaltenspsychologin.« Alfons-Kevin zuckte entschuldigend mit den Achseln.

»Ich denke ja eher, dass er geschwitzt hat, weil er gelaufen ist und sein Körper sich durch die Verdunstung des Schweißes abkühlen will, Sherlock.«

Pfarrer Haufen nickte zustimmend und Alfons-Kevin kratzte sich am Kopf. »Ich bin wohl über das Ziel hinausgeschossen.«

»Oder wir haben beide Recht. So wurde immerhin Gehirnsport gemacht.«

»Aber ohne zu schwitzen, so groß war meine Anstrengung dann doch nicht«, lachte der Teenager, dann wurde er ernst. »Aber was ist, wenn Metin doch Angst hatte? Stichwort Kampf und Flucht. Was ist, wenn er weiß, wer der Mörder ist?«

»Deshalb werde ich noch mit ihm sprechen«, sagte Schönbohm, während er aufmerksam durch das Wohnzimmer blickte: Familienfotos und Zertifikate hingen an den Wänden, kleine Sportpokale und Zierrat, Urlaubssouvenirs standen auf den freien Flächen der Regale und Vitrinen.

»Judo«, flüsterte Schönbohm, »Fun Run Parcours.«

»Das kann nicht von Metin sein, der ist schon ein paar Mal beim Sport umgekippt.« Alfons-Kevin lachte und zuckte dann mit den Achseln.

Der Kriminalhauptkommissar marschierte in die Küche. Einige Schubladen waren achtlos herausgezogen worden. Wahrscheinlich von der Spurensicherung, die die Messer mitgenommen hatte, um zu überprüfen, ob eines davon die Tatwaffe gewesen sein könnte.

Er suchte die Wände und den Kühlschrank nach einem Terminplaner für die Familie ab, aber er fand nichts. Er runzelte die Stirn.

Schönbohm war auf der Suche nach Metin Türkoglu zuerst bei Burak gewesen. Die Börekbude war geschlossen und als er seinen Kumpel anrief, erfuhr er, dass Metin zurück zu den Kaufmanns gegangen war.

»Zu Hause ermitteln ist irgendwie doof«, jammerte Alfons-Kevin.

»Frag mal einen Feuerwehrmann wie blöd es für ihn ist, wenn er zu Hause arbeitet.«

»Heißes Home-Office«, sagte Alfons-Kevin gedankenverloren.

»Sozusagen« nickte Schönbohm.

Energisch drückte Alfons-Kevin auf die Klingel. »Hey Müüüüüüütter«, rief er krakeelend und klingelte noch einmal.

»Hast du keinen Haustürschlüssel?«

Alfons-Kevin schüttelte resolut den Kopf. »Meine Mütter wollen nicht, dass die Nachbarn mich für ein Schlüsselkind halten, deswegen habe ich keinen.«

»Wow«, brachte der Kommissar hervor und betrachtete den Vorgarten, während es im Haus rumorte. Ein kleiner Jägerzaun mit einer Pforte umgrenzte das Grundstück und ein Weg mit Waschbetonplatten führte zwischen sich in Winterruhe befindenden Lavendelbüschen direkt zur Haustür des alten Hauses mit hellblau gestrichener Holzfassade aus Fichte.

»Klingel ich halt nochmal«, murmelte der Teenager. Dann piepste es und Alfons-Kevin kramte sein Handy aus der Tasche. »Alter, ey«, ächzte er und sah sich suchend um, dann hielt er Schönbohm das Telefon vor die Nase. Auf dem Display war eine Nachricht:

»Wenn deine Mutter furzt, klatschen Stinktiere respektvoll Beifall.« Daneben war das Emoji für die Kirche.

»Der Pfarrer ist außer Kontrolle«, Alfons-Kevin blickte sich wieder ungläubig suchend um.

»Du hast ihn auf diese Idee gebracht. Vorher war er noch rein und unschuldig wie die Jungfrau Maria.« Der Kommissar guckte amüsiert.

»Ich darf ihn nicht einmal zurückdissen, weil er der Pfarrer ist. Oh Mann, ey.«

»Woher hat er überhaupt deine Nummer?«

»Von den heiligen drei Königen.« Alfons-Kevin sah in Schönbohms verwirrtes Gesicht. »Ich war das letzte Mal Melchior. Klingelt da was?«

Mit einem Ruck öffnete sich die Haustür und Schönbohm zuckte zusammen.

»Entschuldige, dass es so lange gedauert hat, ich habe die ersten dreimal Klingeln nicht gehört. Ich bin auch erst von der Arbeit gekommen, Spätzchen«, trällerte die Mutter des Schülerpraktikanten.

»Oh, hallo«, rief sie dann erfreut als sie Schönbohm sah. »Ich bin Katrin. Wie in Wodkatrinken. Falls Sie sich erinnern.«

Marco Schönbohm grinste müde und erwiderte ihre Begrüßung.

»Wie war es auf der Arbeit?«, fragte Alfons-Kevin als er sich an seiner Mutter vorbei ins Haus drängte.

Katrin Kaufmann, die noch immer derbe Arbeitskleidung und staubige Sicherheitsschuhe trug, fing an zu strahlen. »Ich bin heute zum ersten Mal Gabelstapler gefahren. Es war sooooo aufregend. Kommt auch gleich nochmal in den Nachrichten.« Sie zog eine Grimasse.

»Mamaaaaaa«, erklang es in jammerndem Tonfall.

»Na, dann liest du es eben in der Zeitung, wenn du jetzt weiter mit dem Herrn Kommissar spielen willst.«

»Wir, äh, spielen nicht«, warf sich Schönbohm wichtig in die Brust. »Ich suche Metin Türkoglu.«

Er machte einen Schritt in den Hausflur. Ein großes Bild aus Kreuzstich hing gerahmt an der Wand:

Manchmal bist du Psychologe, manchmal Psychopath.

Unbewusst nickte er zustimmend.

»Kommen Sie rein, kommen Sie rein«, sagte Katrin und zog Schönbohm weiter in den Flur. »Möchten Sie was trinken? Essen?« Sie lotste ihn in eine helle und moderne Küche, deren Mittelpunkt ein schmaler, hoher Frühstückstresen war. Auf einen der Stühle warf sich Alfons-Kevin.

»Meeeeetin«, rief Katrin gedehnt. »Kommste mal?!«

»Ich habe nur ein paar kurze Fragen.«

»Aber Sie dürfen ihn ja nur befragen, wenn ein Erziehungsberechtigter dabei ist und die haben ja den Arsch hochgelegt.«

»Boah, Mutter, ey. Die wurden umgebracht. Mal ein bisschen Respekt vor den Toten.«

»Ja, Entschuldigung. Das ist noch von der Arbeit, da wird eben derbe geredet. Also Vormund ist derzeit das Jugendamt, bis Metin zu seiner Familie väterlicherseits in die Türkei geht. Setzen Sie sich, setzen Sie sich.«

»Okay«, Schönbohm klang irritiert. »Gibt es für seine Abreise schon ein Datum?« Das Kunstleder des Stuhls quietschte gequält als er sich setzte.

Katrin Kaufmann zuckte nur mit den Schultern. »Ich weiß leider nichts. Ich kann Ihnen ja mal die Nummer der Frau vom Jugendamt geben.«

»Ja, sehr gerne.«

»Okay.« Freundlich lächelte sie Schönbohm an, drehte sich um und brüllte dann aus voller Kraft: »ANDREEE-EEEEAAAAAAAA!«

»In diesem Haus wird nur gebrüllt, es ist abartig.« Alfons-Kevin warf seiner Mutter einen enttäuschten Blick zu.

»Jaaaaaaa«, brüllte die andere Mutter zurück.

»Meeeeeeetiiiiiiiiiiiiiiiiiiiiin«, brüllte Katrin dann wieder.

Alfons-Kevin klopfte mit dem Zeigefinger gegen seine Schläfe.

»Wo bist du denn? KATRIIIIIIIN?«, schrie die andere Mutter erneut.

»Was brüllst du denn so?«, keifte Katrin empört. »Ich habe doch nix anne Ohren.« Sie knallte eine Kaffeetasse auf die Arbeitsfläche.

Andrea Kaufmann betrat die Küche. Die kleine Frau war durchweg in Brauntöne gekleidet, wobei sie in dem großen Strickponcho verloren aussah. Ihr schwarzes Haar stand strubbelig vom Kopf ab.

»Ah, wir haben Besuch«, rief sie aus und begrüßte Schönbohm herzlich.

»Alfons-Kevin, du bist auch da.« Zufrieden lächelte sie ihn an.

»Der Herr Schönbohm braucht mal eben die Nummer von der Lastenrad-Linda.« Katrin hielt ihrer Frau die Kaffeetasse hin.

Andrea gab ein genervtes Stöhnen von sich. »Wollen Sie die Nummer wirklich haben?«

»Zunächst würde mich ja interessieren, was es mit der Lastenrad-Linda auf sich hat.«

Angestrengt ließ sich Andrea Kaufmann auf einen der Stühle fallen. »Diese Frau fährt nicht mit dem Auto. Löblich, löblich, ich weiß. Sie fährt nur mit ihrem Lastenrad.

Damit transportiert sie dann die ganzen Unterlagen, die sie über den Tag braucht, nur vergisst die Dame eben, dass es wesentlich länger dauert, wenn man mit dem Fahrrad unterwegs ist, insbesondere wenn man dann noch den Arsch eines schwangeren Wasserbüffels hat.«

Unbehaglich rutschte Schönbohm auf dem Stuhl hin und her.

»Planen Sie da lieber mindestens fünf Stunden Wartezeit ein. Ach, was sage ich, fünf TAGE! Was wir mit der Frau durchgemacht haben. Es ist ohne Worte. Ich sage es Ihnen, es ist OHNE WORTE.«

Katrin begann, Andrea die Schultern zu massieren. »Du kannst die Menschen nicht ändern, aber du kannst ändern, wie du auf sie reagierst. Tief atmen.«

»Kann ich denn nun die Nummer von Frau, äh, vom Jugendamt haben?«

»Wo ist eigentlich Metin? METIIIIIIIIIIN?«

»Der bockt jetzt und kommt nicht her, weil er Hausarrest hat, ich sage es euch. Hilmi hat sich bei mir beschwert, dass er Streit angezettelt hat. Nur weil seine Eltern tot sind, heißt es nicht, dass er sein gutes Benehmen in die Tonne tritt. Das gibt es hier aber nicht!«

Schönbohm blinzelte nervös und sah seinen Praktikanten mit großen Augen an, der ihn wiederum nur mit einem »Das ist mein persönlicher Wahnsinn«-Blick bedachte. Der Kriminalhauptkommissar fühlte sich merkwürdig beklommen, sein Mund war trocken. Er atmete angestrengt durch den Mund ein und griff sich an die Brust.

»METIIIIIIN?! Mein Gott, WO BIST DUUUUUU?«

Unbeholfen rutschte Schönbohm vom Stuhl, er wollte nur noch an die frische Luft, weg von dem Geschrei. Dann merkte er Alfons-Kevins Hand auf seinem Arm. Der Junge sah ihn an und schüttelte den Kopf.

»Keine Sorge, das ist kein Herzinfarkt. Das ist eine ganz normale Reaktion auf diesen Haushalt hier. Ich habe das mindestens einmal in der Woche. Deswegen kommt der Metin auch nicht. Der hat immer die großen Kopfhörer auf, um das nicht hören zu müssen.«

»Woher weißt du, dass es mir nicht so gut geht?« Überrascht sah Schönbohm ihn an.

»Sie sind so weiß geworden wie mein Allerwertester. Außerdem weiß ich selbst, dass hier nur noch das Zelt fehlt, damit der Zirkus perfekt ist.« Er zuckte gelassen mit den Schultern.

Schönbohm machte einen erschrockenen Satz zur Seite, als ihm wie aus dem Nichts etwas vor das Gesicht gehalten wurde. Mit vorwurfsvollem Blick griff er wortlos nach der Visitenkarte.

»Ich will die aber zurückhaben.« Andrea Kaufmann hatte das Kinn unvorteilhaft nach unten gedrückt und sah ihn abwartend an.

»Ist ja gut«, sagte Schönbohm etwas zickiger als er es geplant hatte und Alfons-Kevin kicherte. »Ich rufe sie hier und jetzt an.«

»Bravo«, rief Katrin Kaufmann und grinste ihn stolz an. Schönbohm kam sich immer mehr veralbert vor. Irritiert wechselte sein Blick von der Visitenkarte, aufs Telefon, auf die ihn erwartungsvoll anblickenden Kaufmann-Frauen.

»Nehmen Sie bloß die Nummer, die ich dazugeschrieben habe. Das ist die private Nummer, sonst erreicht man die Frau ja nicht. Entweder ist sie mit dem Fahrrad unterwegs oder hat Wochenende.«

Schönbohm drehte den Frauen seufzend den Rücken zu. Er kam sich beobachtet vor. Erneut schnaufte er, räusperte sich und hielt sich dann das Handy ans Ohr. Verstohlen blickte er über die rechte Schulter und sah, dass sich Andrea Kaufmann seitlich anschlich. Er ging ein paar Schritte zum Fenster.

Gerade als er die Hoffnung aufgegeben hatte, jemanden telefonisch zu erreichen, hörte er ein Knarzen in der Leitung.

»Vogelmann-Motzewski«, hörte er eine mittelmäßig enthusiastische Stimme.

»Frau, äh, Vogel, ähm, Vogelmann-Motzeswki, hier ist, äh, Kriminalhauptkommissar Schönbohm.« Genervt von sich selbst und seiner immer wiederkehrenden Schwierigkeit, sich Namen zu merken, rollte Schönbohm angestrengt mit den Augen und atmete schwer.

»Sind Sie ein Perverser?« Die Stimme am Telefon klang verunsichert.

»Ich bin ein Kriminalhauptkommissar!«

»Sie können trotzdem ein Perverser sein. Ein perverser Kriminalhauptkommissar.«

»Warum denken Sie, ich bin pervers?« In Schönbohms Stimme schwangen Empörung und Verletzung zu gleichen Teilen.

»Lastenrad-Linda«, murrte Andrea Kaufmann kopfschüttelnd und verschränkte mit verächtlicher Miene die Arme vor der Brust.

»Sie haben so obszön ins Telefon gestöhnt«, keifte Linda Vogelmann-Motzewski durchs Handy.

»Ich habe lediglich geatmet«, erwiderte Schönbohm nun etwas gelassener. »Das wird doch noch erlaubt sein, wenn's recht ist.«

»Und was wollen Sie?« Die Stimme der Frau war misstrauisch.

»Ich bin gerade bei Familie Kaufmann. Ich möchte gerne dem Metin Türkoglu ein paar Fragen stellen. Und das geht natürlich nicht ohne Ihr wertes Beisein.«

Nun war es an Linda Vogelmann-Motzewski, angestrengt ins Telefon zu stöhnen. »Ich weiß nicht, wie Sie sich das vorstellen. Es tut mir wahrlich leid, aber ich kann nicht mit Ihnen sprechen. Ich habe gestern schon mit zwei Personen gesprochen.«

»Sie müssen ja nicht sprechen, Sie müssen nur anwesend sein.«

»Also hören Sie mal, Herr Schönbommel«, schnauzte sie ins Handy und Schönbohm war fast beeindruckt davon, dass sich die Frau offenbar Namen noch schlechter merken konnte als er. »Ich fahre doch nicht extra los, wenn ich nicht sprechen soll!«

»Frau Vögler-Motzmann«, versuchte er sie zu beschwichtigen, »Sie müssen nicht extra kommen, vielleicht geht es auch übers Telefon oder wir machen ein virtuelles Meeting.«

Es herrschte einen Moment Stille, bis die Frau vom Jugendamt antwortete. »Wenn es denn sein muss. Aber dann einfach schnell am Telefon. Dann kann ich nebenbei noch was anderes machen.«

Marco Schönbohm zog eine Augenbraue hoch. »Bitte?«

»Ich sagte, das kann ich nebenbei ja wohl noch machen, Herr Spulwurm.«

»Unglaublich« murmelte der Kommissar fassungslos, drehte sich um und blickte dann Katrin und Alfons-Kevin Kaufmann an. »Wo ist denn der Metin? Ich möchte die Fragen jetzt gerne stellen.«

»METIIIIIIIIIN«, brüllte die Psychologin in sein linkes Ohr und Schönbohm konnte gerade noch sein Handy auffangen, das er vor Schreck in die Luft geworfen hatte.

»Haben Sie sich angeschlichen, um mitzuhören?« Er griff sich dramatisch ans Herz.

»Ich wollte nur das Fenster aufmachen. Bisschen lüften.« Mit unschuldiger Miene öffnete sie das Fenster.

Alfons-Kevin verließ den Raum, stapfte lautstark Treppen rauf und runter und stand kurze Zeit später mit Metin Türkoglu im Schlepptau vor Schönbohm.

Der Junge trug einen übergroßen blauen Kapuzenpullover, die Kapuze hatte er über den Kopf gezogen. Dunkle Augenringe und der Schatten der Kapuze ließen ihn noch blasser aussehen.

»Sorry, ich habe gepennt«, murmelte er und füllte ein Trinkglas mit Limonade. Dann gähnte er herzhaft.

»Nimm doch mal die Kapuze runter. In Amerika würden die dich gleich als Terrorist erschießen.«

Kommentarlos schob er die Kapuze vom Kopf und blaue Flecke am Unterkiefer und Hals kamen zum Vorschein.

»Was ist das denn?« Katrins Stimme klang fassungslos und sie griff sofort nach seinem Kinn, drehte seinen Kopf hin und her und besah sich die Blutergüsse.

»Das sind Knutschflecke. Vom Staubsauger«, Alfons-Kevin lachte.

»Das ist nichts.« Ohne sie auch nur anzusehen, schob Metin ihre Hand weg.

»Das sieht aber nicht aus wie nichts.«

»Ooooh«, rutschte es Alfons-Kevin mit einem Heureka-Tonfall heraus.

»Was ist ooooh?« Andrea sah ihn mit hochgezogenen Augenbrauen an.

Metins Augen gingen hektisch von einer Person zur nächsten und er kratze eine Stelle an seinem Handrücken rot.

»Ich petze nicht!« Nachdrücklich schüttelte der Teenager den Kopf und sein gelockter Pferdeschwanz schwang hin und her.

»Wir müssen uns von dem negativen Bild des Petzens lösen. Petzen ist gut«, sagte Andrea Kaufmann mit Singsang in der Stimme. »Petzen festigt soziale Normen und hilft, neue Strukturen zu erlernen.« Freundlich lächelte sie ihren Sohn an.

»Also wenn das so ist.« Alfons-Kevin holte tief Luft. »Metin, du hast doch Streit mit Bölli, oder?«

Metin Türkoglu sackte sichtlich in sich zusammen, aber sein Blick war ruhig geworden. Schönbohm hatte den Eindruck, dass der Junge erleichtert war, dass er jetzt aus der Staubsaugernummer raus war.

»Kann sein«, murrte Metin langsam. Dann nickte er eindrücklich. »Ich bin ihm in die Faust gelaufen.«

»Fucking Böllermann«, rief Katrin Kaufmann aus und legte sich dann die Hand auf den Mund.

»Mit denen werde ich noch ein ernstes Wort reden. Wenn ich den Sohn nicht vorher noch alleine antreffe.« Andrea Kaufmann ballte die Hände zu Fäusten.

»Basti Böllermann ist eine Klasse über uns. Er und Egel-Ei-Igor mobben gerne die Jahrgänge drunter. Die Familie wohnt gleich um die Ecke. Im Wort Nachbarschaft steckt eben auch immer das Wort Arsch«, erklärte Alfons-Kevin gelassen.

Schönbohm nickte. »Ja, das erklärt einiges.« Das Bild von seiner Nachbarin Berta Rehstock-Rosenstein leuchtete vor seinem inneren Auge auf und ein Schauer lief ihm über den Rücken. »Und was ist ein Egel-Ei-Igor?«

»Das ist der andere kognitiv teilmöblierte Hodenkobold des Dummkopfgeschwaders um den Böllermann. Der ist ein geistiger Nichtschwimmer. Wollte nicht auf uns hören und ist in den Waldsee gesprungen. Kam raus und hatte Egel an den Eiern.«

»Wow«, flüsterte Schönbohm unbehaglich und bereute es sofort, gefragt zu haben. Er machte eine mentale

Notiz, nie wieder seltsame Namen zu hinterfragen. »Soll ich, äh, mit den Böllermanns reden?«

»Nein«, Andrea schüttelte den Kopf. »Das regeln wir auf unsere Weise.«

»Nicht meine Affen, nicht mein Zirkus«, murmelte der Kriminalhauptkommissar leise und setzte sich, aktivierte die Freisprechfunktion und lehnte das Handy an eine Obstschale, in der sich eine fleckige Banane und vier Avocados befanden. Alfons-Kevins »Überraschungseier« mit Holzball. Fast unmerklich schüttelte er den Kopf.

»Frau Merkel-Vorgewitz, tut mir leid, dass Sie so lange warten mussten. Der Metin ist jetzt hier. Es kann also losgehen.«

»Ja, mein lieber Herr Gesangsverein, na endlich. Zeit ist Geld! Fangen Sie bloß an!« Ihre Stimme klang noch unfreundlicher und genervter als vorher.

»Metin, ich muss dir leider ein paar Fragen stellen. Am Telefon ist Frau Motzvogel vom Jugendamt. Sie hört uns ein bisschen zu und passt auf, dass es für dich nicht zu stressig ist und alles ordentlich abläuft.«

Aus dem Handylautsprecher ertönte das Geräusch eines Staubsaugers. Der Kommissar und die Mütter wechselten Blicke.

»Verdammte Lastenrad-Linda«, knurrte Andrea Kaufmann zwischen zusammengebissenen Zähnen.

Schönbohm, Metin und Alfons-Kevin zuckten zusammen als sie dann auch noch mit der geballten Faust auf die Tischplatte schlug.

»Immer langsam, unglaublicher Hulk«, lachte Alfons-Kevin dann nach dem ersten Schreck.

Schönbohm warf der Psychologin einen vorwurfsvollen Blick zu und wandte sich dann an Metin.

»Metin, was hast du denn während der Walpurgisnacht gemacht?«

»Na ja, nichts halt.«

Schönbohm runzelte die Stirn. »Ich weiß, dass du im Rahmen deines Schulpraktikums für Burak gearbeitet hast und auf dem Hexentanzplatz warst. Ist das korrekt, oder irre ich mich?«

»Ach so, ja«, antwortete er.

»Mein Gott, Teenager lassen sich alles aus der Nase ziehen«, stöhnte Andrea Kaufmann.

»Erzähl doch mal ein bisschen«, versuchte Schönbohm ihn zu ermutigen.

»Ja, also ich habe für Burak gearbeitet und war auf dem Hexentanzplatz. Da stand ja dann der Börekstand. Ich habe vorher Soßen gemacht und Gemüse geschnitten. Später sagte Burak, ich soll ein bisschen Pause machen und mit meinen Freunden abhängen. Das habe ich dann auch gemacht.«

»Und mit wem hast du dann so abgehangen?«

»Mit allen ein bisschen. Mit dem Böllermann, den Alpha habe ich mit Mittenmang getroffen«, er sah Alfons-Kevin an, der bestätigend nickte. »Pupsi war auch dabei.«

»Hatten deine Eltern in der letzten Zeit Konflikte mit irgendwem? Hast du etwas mitbekommen?«

Metins Blicke wanderten rastlos durch den Raum.

»Lass dir ruhig Zeit.« Schönbohm sah ihn ermutigend an und stellte den Lautsprecher seines Telefons leiser, um nicht noch länger von dem Staubsaugergeräusch beschallt zu werden.

»Es gab Ärger mit Burak. So genau weiß ich aber auch nicht, warum.« Er seufzte und ließ die Schultern hängen.

»War Burak mal bei euch zu Hause?«

Metin schüttelte stumm den Kopf. »Burak ist doch nett, er tut niemandem was.« Der Teenager sah Schönbohm eindringlich an. »Oder?«

Der Kommissar sah kurz auf seine Hände und dann wieder zu Metin. »Das wollen wir zusammen herausfinden.«

»Dass Burak so etwas tun könnte…« Der Junge, der gerade erst seine Familie verloren hatte, schüttelte den Kopf. »Ich verstehe es nicht.«

»Gab es denn sonst irgendwas, was für dich auffällig war? Bemerkenswert?«

Metin schob die Unterlippe vor wie ein schmollendes Kind und schüttelte abermals den Kopf.

»Wollte sich Bölli an dir für etwas rächen?« Alfons-Kevin blickte ihn neugierig an und pellte eine Avocado wie Schönbohm es bisher nur bei Mandarinen und Orangen gesehen hatte.

»Hätte er sich dann nicht nur an Metin selbst gerächt?« Katrin Kaufmann sah ihren Sohn zweifelnd an.

»Hätte, hätte, Fahrradhelm«, rief Alfons-Kevin aufgebracht aus. »Man muss in alle Richtungen ermitteln.« Dann leckte er über die abgepellte Hälfte der Avocado.

»Waren Fremde bei euch? Hast du jemanden vor eurem Haus gesehen? Irgendwas?«

Wieder schüttelte der Teenager den Kopf.

»Metin, wenn dir was einfällt, dann ruf mich bitte sofort an oder komm vorbei. Alles klar?«

Metin Türkoglu steckte die Visitenkarte mit Schönbohms Kontaktdaten ein und nickte müde.

Bastian Böllermann sah für Schönbohms Empfinden genauso aus, wie er hieß. Der Teenager war nicht groß, aber auch nicht klein, nicht dick, nicht dünn und trotzdem untersetzt. Sein Kopf war kahlgeschoren und sein linkes Ohr stand so stark vom Kopf ab, dass König Charles hämisch gelacht hätte, während er seine eigenen Segelohren liebevoll streichelte.

Schönbohm und Alfons-Kevin hatten sich auf den Weg zum Haus der Böllermanns gemacht. Nicht, weil Schönbohm ernsthaft annahm, dass ein Teenager wegen einer kleinen Streitigkeit eine Familie umgebracht hatte, sondern weil er einfach alles abhaken wollte. Er wusste ganz genau, dass die Staatsanwältin ganz spitzfindig sein würde, wenn er diesem Hinweis nicht folgte. Andererseits würde sie ihm genauso vorwerfen, dass er damit seine Zeit verplempert hätte, statt den wahren Mörder zu finden.

Also wollte er zumindest den ominösen Bastian Böllermann mit seinem Segelohr von der internen Liste abhaken.

Der Teenager stand auf dem kleinen Vorhof des Fachwerkhauses, in dem die Familie Böllermann lebte. Ein Vordach befand sich über der Eingangstür und von den Balken hingen zwei Blumenkörbe mit vertrocknetem Heidekraut, die lustlos im Wind schaukelten. Hinter dem Haus konnte Schönbohm Nebengebäude ausmachen, die schon bessere Zeiten gesehen hatten. Ob Bastian Böllermann dort an fahrenden Mülltonnen arbeitete? Er verwarf den Gedanken schnell wieder und kam sich lächerlich vor. Dieser Teenager würde garantiert in keine Mülltonne klettern. Er betrachtete ihn genauer:

Bastian Böllermann trug eine Jeans, die ihm zu kurz schien, alte abgetragene Turnschuhe und eine Bomberjacke. Ein leuchtend roter Pickel auf seiner Stirn lenkte von dem ebenfalls beeindruckenden Pickel auf der Nase ab. Der Junge lehnte an der Hauswand, neben ihm ein grober Straßenbesen. Er war vertieft in sein Handy.

»Hey Bölli, alte Schließmuskel-Fee«, rief Alfons-Kevin und riss Schönbohm aus seinen Gedanken. Der Praktikant hob die Hand zum Gruß und Böllermann grüßte mit ausgestrecktem Mittelfinger zurück.

»Ist das die Anzahl deiner Freunde oder die Größe deines…«

Hektisch hatte Schönbohm dem Teenager die Hand auf den Mund gedrückt. »Ich werde dich nicht retten können, wenn das Praktikum vorbei ist«, flüsterte der Kommissar.

»Der wird dich nicht retten, wenn das Praktikum vorbei ist«, echote Bastian Böllermann als hätte er Schönbohms Worte gehört.

»Bastian Böllermann?«, fragte Schönbohm unnötigerweise.

»Wer will das denn wissen?«, fragte der Teenager ebenso unnötig und musterte Schönbohm von oben bis unten, dann blickte er wieder desinteressiert auf sein Telefon.

»Wir sind die Polizei«, spielte sich Alfons-Kevin auf. Schönbohm hörte, wie im Haus ein Glas auf den Boden fiel.

»Du bist hier erst einmal nur der Schülerpraktikant«, erinnerte Schönbohm ihn und wurde von einer weiteren Predigt unterbrochen, als die Haustür aufgerissen wurde. »Polizei? Habe ich Polizei gehört?«

Eine zierliche Frau in einer viel zu großen Jeans und einem warmen Fleecepullover stürmte heraus und stürzte auf ihren Sohn. »Was hast du nur angestellt?«

Schönbohm wurde klar, warum Bastian Böllermann ein abstehendes Ohr hatte, als er sah, dass Frau Böllermann ihren Sohn an genau diesem Ohr gegriffen und anscheinend nicht die Absicht hatte, ihren festen Griff in absehbarer Zeit zu lockern.

»Er hat kaltblütig eine Familie abgeschlachtet«, beantwortete Alfons-Kevin ihre panische Frage.

»Was?«, kam es sowohl von Schönbohm als auch von Frau Böllermann und der visuellen Herausforderung, die sie als ihren Sohn bezeichnete.

»Ich schlachte dich gleich ab, Alfons-Klärgrubenabschmecker!« Bastians Gesicht war dunkelrot angelaufen.

Ob es ihm bewusst war oder nicht, Alfons-Kevin hatte sein Weiterleben einzig und allein der Kraft in Daumen und Zeigefinger von Brigitte Böllermann zu verdanken, die ihren Sohn weiterhin festhielt.

»Er hat natürlich niemanden umgebracht«, beschwichtigte Marco Schönbohm die erboste Mutter.

»Das wissen wir noch nicht mit aller Sicherheit«, warf Alfons-Kevin ein und der Kommissar bedachte ihn mit einem strengen Blick.

»Hören Sie bitte nicht auf den übereifrigen Praktikanten, Frau Böllermann. Ihr Sohn hat niemanden umgebracht.« Schönbohm blickte in die leeren, schwarzen Knopfaugen von Bastian Böllermann. »Zumindest hoffe ich das.«

»Da bin ich aber froh.« Zögerlich ließ sie sein Ohr los.

»Ich möchte lediglich mit Bastian über den Streit mit Metin Türkoglu reden. Er ist grün und blau geschlagen und sagte, das wärst du gewesen.«

Bastian riss die Augen auf. Nicht nur vor Überraschung, sondern auch weil seine Mutter wieder sein Ohr ergriffen hatte.

»Bastian Bertfried Böllermann«, rief sie mit Enttäuschung in der Stimme. »Was hast du dir nur dabei gedacht?!«

»Eher Bertfreak«, murmelte Alfons-Kevin noch laut genug, dass es alle hören konnten.

»Mann, der Typ ist ätzend!«, rief Bastian aus. »Der ist einfach eine richtig unangenehme Person. Aber ich habe ihm keine reingehauen. Ich schwöre.«

Schönbohm warf einen flüchtigen Blick auf die Fingerknöchel des Jungen. Keine Verletzungen, nicht gerötet.

»Er behauptet das aber. Irgendwo müssen die blauen Flecken herkommen, oder?«

»Aber garantiert nicht von mir. So wie der sich benimmt, würde es mich nicht wundern, wenn er von jedem hier mal eine reinbekommen hat. Der ist so creepy.« Bastian Böllermann zog die Augenbrauen zusammen. »Der stand hier einfach mal im Dunkeln vor dem Haus und hat reingegafft. Deshalb sind wir ja aneinandergeraten. Weil er gesagt hat, er hätte Fotos von meiner Mutter in Unterwäsche.« Er warf seiner Mutter einen Blick zu und sie lockerte ihren Griff an seinem Ohr, dann ließ sie ihn ganz los.

»Na ja…«, setzte Alfons-Kevin vorlaut an, doch in einem Moment weiser Voraussicht hatte Schönbohm Alfons-Kevin beinahe reflexartig die Hand auf den Mund gelegt. Für eine Sekunde fragte sich Schönbohm, wie es wohl auf andere wirken musste: Zwei Erwachsene, die zwei Teenager gängeln, dem einen wird am Ohr gezogen, dem anderen wird der Mund zugehalten. So weit war es schon mit ihm gekommen. Er seufzte laut.

»Wie oft habe ich mit dir schon darüber geredet?!« Birgit Böllermanns Stimme klang geduldig und ungeduldig zugleich. »Solche Fotos hat doch jeder. Ich verkaufe die online. Ich verkaufe auch getragene Strümpfe. Haben Sie Interesse?«

Irritiert schüttelte er den Kopf.

»Füßlinge? Strumpfhosen? Sie können sich das Modell aussuchen. Das ist kein Problem.« Freundlich lächelte sie ihn an.

»Mit war gar nicht klar, dass es dafür einen so großen Markt gibt.«

»Herr Kommissar, Sie haben ja gar keine Ahnung! Der Markt boomt! Boomt! An manchen Tagen muss ich vier paar Strümpfe übereinander tragen, um der Nachfrage gerecht zu werden.«

»Das ist aber interessant«, stotterte er aufrichtig verwundert.

»Ohhhh«, brummte Mutter Böllermann als hätte sie einen Geistesblitz gehabt. »Sie glauben nicht, dass ich ordnungsgemäß ein Gewerbe angemeldet habe. Aber ich kann Ihnen gerne die ganzen Dokumente zeigen.«

Schönbohm winkte eifrig ab. »Nein, nein, ich glaube Ihnen das wirklich. Machen Sie sich keine Umstände!«

»Das sind doch keine Umstände, Sie machen ja nur Ihre Arbeit.«

»Frau Böllermann, nein, bitte. Die Priorität meiner Arbeit ist es derzeit, den oder die Mörder von Metins Eltern zu finden. Und nun erfahre ich von dem Jungen, dass er Ärger mit Ihrem Sohn hat. Ich war gerade bei ihm, er ist grün und blau.«

«Wir werden morgen gleich zu Metins Eltern – oh!« Sie legte die Fingerspitzen ihrer rechten Hand betroffen auf ihre Lippen. »Ich kann mit dem Tod nicht umgehen, ich verdränge das immer. Es ist mir zu persönlich irgendwie.« Angestrngt atmete sie durch. »Wir gehen zu Metin und entschuldigen uns. Wo finden wir ihn denn?«

»Wenn er nicht an der Börekbude abgammelt, dann bei mir.«

»Es tut mir so leid«, sagte sie entschuldigend zu Schönbohm und sah aufrichtig verlegen aus. Sie griff ihren Sohn noch einmal am Ohr und zog ihn zu sich. »Mein Mann kommt immer erst am Wochenende nach Hause und solange spielt der hier dann Mann im Haus.«

»Wenn du das jemandem erzählst«, knurrte Basti Böllermann und wurde von mehreren Küssen seiner Mutter unterbrochen, »dann schlage ich dich zu Brei. Ich werde dich so fertig machen!«

Alfons-Kevin lächelte den Teenager an. »Das ist so lieb von dir. Richtig reizend, Mann, da bekomme ich total Hänsegaut.«

Er sah von einem zum anderen als er die irritierten Reaktionen bemerkte. »Gänsehoden?!«

Stumm und regelrecht betroffen schüttelte Schönbohm den Kopf, während sich die Hände von Birgit Böllermann unnötigerweise schützend über die Ohren ihres Sprösslings legten.

»Gänsevorhaut!«

»Mann, das heißt Gänsehaut, du Dödel. Du musst doch deine Sprache beherrschen. Deine Muttersprache. Ich meine, guck dich mal an, du sieht aus wie ein trockener Ast im Wind, du Sohn zweier Mütter. Du kannst niemandem aufs Maul schlagen. Du musst die Sprache beherrschen, damit du deinen Gegnern Ravioli bieten kannst.«

»Das Überlebenstraining ist wirklich hart. Hätte ich nie gedacht.« Barbara Rautmann saß in der Dienststelle Pullstedt an ihrem Schreibtisch und schnaufte angestrengt. »Ich kollabiere gleich.«

Mit ihrer neuen Errungenschaft vom Kirchenbasar, einem mit zittriger Rentnerhand bemaltem Fächer, fächerte sie sich eifrig Luft zu, sodass ihre kleine Minipli-Dauerwelle und der Schalkragen ihres leopardgefleckten Oberteils sachte wehten.

»Das ist Ihr Arbeitsplatz, Frau Rautmann, und ich habe Sie lediglich gebeten, mir eine Akte zu geben, die zwei Meter entfernt lag.«

»Heißt nicht, dass es nicht anstrengend ist, Sie gefühlloser Sklaventreiber.«

»Rauti wollte nur kokett mit ihrem Fächer fächern. Wie eine spanische Tänzerin«, lachte Alfons-Kevin und löffelte einen extra trockenen Tassenkuchen.

»Zum Glück ist gleich Feierabend«, juchzte die 450-Euro-Schreibkraft.

Desinteressiert blätterte Schönbohm durch die Akte und machte ein paar Notizen, sah nachdenklich ins Leere. »Alfons-Kevin, weißt du in etwa noch, wann Metin und seine Familie nach Pullstedt gezogen sind?«

Er nickte eifrig. »Ja, das war letzten Sommer nach den Ferien.«

»Gab es irgendeinen Ärger, von dem du weißt? Hat er mal was erzählt?«

»Er hatte mal ein bisschen Ärger mit Basti Böllermann. Das hat er ja gestern selbst erzählt. Ich glaube, da hat er auch mehr als einmal auf`s Fressbrett gekriegt, auch wenn Bölli das abstreitet. Sonst weiß ich nur die Geschichte, die wir von Burak gehört haben.«

Burak. Schönbohm biss sich auf die Innenseite seiner Wange. Er würde mit Burak reden müssen. Was hat er am Tatort getrieben? Dass er dieses Gespräch bisher vermieden hatte, lag ihm schwer im Magen. Zuerst würde er noch einmal mit Kutte Habermann und dem Schnitzelmeier sprechen. Wenn die Staatsanwältin wüsste, dass sein Schülerpraktikant die Aussagen aufgenommen hatte, würde sie ihm direkt den Hals umdrehen und mit einem Tritt in den Hintern zurück nach Hannover befördern. Luftweg.

»Mit dem Namen Basti Böllermann ist man als Teenager auch gestraft, oder?« Schönbohm sah Alfons-Kevin nachdenklich an und sein Praktikant nickte eifrig.

»Manchmal habe ich das Gefühl, na ja, nicht nur manchmal, eigentlich immer, dass irgendein Tornado über das Land gefegt ist und die ganzen, äh, verhaltenskreativen Menschen eingefangen und an einen Ort gewirbelt hat. Und dann dachten die Leute, es wäre lustig, einen Ort Pullstedt und ihre Bewohner Björn Björnsen, Jörg Brüller und Basti Böllermann zu nennen. Und wird geguckt, wie sich der Wahnsinn entwickelt. Das ist wie ein Simulationsspiel, bei dem man zuguckt, wie sich die Figur selbst in der Mikrowelle grillt, um die Haare zu trocknen.«

»Der Herr Pfarrer würde sagen, das war kein Tornado, sondern Gott, der uns alle zusammengebracht hat.«

»Nur der alte Pfarrer«, warf Alfons-Kevin ein. »Der Neue ist zu beschäftigt mit schlechten Witzen über meine Mütter.«

Das Telefon unterbrach zu Schönbohms Erleichterung die Weiterführung des grenzdebilen Geplänkels seiner Schreibkraft und des Schülerpraktikanten.

»Wie immer kurz vor Feierabend«, nörgelte Barbara Rautmann. »Muss ich ans Telefon gehen?«

»Ich würde sagen, Sie müssen. Sie arbeiten ja hier.«

Sie blickte auf ihre Armbanduhr. »Ich muss gleich los, ich habe noch einen anderen Job.«

»Das ist mir bewusst, aber bis Feierabend sind Sie noch hier und können wenigstens so tun als würden Sie hier arbeiten.«

Sie zog die linke Augenbraue hoch und nahm den Anruf entgegen. Ihren Antworten konnte Schönbohm nicht viel entnehmen. Wartend blätterte er durch den Pullstedter Express. Dieter Anrheiner hatte es wieder besonders schlecht mit ihm gemeint.

»Mörderische Polizei! Hätte der schändliche Mord einer Familie verhindert werden können, wenn sich die Polizei Pullstedt an ihre Dienstzeiten gehalten hätte, statt dem Hexentanz zu frönen?«

Schönbohm las den Artikel gar nicht erst weiter.

»Die Harzgeister haben eine Familie geholt und an den Teufel übergeben«, gefolgt von einem hanebüchenen Artikel über Dämonen und böse Geister.

»Aufruf! Die Polizei Pullstedt ruft in ihrer Unfähigkeit alle Bürgerinnen, Bürger und neutrale Bürger dazu auf, sich zu melden, wenn sie etwas Verdächtiges bezüglich des schrecklichen Verbrechens gesehen haben. Augenzeugenberichte nimmt die Polizeidienststelle Pullstedt unter der bekannten Nummer entgegen.«

Dann fiel sein Blick auf eine halbseitige Anzeige der Pullstedter Kirche.:

»Deine Mutter ist so alt, sie schuldet Jesus eine Ziege! Komm vorbei und triff ihren Sohn. Er liebt auch dich!«

Irritiert wandte Schönbohm den Blick ab und schaute aus dem Fenster. Viele Fragen, die er wahrscheinlich gar nicht beantwortet haben wollte, rasten durch seinen Kopf.

Als Barbara Rautmann das Telefonat beendet hatte, blickte er sie erwartungsvoll an, doch sie reagierte nicht.

»Frau Rautmann«, rief er mit ungeduldigem Singsang in der Stimme.

»Jaha?!«

»Was war das? Sagen Sie bitte nicht, das war ein privater Anruf!«

»Nein, das war eine Vermisstenmeldung. Frau Rehstock-Rosenstein sagt, sie war schon dreimal bei Ihnen zu Hause, aber keiner hat die Tür aufgemacht.«

»Hat sie etwa mich als vermisst gemeldet?« Schönbohm zog fragend die Augenbrauen hoch.

»Nein, sie wollte die Meldung aber direkt bei Ihnen machen. Sie vermisst ihren Mann. Der ist seit der Walpurgisnacht nicht nach Hause gekommen. Sie hat auch schon alle Straßengräben abgesucht, in denen er in seiner Jugend einen Rausch ausgeschlafen hat.«

»Hilfreich« murmelte Schönbohm. »Wo wurde er zuletzt gesehen?«

»Sie sagt, das war oben auf dem Hexentanzplatz. Dann ist das Chaos ausgebrochen und sie hat ihn aus den Augen verloren.«

»Und da meldet sie sich erst jetzt?!«

»Wahrscheinlich sitzt er noch im Auto und ist auf dem Weg nach Hause«, gluckste Alfons-Kevin lachend.

»Sie waren nicht mit dem Auto oben, sondern wurden per Gummiwagen hochbefördert.«

Schönbohm sah aus dem Fenster. »Na gut, es ist noch genug Licht. Ich mache mich auf den Weg.« Seine Knie knackten als er aufstand.

»Ich muss jetzt auch looos!« Hektisch zog sie den USB-Stick aus dem Computer und warf ihn in die Handtasche.

»Na komm, Alfons-Kevin.« Schönbohm deutete ihm, zu gehen.

»Ich würde es cooler finden, wenn Sie mich auch Alpha nennen würden.«

Der Kriminalhauptkommissar schüttelte den Kopf. »Ich bin nicht hier, um für Coolness zu sorgen, sondern um einen Doppelmord aufzuklären.«

»Cool« hauchte der Teenager und seine Augen funkelten. »Sie sind irgendwie wie diese alten, grummeligen und triefend unzufriedenen Männer in den amerikanischen Filmen, die am Ende ihr weiches Herz entdecken.«

Schönbohm warf ihm einen missbilligenden Blick zu, schloss die Dienststelle ab und blickte zu Lasse Webers Dienstrad. Sein eigenes lag achtlos daneben auf dem Boden. Er atmete tief durch und hob sein Rad auf.

»Ich komme mit!« Alfons-Kevin griff nach Webers Rad.

»Endlich mal eine gute Idee. Wenn der Rosenstein irgendwo im Graben oder Gebüsch liegt, könnte ich ihn alleine nicht vom Fleck wegbewegen.«

Die beiden radelten den Weg zum kleinen Wäldchen hoch und schoben den Rest der Strecke die Räder auf die kleine Anhöhe. Dort stand auf dem Gelände bei den Toiletten bereits ein kleiner, roter Smart ForTwo und Schönbohm erkannte drei Gestalten, die sich aus näherer Entfernung als Björn Björnsen, Jörg Brüller und Schnitzelmeier entpuppten. Björnsen, in gelber Sicherheitsweste unpassend zur orangefarbenen Sicherheitsbekleidung seines Amtes als Gemeindepfleger und Straßenwärter, hatte die Arme vor der Brust verschränkt und Jörg Brüller, wie auch beim letzten Mal in kurzer Hose, stemmte die Hände in die Rippen, beide starrten auf eine umgekippte Toilette, während Schnitzelmeier versuchte, ein Bündel Salbei in Brand zu setzen.

»Schau sich das einer an«, murmelte Björnsen stoisch.

»Ja, meine Fresse, ey«, fügte sein Schwager Brüller hinzu. Er winkte Schönbohm und Alfons-Kevin zu. »Kommen Sie her, das haben Sie noch nie gesehen!«

Mittlerweile konnte Kurt Schnitzelmeier den Salbei anräuchern und begann, tanzend um das Toilettenhäuschen zu springen, wobei die langen Fransen seiner Wildlederjacke fröhlich um seinen Körper schwangen.

Alfons-Kevin warf Schönbohm einen vielsagenden Blick zu. Auch ihm schwante Übles.

»Ey, kommse mal her«, rief Brüller jetzt eindringlicher.

»Was ist hier los?« Schönbohm kniff die Augen zusammen, die von dem Salbeirauch bereits zu tränen begannen. »Man versteht ja sein eigenes Wort nicht mehr«, stöhnte er gequält und funkelte den selbsternannten tanzenden Harzschamanen unzufrieden an.

Brüller zeigte auf das Toilettenhäuschen, um das sie nun alle herumstanden.

»Das Scheißhaus kann sprechen.«

Ohne den Kopf zu bewegen, sah Schönbohm Brüller aus den Augenwinkeln an.

»Schnitzi treibt jetzt die Dämonen aus.«

Schönbohm und Alfons-Kevin wechselten einen Blick.

»Ey«, rief der Teenager dann, »kennt ihr den Witz, bei dem alle Idioten Nein sagen?«

»Nein«, nuschelte Brüller und Björnsen schüttelte den Kopf.

»Erzähl.« Brüller blickte ihn aus wässrigen Augen an, dann zuckte er zusammen als ein Schlag gegen die Rückwand des Toilettenhäuschens ertönte und ein tierischer Schrei den Hexentanzplatz erschütterte.

»Der Dämon bäumt sich auf«, erklärte Schnitzelmeier zwischen zwei »Huahuaka-bahaha«.

»Habt keine Angst, bleibt alle zusammen. Reicht euch die Hände und vereint eure Kräfte, um dem Satan und seinen Lakaien zu widerstehen.«

Marco Schönbohm spürte, wie die Hand von Alfons-Kevin nach seiner griff. Mit einer schnellen Bewegung schlug er die Hand weg.

»Vielleicht ist das ein tollwütiges Wildschwein«, schlug Schönbohm vor.

»Walpurgisdämonen, böse Harzgeister und Sataaaaaaaaaaaaaaan«, rief Schnitzelmeier inbrünstig und tanzte noch eifriger, sodass ihm dicke Schweißperlen auf der Stirn standen.

»Kommt gleich noch der Pfarrer für einen christlichen Exorzismus, gibt es Schnittchen, eine Feuershow und eine Tanzeinlage oder sowas?«

»Ey«, rief Brüller rüde über das umgekippte Toilettenhaus zu Schnitzelmeier rüber. »Tanzt du oder ist das ein epileptischer Anfall? Nur damit wir wissen, ob du Hilfe brauchst.«

Giftig funkelte der Schamane den Schrottplatzbewohner an.

Unbeeindruckt blickte Schönbohm auf den Wahnsinn, der sich ihm bot. »Ich denke ja weiterhin, dass es ein Wildschwein ist«, rief er mit inbrünstiger Überzeugung.

»Geil, das hat keiner im Praktikum erlebt!« Die Augen des Teenagers glänzten.

Wieder ertönte ein Schlag gegen die Toilettenwand. Alfons-Kevin kam näher und trat mit seinen derben Stiefeln kräftig gegen die Wand.

»Holt mich hier raus«, ertönte eine erstickte Stimme.

»Nein, wir bringen dich zurück in die Unterwelt!« Schnitzelmeiers Stimme überschlug sich in schamanischer Ekstase.

»Ich bin voll mit Scheiße, mir ist kalt und ich habe Hunger. Lasst mich raus!«

Schönbohm überkam ein Verdacht.

»Herr Rosenstein«, begann er zaghaft. »Sind Sie das? Ihre Frau hat Sie schon als vermisst gemeldet.«

»Ja?« Dann vernahmen sie das für Ewald Rosenstein charakteristische Lachen. »Chrchrchr. Vielleicht bleibe ich doch besser hier.«

»Los«, forderte Schönbohm den Gemeindewart auf, »holen Sie den Wagen, wir müssen das Toilettenhäuschen umdrehen.«

»Also ich bin strikt dagegen. Strikt.« Schnitzelmeier hatte sich empört vor ihnen aufgebaut. Und blickte in verständnislose Gesichter. »Aber auf mich hört ja wieder keiner.« Wild gestikulierte er mit dem rauchenden Salbei in der Hand und war dann fast vollends in eine Rauchwolke gehüllt. »Bis dann wieder der Teufel auf dem Scheißhaus sitzt, jaaahaaaa, dann ist der Schnitzi wieder gut genug.« Beleidigt pustete er mehrfach auf seinen Räuchersalbei, atmete dann zu tief ein und hustete unkontrolliert, was im stummen Einvernehmen von den Anwesenden ignoriert wurde.

»Ich bin mit dem Privatwagen hier.« Björnsen sah hinter seinem langen Pony hervor.

»Die Daimler-Rettungskapsel da hinten«, Brüller deutete unnötigerweise auf das einzige Auto weit und breit.

»Wir wollten eigentlich nur die Toiletten für die Abholung fertig machen, dann hat das Geschrei angefangen und wir haben den Schnitzelmeier gerufen. Na ja, und das Gemeindeauto war trotz TÜV nicht so ganz verkehrssicher und ist jetzt erst einmal in der Reparatur.« Er blickte nachdenklich in die Ferne. »Das Vorderrad haben wir immer noch nicht gefunden.«

»Ihr Schrottplatz-TÜV, nehme ich an?« Fragend hatte Schönbohm die linke Augenbraue hochgezogen und seufzte dann, als keine Antwort kam.

»Wir müssen jemanden rufen, um Herrn Rosenstein zu befreien.« Er dachte einen kurzen Moment nach. »Der Schorsch Schladerbusch hat mich mit seinem Trecker letztes Jahr aus dem Graben gezogen. Den rufen wir einfach an. Als letzte Instanz vor der Feuerwehr.« Er kramte sein Telefon aus der Tasche, hielt inne und blickte dann auf Schnitzelmeier, der sich aus dem Staub machen wollte.

»Herr Schnitzelmeier«, dröhnte Schönbohm autoritär und der selbsternannte Schamane zog wie eine Schildkröte den Kopf ein. »Mit Ihnen möchte ich auch noch einmal sprechen. Über Ihre Zeugenaussage. Aber ich denke, das verschieben wir auf morgen.«

»Alles klar«, murmelte der Mann und ließ einen Salbeirauchfaden zurück.

»Wir machen dann auch mal die Biege«, lachte Björn Björnsen und entblößte dabei sein großes Pferdegebiss hinter dem voluminösen Schnauzbart. Staksig schritt er zu seinem Smart.

»Ja, wir müssen los, mein Schwager ist gestorben«, Brüller schüttelte bedauernd den Kopf.

»Ist Herrn Björnsen nicht Ihr Schwager?« Schönbohm sah von seinem Telefon auf.

»Ein anderer Schwager. Stellen Sie sich mal vor, der hat auf einer Party aus Spaß auf einen Schwangerschaftstest gepinkelt und der war positiv! Können Sie sich das vorstellen? Und dann hatte er Hodenkrebs«, betroffen blickte er zu Boden. »Ganz schlecht sah es um ihn aus, ganz schlecht, aber dann wurde er geheilt! Aber dann hatte er einen prekären Unfall mit einer Feuerschutztür und davon hat er sich nie erholt.«

Björnsen fing Schönbohms Blick auf. »Ich habe auch keine Ahnung, was der da redet.«

Schönbohm beobachtete, wie kleine Smart deutlich Schieflage bekam, als sich der kräftige Brüller auf den Beifahrersitz warf.

»Na denn«, verabschiedete sich Björnsen mit erhobener Hand, knallte die Fahrertür zu und düste davon.

Kriminalhauptkommissar Marco Schönbohm schüttelte den Kopf und hob das Telefon ans Ohr. Er schilderte Schladerbusch die prekäre Lage, hielt dann das Handy weit vom Ohr weg und verzog gequält das Gesicht.

»Dann bis gleich«, flötete er hoffnungsvoll und legte auf.

»Er hat gefragt, wer mir denn ins Gehirn geschissen hat«, erklärte er seinem Praktikanten. »Das ist übrigens das Allererste, was der Mann hier zu mir gesagt hat.«

»Und? Wer hat Ihnen ins Gehirn geschissen?« Alfons-Kevin sah ihn neugierig an.

Die Stimme von Ewald Rosenstein erklang aus dem umgekippten Toilettenhäuschen. »Mir hat auch einer ins Gehirn geschissen. Wortwörtlich. Und in meine Schuhe, in meine Strümpfe, in meine Ohren.«

»Ist ja gut, Herr Rosenstein, Hilfe ist auf dem Weg. Wie ist das überhaupt passiert?«

»Ich musste mal auf den Pott. Ich weiß nicht, ob es an den Schmalzkringeln lag, an den Fritten, am Börek, am Schinkenlolli oder am Schokoladenapfel, aber irgendwas musste dringend raus. Sie haben ja gesehen, dieser Schotterplatz wird als Parkplatz genutzt. Ich sitze also auf der Schüssel und merke einen Stoß von hinten. Dachte erst, ein Besoffener ist gegen das Scheißhaus gerannt«, er lachte wieder. »Chrchrchrchr« klang es dumpf durch die Toilettenwände. »Und dann knallte es und mit einem

Schlag kippt die ganze Bude nach vorne auf die Tür und ein Fäkalientsunami ergoss sich über mir.«

»Konnten Sie irgendwas hören, was uns hilft, denjenigen zu identifizieren?«

»Das war eindeutig ein Trecker.«

Schönbohm hockte sich neben das umgekippte Toilettenhäuschen und Alfons-Kevin setzte sich einfach obendrauf.

Ausgetretene Fäkalien, die durch den Türspalt gesickert waren, stiegen Schönbohm in die Nase und lösten einen Würgereiz aus. Er hustete mehrfach und stellte sich dann wieder mit etwas Abstand daneben.

»Können Sie sich zufällig daran erinnern, wann das in etwa war? Welche Uhrzeit?«

Es herrschte Stille als der Rosenstein nachdachte. »Nein, leider nicht. Ich weiß aber noch, dass ich laut gerufen habe, aber mich hat keiner gehört, weil da noch die Musik lief. Später habe ich es wieder versucht, aber da sind alle wie die Verrückten hier rumgerannt. Was war denn los?«

»Das erzählen wir Ihnen, nachdem wir Sie aus dem Toilettenhäuschen geholt haben.«

»Ja, aber nicht, dass Sie uns hier vor Schreck noch selbst abkacken, weil Sie einen Infarkt bekommen«, johlte Alfons-Kevin Kaufmann.

»Ich kann schon den Schladerbusch hören!« Sehnsüchtig blickte Schönbohm den Weg entlang.

Schorsch Schladerbusch, ein auf den ersten Blick übellauniger Zeitgenosse mit einem alten Bauernhof, der jedem Messie die Freudentränen in die Augen getrieben hätte, kam nicht nur zuverlässig mit Seilen, Winden und Gurten, sondern auch mit einem Drucksprühgerät und einem extra Kanister Wasser, Handtüchern und einem klapprigen Gummiwagen, den Schönbohm sofort als nicht mehr verkehrssicher einstufte.

Der Schladerbusch sprang von seinem alten Hanomag und kuppelte den Gummiwagen ab. »Eigentlich wäre es besser, wenn noch einer hier wäre. Einer zieht mit dem Trecker das Scheißhaus hoch und der andere hält es mit dem Frontlader in Position. Aber Helmut ist beim Bauernbingo.« Schladerbusch schob seinen staubigen Hut in die Stirn und wieder zurück. Er trug eine blaue Arbeitshose und einen blauen, staubigen Arbeitskittel, an dem sich Reste von Stroh befanden, ganz zu schweigen von den obligatorischen grünen Gummistiefeln, die schon bessere Tage gesehen hatten.

»Aber nun muss es so gehen.« Schladerbusch beugte sich zum Toilettenhäuschen runter. »Den alten Idioten bekommen wir hier schon raus«, rief er laut, sodass Ewald Rosenstein ihn auch ganz genau hören konnte. »Was machst du denn in deinem Alter für Döneken?«

Als Antwort erklang das bekannte Chrchrchr.

Schorsch Schladerbusch schlug zweimal mit der Faust auf die Toilettenwand und sprang dann auf seinen Trecker.

Man konnte dem Landwirt einiges vorwerfen: Unfreundlichkeit, mangelnde Ordnung, aber mit seinem Oldtimer-Traktor machte ihm niemand etwas vor. Mit viel Geschick und wenig Mühe brachte er das Toilettenhäuschen in eine aufrechte Position.

»Ich habe jetzt total das Bedürfnis, das Klo wieder umzutreten.« Sehnsüchtig blickte Alfons-Kevin die Toilette an.

»Ich habe eher das Bedürfnis jetzt wegzulaufen.«

Schorsch Schladerbusch kam mit dem auf den Rücken geschnallten Drücksprühgerät um das Toilettenhaus herum. »Das letzte Mal habe ich damit Unkraut gespritzt, ich hoffe, du hast keine Allergien, Ewald. Und jetzt komm da raus.« Wieder boxte er gegen die Toilettenwand.

Langsam und knarrend öffnete sich die verbeulte Tür und obwohl es schon dämmerte, war der Schaden an Ewald Rosenstein gut zu erkennen. Und insbesondere zu riechen. Der Polizist und sein Praktikant würgten unisono. Nur Schladerbusch verzog keine Miene und ohne Vorankündigung spritzte er den korpulenten, alten Mann mit dem Drucksprühgerät zweifelhaften Inhalts ab.

»Dreh dich um, Mann«, brummte Schorsch Schladerbusch auf seine wenig charmante Art und duschte ihn trotz klagender Einwände unbeirrt von oben bis unten mit Wasser ab. Auch nach dem Auffüllen des Druckbehälters verging jedoch der Geruch nicht.

»Ich habe da was«, näselte Alfons-Kevin, der sich die Nase mit den Fingern zuhielt. Einhändig kämpfte er mit dem Reißverschluss seines Rucksacks und holte eine Dose Deospray hervor. »Axe Sport ist gut, da riecht nichts und niemand mehr!« Mit einer schwungvollen Bewegung nebelte er Ewald Rosenstock ein.

»Ich habe es inhaliert«, hustete Schönbohm krächzend.

»Der stinkt immer noch. Nach Sport und nach Scheiße«, murrte Schladerbusch und reichte dem Mann ein Handtuch. »Damit du stinkendes Elend nicht erfrierst. Und jetzt springt auf den Gummiwagen, vergesst die Räder nicht.«

»Mann, was für ein ödes Praktikum«, maulte Alfons-Kevin Kaufmann 24 Stunden später, stocherte lustlos in seinem Tassenkuchen und schob ihn dann unzufrieden von sich weg.

»Du kannst ja dein Referat über Armut weitermachen.«

»Ich habe das schon fertig. So halb zumindest«, nörgelte er Schönbohm an.

»Aber auch das gehört zur Polizeiarbeit dazu. Verwaltung, Organisation.« Die Stimme des Dienststellenleiters war geduldig. »Und gestern hast du noch gesagt, es wäre ein cooles Praktikum.«

»Jaaaaaa«, nörgelte der Teenager gedehnt und legte seinen Oberkörper müde auf der Tischplatte ab, »aber da haben wir ja auch ein sprechendes Scheißhaus exorziert.«

Barbara Rautmann erstarrte abrupt, nicht, dass sie viel gemacht hätte, und ihr Kopf ruckte in seine Richtung als sie die neue, vollkommen abstruse und unerwartete Information aufsog, die man so nur in Pullstedt erwarten konnte.

»Wir haben kein sprechendes Scheißhaus exorziert, denn die katholische Kirche exorziert, keine selbsternannten Pseudo-Schamanen mit Alu-Hut und Schwurbel im Blut, sondern wir haben viel mehr Herrn Rosenstein aus einer misslichen Lage befreit.«

»Moooment mal«, rief Barbara Rautmann, die schon nervös auf ihrem Schreibtischstuhl durch das halbe Büro zu ihnen gerollt war. »War der Rosenstein besessen?« Sie legte ihre Arme verschränkt auf der Schreibtischplatte ab, bettete ihren Kopf darauf und sah ihn erwartungsvoll an wie ein Kind, das auf eine Gute-Nacht-Geschichte wartete.

»Nur, wenn Sie den Rosenstein als Scheißhaus bezeichnen wollen«, gab Alfons-Kevin zu bedenken.

»Hier war nichts und niemand besessen!«, rief Schönbohm heftiger als geplant, dann riss er sich wieder zusammen und atmete einmal tief durch. »Er befand sich im Toilettenhäuschen während des Walpurgisfestes und dieses Häuschen wurde wohl versehentlich umgekippt, wobei es auf die Tür fiel und den Rosenstein für mehrere Tage eingesperrt hat.«

»Und gestunken hat der Typ«, der Praktikant würgte bei dem Gedanken. "Nach den Tagen war er so richtig durchmariniert."

»Hätten Sie aber auch in der Zeitung lesen können«, warf der Dienststellenleiter ein und deutete auf die Titelseite des Pullstedter Express:

»Ehrenmann und Ehrenbürger in Toilettenhaus festgehalten. Lesen Sie mehr über die dramatische Rettung auf Seite 5«

»Ich würde das lesen, wenn ich nicht so viel zu tun hätte.« Mit einer dramatischen Geste stieß sie sich von seinem Schreibtisch ab, rollte zurück an ihren Platz und riss dort einige Papiere an sich, die sie dann in die Höhe hielt. »Zig Anzeigen, eine Unmenge alleine von Frau Krekel.«

Schönbohm seufzte. »Nicht schon wieder.«

»Also einmal zeigt sie unseren Lasse an, weil er vor zwei Wochen zu laut schreiend vor den Gänsen der Röllkes weggelaufen ist und die zulässigen Dezibel überschritten hat.« Sie sah Schönbohm provokant an. »Dann will sie noch eine Anzeige gegen Unbekannt stellen, weil da angeblich einer nackt vorm Haus rumgelaufen ist.«

»Wahrscheinlich hat Dr. Bremer Hausbesuche gemacht.« Schönbohm massierte sich unbewusst die Schläfen bei dem Gedanken, dass der Dorfarzt und

Vorsitzende des FKK-Sportclubs Hausbesuche ohne Kittel durchführte.

»Dann eine Anzeige gegen Sie, weil ihr Fahrrad zu laut quietscht und Sie die Ruhezeiten beim Radbetrieb nicht einhalten«, zählte die Rautmann unerbittlich weiter auf. »Ja, und die schönste Anzeige ist dann gegen Familie Türkoglu, weil die zu lange tot im Haus gelegen und somit die Nachbarschaft mit dem Hauch des Todes kontaminiert haben.« Sie blätterte den Stapel Papiere durch. »Noch eine Anzeige gegen Unbekannt, weil ihr jemand die Hecke runtergetrampelt hat und, äh, dann eine Anzeige gegen die Spurensicherung. Die Lichter waren zu hell und sie will Schadensersatz wegen entgangener Ruhe zur Abendstunde geltend machen.«

»Dann soll sie das zivilrechtlich geltend machen und uns in Ruhe lassen.«

»Genau, Entlastung der Behörden«, stimmte die Rautmann zu. Heute war sie selbst für ihre Verhältnisse besonders bunt gekleidet. Zu einer blauen Leggins trug sie eine magentafarbene Bluse mit schwarzen Leopardenflecken und die obligatorischen grünen Gummiclogs.

»Eine noch von den Röllkes gegen den kleinen Mittenmang-Schneckenmann.« Sie legte den Kopf schief und verzog das Gesicht, blinzelte mehrfach angestrengt und schüttelte dann den Kopf. »Ich weiß nicht, was das ist. Dickpic.«

Alfons-Kevin brach in Gelächter aus. »Wenn jemand ein Foto von seinem Schlawiner verschickt, wenn Sie verstehen, was ich meine, Rauti.«

»Ich muss mir meine Augen mit Seife auswaschen.« Die Rautmann sprang von ihrem Schreibtischstuhl auf, der sich dann noch zweimal traurig im Kreis drehte, während sie zur Toilette eilte.

Alfons-Kevin, wie immer in schwarz gekleidet, trabte zu ihrem Schreibtisch und nahm das Schreiben in die Hand, dann lachte er noch mehr.

»Ein Dickpic ist das jedenfalls nicht. Das ist Córdoba d'Alençon.«

»Das ist was? Wovon zum Henker redest du?« Schönbohm klang irritiert und ungeduldig.

»Das ist eine seiner Nacktschnecken. Aber kein Lümmelfoto. Ein Schneckenfoto.«

Der Kommissar seufzte und hatte, wie Barbara Rautmann es nannte, den Mundwinkel der Enttäuschung herabgezogen. »Jemand sollte ihm erklären, dass man Mädchen nicht mit Schneckenfotos beeindrucken kann. Aber er soll auch nicht auf die Idee kommen, es dann mit anderem zweifelhaftem Bildmaterial zu versuchen.« Er verdrehte die Augen und schüttelte den Kopf.

»Hier ist noch was wegen einer fahrenden Mülltonne.« Der Teenager sah ratlos aus. »Die ominöse Mülli-Gang. Klingt das gut? Wir brauchen einen Namen dafür. Operation Trash and the furious.«

»Wir brauchen dafür keinen Namen. Das ist eine herrenlose Mülltonne, die irgendwo einen Hang runterrollt.«

»Großer Meister, ich habe die Tonne auch schon gesehen, aber die rollte nicht einfach, die fährt«, raunte der Schülerpraktikant bedeutungsschwanger. »Das ist was ganz Großes.«

»Ja, ganz großer Quatsch.«

»Aber die Bewohner Pullstedts sind in Gefahr und verlangen, nein, ERWARTEN Aufklärung!« Alfons-Kevin war aufgestanden und hatte sich in die Brust geworfen.

»Gefährlich ist es wirklich«, gab der Kriminalhauptkommissar zu, der sich noch nie kriminellen Mülltonnen gegenübergesehen hatte.

»Da sollten Sie vielleicht mal mit Kutte sprechen. Der ist doch hier unser Zweiradrocker«, gluckste der Junge wieder belustigt.

»Mit dem wollte ich sowieso noch sprechen wegen der Zeugenaussage. Das könnte ich in einem Abwasch erledigen.« Nachdenklich drehte sich Schönbohm auf seinem Schreibtischstuhl und blickte aus dem Fenster. Es war grau, düster, verregnet.

»Wir erledigen das. Wir sind doch sozusagen ein Team.«

»Hmmm«, brummte Schönbohm, ohne ihm zugehört zu haben.

»Dann will ich als Teammitglied einen Optimierungsvorschlag machen. Ich finde es ja echt geil, dass wir fast den ganzen Tag nur hier rumgammeln, aber es ist richtig bescheiden, dass alles immer kurz vor Feierabend passiert.«

»Abends werden faule Leute fleißig, sagte meine Oma immer.« Frau Rautmann war mit der Sprühdose Sahne zurückgekommen.

»Und wie ist das bei Ihnen wohl mit der Faulheit?«

Die Rautmann starrte Schönbohm mit einem undefinierten Blick an. »Ich bin nicht faul, damit wir das mal klarstellen. Ich bin wohlfühlorientiert. Auch bei der Arbeit.«

»Frau Rautmann ruht sich einfach nur aus, bevor sie müde ist, weil so viele verborgene Talente in ihr schlummern, höhöhö«, lachte Alfons-Kevin und Barbara Rautmann sah ihn stolz an.

»Ich will hier gar nichts mehr hören«, murrte Schönbohm als er aufstand. »Ich muss jetzt ein wirklich wichtiges Gespräch führen.« Er holte sein Handy aus der Tasche und öffnete die Textnachrichten. Dann tippte er: »Burak, wir müssen reden.« Unruhig kaute er auf seiner Unterlippe, dann ließ er den Blick durch den Raum schweifen. Er seufzte einmal schwer und dann drückte er auf Senden.

ACHT

»Wie bitte?«, Buraks Stimme klang ungläubig. Energisch ließ er die Klappe an der Seite seiner Börekbude herunter und hängte das »Geschlossen«-Schild auf, dann setzte er sich auf einen kleinen Hocker zu Schönbohm.

»Burak, du verschwindest in einem Zeitfenster, in dem ein Mord passiert. Sogar ein Doppelmord. Und wo finde ich dich? Am Tatort! Und danach kommst du kleinlaut, weil dir Messer fehlen. Und von eurer Auseinandersetzung kurz vorher will ich gar nicht erst anfangen. Mensch, was soll ich denn der Staatsanwaltschaft sagen? Ich muss einen Bericht fertig machen. Denkst du, es reicht, wenn ich schreibe, dass du der beste Mann Pullstedts bist und dass sie mir einfach glauben sollen? So funktioniert das nicht!«

»Ich habe Türkoglu nicht umgebracht. Und seine Frau auch nicht.« Sein Blick verfinsterte sich.

»Das glaube ich dir.«

Burak sprang auf. »Ach ja, und genau deshalb haben wir jetzt diese Unterhaltung, oder was? Weil du mir glaubst. Interessant.« Er setzte sich wieder hin und zog die Ärmel seines Pullovers runter.

»Burak, was hast du am Tatort gemacht?«

Er ließ den Kopf hängen und blickte auf den Boden der Börekbude. »Ich kann es dir nicht sagen.«

»Du musst es mir aber sagen.«

Langsam schüttelte er den Kopf. »Das kann ich nicht. Es geht einfach nicht.«

»Was willst du wirklich sagen?« Schönbohm legte irritiert den Kopf schief.

»Nichts will ich sagen.«

»Die Staatsanwältin wird bei einem Richter sofort einen Haftbefehl beantragen, wenn wir keinen guten Grund für deine Anwesenheit am Tatort haben.«

Stumm schüttelte Burak den Kopf.

»Sei doch kein sturer Esel«, brauste der Kriminalhauptkommissar auf. »Rede mit mir! Ich bin doch dein Freund! Ich will dir doch nur helfen!«

»Mein Freund«, stieß Burak verächtlich hervor und sah ihm dann starr in die Augen. »Glaubst du, ich bin ein Idiot? Ich habe mich beim Anwalt beraten lassen. Ich muss hier kein Wort sagen, wenn ich für dich der Beschuldigte bin. Der Tatverdächtige. Der Mörder!«

»Burak«, fing er wieder an, doch sein Gegenüber unterbrach ihn.

»Ey, Schönbohm, verschwinde! Verschwinde einfach!«

Betroffen sah der Kriminalhauptkommissar ihn an und stand langsam auf.

»Wenn du wirklich mein Freund bist, dann findest du den Mörder der Türkoglus, bevor ein Haftbefehl gegen mich vorliegt.«

Er sah ihn eindringlich an, doch er bekam keine Antwort.

»Hast du mich verstanden, Schönbohm?« Buraks Stimme war leise und er wandte den Blick nicht von seinem Freund, der zögerlich nickte. »Wenn du hier auf der Matte stehst mit dem Haftbefehl und den Handschellen, dann bin ich weg und du wirst auf so eine Art nach mir suchen, dass du mich nicht finden wirst.«

Schönbohm reagierte nicht.

»Ich frage noch einmal: Hast du mich verstanden, Schönbohm?« Burak war aufgestanden und stand dem Kommissar direkt gegenüber.

»Ich riskiere meinen Job…«

Buraks Augen verengten sich. »Und meine Existenz, meine Freiheit.«

Schönbohm senkte nachdenklich den Blick. Wortlos schüttelten sie die Hände.

»Großer Meister«, rief Alfons-Kevin Kaufmann und lief mit schweren Schritten dem Kriminalhauptkommissar hinterher. »Warten Sie! Mensch, Sie tun ja so geheimnisvoll heute.«

Und tatsächlich war Schönbohm wortlos aus der Polizeidienststelle marschiert und wusste selbst nicht so genau, wohin er eigentlich wollte. Er wusste nur, dass er an die frische Luft musste. Das Büro war ihm zu eng, zu stickig und das Geplänkel zwischen der Rautmann und dem Praktikanten war ihm zu laut, zu albern, zu viel. Er war einfach einem inneren Zwang gefolgt und war gegangen. Nach einigen Metern hörte er Schritte hinter sich und Alfons-Kevin rief nach ihm, aber Schönbohm drehte sich nicht um.

»Herr Schönbohm!« Verständnislos und irritiert blieb der Teenager auf der Straße stehen und ließ die Arme hängen. Der Regen, vormals ein leichtes Nieseln, kam nun in großen Tropfen auf ihn nieder und lief über sein Gesicht, das auf einmal sehr jung und verletzlich aussah.

Der Mann drehte sich endlich zu ihm um. Aber nicht, weil sein Praktikant ihn gerufen hatte, sondern weil ein ihm unbekanntes Geräusch in der Luft lag. Er hörte es dumpf durch das Pladdern des Regens. Seine Augen weiteten sich, geistesgegenwärtig hechtete er zu seinem Praktikanten und stieß ihn zu Boden. Dann rauschten zwei Mülltonnen genau dort vorbei, wo eben noch der Teenager gestanden hatte.

»Was zum Teufel war das denn?« Alfons-Kevin schnappte nach Luft.

»Jetzt wird es persönlich«, knirschte Schönbohm zwischen zusammengebissenen Zähnen hindurch und blickte auf den Teenager unter ihm.

»Perverse Sau«, hörte er eine Stimme hinter sich vom Fußweg und als er über die Schulter blickte, sah er eine ältere Dame mit beigefarbenem Regencape und Gehstock, die ihren ebenfalls beigefarbenen Einkaufstrolley kurz aus der Hand ließ, um sich damit abzumühen, einen Stein vom Boden aufzuheben, um ihn dann zielgenau auf Schönbohm zu werfen.

»Gehen Sie einfach weiter, ich bin die Polizei«, brüllte Schönbohm gegen den Regenschauer und das einsetzende Gewitter an. Er rappelte sich auf und bot Alfons-Kevin Kaufmann die Hand an, um ihm aufzuhelfen.

»Du kannst froh sein, dass das kein wirklicher Übergriff war. Schau wie schnell sie weg ist.« Mit einer nickenden Kopfbewegung deutete der Kommissar auf die Frau, die plötzlich äußerst sportlich mit Gehstock und Trolley unterwegs war.

»Vielleicht ruft sie jetzt von zu Hause die Polizei.« Der Teenager sah ihn groß an.

»Ich bin doch die Polizei«, seufzte Schönbohm wieder einmal resignierend.

»Ach, die ist immer so grantig. Bei Regen ganz besonders, weil sie Angst hat, dass er ihr Gesicht auf Werkseinstellung zurücksetzt und man dann sieht, wie alt sie wirklich ist.« Alfons-Kevin lachte ihn an. »Kommen Sie mit, wir stellen uns erst einmal bei der Busse unter.« Der Teenager, dem schon wieder die schwarze Tönung in die Augen tropfte, nickte zur Bushaltestelle rüber.

Kaum standen sie darunter, zog Schönbohm das Telefon aus der Tasche.

»Weber? Ich brauche«, dann verstummte er und lauschte angestrengt. »Verstehe«, murmelte er dann und verabschiedete sich. »Weber ist im Oberharz in der Reha.«

»Okay?!« Irritiert verzog der Junge das Gesicht.

»Ich brauche Webers Hilfe. Wir haben keine Zeit. Wir müssen den Mörder finden, bevor Burak in Haft kommt.«

»Ich bin Ihr Mann, Herr Schönbohm. Sie können sich auf mich verlassen!«

»Das ist es, was mir Sorgen macht.«

Der Praktikant lachte. »Heute sind Sie echt lustig.«

»Ich meine es ernst. Hier ist nichts lustig.«

»Sie sowieso nicht. Dachte, das wäre heute eine Ausnahme, aber das habe ich wohl fehlinterpretiert.« Alfons-Kevin sah zerknirscht aus. »Das erinnert mich an das eine Jahr in der Schule, als Bremsventil großes M, kleine Eier immer das ganze Brot aus der Cafeteria mitgenommen hat.«

»Wovon redest du da? Bremsventil? Hast du Medikamente, die du dringend nehmen musst?«, verständnislos sah Schönbohm den Teenager an.

»Ach ja, sie haben es immer noch nicht so ganz kapiert. Sven wie in Bremsventil. Und großes M, kleine Eier wie in Meier. Sven Meier. Logisch, oder?«

»Nach der Erklärung ist es durchaus logisch und gleichzeitig so sinnlos.« Schönbohm sah müde aus.

»Und um wieder zur Thematik der Fehlinterpretation zu kommen: Bremsventil Meier hat immer das ganze Brot mitgenommen und am Ende war ein Großaufgebot der Polizei hier, weil meine Theorie bezüglich einer gegen ihren Willen festgehaltenen Person in einem Gullyschacht doch glaubwürdiger schien, als man hätte annehmen können.« Der Junge schüttelte ungläubig den Kopf.

»Ich weiß gar nicht, was ich dazu jetzt sagen soll.« Schönbohm verzog den Mundwinkel und fühlte sich noch müder als er aussah.

»Sie wissen doch, mit mir eskaliert es immer. Dafür stehe ich mit meinem Namen.«

»Damit solltest du aber aufhören, dass kann sehr teuer werden und irgendwann bist du nicht mehr versicherbar.«

Alfons-Kevin sah nachdenklich aus. »Eigentlich wollte ich aus dieser Schwäche eine Stärke machen und es als Talent betrachten. Ich hatte sogar mal überlegt, ob ich einen Kurs in den Sommerferien anbiete: Wie man es mit wenigen Handgriffen noch viel schlimmer macht und andere Life-Hacks.«

»Tu es besser nicht. Oder such dir wenigstens einen anderen Titel dafür. Nur ein gut gemeinter Rat.«

Alfons-Kevin starrte nachdenklich auf die Straßenlaterne. »Ja, das stimmt schon. Manchmal sieht man den Baum vor lauter Mücken nicht.«

Ja, so oder so ähnlich.« Schönbohm räusperte sich. »Und was hatte es nun auf sich mit dem Brot?« Beinahe hatte er Angst vor der Antwort.

»Tja, können Sie sich vorstellen, dass jemand in seiner Freizeit tatsächlich gerne Enten füttert?«

Der Kriminalhauptkommissar gab ein undefinierbares Geräusch von sich.

»Du hast auch das Talent, Geschichten auf eine ganz wunderbare Weise zu erzählen. Man hat hinterher das Gefühl, als hätte man Amnesie. Ich weiß nämlich überhaupt nicht mehr, wie wir überhaupt zu so einem schwachsinnigen Thema gekommen sind.«

»Heute sind Sie echt lustig«, wiederholte Alfons-Kevin. »So sind wir dazu gekommen.«

»Du darfst niemandem etwas erzählen.«

»Darüber, dass Sie lustig sind?« Der Teenager sah deutlich verwirrt aus. »Ich denke ja, dass die Leute Sie eindeutig mehr mögen würden, wenn Sie wüssten, dass Sie auch lustig sein können. Die Mehrheit denkt hier übrigens, dass sie einen gewaltigen Stock im…«

»Es ist ja gut, ich habe es verstanden. Häufiger lustig sein. Hahaha«, lachte er trocken. „Und da du den Kreis geschlossen hast, habe ich das auch versucht. Ich meinte, dass du niemandem etwas sagen sollst. Das, was wir alles besprechen, muss zwischen uns bleiben. Hast du verstanden?"

»Ja! Ich schwöre beim Damenbart meiner Mutter!«

»Wer hat Ihnen eigentlich ins Gehirn geschissen?«, bellte die Staatsanwältin Lisa Böning durchs Telefon und erinnerte Schönbohm dabei sehr an Schorsch Schladerbusch. »Ihr Pullernstedt ist mir grundsätzlich mal scheißpiepegal, aber Sie haben mir von Mordfällen zu berichten! Ausnahmslos. Wieso erfahre ich das nebenbei aus einer Zeitung?«

»Pullstedt, der Ort heißt Pullstedt«, korrigierte Schönbohm sie stoisch.

»Haben Sie einen Tatverdächtigen? Kommen Sie, heitern Sie mich auf, ich will einen von Ihren Hinterwäldlern einbuchten und für immer aus dem Verkehr ziehen.«

»Ähm, nein. Ich habe die Truppe der Harzgeister befragt, es wurde kein Kostüm entwendet und ich selbst habe auf dem Fest alle von ihnen gesehen. Es gibt unzählige Fotos von ihnen. Wir haben allerdings Augenzeugenberichte, denen zufolge ein richtiger Harzgeist die Familie ermordet haben soll.« Den letzten Satz hatte er hastig geflüstert.

»Wie bitte? Was?« Paradoxerweise war die eingetretene Stille im Telefonhörer unsagbar laut, dann hörte er, wie die Staatsanwältin die Faust auf den Tisch schlug. »Sagen Sie das bitte noch einmal!« Ihre Stimme wurde lauter. »Ich glaube gar nicht, was ich da für einen absoluten Quatsch gehört habe! Hat die pullenser Idiotie auf Sie abgefärbt?«

»Pullstedter Idiotie«, korrigierte er erneut.

»Ich verlange einen Bericht vorab! Haben Sie schon die Tatwaffe gefunden?«

Er schluckte trocken, als er an Buraks verschwundene Messer dachte. »Nein, bisher noch nicht. Tatsächlich habe ich auch noch gar nicht danach gesucht, weil ich mangels Ergebnisse des Rechtsmediziners noch nicht weiß, was die Tatwaffe sein könnte.«

»Lassen Sie mich raten: Sie hatten auch was komplett anderes zu tun, als Ihrer Arbeit nachzugehen.«

»So kann man das nicht sagen«, stotterte er unsicher.

»Wissen Sie was? Mir ist egal, ob einem Pullstedter der Arsch brennt, der Pudel die tote Oma frisst oder die ganzen Pappnasen so lobotomiert wie sie sind, einfach nach vorne umkippen und liegen bleiben. Es ist mir egal! Nicht egal ist mir jedoch, dass ein Mörder frei rumläuft. Also kommen Sie mir nicht mit Ausreden.«

»Ein Pudel hat nicht gebrannt, aber wir hatten einen Scheißhausexorzismus und dann ermittle ich noch im Fall der zwei fahrerflüchtigen Rennmülltonnen.«

Ein genervtes Stöhnen kam aus dem anderen Ende der Leitung. »Es ist mir EGAL. Ich will keine Ausreden hören. Ich will einen Bericht, einen Tatverdächtigen und das Tatwerkzeug. Am liebsten hätte ich auch schon direkt jemanden, den wir in Handschellen dem Richter vorstellen können. Bekommen Sie das hin?«

»Hmjoah?!«

»Sie und Ihr Pullerstedt kotzen mich so an.« Damit legte sie auf und Schönbohm sah wie geprügelter Hundewelpe aus.

»Das heißt Pullstedt«, fiepte er in den Hörer, dann blickte er einen Moment lang starr auf den Schreibtisch, um sich zu sammeln.

»Lief gut«, sagte er dann und grinste wenig überzeugend.

»Haben Sie einen Schlaganfall?« Barbara Rautmann hatte nachdenklich die Stirn krausgezogen.

»Dann gucke ich eben nicht mehr freundlich«, schnappte er beleidigt.

»Sie gucken, als hätten Sie einen Schlaganfall. Oder Verstopfung. Eher beides.«

»Großer Meister, die Rauti kann das nur nicht richtig deuten, weil Sie selten freundlich gucken.«

Barbara Rautmann winkte ab. »Ich mache uns noch einen Kuchen, Junge. Dann musst du nicht immer diese, äh, Dinger mit Holzball essen.«

»Nein«, grätschte Schönbohm dazwischen. »Der Praktikant und ich haben zu tun.« Er sprang auf und stand kerzengerade im Raum. »Komm, Junge, wir haben Arbeit.«

»Sie erzählen mir etwas nicht«, die Stimme der korpulenten Frau klang misstrauisch.

»Frau Rautmann, ich erzähle Ihnen immer alles, wenn ich die Zeit dafür habe. Aber die habe ich ausnahmsweise heute nicht. Komm, Praktikantenjunge!«

Barbara Rautmann kratzte sich an der rechten Schläfe und blickte Schönbohm und Alfons-Kevin nachdenklich hinterher.

Der Kriminalhauptkommissar sah über seine Schulter durch die Glastür, um zu sehen, ob sie ihm folgte, aber nach einem Augenblick der Irritation hatte sie sich wieder einer illegalen Filmtauschbörse im Internet gewidmet.

»Hör zu, du darfst niemandem hier trauen, alles klar?«

Alfons-Kevins Augen verengten sich. »Ist das so?«

Schönbohm sah in verwundert an. »Ja, das ist so. Warum guckst du so seltsam?«

»Weil Sie gesagt haben, ich soll niemandem trauen, also auch nicht Ihnen.«

Der Dienststellenleiter verdrehte gequält die Augen und zog den Mundwinkel runter. »Mir kannst du natürlich trauen.«

»Aber der Rauti nicht.«

»Das ist eine alte Quasselstrippe, das weiß dann immer gleich das ganze Dorf. So und jetzt sprechen wir mit dem Schnitzelmeier und dem anderen Kerl.«

»Sie meinen Kutte?«

»Ja, genau.«

»Dann ist es ja gut, dass die eine Wohngemeinschaft der Freaks haben«, lachte Alfons-Kevin und zurrte am Riemen seines Rucksacks, der von der linken Schulter zu rutschen drohte.

»Es wäre übrigens gut, wenn du den einen beschäftigst, während ich den anderen befrage.«

»Ich bin der geborene Entertainer, ich kann das.«

»Na, dann los. Schnapp dir das Fahrrad von Weber und dann können wir uns auf den Weg machen.« Schönbohm hob sein Rad auf, das er zuvor achtlos neben den Eingang der Dienststelle geworfen hatte. Wahrscheinlich würde er den Fahrradständer niemals reparieren lassen.

»Nein, ähäh«, machte Alfons-Kevin und schüttelte nachdrücklich mit dem Kopf. »Meine Mutter, also die gebildete Mutter, hat mir verboten, mit Ihnen noch einmal Fahrrad zu fahren. Also nachdem sie von der Sache mit dem Lasse gehört hat.«

Schönbohm hielt inne und sah ihn fragend an.

»Aber ich bin ein Rebell. Ich habe nämlich wenig Lust, bei Ihnen auf der Stange mitzufahren. Das ist mir irgendwie zu kitschig. Aber meine Mutter darf mich halt nicht sehen.«

»Ich kann mir auch einen Fahrradkorb holen, dich reinsetzen, mit einer Decke einwickeln und behaupten, ich fahre E.T. durch die Gegend.«

»Ich weiß nicht, wovon Sie da sprechen.«

»Mein Gott, diese Jugend.«

»Ach, doch, ja.« Alfons-Kevin schlug sich klatschend die Hand an die Stirn. »Jetzt weiß ich es. Das ist doch dieser nackte Affe mit dem kleinen Mädchen.«

Alfons-Kevin Kaufmann, engagierter Schülerpraktikant der Polizeidienststelle Pullstedt und Teilnehmer des nachmittäglichen Schulprogramms »Seniorenbetreuung«, fuhr mit Lasse Webers Dienstrad voran, da Schönbohm nach einem halben Jahr noch immer nicht die Straßen seines Wohnortes kannte. Und zu seiner großen Erleichterung klimperten Alfons-Kevins Ketten, die er an seiner schwarzen Gruftihose trug, mindestens so laut wie sein eigenes Dienstrad quietschte.

Schönbohm war hoffnungsvoll, ausnahmsweise keine Anzeige der alten Frau Krekel zu bekommen. Doch Irma Krekel, Sternzeichen Skorpion, Aszendent Krawallschachtel, saß bereits mit einer senfbestrichenen Leberwurstschnitte an dem mit einem Kissen gepolsterten Fenster. Mit Zettel und Stift sowie Fernglas und einem auf Maximum gestellten Hörgerät gewappnet, war sie bereit für die nächsten Anzeigen. Seit in ihrem Nachbarhaus ein Mord begangen worden war, hatte sie ganz besonders viel Interesse an ihrem Umfeld und entsprechend hoch war die Anzahl der neuen Anzeigen. Nur die einsetzende Dämmerung würde ihr über kurz oder lang einen Strich durch die Rechnung machen.

Und so sah sie auch nur das schwache Flackern der Lichter zweier Fahrräder und hörte insbesondere das laute Quietschen als Schönbohm und sein Praktikant an dem Haus vorbeifuhren.

Die Straße in Richtung Habermann und Schnitzelmeier fiel leicht ab und Alfons-Kevin riss sportlich den

Lenker hoch und hob ein klein wenig mit dem Fahrrad ab. Der Teenager johlte.

Marco Schönbohm, durch und durch seriöser Kriminalhauptkommissar und Spaßbremse, fuhr strikt geradeaus und direkt scheppernd in ein tiefes Schlagloch, das vom Regen der letzten Tage noch mit Wasser gefüllt war. Das Schmutzwasser spritzte ihm bis über die Ohren und ihm wurde schmerzhaft bewusst, dass er einen gepolsterten Fahrradsattel benötigte. Die Fahrradklingel klapperte blechern und Alfons-Kevin blickte lachend über seine rechte Schulter.

»Haben Sie ein Glück, dass wir schon da sind, die Straße hat noch ein viel größeres und tieferes Schlagloch. Mittenmang meinte, er habe gesehen, dass dort eine Waschbärfamilie wohnt.«

»Im Schlagloch?« Schönbohms Stimme klang nicht nur ungläubig, sondern auch ein paar Tonlagen zu hoch.

Doch Alfons-Kevin antwortete nicht, stattdessen bog er rechts in eine kleine Auffahrt.

Die Farbe der Fassade des kleinen Doppelhauses platzte auf beiden Seiten gleichermaßen ab und hatte schon wesentlich bessere Zeiten gesehen. In der Einfahrt standen mehrere alte Mopeds, gestapelte Reifen, Kübel und Tonnen mit Pflanzen, die gerade anfingen, erstes Grün hervorzubringen. An jeder Seite des Hauses befand sich ein kleines Nebengebäude. Kutte Habermann nutzte das Gebäude, das zu seiner Haushälfte gehörte, als kleine Werkstatt und Garage: Wo vormals eine normale Tür gewesen war, hatte er Teile der Backsteinwand entfernen und ein breites Rolltor einsetzen lassen.

Auf der anderen Seite war das Gebäude von Efeu überwuchert, welches Kurt Schnitzelmeier, der sich schützend in einen blauen Plastiksack gehüllt hatte, im

Schein des am Haus angebrachten Flutlichts mit einer Gartenschere beschnitt.

»Herr Schnitzelmeier«, rief Schönbohm ihm zu und sprang sportlich von seinem Dienstrad. Vorbildlich klappte er den Fahrradständer herunter und stellte das Rad ab. Kaum hatte er sich umgedreht, hatte sich der Ständer auch schon wieder eingeklappt und das Fahrrad lag scheppernd und klingelnd auf dem Boden.

»Blauer Sack geht nicht, Sie müssten doch eher in den Biomüll, oder?« Mit großen Augen sah der Schülerpraktikant den Harzschamanen an, der ihn wiederum wenig freundlich anstarrte. Der Mann fauchte einmal in die Richtung des Teenagers, erhob die Hand und machte eine Bewegung als würde er ihm eine Handvoll Salz ins Gesicht werfen.

Alfons-Kevin und Marco Schönbohm sahen einander irritiert an.

»Das müsste mal repariert werden«, erklang die Stimme von Kutte Habermann wie aus dem Nichts. Erschrocken und erleichtert zugleich drehte sich der Kommissar um.

»Danke für diese, äh, unglaubliche Feststellung, Herr Habermann.«

»Ich könnte das ja mal fix machen. So ein bisschen aufmotzen und so.«

Habermann, der seine Lederkutte zu einem ausgeleierten AC/DC T-Shirt trug, steckte die Hände in die Taschen seiner ausgebeulten armeegrünen Jogginghose.

Schönbohm zuckte zusammen als Schnitzelmeier im blauen Müllsack laut hinter ihm knisterte und raschelte.

»Nein, also bitte, das ist Staatseigentum, daran wird nichts aufgemotzt.«

»Nicht mal der Fahrradständer? Und erst das Quietschen. Mensch, das quietscht lauter als die Hüfte meiner Oma im Swingerclub.«

Alfons-Kevin kicherte und Schönbohm verzog den linken Mundwinkel, seine Schultern fielen schwer herab.

»Danke, wirklich vielen Dank für das Bild. Ich kenne Ihre Oma zwar nicht, aber vielen Dank.«

Dann blickte er zu seinem Praktikanten und riss mehrfach nacheinander die Augen auf, ein Zeichen, dass er Habermann beschäftigen sollte.

»Müssen Sie kacken?« Kutte Habermann hatte die Augen zusammengekniffen und die Nase krausgezogen, während er Schönbohms Mimik betrachtete.

»Ich dachte, ich muss niesen. Hatschi.«

Alfons-Kevin verdrehte peinlich gerührt die Augen, wie es nur ein Teenager konnte, der sich fremdschämte. Dann schlug er Kutte Habermann auf den Oberarm. »Komm mal mit, großer Meister, ich habe da noch ein Anliegen.« Er hob Schönbohms Rad auf und schob es mit seinem eigenen Fahrrad in Richtung von Habermanns Garage. Der Mopedfahrer trottete gutmütig hintendrein.

Einen kurzen Moment blickte Schönbohm den beiden Gestalten hinterher.

»Herr Schnitzelmeier«, sagte er dann gedehnt und drehte sich zu dem Harzschamanen um. Mit einer Handvoll Efeuranken und Gartenschere bewaffnet, stand er steif neben Schönbohm und blickte ebenfalls den beiden hinterher.

»Ich würde Ihnen gerne noch ein paar Fragen zu der Walpurgisnacht stellen.«

Mit einer ruckartigen Bewegung schwang Schnitzelmeier den Efeu mehrfach peitschend über seinem Kopf hin und her. »Beschwören Sie nicht die bösen Geister, die bösen Harzgeister.«

»Okay, versuchen wir es jetzt noch einmal ohne Spinnerei.«

Schnitzelmeier schwang den Efeu ein letztes Mal wie ein Lasso über ihre Köpfe und stemmte dann pikiert die Fäuste in die Hüften, sodass der blaue Sack laut knisterte.

»Kein dazugehöriger Tanz?« Fragend hatte Schönbohm den Kopf schief gelegt.

»Ihre Aura ist kacke«, murrte Schnitzelmeier, »und Ihr Geisttier auch.« Er legte Daumen und Zeigefinger zusammen als würde er einen Kreis signalisieren, dann schnippte er sich zweimal mit dem Finger ins Auge. »Jetzt geht es wieder. Ich musste nur mein inneres Auge refokussieren.«

Kopfschüttelnd und mit heruntergezogenen Mundwinkeln sah der Kriminalhauptkommissar ihn an. »Das kann nicht gesund sein. Haben Sie mal von Bindehautentzündung gehört?«

Schnitzelmeiers rechtes Auge tränte zunehmend und wurde rot. »Meine Geisttiere schützen mich.«

»Außerdem haben sie eben mit Efeu rumgefuhrwerkt. Und dann haben Sie sich ins Auge gefasst. Direkt ins Auge.« Schönbohm hatte die Hand gehoben und blickte ungläubig darauf.

»Ich bin ein Kind der Natur. Efeu liebt mich und Bubo bubo schützt mich.« Er streckte die Arme aus und machte flatternde Bewegungen.

Schönbohms linker Mundwinkel, den Barbara Rautmann »Mundwinkel der Enttäuschung« getauft hatte, zuckte und verzog sich nach unten.

»Ich weiß nicht, wovon Sie reden, oder ob Sie noch alle Latten am Zaun haben, aber, äh, das kann nicht gesund sein«, nörgelte Schönbohm mit Blick auf das immer roter werdende Auge des selbsternannten Schamanen.

»Bubo bubo ist übrigens der Uhu«, belehrte der Schnitzelmeier ihn.

»Vorname und Nachname?« juchzte Alfons-Kevin, der hinter ihnen aufgetaucht war. »Großer Meister, ich wollte nur sagen, dass ich gerade mal einen Moment mit Kutte beschäftigt bin, vielleicht düsen wir mal kurz eine Runde, nur damit Sie wissen, wo ich bin.« Eindringlich sah er Schönbohm an.

»Ja, alles klar, geh nur. Ich bin sowieso beschäftigt mit einer Vernehmung.« Er sah dem Teenager hinterher, dessen Ketten an der Hose nie dann zu klimpern schienen, wenn er sich von hinten anschlich.

»Tja, Herr Schnitzelmeier, ich bräuchte noch einmal eine detaillierte Aussage von Ihnen. Fangen Sie am besten mal ganz von vorne an.«

»Joah«, brachte Kurt Schnitzelmeier hervor, »also der Ernst und ich waren auf dem Weg zum Hexentanzplatz. Es war ja schon ein bisschen duster, wenn Sie verstehen, und als wir nur diese Straße betraten, da standen mir die Haare zu Berge. Ernst, sagte ich, Ernst, heute passiert etwas Schlimmes, es ist ein Hof um den Mond.« Er nickte eifrig und zeigte mit dem ausgestreckten Zeigefinger gen Himmel. »Immerhin kein Blutmond.«

Schönbohm atmete tief durch. »Da sind wir aber alle erleichtert.«

Der Schnitzelmeier tat sein Bestes, um Schönbohm zu ignorieren und ließ sich nicht von der Erzählung abbringen. »Und es waren an dem Abend doch alle auf dem Hexentanzplatz, deshalb war es so auffällig, dass das ganze Haus beleuchtet war. Na ja, alle bis auf die Krekel, aber die sitzt ja hinter den dunklen Fenstern, damit niemand sieht, wie sie alle, die vorbeigehen, beobachtet.« Mit dem Zeigefinger zog er das untere Augenlid herunter und blickte Schönbohm mit einem intensiven »Können Sie sich das vorstellen«-Ausdruck an.

»Und weiter?« Schönbohm hatte einen Notizblock hervorgeholt und notierte fleißig mit. Er hielt inne und runzelte dramatisch die Stirn als er glaubte, einen Trecker vorbeifahren zu hören. Hätte sich Kriminalhauptkommissar Schönbohm umgedreht, oder einfach nur über die Schulter geblickt, hätte er jedoch gesehen, dass Alfons-Kevin und Kutte angeregt gestikulierend an der Straße standen, umgeben von zwei Mülltonnen, die grauen Qualm absonderten.

»Na ja, und dann«, Schnitzelmeier sah in den dunkelgrauen Himmel und seine Augen bewegten sich hin und her als er sein Gedächtnis durchkramte. »Dann ist Ernstchen hingegangen. Mal gucken, falls was passiert ist, verstehn'se? Hier passt man aufeinander auf. Ich bin mit ihm mitgegangen. Ich wollte eigentlich gleich was verräuchern, weil ich die böse, böse Aura augenblicklich gespürt habe. Sofort. Ich habe mich dann an die Seite gestellt und erstmal ein paar Notfallglobuli genommen.« Er kramte eine kleine Frischhaltedose aus der Tasche unter dem blauen Müllsack hervor und hielt sie Schönbohm hin.

»Mini-Rumkugeln?«

»Notfallglobuli!«

»Alles klar.« Schönbohm nickte roboterartig und fühlte einen unangenehmen Juckreiz auf der Kopfhaut.

»Und dann geht Ernst ins Haus, ich höre ihn noch ins Haus rufen, ob alles okay ist und dann springt mich ein Harzgeist an. Er hat mich angefaucht, sein Gift auf mich gesprüht. Quer über das Gesicht. Ich kann es noch fühlen, ganz nass.« Unbewusst fuhr er mit der Hand über sein Gesicht und sein Müllsack-Poncho raschelte.

"Können Sie ihn näher beschreiben? Wie sah er aus?"

Der Mann krümmte sich. "Oh, es war hässlich, einfach nur hässlich, ein bisschen beige und schrecklich!"

Schönbohm hielt inne und sah Schnitzelmeier abwartend an. "Geht das auch genauer? Detaillierter?"

"Nein, nein", winkte er sofort ab. "Das ging ja alles viel zu schnell. Ich konnte gar nichts sehen. Aber er MUSS einfach hässlich gewesen sein."

Schönbohm seufzte. »Alles klar. Konnten Sie vielleicht sehen, wohin der Harzgeist gelaufen ist?« Sein Tonfall war monoton und unbegeistert.

»Natürlich nicht. Er hat mir das Gift ja direkt in die Augen, ins Gesicht... also, ja, ich war ja richtig geblendet. Blind war ich, sag ich mal, BLIND! Wissen Sie überhaupt, was es heißt, blind zu sein?!«

Der Kommissar räusperte sich. »Ist die Kleidung zufällig noch ungewaschen?«

Schnitzelmeier schüttelte bedauernd den Kopf. »Nein, leider nicht. Tut mir sehr leid.«

»Können Sie sich noch an irgendwas erinnern?« Erwartungsvoll sah Schönbohm den Mann an, der wieder nachdenklich in die Ferne starrte.

»Böse Geister und Dämonen riechen entgegen meiner Erwartung und der großen Lehren nicht nach Schwefel, sondern nach Kümmel und Koriander.«

Schönbohm ließ Notizblock und Stift sinken. »Ich weiß wirklich nicht, wie mir das groß helfen soll, Herr Schnitzelmeier.« Enttäuschung schwang in der Stimme mit.

»Na, Herr Kommissar, ich beantworte nur Ihre Fragen.« Er zuckte mit den Achseln und sah über Schönbohms Schulter hinweg, wie sich Buraks Vater Hilmi mit seinem Aufsitzrasenmäher näherte und dann neben den Mülltonnen hielt.

»Ich würde das ja abtippen lassen, so ganz offiziell, aber unsere Schreibmaschine ist kaputt.« Schönbohm hielt ihm den Block und einen Stift entgegen.

»Ich dachte die Barbara Rautmann arbeitet bei Ihnen.« Schönbohm nickte und zog den Mundwinkel wieder herab. »Ja, ganz genau die meinte ich.«

Schnitzelmeier unterschrieb seine Aussage und sah noch dabei zu, wie Alfons-Kevin auf der kleinen Ortsstraße stand, ein Taschentuch schwang und damit den Start für ein Rennen zwischen den Mülltonnen und dem Aufsitzrasenmäher gab.

»Ich danke Ihnen für Ihre Hilfe, Herr Schnitzelmeier. Sollte Ihnen noch etwas einfallen, dann rufen Sie mich bitte an.«

Der Mann schüttelte den Kopf. »Nein, ich telefoniere nicht. Wegen der Strahlung.«

»Niemals?«

Schnitzelmeier hatte die Augen geschlossen und die Augenbrauen hochgezogen, während er hektisch mit dem Kopf schüttelte und die Lippen schürzte. »Natürlich nicht. So werden unsere Köpfe von der Regierung gescannt.«

»Was tun Sie denn, wenn Sie einen Notarzt benötigen?«

»Ich glaube an die Kraft der Selbstheilung.« Er machte eine ausladende Handbewegung und Schönbohms Mundwinkel der Enttäuschung zuckte verdächtig.

»Wissen Sie, Herr Kommissar, die Natur hat alles, was wir benötigen, um uns zu heilen! Deshalb lasse ich mich auch nicht mehr impfen. Seit meiner letzten Grippeimpfung vor 30 Jahren tun mir die Knie weh. Der große Schamanenimperator, bei dem ich in die Lehre ging, er sagte, Giftstoffe setzen sich in den Gelenken ab. Gelenke sind die Kaffeemühlen des Körpers. Und Ihre Gelenke, pah, also Ihre Knie, die hört man ja im ganzen Ort. Ich kann Ihnen einen Kaffee- oder Kräutereinlauf machen, wenn Sie möchten. Eine andere gute Methode ist, Sie in Brennesseln einzuwickeln und dann zwei Stunden im warmen Jauchebad zu liegen. Das ist mein Geheimtipp. Ich garantiere Ihnen, dass Ihre Knie leiser sein werden.«

Schönbohm fühlte sich mehr als unbehaglich. »Da kann ich wirklich nur schwer widerstehen, aber ich muss ablehnen. Ich bin seit meiner Kindheit allergisch auf Jauche und abgesehen davon sind das sind nicht meine giftstoffbelasteten Knie, das ist mein Fahrrad, das so quietscht, aber ich danke Ihnen für das nette Angebot.«

»Oh nein, oh nein.« Kurt Schnitzelmeier hatte den Mund verzogen und schüttelte streng den Kopf. »Das haben Sie nicht. Jaucheallergie.« Abwertend zog er die Augenbraue hoch.

Schönbohm seuftzte angestrengt und fürchtete die folgende sinnlose Diskussion, nachdem der Harzschamane seine Lüge durchschaut hatte.

»Herr Schönbohm, ich verrate Ihnen was«, fing er unbeirrt wieder an. »Sie haben keine Allergie. Niemand hat eine Allergie.« Intensiv starrte er den Kriminalhauptkommissar an, der sich immer unbehaglicher fühlte. »Allergien sind nur ein Konstrukt der Gesellschaft. Sie können nur krank werden, wenn Sie den Bakterien und Viren die Erlaubnis dazu geben. Wenn Sie das nicht strikt ablehnen, werden Sie zwangsläufig krank. Sie müssen das strikt verbieten, wie Sie es auch einem Kleinkind verbieten würden, auf eine heiße Herdplatte zu fassen.«

Marco Schönbohm atmete laut und angestrengt aus. »Ich danke Ihnen sehr für diese Erkenntnis. Das wusste ich noch gar nicht. Vielen Dank.«

Schnitzelmeier freute sich sichtlich. »Ich gebe dazu auch Kurse, falls Sie Interesse haben. Einzelkurse und auch Gruppenkurse. Diese sind natürlich besonders wertvoll, weil da immer so eine Lusche mit Erkältung sitzt und dann kann jeder üben, energisch Nein zu sagen und den Viren den Zugang zum Körper zu verwehren.«

»Ich werde da mal drüber nachdenken.«

Der Harzschamane deutete mit der Gartenschere auf Schönbohm. »Denken Sie nur nicht zu lange darüber nach, die Kurse sind ständig ausgebucht! Die gehen weg wie warme Dinkelkissen. Ich denke, ich werde mir demnächst andere Räumlichkeiten für meine Kurse suchen und auch eine Kooperation mit dem Ponyhof vorschlagen. Dann können die meine Kunden mit dem Planwagen herbringen und die ganzen Auspuffgase bleiben fern.«

»Eine ganz wunderbare Idee. Ich hätte wirklich, wirklich nicht gedacht, dass sich damit so viel Geld verdienen lässt.«

»Ich bin ja kein Studierter, ich weiß vielleicht nicht so viel wie andere Menschen, ich weiß immer noch nicht, ob ein Ei als Obst oder Gemüse gilt, aber ich weiß, dass die Menschen ihre innere Mitte finden und sich nicht länger vergiften lassen wollen. Das Problem ist nur, dass die Leute einen sofort für einen Schwurbler und Querdenker halten, aber ich bin ein Schamane, der Dienstleistungen anbietet. Ich zwinge niemandem was auf. Das verstehen die Leute einfach nicht mehr heutzutage. Leben und leben lassen, nicht wahr? Und um den Bogen wieder zu schließen: Wenn Sie mich fragen«, murrte der Schamane und lehnte sich vertrauensvoll zu dem Kommissar, »dann war das ein Giftmord.«

Schönbohm schloss die Augen und begann hektisch damit, seine Schläfen zu massieren, wobei er sich seinen kleinen Notizblock gegen die Stirn schlug. »Sie sagten doch gerade, dass es die Harzgeister waren!«

»Ich habe aber auch gesagt, dass mich der Dämon vollgespritzt hat! Mit Gift!«

»Vollgespritzt, höhö«, lachte plötzlich Alfons-Kevin neben Schönbohm. »Erzähl mir mehr, Schnitzi!«

Zu seiner eigenen Überraschung war der Kriminalhauptkommissar froh über das Auftauchen seines Praktikanten.

»Ich gehe dann mal mein Fahrrad suchen«, log Schönbohm und machte sich auf den Weg zu Ernst Habermann, der gerade in seiner Garagenwerkstatt gegen den Auspuff eines grünen Mopeds trat, welcher dann scheppernd zu Boden fiel.

»Herr Habermann, noch einmal vielen Dank, dass Sie mich mit Ihrem Moped mitgenommen haben.«

»War ja ein Notfall, nech?« Habermann blickte von dem Auspuff auf und stemmte die Hände in die Hüften, dann kratzte er sich am Kopf.

»Ich hätte diesbezüglich noch ein paar Fragen. Haben Sie kurz Zeit?«

»Also eigentlich wollte ich hier was reparieren.«

Ungläubig zog Schönbohm die Augenbrauen hoch.

»Okay, okay, schießen Sie los.« Er setzte sich auf den Sattel des Mopeds und sah Schönbohm an. »Aber nicht in echt schießen.«

Der Kommissar schüttelte seufzend den Kopf. »Könnten Sie mir noch einmal ganz detailliert erzählen, was an dem Abend vorgefallen ist?«

»Ja«, sagte Kutte Habermann gedehnt und schob sich die dunkelblaue Pudelmütze in die Stirn. »Also ich habe erst mit meiner Mutter telefoniert. Die hat mich daran erinnert, dass ich noch was für den Magen nehmen soll. Wenn ich Mayonnaise esse und dann später ein Bierchen oder fünf drauf, dann bekomme ich Bierschiss. Das sprudelt dann wie ein Hydrant!«

Schönbohm verzog das Gesicht und schüttelte eifrig den Kopf. »Nein, nein, detailliert ab dem Moment als Sie mit Herrn Schnitzelmeier losgezogen sind.«

»Warum sagen Sie das denn nicht gleich?« Leicht verärgert hatte er die Augen zusammengezogen.

»Ich, äh, dachte, das wäre offensichtlich gewesen. Entschuldigung.«

»Kurtchen und ich sind zusammen los. Aber als wir dann da beim Haus vorbeigekommen sind, da war ja alles beleuchtet, nicht wahr? Und das bedeutet ja nichts Gutes an Tagen, an denen so Feste gefeiert werden wie das Walpurgisfest. Ich dachte gleich, Kutte, dachte ich, Kutte, dieser Ort braucht einen Helden! Ich kann ja Judo, also muss man sich nicht um mich sorgen. Also bin ich schnell hin, hab geguckt, ob alles okay ist. Na ja, war es dann aber nicht, also habe ich Sie geholt.«

»Herr Schnitzelmeier sagte, er wäre von einem Harzgeist attackiert worden. Können Sie das bestätigen? Haben Sie was gesehen?«

»Ich habe nur gesehen, dass etwas hinter dem Haus rausgesprungen und weggerannt ist. War einfach zu dunkel für mich. Ich habe eine Dämmerungsmyopie. Und gerade vorher habe ich doch auch noch ins Licht geguckt.«

»Heißt das, dass Sie nichts erkennen konnten?«

»Ja, das heißt es. Die Gestalt ist hinter dem Haus der Krekel verschwunden. Die hat doch sicher was gesehen.«

»Ich befürchte es auch«, murmelte Schönbohm unglücklich bei dem Gedanken, der älteren Dame einen Besuch abstatten zu müssen.

»Ist Ihnen sonst etwas aufgefallen, Herr, äh…«

»Kutte, nennen Sie mich einfach Kutte. Das machen alle.«

»Danke, Herr, äh, Herr Kutte.«

»Was sollte mir noch aufgefallen sein?«

»Haben Sie etwas gerochen? Oder…« Schönbohm fiel Ewald Rosenstein wieder ein. »Oder haben Sie einen Traktor gesehen oder gehört?«

Kutte Habermann stemmte die Hände in die Hüften und sah den Kriminalhauptkommissar mit gerunzelter Stirn an. »Guter Mann, wir sind hier auf'm Dorf. Hier gibt es mehr Traktoren als junge Leute.« Er schüttelte verächtlich den Kopf und Schönbohm hatte den Eindruck, dass der Mann jeglichen Funken Respekt verloren hatte.

Habermann spuckte aus und schüttelte noch einmal mit dem Kopf. »Traktor gesehen…« Dann atmete er einmal tief ein und wieder aus. »Aber nichts für ungut, Sie sind ja sozusagen Ausländer.«

»Ihnen ist also nichts Ungewöhnliches aufgefallen?«

Kutte Habermann neigte den Kopf zur linken Seite. »Kollege, das hier ist Pullstedt. Es gibt hier doch nichts, was nicht ungewöhnlich ist.«

Schönbohm verzog sein Gesicht und nickte zustimmend. »Könnten Sie dann Ihre Aussage noch unterzeichnen?« Er hielt ihm seinen Block hin. Skeptisch blickte Kutte darauf, sah dann Schönbohm ins Gesicht und wieder auf die geschriebene Aussage.

»Das kann ja kein Mensch lesen.« Seine Stimme klang empört. »Und am Ende heißt es dann, ich habe eine Waschmaschine gekauft, die irgendein Knastbruder aus einer Klobrille gebastelt hat.«

»Ich verkaufe keine Waschmaschinen. Egal aus welcher Herstellung. Dessen können Sie sich sicher sein.«

»Na ich weiß nicht. Aber dann hätte ich ja noch das Widerrufsrecht.«

Schönbohm seufzte und nickte mit geschlossenen Augen, während sein linker Mundwinkel enttäuscht nach unten rutschte.

»Haben Sie eigentlich etwas von fahrenden Mülltonnen gehört?« Fast schämte sich Schönbohm diese absurde Frage auszusprechen.

»Fahrende Mülltonne? Nein, nein, davon habe ich nichts gehört. Ich muss jetzt aber auch wirklich los. Ich bin ein vielbeschäftigter Mann.«

»Alfons-Keeeeevin«, rief Schönbohm gedehnt mit einem Hauch Verzweiflung in der Stimme, »lass uns gehen!« Er wollte sich noch von Kutte Habermann verabschieden, aber der Mann hatte sich bereits abgewandt und fuhrwerkte nun äußerst konzentriert in seiner Garage herum.

Schnitzelmeier, der gerade um den Teenager herumtanzte, erstarrte und Alfons-Kevin spannte die Schultern an, dann griff er nach dem Fahrradlenker.

»Möge dein Popo dich beschützen«, gluckste er zum Abschied.

»Er heißt BUBO BUBOOOOO«, brüllte ihm der selbsternannte Harzschamane hinterher und mit einer Drehung des Kopfes beförderte der Junge lässig eine schwarz getönte Haarsträhne aus seinem Blickfeld. Die Ketten an seiner Hose klimperten als er mit dem Fahrrad zu Schönbohm kam.

»Bubo bubo«, lachte er wieder und ließ den Zeigefinger neben der rechten Schläfe kreisen.

»Passt bloß auf, der Mond hat einen Hof, das ist ein schlechtes Zeichen. Das bringt Unglück!«, kreischte der Schnitzelmeier und warf dann trotzig eine weitere Efeuranke auf den Boden und stapfte raschelnd in seiner Mülltüte von dannen.

»Joah, na dann, Kutte, großer Meister, ich mach mich jetzt mal vom Acker. Die Pflicht ruft. Ich bin ja schließlich Hilfssheriff«, blökte der Teenager in die Garage.

Schönbohm zog eine Augenbraue hoch und griff sein Fahrrad.

»Sie melden sich, wenn Ihnen was einfällt, ja?«

Kutte Habermann brummte nur zum Abschied und machte eine wegwerfende Handbewegung.

»Dann auf«, murrte Schönbohm ächzend als er sich auf sein Rad schwang, das beinahe sofort zuverlässig zu quietschen begann.

»Ich glaube, Ihr Fahrrad quietscht noch lauter, wenn das Licht an ist. Können Sie sich so überhaupt anschleichen?«

Schönbohm fuhr einen abrupten Schlenker, als er sich entgeistert zu seinem Praktikanten umblickte.

»Ich habe es schon mehrfach zu Weber gesagt und ich sage es jetzt auch zu dir: Mit einem Fahrrad schleicht man sich nicht an!«

»Und warum nicht? Gibt es da eine Vorschrift?« Der Teenager trat ein paar Mal energisch in die Pedale und fuhr auf gleicher Höhe mit Schönbohm.

»Es ist nicht effektiv.«

»Aber gibt es eine Vorschrift?« Alfons-Kevins Stimme war nörgelig und er bremste ohne Vorwarnung das Fahrrad ab.

»Ist das jetzt die Trotzphase? Komm schon«, forderte der Kriminalhauptkommissar seinen Praktikanten auf, stoppte selbst und sah über seine Schulter zu ihm zurück.

Donnergrollen ertönte und ein Blitz in der Ferne erhellte den Himmel. Die Straßenbeleuchtung flackerte auf und erlosch.

»Was ist los? Sag nicht, du hast jetzt auch noch Angst vor Gewitter und Stromausfall?!« Schönbohm lachte, doch die Augen des Jungen waren vor Panik geweitet. Es donnerte erneut.

Schönbohm gab ein gequältes Geräusch von sich und fuhr auf seinen Praktikanten zu. »Ist alles okay? Das ist doch nur ein bisschen Gewitter.«

Dicke Regentropfen fielen gemächlich vom Himmel und ein Tropfen landete auf Alfons-Kevins Nase, was ihn aus seiner Trance zu wecken schien. Langsam, ganz langsam, dann etwas schneller, schüttelte er den Kopf und machte Anstalten, das Rad rückwärtszuschieben, ohne die Augen abzuwenden.

»Was ist nur los mit dir?«, fragte Schönbohm als der Teenager das Fahrrad zu Boden fallen ließ und dann mit dem ausgestreckten Arm in die Dunkelheit deutete.

Der Blick des Kommissars wanderte den Arm entlang. Er sah es. Zwei rote Punkte. Augen. Es blitzte und für einen Sekundenbruchteil konnte er die Umrisse des Wesens sehen. Mit Hörnern auf dem Kopf stand es breitbeinig einige Meter vor ihnen auf der Straße und Schönbohm bildete sich ein, dass er sah, wie sich die Schultern beim Atmen hoben und senkten.

»Lauf«, wisperte er Alfons-Kevin zu, »lauf los! Einfach weg, versteck dich.« Schönbohm ließ sein Fahrrad scheppernd zu Boden fallen und machte drei Schritte rückwärts.

»Ich kann doch gleich hier nebenan…« Der Junge deutete mit dem Kopf zu dem Haus, vor dem sie standen.

»Du brauchst Vorsprung. Also lauf, verdammt, LAUF«, schrie Schönbohm gegen eine plötzliche Windböe an, die ihm den Regen ins Gesicht peitschte.

Alfons-Kevin rannte mit schweren Schritten los und für einen kurzen Moment sah der Kommissar ihm nach, dann wandte er den Blick wieder auf die Gestalt, die näher gekommen war.

Schönbohms Herz verkrampfte sich, klopfte panisch und er verspürte das Bedürfnis, sich wie ein Kind hinter einem der Bäume, die die kleine Straße säumten, zu verstecken. Er langte nach seinem Holster und zog seine Dienstwaffe, die er auf das Wesen richtete und rief eine Warnung, die der Wind davon trieb. Der Harzgeist mit den leuchtend roten Augen machte einen Satz auf Schönbohm zu. Der Kommissar gab einen Schuss ab. Doch die Kreatur rannte jetzt entschlossen und furchtlos auf ihn zu. Schönbohm, der sich an der Position der leuchtenden Augen orientierte, feuerte noch einmal in die Dunkelheit. Vergeblich. Seine Gedanken rasten. Mit zitternder Hand steckte er seine Dienstwaffe zurück in das Holster. Gleich war die Kreatur bei ihm. Schönbohms Herz raste und raste. Wie konnte man einen Geist aufhalten? Oder speziell einen Harzgeist aus Pullstedt? Die mussten doch mindestens genauso neben der Spur sein wie die irdischen Pullstedter. Aber Geister gab es nicht, sagte er sich. Und doch stand er einem gegenüber. Er sah, wie das Wesen einen Satz durch die Luft machte, wie ein Akrobat und ein erneuter Blitz beleuchtete die Szenerie, als der Dämon sich von einem der Bäume abstieß und von oben auf Schönbohm heruntersprang.

Geistesgegenwärtig griff Schönbohm nach dem Fahrrad, das Alfons-Kevin liegengelassen hatte und schleuderte es dem Harzgeist entgegen.

Der Kriminalhauptkommissar nutzte den Moment und rannte los. Doch gerade als er sich umdrehte, um zu flüchten, spürte er einen stechenden Schmerz an seinem rechten Oberarm. Ein Schmerz, den er nicht abschütteln konnte. Er bemühte sich den Fokus von dem Brennen in seinem Arm auf seine Umgebung zu legen, doch es gelang ihm nicht. Der Regen tropfte in seine Augen und nahm ihm die Sicht und doch war es unschwer zu erkennen: Der Harzgeist hatte den Arm erhoben, bereit, seine Klaue erneut in Schönbohm zu schlagen. Aber was war das? Innerhalb eines Sekundenbruchteils flog das Wesen durch die Luft. Es dauerte einen Moment, bis Schönbohm das Gesehene begriff. Wie in Zeitlupe war eine Mülltonne durch sein Blickfeld geflogen, überschlug sich und landete im Graben. Der Harzgeist, von eben jener rücksichtslosen und offensichtlich außer Kontrolle geratenen Mülltonne getroffen, schlug wenige Meter entfernt auf dem Boden auf. Starr blickte Schönbohm vom Graben, aus dem die sich noch drehenden Räder der Mülltonne hervorlugten, zu dem Harzgeist, der urplötzlich wieder auf den Beinen stand. Ein Adrenalinstoß ging durch Schönbohms Körper und er lief los. Der Wind peitschte und der Regen prasselte in sein Gesicht, in seine Augen, und als es markerschütternd donnerte, glaubte er, ihm würde das Trommelfell bersten. Doch Schönbohm rannte, rannte, bis ihm die Lunge brannte.

NEUN

Schönbohm rannte, er vergaß die Schmerzen in seinem Arm oder wie schwer seine Beine waren, weil er vollkommen aus dem Training war. Kriminalhauptkommissar Marco Schönbohm rannte um sein Leben. Und hinter ihm lief ein Ungetüm mit rot leuchtenden Augen, welches die Grenzen der Schwerkraft zu überwinden schien, wenn es an Bäume und Gartenzäune sprang, um sich dann nach vorne zu katapultieren, um ihn greifen zu können. Mit einem Mal verlor Schönbohm in einer Kurve den Halt auf dem nassen Untergrund, er rutschte und fühlte dann einen festen Griff an seinem Arm. Ein gleißender Schmerz benebelte ihn für einen kurzen Moment und ein Schrei entwich seiner Kehle, als er in ein dunkles Gesicht mit roten Augen blickte. Eine Hand drückte sich auf seinen Mund und erstickte einen weiteren Schrei.

»Pssst, großer Meister«, flüsterte eine Stimme und dann erkannte Schönbohm, dass es sein Praktikant Alfons-Kevin war. Die billige schwarze Tönung hatte sein Gesicht beinahe komplett mit einem Grauschleier überzogen und seine Augen waren von der Farbe rot und gereizt. Die Hand auf seinem Mund lockerte sich und verwirrt blickte sich der Kommissar um. Pfarrer Hauke Haufen grinste ihn mit einem zuckenden Auge an.

»Danke«, flüsterte Schönbohm tonlos und drückte dann die Hand auf den verletzten Oberarm und er ahnte, dass er sich beim Pfarrhaus befand.

Alfons-Kevin winkte sie zurück, genau im richtigen Augenblick. Das Wesen stand direkt vor dem Eingangstor. Sie hörten es schwer atmen, tierische Laute erfüllten die Dunkelheit und übertönten den Regen.

Schönbohm sah zu Pfarrer Haufen, der angefangen hatte, leise etwas zu murmeln. Seine Augen waren geschlossen und sein Gesichtsausdruck konzentriert, seine Hände vor der Brust gefaltet. Mit einem plötzlichen Ausbruch von Energie sprang Pfarrer Hauke Haufen nach vorne.

»Verflixt und zugefurzt«, brüllte der Mann Gottes der Kreatur und einer Windböe entgegen.

»Heiliger Erzengel Michael, verteidige uns im Kampf, stürze den Satan und die anderen bösen Arschloch Geister, die zum Verderben der Seelen in der Welt umherschleichen, in der Kraft Gottes hinab in die Hölle!«

Ein Blitz leuchtete die Szenerie aus wie in einem Hollywoodfilm.

Hauke Haufen blinzelte gegen Wind und Regen an, streckte unerschrocken seinen Arm aus, direkt ins Gesicht des Harzgeistes, der unverhofft einen Schrei ausstieß, sich krümmte und dann in der Dunkelheit verschwand.

»Fickarsch«, hörte Schönbohm den Pfarrer rufen, dann spuckte der Gottesmann auf den Boden.

»Mein lieber Herr Gesangsverein«, rief Alfons-Kevin und sprang wie ein Gummiball um den Pfarrer herum. »Was haben Sie gemacht?«

»Ich habe ihn dorthin zurückgejagt, woher er kam.« Hauke Haufen drehte sich mit dem Rücken gegen den Wind.

»Direkt in die Hölle«, juchzte der Teenager.

»Ich denke nicht«, erwiderte der Pfarrer und öffnete seine Hand, in der eine Flasche lag. »Das war ja schließlich nur Eau de Toilette.«

»Aber sie haben daraus Weihwasser de Toilette gemacht! Nehmt das, ihr bösen Viecher! Heiliges Toilettenwasser, höhö«, lachte der Teenager dann und schlug mit gerader Hand mehrfach wie beim Karate durch die Luft. "Warum haben Sie das überhaupt in der Tasche?"

Hauke Haufen zuckte mit den Achseln. "Ich rieche eben gerne gut."

»Was denken Sie, was das war, Herr Pfarrer?« Schönbohm sah den Mann eindringlich an.

»Ein Arschloch!«

»Der Teufel war also hinter euch her, ja?« Micha Lüdermann lehnte mit dem Rücken an der Theke. Die Kneipe »Zur Linde« war gediegen mit dunklem Holz vertäfelt und der Lüdermann in seinen kurzen Hosen und Kapuzenpullover wirkte fehl am Platz. Er lachte keckernd, griff nach seinem Bier und trank einen Schluck.

»Nicht der Teufel, ein Dämon«, korrigierte ihn Schorsch Schladerbusch spöttisch. Der Landwirt saß auf einem Barhocker neben ihm und würdigte Schönbohm keines Blickes.

»Das war bestimmt der Dämon, den der Schnitzelmeier aus dem Scheißhaus verbannt hat.«

Ein ehrfürchtiges Raunen ging durch den Schankraum.

»Das war kein Dämon, das war der Rosenstein«, seufzte Schönbohm genervt und blickte auf den leeren Platz gegenüber, wo Burak sonst seine Cola stehen ließ.

»Wollen Sie damit sagen, dass der Rosenstein wie ein Geisteskranker rumrennt und Leute absticht?«

»Nein, der Rosenstein saß einfach nur in dem Plumpsklo fest, das auf die Tür gefallen war. Das habe ich gesagt.«

Nachdenklich nickte der Lüdermann und nahm noch einen Schluck Bier. »Und die Gänse von Röllke hat er wohl auch noch abgemackelt.«

»Was ist denn jetzt schon wieder mit den Gänsen?«

»Die haben sie tot gefunden. Bis auf eine. Totgeschlagen«, raunte Schladerbusch. »Aber der Mörder wird wohl auch gut was eingesteckt haben. Das sind schließlich Gänse.«

Die versammelten Bewohner Pullstedts nickten zustimmend und dachten an ihre bisherigen Verletzungen durch das aggressive Federvieh. Schönbohm eingeschlossen.

»Und Sie«, rief Schönbohm die nachdenkliche Stille durchbrechend zu Dr. Bremer rüber, der unbehaglich auf einem Handtuch, das Ingo Hopf ihn auf den Barhockern zu verwenden zwang, hin und her rutschte. »Sie erinnere ich noch einmal an Ihre ärztliche Schweigepflicht!«

Der Arzt verdrehte die Augen und fuhr sich mit dem Zeigefinger durch den dicken Schnauzbart.

»Mein Gott, nehmen Sie es doch nicht genau. Es hat sich doch keiner für Ihre Schnittwunde am Arm interessiert. Und außerdem«, nun hob er wie ein Oberlehrer den Zeigefinger. »Ich möchte Sie an Ihre Fürsorgepflicht erinnern. Schließlich ist das ein Jugendlicher und das hier ist ein Ort, an dem Alkohol ausgeschenkt wird!«

Alfons-Kevin sah betreten drein und hob dann das vor ihm stehende Glas in die Luft.

»Der Arsch trinkt Milch«, brüllte der Pfarrer energisch und schlug mit der Faust auf den Tisch, dass die Gläser wackelten.

»Ja«, brüllte der Teenager ebenso heftig, »und dazu noch laktosefreie Milch! Und die musste ich auch noch selber mitbringen!«

Kneipier Ingo Hopf stand hinter seiner Theke und schüttelte nur den Kopf. Er verschränkte dann die Arme vor der Brust und legte sie entspannt auf dem runden Bauch ab.

»Zum Glück war unser Herr Pfarrer dabei. Wer weiß, was sonst passiert wäre«, fing Schladerbusch wieder an.

Micha Lüdermann, der noch immer Schönbohm anstarrte, nickte langsam.

»Ist es nicht merkwürdig, dass hier alle sterben seit der da ist? Bald ist das Dorf leer.«

Die Gäste der Gaststätte Zur Linde sahen Micha Lüdermann stumm an.

»Du Idiot, der saß doch neben dir, als in der Walpurgisnacht die Türken umgebracht wurden.« Ingo Hopf musste sich sichtlich beherrschen, Lüdermann nicht auf den Hinterkopf zu schlagen.

»Und letztes Jahr war der Kerl doch schon tot als er kam. Du bekommst hier gleich nichts mehr zu trinken«, drohte er.

»Nee, nee, dann fängt er nur wieder an, irgendwas zu brauen und als Bier auszugeben und ich kann mich nicht mehr retten vor Brechdurchfällen und Magenverstimmungen. Letztes Mal waren es 127 Fälle. Und du, Micha Lüdermann, warst selbst dreimal in der Praxis!« Dr.

Bremer hatte ihn mit dem Auge, das geradeaus schauen konnte, fest im Blick. Das andere Auge fixierte den eingestaubten, altersschwachen Flipperautomaten in der Ecke.

Lüdermann schnaufte angestrengt und verdrehte dramatisch die Augen, dann drehte er sich zum Pullstedter Landarzt um.

»Da macht man mal was für die Allgemeinheit und es ist auch nicht richtig. Aber dass sich dann keiner mehr beschwert, dass in den Flaschen zu wenig Bier ist und der Kerl hier zu wenig zapft.« Er deutete unzufrieden auf Hopf, der ihn lediglich belustigt ansah.

»Außerdem«, Lüdermann zog wie eine Schildkröte den Kopf ein und sah Hopf aus den Augenwinkeln an, »sind Barthaare in seinem gezapften Bier!«

Krachend ließ der Kneipier beide Hände auf das Eichenholz seiner Theke knallen.

»Schlägereiiiiiiiiii«, grölte Alfons-Kevin.

»Lasst mich mal durch«, hörte Schönbohm eine ihm sehr vertraute Stimme. »Ich stell mich kurz daneben, dann denken alle, dass es um mich geht.« Verschwörerisch zwinkerte Barbara Rautmann ihm zu.

»Wo kommt die denn her?« Schönbohm verzog nachdenklich das Gesicht.

»Aus dem Arsch Kegelraum«, hustete der Pfarrer nach dem letzten Schluck aus dem Bierglas.

»Kann mal jemand die Polizei rufen?«, ertönte eine Stimme, nachdem Ingo Hopf den Lüdermann am Kragen gepackt und ihn Luft gehoben hatte.

»Wenn sich zwei streiten, dann fliegen die Dritten«, philosophierte der Schülerpraktikant.

»Ich bin die Polizei«, brüllte Schönbohm gegen das Stimmengewirr an und machte ein paar Schritte auf den ihm unbekannten Mann zu.

»Nein! Die richtige Polizei!«

Entgeistert drehte er sich zu Hauke Haufen um und zog eine Grimasse. »Wieso höre ich das ständig?«

Bevor der Pfarrer jedoch auch nur ansatzweise antworten konnte, eskalierte es hinter Schönbohms Rücken, als Ingo Hopf den strampelnden und zeternden Lüdermann am Kragen durch den Schankraum und dann mit Schwung aus der Kneipe beförderte. Irritiert wandte sich der Kriminalhauptkommissar um.

»Und das, liebe Leute«, verkündete Ingo Hopf und klatschte in die Hände, »ist der Grund, weshalb Kneipentüren nach außen öffnen.«

»Das stimmt nicht, du Arsch«, krakeelte Lüdermann vor verschlossener Tür. »Das ist zum Schutz vor einer Blockierung bei Massenpanik. Ich weiß das, ich bin Rettungssanitäter!«

»Du bist kein Rettungssanitäter, du bist Rettungswagenfahrer ohne Führerschein.«

Ein wütendes Geheul ertönte und man hörte Micha Lüdermann vor der Kneipe rumoren.

»Sperrt er uns jetzt wieder in der Kneipe ein?« Schladerbusch sah unzufrieden aus.

»Nicht schon wieder«, brummte Bürgermeister Sonnemann. »Ich habe keine Zeit für sowas. Das hat mir meine Frau schon beim letzten Mal nicht geglaubt.«

Einer nach dem anderen verließ die Gaststätte, solange es noch möglich war.

»Ich mach hier meine eigene Kneipe auf«, tobte es wieder hinter der verschlossenen Kneipentür. »Mit Pullstedter Powerpils. Ob ihr wollt oder nicht!«

In Hopfs Augen funkelte es, dann stürzte er hinaus. Die Tür fiel ins Schloss.

»Raus aus meiner Mülltonne!«

»Ich muss dann auch los. Ich muss noch eine Titten-
arsch Taufe vorbereiten«, verkündete Pfarrer Hauke
Haufen. So hatten sie sich dann auf den Weg gemacht
und Micha Lüdermann seinem Schicksal überlassen.
Schönbohm konnte noch verhindert, dass Alfons-Kevin
dem Kneipier einen Besenstiel brachte, um Lüdermann
aus der besetzten Mülltonne zu prügeln. Mit Ausdauer
verteidigte der Betrunkene jedoch sein neues, stinkendes
Domizil, indem er Ingo Hopf in unregelmäßigen Abstän-
den mit Müll aus ebenjener Tonne bewarf und in Schach
hielt.

»Passt auf euch auf, ihr Fotzen«, verabschiedete sich
der Pfarrer.

Alfons-Kevin sah ihn einen Moment an. »Manchmal
vergesse ich, dass Sie Tourette haben und bin einfach nur
geschockt, was aus ihrem Mund kommt, göttlicher Meister.«

Der Pfarrer zuckte entschuldigend mit den Schultern
und hob die Hand zum Abschied.

»Seine Predigten gehen sicher voll ab«, rief Alfons-
Kevin Kaufmann enthusiastisch als er sich mit Schönbohm auf den Weg machte. »Ich darf ja eigentlich nicht
in die Kirche. Ich soll warten, bis ich volljährig bin, bevor
ich mich einem religiösen Kult anschließe und mich vielleicht beschneiden lasse, sagen meine Mütter. Das gab
vielleicht einen Aufstand, als ich einer der heiligen drei
Könige war.«

Schönbohm warf ihm einen flüchtigen Blick zu und
beschloss, den Teil mit der Beschneidung zu ignorieren.
»Die Predigten gehen bestimmt nur halb so sehr ab wie
Lüdermann nach fünfzehn Bier.«

Der Teenager lachte. »Will er in der Tonne jetzt eigentlich wohnen oder dort seine Kneipe eröffnen? Oder beides?«

»Solange er damit nicht durch die Gegend fährt und Leute umbrettert, ist mir das egal. Oder da sein Bier drin braut. Das gibt doch nur wieder Ärger mit dem Gesundheitsamt.«

Schönbohm blinzelte gen Himmel. Ein leichter Wind war mit der Dämmerung gekommen und er konnte das Rauschen der Bäume des Waldes hören, der Pullstedt hälftig umgab.

Alfons-Kevin drehte sich zu ihm um. »Sie gucken so verstopft, haben Sie wieder Sehnsucht nach der großen Stadt, großer Meister? Smog und Lärmbelästigung und so?«

»Ich habe den Wald gehört.« In Schönbohms Stimme schwang ein Hauch Ehrfurcht.

»Und was hat er gesagt?«

Schönbohm verzog das Gesicht. »Dass man Schülerpraktikanten nicht umbringen darf.«

Ein Geräusch ließ Schönbohm aufhorchen, aber Alfons-Kevin winkte ab.

»Das ist nur ein Luchs.«

»Luchs«, echote der Kriminalhauptkommissar.

»Ja, ein Luchs. Die bekommen im Mai und Juni ihre Jungen, vielleicht ist eins früh dran.« Er kicherte über den unwissenden Polizisten. »Kommen Sie schon, ich muss pullern. Ich will nach Hause.«

Alfons-Kevin verstummte und drehte sich nahezu im Zeitlupentempo um, als er sah, dass sich Schönbohms Augen geweitet hatten. Der Harzgeist überquerte die Straße, hielt inne, blickte zu ihnen und verschwand dann im Gebüsch des kleinen Bürgerparks, den der Bürgermeister im Wettbewerbswahn zur Wahl des schönsten Dorfes finanziert und aus dem Boden hatte stampfen lassen.

»Den holen wir uns«, flüsterte Schönbohm, der dank mehrerer Biere nicht nur Promille, sondern auch Mut getankt hatte. »Bist du sportlich?«

»Äh, ich habe einen Adidas-Schlüppi.« Alfons-Kevin sah unsicher aus und fügte hastig hinzu: »Den habe ich heute aber nicht an.«

»Kommen Sie schon, We-, äh, du bleibst hier, Alfons-Kevin. Ich laufe rüber und hole ihn mir.«

»Ich lasse mich schnell vom Pfarrer segnen und dann pisse ich den Dämon voll. Heilige Pisse!« Der Teenager drehte um und lief mit langen Schritten zurück. Schönbohm hatte keine Zeit, sich über diese wenig sinnvolle Idee aufzuregen oder seinen Kollegen Weber zu vermissen, er musste einen Mörder fangen. Oder einen Dämon.

Schönbohm war auf halber Strecke, als er Schreie hörte. Das Nichtstun, seit er nach Pullstedt versetzt wurde, machte sich bemerkbar, als seine Lungen anfingen zu pfeifen und seine Seiten schmerzten.

»Herr Schönbohm«, schrie Metin Türkoglu und hielt sich den linken Arm. Angstschweiß stand ihm auf der Stirn, seine Augen waren rot verweint.

»Geht es dir gut?«, fragte Schönbohm mehr sich selbst als den Jungen und stützte sich mit den Händen auf den Oberschenkeln ab. »Bist du verletzt?«

Der Junge schüttelte den Kopf und sah ihn traurig an. »Nein, ich bin ausgewichen und auf den Arm gefallen.«

»Was ist denn passiert? Wo ist er?«

»Ich piss dich weg, du Ratte! Ich pinkel dich zurück in die Hölle«, johlte es hinter ihnen und Alfons-Kevin erschien mit dem Pfarrer im Schlepptau. Dieser schüttelte nur den Kopf, dass seine Föhnwelle sanft wackelte.

»Unterstützen Sie diesen Quatsch nicht, Herr Pfarrer.« Schönbohms Stimme klang streng und er bemühte sich, besonders leise zu atmen, damit niemand auf die Idee käme, er wäre ein sportlicher Totalschaden.

»Was ist denn passiert, Mann?«

Metin Türkoglu griff nach seinem Rucksack, der im Gebüsch lag. »Während des Praktikums hatte ich gemerkt, dass Burak öfter heimlich weggegangen war, immer mit einer Tasche. Er hat sich echt merkwürdig benommen. Ich bin ihm einfach gefolgt, er hat mich bemerkt und plötzlich hat er mich angegriffen. Als ich angefangen habe zu schreien, ist er in die Richtung gelaufen.« Er deutete ans gegenüberliegende Ende des kleinen Parks, der beinahe komplett überschaubar war.

»Er könnte noch hier sein.« Schönbohm ließ den Blick schweifen und sah ein Messer im Gestrüpp. »Keiner fasst hier etwas an!«

Nach wenigen Schritten atmete Schönbohm laut aus. Hier konnte keiner hören, wie unsportlich und kurzatmig er war. Es waren nur einige Meter bis zur Mitte des Parks, die von einem runden Brunnen gekennzeichnet wurde. Im Zentrum des Brunnens befand sich eine kleine Pyramide aus Stein.

»Zur Erinnerung an Pullothep. Reisender und erster Pharao Pullstedts. 2.810-2.873 v. Chr.«

Schönbohm wollte gerade die Hände in die Hüften stemmen und sich fragen, ob er entrüstet oder voller Anerkennung sein sollte, dass der Bürgermeister diesen Quatsch durchgezogen hatte, als er eine Bewegung aus dem Augenwinkel wahrnahm.

»Burak«, rief er und dieser trat hinter einem Baum hervor, sah ihn mit großen Augen verschreckt an und verschwand erneut.

»Jetzt muss ich wieder laufen«, maulte Schönbohm und setzte sich schwer in Bewegung. Noch bevor er angekommen war, hörte er Burak.

»Lauf. Ich werde nichts sagen. Lauf.«

Schönbohm beschleunigte seine Schritte. »Stehen bleiben, Polizei!«, rief er, doch die dunkel gekleidete Person drehte sich nicht zu ihm um, sondern lief einfach davon.

»Burak, was zum Teufel machst du? Ich muss dich mitnehmen.«

»Weil ich mich im kleinsten, lächerlichsten Park der Welt aufhalte?« Burak lachte Schönbohm mit seinem breiten Grinsen an.

»Nein«, brummte der Polizist, »weil du den Überlebenden einer ermordeten Familie mit einem Messer angegriffen und deinem Komplizen gerade zur Flucht verholfen hast!«

Er wollte Burak gerade über seine Rechte belehren, als er innehielt. Er vernahm den Klang von näherkommenden Sirenen. Dann hielt ein Rettungswagen am Park.

Alfons-Kevin erschien in seinem Blickfeld. »Kommen Sie schnell!«

II⁄

»Herr Schönbohm, Sie haben eine Minorität Pullstedts verhaftet. Würden Sie sich als Rassist bezeichnen?« Die knarzige Stimme des Lokalreporters Dieter Anrheiner kratzte an Schönbohms Trommelfell. Konzentriert starrte er auf den Kugelschreiber auf seinem Schreibtisch, den er sich unbedingt ins Ohr stecken wollte.

Die Hand von Alfons-Kevin legte sich über seine und der Teenager schüttelte den Kopf. »Lassen Sie das, Mann.«

Der Kriminalhauptkommissar seufzte.

»Nein, Herr Anrheiner. Der Verdächtige wurde lediglich mit auf die Dienststation genommen.«

»Soll das heißen, er ist weiterhin eine Gefährdung für die Allgemeinheit in unserem harmonischen Ort? Für die Alten, die Kinder und Frauen?! Ist das Ihre Vorstellung von seriöser Polizeiarbeit?«

Schönbohm verdrehte die Augen und legte den Telefonhörer auf die Gabel.

Der Schülerpraktikant lächelte verschmitzt. »Ich liebe diesen Steinzeitscheiß.« Er näherte sich dem Telefon mit dem Gesicht und sprach in die Wählscheibe: »Hallo, hallo? Telefon, ruf die Rautmann an.«

Er legte den Kopf schief und sah das Telefon einen Moment lang an. »Die Siri ist so alt, die hört mich nicht.«

»Du bist eine Wurst«, brach es aus Schönbohm heraus.

»Ich wäre dann gerne eine Knackwurst.« Er sah nachdenklich in die Ferne. »Was für eine Wurst wären Sie gerne?«

Übermüdet wie Schönbohm mal wieder war, dachte er einen Moment ernsthaft darüber nach. »Also ich weiß, dass Lasse gerne Leberwurst wäre. Ich glaube, ich wäre gerne Weißwurst. Die kennt man doch überall und ist in Bayern heilig.«

»Whoa«, machte Alfons-Kevin ehrfürchtig. »Sie sind nicht nur der große Meister, sondern auch eine Premiumwurst!«

Alfons-Kevin lümmelte auf Schönbohms Schreibtisch herum, als es knallte und beide zusammenzuckten.

Pfarrer Hauke Haufen hatte sein Gesicht an die Fensterscheibe gedrückt.

»Oh«, Alfons-Kevin Kaufmann griff sich theatralisch ans Herz. »Der wollte mir wohl seinen Chef vorstellen. Ich glaube, wir können die Tür langsam wieder öffnen. Jetzt wird doch wohl keiner mehr hier sein, um entweder Burak oder uns zu lynchen.«

Er sprang vom Schreibtisch und trottete durch das Büro, um den Pfarrer hereinzulassen.

»Herr Pfarrer, wie war die Taufe?«, begrüßte Schönbohm ihn.

»Scheiße« antwortete er und die Anwesenden fragten sich, ob sein Tourette sprach oder es eine ernstgemeinte Antwort war. »Die Oma ist aufgesprungen und hat gerufen, dass ich den Bastard ertränken soll. Fickfrosch.«

»Unangenehm« flüsterte der Praktikant und Schönbohm hatte das Gesicht verzogen.

»Dann hat der Opa die Oma zu Boden geworfen und sie haben Wrestling gemacht.«

»Dann war Ihr Tourette mal gar nicht das Highlight, oder?«

»Fick dich, nein.«

Erneut knallte es laut und Barbara Rautmann hämmerte an die Tür.

»Ich bin ausgesperrt. Ich bin ja quasi ganz aus dem Häuschen«, gackerte sie, nachdem Alfons-Kevin sie hereingelassen hatte.

»Sie sind zu spät«, bemerkte Schönbohm spitzfindig.

»Zu spät? Ich hatte Ihnen letzte Woche gesagt, ich bin ab sofort öfter wieder seltener hier. Nicht so selten wie früher, dafür aber öfter.«

Die Männer und der Praktikant wechselten stumm irritierte Blicke.

Schönbohm räusperte sich. »Ich habe übrigens Ihr Winterschlafsantragsformular bekommen. Das werde ich ablehnen. Das ist doch gefälscht, das haben Sie selbst gebastelt!«, giftete er sie an, ging dann zu ihr und legte ein Blatt Papier auf ihren Schreibtisch. Er spürte einen stechenden Schmerz an seinem verletzten Oberarm und konnte nicht umhin, kurz zu zucken.

»Geil«, johlte Alfons-Kevin, »heißt das dann, dass es ein offizielles Winterschlafantragsformular gibt?«

»Einen Versuch war es wert«, lachte Barbara Rautmann vergnügt.

Schönbohms Blick wanderte herum und er zog die Nase kraus. »Riechen Sie etwa nach Bier?«

Die Rautmann ließ die Arme hängen. »Na, bei dem Gehalt hier wird es wohl kein Champagner sein.«

Marco Schönbohm starrte sie einige Sekunden wortlos an.

Verstohlen blickte Alfons-Kevin zu Pfarrer Hauke Haufen. »Ich bin übrigens eine Knackwurst.«

Dieser schüttelte betroffen den Kopf. »Schwanzwurst.«

Nachdenklich nickte der Schülerpraktikant und ein Grinsen erhellte sein pubertäres Gesicht. »Das ist noch besser.«

»Brauchen Sie zur Entspannung vielleicht einen Tee? Einen Rauti-Tee?« Versöhnlich zwinkerte die 450-Euro-Schreibkraft ihrem Chef zu und mit Tee meinte sie eine Mischung aus Tee und Rum in einem sehr unbekömmlichen Mischverhältnis.

»Nee, nein, Danke vielmals, sonst kann mir der Herr Pfarrer hier gleich an Ort und Stelle den letzten Ölwechsel verpassen.«

»Letzte Ölung«, hüstelte Hauke Haufen korrigierend. »Spacko.«

»Ey Rauti«, fing Alfons-Kevin an, »wenn Sie eine Wurst wären, welche wären Sie?«

»Mortadella« sagte sie und sprach es »Mochtadella« aus. »Mit Pistazien.«

»Burak will bestimmt Sucuk sein«, murmelte der Teenager nachdenklich.

»Ist es jetzt mal gut mit dem Wurstthema?« Schönbohm sah streng in die Runde.

»Wieso? Ist das Thema durchgekaut?« Die Rautmann lachte Alfons-Kevin zu, der mit seinem »Höhö« in ihr Gelächter einfiel.

»Ähm, Herr Pfarrer«, sagte sie dann nach einem Blick auf ihre Uhr. Die Kirchenglocken ertönten. »Haben Sie vielleicht eine Beerdigung vergessen?«

»Verflixt und zugefurzt!« Der Pfarrer machte einen Satz und sein Auge zuckte hektisch. »Ich, Arsch, ich muss los!« Zum Abschied hob er die Hand und verschwand.

Schönbohm sah ihm nachdenklich hinterher. »Das erinnert mich daran, dass ich nochmal telefonieren muss wegen des Tatorts und der Verletzungen.«

»Die Spusi-Susi sagt Ihnen doch eh wieder nur, dass Pullstedt auf der Prioritätenliste nicht oben steht und sie warten müssen«, Barbara Rautmann zog eine Augenbraue hoch. »Ich mache uns erstmal einen schönen Kaffee. Alpha, dir mach ich einen Kinderkaffee, ja?«

Zufrieden nickend grinste der Teenager.

»Was war denn nun eigentlich genau los?«, hakte die Rautmann nach und Schönbohm antwortete mit einem genervten Stöhnen.

»Ich hatte ja schon ganz befürchtet, Sie würden nicht neugierig nachfragen.«

»Wir waren auf dem Weg nach Hause als wir den Harzgeist gesehen haben und plötzlich schreit es aus dem Gebüsch beim Bürgerpark. Metin sagt, er wurde angegriffen, und zwar von Burak!«

Die Augen der Rautmann weiteten sich. »Burak?!« Sie wurde blass.

»Ja und als der große Meister hier hinter Burak her ist, ist der Metin einfach wieder abgekackt. Umgefallen. Der Pfarrer und ich haben dann den Notarzt gerufen und er ist ins Krankenhaus. Wir wollten Burak vollpissen als wir noch dachten, er wäre ein Dämon.«

Das entsetzte Gesicht der 450-Euro-Kraft verzog sich fragend und voller Ekel. »Was bringt einem denn vollpissen?«

»Pfarrer Haufen wollte niemanden vollpissen! Das möchte ich betonen!«, warf Schönbohm ein. »Hinterfragen Sie das bitte nicht weiter, Frau Rautmann! Fakt ist, dass Metin im Krankenhaus behandelt wurde und Frau Vogelwurm-Merkelmann vom Jugendamt hat unzählige Mails geschrieben, dass er hätte unter Polizeischutz gestellt werden müssen, weil seine Familie ermordet wurde.« Er verdrehte die Augen.

»Aber Burak«, keuchte Barbara Rautmann. »Ich kann es gar nicht glauben… Ich habe ja schon immer gesagt, irgendwas stimmt mit dem nicht. Immer wenn wir Essen vorbereitet haben, hat er mich so komisch angeguckt. Blutrünstig. Als würde er ausrechnen, wie viel Döner er aus mir machen kann.«

»Irgendwie bezweifle ich das ganz stark, aber ich werde das nicht diskutieren. Ich habe genug von Diskussionen in Pullstedt. Das ist immer so als würde man mit einer Taube Schach spielen, die dann aber nur über das Spielfeld läuft und alles vollkackt!«

Alfons-Kevin legte den Kopf schief und sein Blick wanderte hin und her, dann sah er Schönbohm an. »Wenn Sie ein Vogel sein könnten, welcher wären Sie?«

»Oh«, rief die Rautmann aufgebracht und ihr Arm schoss in die Höhe, »ich wäre eine Taube!«

»Ich will ein Huhn sein. Alle kennen Hühner, alle lieben Hühner, Hühner sind lecker. Uuuuuund«, ergänzte er bedeutungsschwanger, »ich bin der Erbe der Dinosaurier.«

»Ihr beide macht bitte, was auch immer ihr macht, aber lasst mich mit eurem Wahnsinn in Ruhe. Ich muss arbeiten.«

»Hm«, machte Barbara Rautmann, »na, ich mach dir einen Tassenkuchen, Junge. Und Kinderkaffee.«

»Was soll denn wieder Kinderkaffee sein?« Schönbohm bereute es sofort, dass er gefragt hatte.

»Das ist natürlich Kaffee ohne Alkohol.«

Der Kriminalhauptkommissar runzelte die Stirn. »Soll das im Umkehrschluss heißen, dass in dem normalen Kaffee Alkohol ist? Sie haben mich und Weber hier jeden Tag ein bisschen mehr zu Alkoholikern gemacht?

»Nee, nee, so will ich das nicht hören. Ich habe damit ja nur das Kochwasser verdünnt. So hatten wir alle was davon. Und deshalb habe ich auch immer so streng darauf geachtet, dass sie maximal zwei Tassen Kaffee trinken.«

»Es ist nicht die Menge, es ist die Regelmäßigkeit, sagt meine Mutter.« Streberhaft hatte Alfons-Kevin den Zeigefinger in die Luft gestreckt.

»Ich denke, Sie sind sowieso immun gegen Alkohol. Wenn Sie mit Alkohol schon so humorlos und grantig sind, mein Gott, ich mag mir gar nicht vorstellen, wie Sie ohne sind.«

Alfons-Kevin schüttelte bei der Horrorvorstellung den Kopf und Schönbohm winkte gewohnt humorlos ab. »Gehen Sie einfach weg.«

Verschwörerisch lehnte sich die Rautmann zu dem Schülerpraktikanten. »Er wundert sich schon lange, warum ich ihm einmal am Tag eine Tasse Kaffee extra an seinen Schreibtisch bringe, und sagt, dass ich das nicht machen muss«, flüsterte sie ihm ins Ohr. »Aber ich finde, das Ritalin tut ihm gut.«

Kriminalhauptkommissar Schönbohm hatte Barbara Rautmann und Alfons-Kevin Kaufmann lange hinterher geblickt. Lange und mürrisch, um sicher zu gehen, dass diese auch wirklich in der kleinen Küche der Dienststelle waren. Er konnte seine Schreibkraft in der für sie üblichen Lautstärke der Kategorie Presslufthammer in der Küche rumoren hören, während der Teenager fröhlich über die Schule und sein Referat plapperte. Unwillkürlich musste Schönbohm dann doch grinsen.

»Schule ist nicht alles, Alpha«, hörte er dann die Rautmann sagen und es klirrte, als sie eine Tasse auf die Arbeitsplatte stellte. »Eine Sache darfst du nie vergessen: Du musst auch mal jugendlich sein. Lebe jeden Tag, als seist du das Letzte.«

Schönbohms seufzte, dann stand er auf und der Mundwinkel der Enttäuschung zuckte traurig.

»Hey Burak«, wisperte er als er einen Moment später vor der kleinen Verwahrungszelle der Polizeidienststelle stand.

»Warum flüsterst du? Es weiß doch jeder, dass ich hier bin.«

»Keine Ahnung, ich dachte, du schläfst vielleicht.« Schönbohm erkannte selbst, wie seltsam es klang und schüttelte unmerklich den Kopf.

»Komm Burak, lass uns reden.«

»Ich komme hier eh nicht raus.«

»Wenn du nicht redest, nichts vorbringst, was dich entlastet, dann wanderst du in Untersuchungshaft.«

Burak presste die Lippen zusammen. »Dann musst du auf Baba aufpassen.«

Unbehaglich kratzte sich Schönbohm den Kopf. »Ich weiß nicht, ob das eine Drohung sein soll.«

Nach einigen Sekunden des Schweigens, die Schönbohm unerträglich lang vorkamen, ergriff er erneut das Wort.

»Bitte, Burak, rede mit mir.«

»Mann, ich kann nicht. Es ist eine Sache der Ehre!«

»Ehre, Ehre, ihr immer mit eurer Ehre. Was denkst du, wie schnell es vorbei ist mit Ehre, wenn du im Knast die Seife aufhebst. Hier hast du es ja noch gut, aber du kannst hier nicht bleiben. Verstehst du das?«

Burak seufzte betrübt und starrte auf seine Turnschuhe, aus denen er aus Sicherheitsgründen die Schürsenkel entfernen musste. »Ich habe eine neue Frau kennengelernt und sie will nicht, dass die Leute wissen, dass wir zusammen sind.«

»Auch nicht in einem Mordfall?« Schönbohm hatte eine Augenbraue skeptisch hochgezogen.

»Selbst wenn du wolltest, könntest du mein Alibi nicht überprüfen, deshalb mache ich es dir einfach und sage nichts.«

»Und warum sollte ich das nicht können? Was ist das denn für ein großes Geheimnis?«

»Sprich mit Lydia.«

»Was für eine Lydia?« Schönbohm klang angestrengt.

»Lydia Sonnemann. Die Tochter des Bürgermeisters.«

Der Kriminalhauptkommissar erstarrte.

»Oh, Burak Bürgermeister«, krähte eine Stimme hinter Schönbohm und als er sich steif und mit Herzrasen umdrehte, sah er Buraks Vater Hilmi.

»Buraaaaaaak, was machst du, du Sohn einer Gurke?!« Klagend hob er beide Hände auf Höhe der Schläfen und schaukelte mit dem dürren Oberkörper vor und zurück.

»Oh, haha, was ist denn hier los?« Dr. Bremer, FKK-Sportler und Landarzt, gesellte sich zu ihnen und stellte seinen alten Arztkoffer neben sich auf den Boden.

»Hilmi, heute Abend machen wir in der Seniorensportgruppe Dehnübungen. Dann weißt du schon einmal Bescheid und kannst die elastische Turnhose anziehen.«

Buraks Vater runzelte verärgert die Stirn. Er hatte nicht umsonst seine wertvolle Freizeit in der Abendschule beim Deutschunterricht verbracht, um nun von einem Mediziner eine solche Pervertierung der deutschen Sprache vorgesetzt zu bekommen. Hilmi holte Luft.

»DIE Übungen! Das heißt DIE Übungen«, brüllte er ihn unvermittelt an und spuckte ihm dann voller Verachtung auf seine Sandalen.

»Die Reaktion war jetzt aber heftig. Und unerwartet. Und auch ein bisschen unangenehm.« Betroffen blickte der Arzt auf seinen mit Speichel benetzten Fuß und sah den alten Mann dann enttäuscht an.

»Nein, Hilmi, Dehnübungen. Deeeeeeehnübungen.« Dr. Bremer, trotz der niedrigen Temperaturen lediglich in Arztkittel und angespuckten Sandalen gekleidet, demonstrierte einige Übungen.

Peinlich berührt blickte Schönbohm zur Seite.

»Recken und strecken«, rief der schnauzbärtige Doktor und lachte dröhnend als ihm ein Windzug den Arztkittel hochpustete und ihn in eine albtraumhafte Version von Marilyn Monroe verwandelte.

»Inakzeptabel«, brummte Hilmi und schloss die Augen. »Ich will das nicht sehen. Ich habe nicht mein Einverständnis gegeben.«

»Da ist doch schon wieder die Tür auf. Lässt die Rautmann jetzt jeden hier rein?« Schönbohms Stirn verzog sich ärgerlich. »Was machen Sie überhaupt hier?«, giftete er dann in Richtung des Arztes und vermied dabei krampfhaft, ihn anzusehen.

»Na, ich mache eine Untersuchung. Ob der Gefangene transportfähig ist.« Der Arzt mühte sich ab, seinen Kittel unter Kontrolle zu bekommen.

»Ach ja?! Und wie sind Sie auf diese Idee gekommen?« Er merkte, dass seine Stimme lauter geworden war.

»Ich habe ihn auf die Idee gebracht und die Anordnung auf Untersuchungshaft des Richters«, ertönte nun eine weibliche Stimme. Marco Schönbohm schluckte trocken. Staatsanwältin Lisa Böning betrat sein Blickfeld, hinter ihr sein Schülerpraktikant Alfons-Kevin, der mit beiden Zeigefingern aufgeregt auf die kleinwüchsige Frau zeigte.

Dr. Bremer juchzte begeistert als er die Staatsanwältin mit ihren roten Pumps und flauschigem Kunstfellmantel erblickte.

»Da haben wir ja endlich einen Tatverdächtigen. Man muss Ihnen nur ein bisschen Druck machen, dann klappt das.« Sie sah zufrieden aus, dann kippte ihr Tonfall. »Und ich weiß, was du hinter meinem Rücken machst, du Kompetenzsimulant. Hast du noch nie eine kleine Person gesehen?«

»Na ja«, antwortete Alfons-Kevin gedehnt, »noch nicht aus der Nähe.« Er blickt auf sie herab. Tatsächlich war der schlaksige Teenager fast doppelt so groß wie die Staatsanwältin.

»Okay, ich verrate dir ein Geheimnis, weil ich heute einen guten Tag habe. Klein zu sein hat einen extremen Vorteil: Wenn es regnet, wird man später nass.«

Alfons-Kevin blinzelte sie wortlos an.

»Und jetzt«, fuhr Lisa Böning fort, »ist das ein Gespräch unter Erwachsenen und du gibst besser Fersengeld, bevor ich dir deinen Arsch aufreiße und dich als Handpuppe rumtrage.«

Alfons-Kevin und Marco Schönbohm wechselten entsetzte Blicke. Der Kommissar deutete ihm mit einer Kopfbewegung, dass es besser sei, zu gehen.

»Nachdem Sie nun die Dorfjugend und Zukunft der Polizei kennengelernt und vergrault haben, was hat Sie dazu bewogen, den sicheren Schreibtisch zu verlassen?«

Schönbohm bemerkte, dass Dr. Bremer nicht den Blick von der Staatsanwältin lassen konnte. Ihm schwante Übles.

»Ich will Lasse in der Reha besuchen. Das sollten Sie vielleicht auch einmal tun.«

Schönbohm sah schuldbewusst drein, er hatte Lasse Weber tatsächlich noch nicht besucht. Das lag auch ein wenig daran, dass er sich schuldig fühlte an dem Unfall. Doch bevor er sich darüber weiter den Kopf zerbrechen konnte, riss ihn die Stimme der Böning aus seinen Gedanken: »Und so konnte ich natürlich Ihren Kollegen den Weg bahnen für den Gefangenentransport. Und langsam, Schönbohm, langsam habe ich kein gesteigertes Interesse mehr, mit Ihnen friedlich zusammenzuarbeiten. Sie wissen ganz genau, was ich meine.« Ihr Blick wanderte einmal ganz schnell zu Bremer rüber. Schönbohm schluckte trocken. Er wusste ganz genau, was sie meinte. Er hatte ihr nicht erzählt, dass er Burak mitgenommen hatte. Es musste ihr also wer anders gesteckt haben und er hatte da einen brennenden Verdacht: Lokalreporter Anrheiner.

»Das passiert besser nicht mehr, Schönbohm. Ich will über alles sofort unterrichtet werden. «

»Sie geben mir ja gar keine Chance, Ihnen sofort Bericht zu erstatten, wenn Sie sich von der Presse die Informationen holen.«

Schönbohm sah sie müde an.

Ungehalten zog Lisa Böning die Augenbrauen hoch. »Hier beißt sich die Katze wohl in den Schwanz, denn wenn ich von ihnen keine Informationen bekomme, hole ich sie mir von jemandem, der Informationen hat.«

»Aber wäre es nicht furchtbar tragisch, wenn Ihre Informationsquelle lediglich Falschinformationen hat? Das ganze Drama, wenn jemand ohne Tatverdacht in Untersuchungshaft ginge, nur weil ein übereifriger Schreiberling vorschnell falsche Informationen weitergibt.« Er musterte ihren konsternierten Blick. Schönbohm hatte einen Nerv getroffen.

»Wie unangenehm das wäre, wenn sie dem Richter inkorrekte Informationen geben, nur damit er den Haftbefehl unterschreibt und sich dann genau das herausstellt: Die Informationen sind falsch und die Person war unnötigerweise in Untersuchungshaft. Und dann die Entschädigungen, die zu zahlen sind. Wie viel war das jetzt pro Tag? 75 Euro? Und stellen Sie sich noch was anderes vor: Der fälschlich Inhaftierte hat einen Anwalt, der richtig auf Zack ist und einen Strafantrag wegen Freiheitsentzug gegen den Richter stellt. Auch wegen Falschinformationen. Das wird alles auf Sie zurückfallen. Auf Sie und Ihren Übereifer. Da ist es doch im Interesse aller, wenn sie einfach mal Ihre Füße stillhalten und ein paar Tage warten, bis Sie einen Bericht von mir bekommen, der Hand und Fuß hat. Denken Sie nicht? Eine Hand wäscht die andere.«

Schönbohm konnte auch nicht sagen, was ihn da geritten hatte, aber der kurze Moment der Euphorie wandelte sich sofort in Unbehagen als sie ihn finster anstarrte und er regelrecht ihr Blut kochen hörte.

»Entschuldigen Sie, werte Frau Staatsanwältin«, fiel Dr. Bremer ihr ins Wort und sein mächtiger Walrossbart wackelte fröhlich auf und ab.

»Na, Willkommen in meinem Satz«, schnaufte Lisa Böning trocken und sah ihn mit schweren Augenlidern an.

»Ich weiß, Reden ist Schweigen und Silber ist Gold«, mit den Fingerspitzen befühlte er zaghaft das Kunstfell ihres Mantels, »Ich bin ja eigentlich nicht so. Das letzte Mal war ich so als ich einen Chinesen mit Kontrabass in der Fußgängerzone gesehen habe.« Er pustete über seine Fingerspitzen, nachdem sie ihm einmal klatschend darauf geschlagen hatte. »Aber ich bin als Arzt einfach investigativ, ich muss Dinge wissen und erforschen und hinterfragen. Also muss Sie einfach fragen... Dieser Mantel mit dem Pelz... Wenn Sie den tragen, kann man es dann als original Zwerchfell bezeichnen?«

ZEHN

Schönbohms Ohren klingelten noch von dem Geschrei der Staatsanwältin, die Dr. Bremer den verbalen Einlauf seines Lebens verpasst hatte. Alfons-Kevin hatte jedoch ganz andere Sorgen.

»Und Lasse, Lasse Weber, knallt diese Krawallschachtel? Diese Hera? Diese Göttin, die früher perfekt war als alle anderen?«

»Das Privatleben anderer hat dich nicht zu interessieren«, schnaufte Schönbohm als sie das Rathaus Pullstedts erreichten.

Er sprang vom Fahrrad und das Knacken seiner Knie konnte nur noch vom Quietschen seines Rads übertönt werden.

»Da hinten ist ja der Bürgermeister«, raunte Schönbohm und deutete auf den Parkplatz linksseitig des Eingangs.

»Soll ich ihn ablenken?« Die Augen des Schülerpraktikanten glänzten.

»Nein, wir sagen nichts. Es geht ihn gar nichts an, dass wir zu seiner Tochter wollen.«

Der Bürgermeister, der die Ankömmlinge aufgrund Schönbohms quietschenden Dienstrads schon gehört hatte, bevor er sie sehen konnte, kam bereits mit großen Schritten auf sie zu. Sein altmodischer brauner Anzug und sein beigefarbenes Hemd verliehen ihm das

Aussehen einer vergilbten Tapete in einem 70er Jahre Raucherzimmer.

»Herr, ähm, Commissario Schönbohm«, lachte er, bevor seine Wangen wieder schlaff hinunterhingen. »Was führt Sie hierher? Kann ich etwas für Sie tun?«

»Nein, es geht Sie gar nichts an, dass wir zu Ihrer Tochter wollen«, rutschte es Alfons-Kevin heraus.

Schönbohms linker Mundwinkel verzog sich vor Enttäuschung.

»Was? Was wollen Sie denn von meiner Tochter?« Der Bürgermeister wischte sich stotternd über die Stirn.

»Ich will nur einen Antrag stellen. Sie arbeitet doch noch hier im Standesamt?«

»Aber Sie wollen doch wohl nicht das da heiraten?« Der Bürgermeister deutete mit einem Nicken auf Alfons-Kevin.

»Herrgott, das ist mein Schülerpraktikant!«

»Ja, natürlich«, rief der Bürgermeister aus und Schönbohm war nicht sicher, ob der Sonnemann ihn richtig verstanden hatte. Alfons-Kevin hingegen sah ihn entgeistert an und der Bürgermeister schlug ihm auf die Schulter. »Herzlichen Glückwünsch, na das sind ja tolle Nachrichten. Wir haben ja alle schon Wetten abgeschlossen, dass sie nicht lange in Pullstedt bleiben und jetzt wollen Sie sogar hier heiraten. Na, da hat wohl Lasse den großen Jackpot gewonnen.«

Nachdem ein kühler Windstoß Alfons-Kevin dazu brachte, den Kragen seiner aufgeplusterten Daunenjacke ein bisschen höher zu ziehen, ertönten krächzende Rufe nach dem Bürgermeister.

»Ach, meine Sekretärin«, winkte er ab. »Nichts kann sie alleine.«

Über den Bürgermeister hinweg sah Schönbohm wie die ältere Dame mit einem großen Plakat gegen den Wind kämpfte.

»Ich gehe mal helfen«, meinte Alfons-Kevin beiläufig und stellte sein Fahrrad ab.

»Aber du wirst dafür nicht bezahlt«, rief ihm der Bürgermeister hektisch hinterher.

»Was wird das denn, wenn es fertig ist?«, fragte Schönbohm als er mit dem Bürgermeister gemächlich in Richtung Rathaus ging.

»Wir machen eine Demonstration. Ich habe gesagt, ich setze mich für die Interessen meiner Bürgerinnen und Bürger und Bürger jedweder Orientierung und Identifikation ein. Und deshalb verlangen wir eine Fluglärmschutzzone für Pullstedt!«

»Ist das jetzt sowas wie die Umgehungsstraße, obwohl es gar keinen Durchgangsverkehr gibt?«

»Nein, Herr Schönbohm, der Fluglärm ist ein riesiges Problem! Und für die Umgehungsstraße setze ich mich weiterhin ein. Das bringe ich notfalls bis nach Berlin. Hier geht es schließlich um die Lebensqualität in Pullstedt! Aber jetzt hat die Fluglärmschutzzone erst einmal Priorität.«

»Hier ist nicht einmal ein Flughafen!« Schönbohm blickte den Bürgermeister entgeistert an.

»Aber trotzdem fliegen Flugzeuge über Pullstedt. Manchmal. Nachts auch. Das ist inakzeptabel.«

»Ich gestehe ein, Herr Bürgermeister, dass ich schon einige Flugzeuge in weiter Entfernung, sprich gaaaaanz weit oben, über Pullstedt habe fliegen sehen. Gehört habe ich sie aber nicht.«

»Ha«, der Bürgermeister klatschte in die Hände, während er auf das Plakat »Fluglärmschutzzone Pullstedt jetzt oder Tinnitus morgen!« blickte. »Sie sind davon sogar schon taub, wenn sie das nicht mehr hören!«

»Leider höre ich noch genug«, brummte Schönbohm und entfernte sich in Richtung Eingangstür.

»Herr Commissario, wenn Sie hier etwas ändern oder verbessern könnten, was wäre es? Auch für Ihre Wünsche habe ich ein offenes Ohr. Vielleicht kann ich etwas tun, dass Sie sich etwas behaglicher fühlen. «

Schönbohm hatte viele Ideen, die meisten hatten jedoch mit der Zerstörung von Pullstedt zu tun. »Mehr Bildungsprogramm für die Pullstedter.«, hörte er sich sagen und bereute es sofort.

»Bildungsprogramm, Bildungsprogramm…« Der Blick des Bürgermeisters wanderte in die Ferne. »Wir können ein Bildungszentrum bauen und es nach uns benennen. Das Sonneschön-Zentrum. Was halten Sie davon, Herr Schönbohm?«

»Nun ja…«, stotterte er etwas überrumpelt und zwinkerte hektisch. »Sie sind ja ganz schön auf Zack, Herr Bürgermeister. Ich hätte nicht gedacht, dass das so schnell geht.«

»Nennt sich neudeutsch Brainstorming. Ideensammlung sozusagen. Was will man da zögern, da knallt man alle Ideen raus und hinterher guckt man erst, ob es machbar ist oder nicht. Haben Sie Ideen für das Bildungsprogramm? Können Sie den Leuten etwas beibringen? Selbstverteidigung eventuell? Sie könnten doch einen Kus übernehmen. Was wollen Sie den Pullstedtern vermitteln?«

Schönbohm stand der Schweiß auf der Stirn. »Oh, puh, oh nee, ich weiß nicht. Jetzt haben Sie mich kalt erwischt!«

»Nein, nein, keine Ausreden. Wenn Sie so einen Vorschlag machen, müssen Sie sich auch anständig miteinbringen.« Sonnemann stierte ihn gierig ihn an wie ein Rheumadeckenverkäufer eine Witwe auf einer Kaffeefahrt.

»Was, äh, halten Sie von „Allgemeinwissen" und „Gesunder Menschenverstand 2.0" für eventuelle Kurse?«

»Das ist absolut fabelhaft! Wir sollten Sie zum Ehrenprofessor machen in unserem Sonneschön-Zentrum.« Er hielt inne und seine Augen wurden glasig. »Ich habe schon eine richtige Vision. Eine Glaskuppel über dem Gebäude. Was denken Sie? «

»Tut mir leid, Herr Bürgermeister, aber ich habe es wirklich eilig.«

»Ja, ja, gehen Sie nur. Ich werde gleich nach der Nummer eines Architekten suchen!« Er machte eine verabschiedende Handbewegung und erstarrte als er sah, dass Alfons-Kevin und seine Sekretärin mit den Plakaten und dem Wind vollends überfordert waren. »Heidrun! Was machen Sie denn da? Wenn Sie mit anpacken, dann ist das ja so als würden zwei Leute loslassen! Heidruuuun! Sie sind das menschliche Äquivalent zur Teilnehmerurkunde bei den Bundesjugendspielen!«

Schönbohm hatte das dringende Bedürfnis, sich dramatisch mit dem Rücken gegen die geschlossene Eingangstür zu drücken und sich den Schweiß von der Stirn zu wischen, doch leider war die Tür aus Glas und man hätte ihn von außen sehen können. Er fühlte sich, als wäre er einer Horde Zombies entkommen. Er guckte einmal enttäuscht, riss sich dann endlich zusammen und suchte auf der Ausschilderung den Weg zu Lydia Sonnemann, der Standesbeamtin und Bürgermeistertochter. Zu seiner Überraschung musste er nur den Gang geradeaus entlanggehen. An den Wänden hingen Fotos von Eheschließungen, die lieblos mit Klebeband angebracht wurden. Vereinzelte schrumpelige Luftballons machten das traurige Bild nicht fröhlicher.

Beherzt klopfte er an die Tür und öffnete sie, ohne auf eine Antwort zu warten.

Eine untersetzte Frau mit schweren Knochen wirbelte erschrocken um und verteilte das Wasser aus der Gießkanne auf dem Teppichboden. Schönbohm war mindestens genauso erschrocken.

»Sie sehen aus wie Ihr Vater«, stotterte er. »Und wie Ihre Mutter.«

Und tatsächlich sah Lydia Sonnemann aus wie eine Doppelbelichtung. Schönbohm kniff ein Auge zu und starrte sie konzentriert an, dann zwinkerte er mehrmals.

»Whoa«, rief Alfons-Kevin, der hinter ihm in den Raum gepoltert kam. »Sie sehen echt aus wie Ihre Eltern.«

»Danke«, lachte die Standesamtwalküre und war fälschlicherweise geschmeichelt.

»Der Bürgermeister mit Perücke«, wisperte der Schülerpraktikant in Schönbohms Ohr, der gerade dabei war, sich mit der Hand das andere Auge zuzuhalten.

Lydia Sonnemann hatte einen adretten französischen Bob in platinblond und trug einen ausgestellten 50er Jahre Rockabilly Rock mit Punkten sowie einen voluminösen Petticoat. Und dabei sah sie aus wie der Bürgermeister.

»Ich verstehe ihn« flüsterte Alfons-Kevin wieder. »Ich verstehe Burak. Mir wäre es auch peinlich, den Bürgermeister in Perücke zu pimpern.«

Der Kriminalhauptkommissar rammte dem Jungen den Ellenbogen in die Seite, um ihn zum Schweigen zu bringen.

»Herr, äh, Frau«, korrigierte Schönbohm sich peinlich berührt und blickte kopfschüttelnd zu Boden. »Frau Sonnemann, ich bin KHK Marco Schönbohm, Polizeidienststelle Pullstedt. Ich habe ein paar Fragen an Sie.« Er sah sie erwartungsvoll an und versuchte die große Knollennase zu ignorieren, die einem Wespennest ähnelte. »Es geht um Burak.«

Unbeirrt lächelte sie ihn abwartend an. »Wer ist Burak?« Dann blinzelte sie zweimal irritiert.

Schönbohm schluckte trocken und er spürte, wie sich der Blick seines Schülerpraktikanten in seine Wange brannte.

»Buraks Börekbude«, stotterte der Kriminalhauptkommissar perplex, während er in Schweiß ausbrach. »Den kennen Sie doch.«

»Ja, aber natürlich nicht persönlich.« Lydia Sonnemann lachte glockenhell und ertränkte den obligatorischen Behördengummibaum mit dem Restwasser aus der Gießkanne.

»Mein Herr, äh, gute Frau, wir müssen die Kuh vom Eis schießen«, rief Alfons-Kevin in einem autoritären Anflug. »Haben Sie irgendeine Beziehung zu Burak dem Tomatenschächter?«

Lydia Sonnemann drehte sich langsam und mit verärgert zusammengezogenen Augenbrauen zu ihm um. »Du bist offensichtlich nicht das schärfste Messer in der Löffelschublade, also wiederhole ich mich gerne: Ich kenne Burak nicht. Also habe ich keine Beziehung mit oder zu ihm. Ist das angekommen?«

»Warum denken Sie, hat Burak das dann behauptet?« Schönbohms Augen verengten sich.

»Na«, rief die Frau aus, stellte die Gießkanne in die Fensterbank und deutete mit beiden Händen auf ihren Körper. »Schauen Sie mich doch an!«

»Ja, genau deshalb frage ich ja.«

Alfons-Kevin nickte zustimmend und sein Blick war kritisch auf die Frau gerichtet.

»Ich habe gerade gesagt, dass ich den Mann nicht persönlich kenne. Was ist denn nun Ihr wertes Problem?« Mit einer schwungvollen Bewegung ihres Kopfes beförderte sie eine Haarsträhne aus ihrem Sichtfeld.

»Mein Problem als Polizeibeamter und als Buraks Dartkumpel ist, dass der Mann unschuldig in Haft geht und er nichts sagen will. Ehre, Ehre, sagt er. Aber Ehre und Anstand lassen es auch nicht zu, dass jemand ins Gefängnis geht. Und wir reden hier nicht von einem Kavaliersdelikt. Wir sprechen hier von einem vorsätzlichen Doppelmord, Frau Sonnemann.« Ernst sah er sie an. »Mir ist es so komplett egal, was Sie mit Burak machen oder nicht machen, aber es ist nicht egal, dass der Mann seine Existenz verliert und seine Familie nicht mehr unterstützen kann für irgendeinen Kinderkram und falschverstandene Ehre.«

Wieder lächelte Lydia Sonnemann zuvorkommend. »Ich verstehe Ihren Standpunkt vollkommen, aber ich frage noch einmal, was das mit mir zu tun haben soll. Ich kenne Burak nicht.«

»Aber ich kenne Burak und wenn er sagt, ich soll zu Ihnen gehen wegen seines Alibis, dann hat das einen Grund«, zischte Schönbohm und sein Tonfall wurde drohend. »Ich kann hier auch jeden Tag herkommen und warten bis Sie reden wollen. Jeden einzelnen Tag.«

Unbeeindruckt zuckte sie mit den Schultern. »Dann zeige ich Sie wegen Stalkings an.«

Schönbohms Augen verengten sich. »Aber nur, wenn ich Sie nicht gleich wegen Verdachts der Beihilfe an einem Doppelmord in Gewahrsam nehme. Sicherlich ist in der U-Haft noch eine schöne kleine Zelle für Sie frei.«

»Verschwinden Sie hier, sonst rufe ich die Polizei«, zischte Lydia Sonnemann.

»Ich bin die Polizei.« Schönbohm zuckte die Achseln und sein Praktikant schüttelte verächtlich den Kopf.

»Ich meine die richtige Polizei!«

Marco Schönbohm saß an seinem Schreibtisch und blinzelte auf die Mails, die sich in seinem Posteingang befanden. Die Gerichtsmedizin teilte mit, dass sie derzeit das Gesundheitsamt unterstützen müsse, seit es einen rasanten Anstieg an Magen-Darm-Erkrankungen gab, der nicht zugeordnet werden konnte. Einen gemeinsamen Nenner gab es bisher: Die Erkrankten hatte zuvor eine neue Biersorte konsumiert. Da diese Unterstützung aus seuchenschutztechnischer Sicht Vorrang hatte, würde Schönbohm auf die Ergebnisse der Obduktion vorerst noch warten müssen. Aber, wurde ihm versichert, die Toten würden immerhin nicht weglaufen.

»Die wollen mich doch wohl verarschen«, flüsterte er und schloss die E-Mail. »Ich will hoffen, dass die Spurensicherung bessere Neuigkeiten hat.«

Seine Augen wanderten lesend über den Bildschirm und hielten dann inne. Er zog die Stirn kraus und las erneut. »Das kann doch nicht wahr sein.« Er räusperte sich. »Die gefundene DNS stimmt mit den Opfern und den am Tatort angefundenen Personen überein. Es konnte keine DNS ermittelt werden, die auf einen unbekannten Dritten als Tatverdächtigen hinweist.« Mit einem unzufriedenen Gesichtsausdruck lehnte er sich zurück. »Nicht schon wieder.« Er dachte an seinen ersten Fall in Pullstedt im letzten Herbst, als der Tatort, ein altes Bauernhaus, so staubig, alt und entsprechend kontaminiert gewesen war, dass es ihm ein Grauen war, noch einmal daran zu denken.

»Haben Sie schon mit der Krekel gesprochen?« Die Stimme der Rautmann riss ihn aus seinen Gedanken.

»Nein, noch nicht. Das hebe ich mir für einen besonders guten Tag auf, damit ich mir den so richtig versauen kann.«

»Sie sollten an einem schlechten Tag gehen und sich positiv überraschen lassen.« Alfons-Kevin sah ihn freundlich an. »Aber einen besseren Tag als heute gibt es nicht, denn die Pfeifen haben vom Dach gespatzt, dass unsere Rauti heute Geburtstag hat.«

Schönbohm sprang auf und eilte zu seiner 450-Euro-Schreibkraft und schüttelte ihr die Hand.

»Frau Rautmann, warum sagen Sie denn nichts? Ich wünsche Ihnen alles Gute zum Geburtstag!«

»Ach, ich hätte schon was gesagt, wenn ich gefragt hätte, ob ich früher gehen kann.« Sie lachte glucksend.

»Wie alt sind Sie denn geworden? Jetzt sind Sie doch endlich volljährig, oder?« Alfons-Kevin gluckste.

»Du Bengel, das fragt man eine Frau nicht. Aber die besten Jahre kommen nach 45. War ja mit Deutschland auch so.«

Schönbohm hustete verlegen.

»Wissen Sie was? Ich lade Sie ein. Wir können Essen bestellen«, schlug er vor und zückte sein Smartphone.

»Nein, nein«, resolut schüttelte sie ihren Kopf, dass ihre Dauerwelle wackelte. »Ich habe eine schöne gemütliche Feier fürs Wochenende geplant. Unter der Woche habe ich einfach keine Zeit. Und ich wollte jetzt ja auch eiiiiiigentlich schon gehen.«

Schönbohm verzog das Gesicht. »Na gut, dann ist es mein Geburtstagsgeschenk an Sie, dass Sie jetzt einfach mal nach Hause gehen können.«

»Ich hätte aber gerne was gegessen«, nörgelte der Teenager.

»Iss doch eine Überraschungsavocado.«

»Ich mache dir noch einen Tassenkuchen. Ich kann Schinken reinmachen, dann hast du was Deftiges.« Barbara Rautmann, begeistert von ihrer eigenen schlechten Idee, nickte eifrig. Zögerlich schüttelte Alfons-Kevin jedoch den Kopf.

»Wir gehen auf dem Weg zur Krekel bei Hilmi vorbei und holen dir etwas zu Essen.«

»Der Chef hat heute wohl einen guten Tag«, lachte Barbara Rautmann.

»Gewöhnen Sie sich nur nicht daran.« Schönbohm zwinkerte ihr zu.

»Die alte Krekel wird sich freuen, dass Sie endlich mal zu ihr gehen«, wechselte die Rautmann wieder das Thema.

»Ja, ja, ja«, gähnte Alfons-Kevin und reckte sich. »Besser nie als gar nicht.«

»Das heißt besser spät als nie.« Schönbohms Mundwinkel der Enttäuschung zuckte leicht.

»Das habe ich doch gesagt«, nörgelte Alfons-Kevin und sein Magen knurrte laut.

»Lass uns lieber gehen, bevor du noch umkippst. Frau Rautmann, ich wünsche Ihnen einen fabelhaften Geburtstag. Wir sehen uns morgen.«

»Ja, bis morgen. Viel Spaß!«

Schönbohm schob Alfons-Kevin an der Schulter vor sich her, hörte ein Geräusch und blieb stehen. Er drehte sich zu Barbara Rautmann um.

»Haben Sie gerade vor uns gepupst?« Er legte den Kopf auf die Seite und blickte sie an.

»Herrgott, entschuldigen Sie. Ich wusste ja nicht, dass Sie vor mir an der Reihe waren!«

I I /

»Ohne Burak schmeckt es nur halb so gut«, schmatzte Alfons-Kevin.

»Aber da ist niemals Burak drin.« Hilmi schüttelte energisch den Kopf. »Wir kochen nicht mit Menschenfleisch. Und niemals unseren Sohn.« Er stemmte die dünnen Arme in die Hüften. Mit seinem salbeigrünen Hemd und dem gelben Wollpullunder sah auch er heute besonders nach Frühling aus, fand Schönbohm, der sonst in Sachen Mode und Farbe keine Ahnung hatte.

»Wir kochen niemals unsere Kinder. Vielleicht Bülent, aber nicht Burak.«

»Heute riecht es hier aber besonders würzig«, stellte Schönbohm fest, in der Hoffnung, dass er von der Thematik des familiären Kannibalismus abkommen konnte und Hilmi sich ein wenig beruhigte.

»Ja, wir machen heute Soßen. Güüüüüülseverrrrrrr«, rief er und der Kommissar fühlte sich wieder in die Küche der Kaufmanns versetzt.

Gülsever Bulut, Hilmis Frau und Buraks Mutter, kam aus den Tiefen der Börekbude. Sie trug eine geblümte Schürze und ihr Haar war im Nacken zu zwei Zöpfen zusammengebunden.

»Du schreist wie ein alter Esel«, sagte die Frau.

»Dieser Mann will wissen, warum es hier so riecht. Er ist von der Polizei!« Hilmi sah sie mit einem vorwurfsvollen Blick an. Ungläubig zwinkerte Gülsever Bulut Schönbohm an.

»Ich bin nicht deswegen hier«, beschwichtigte der Polizist und hob beide Handflächen auf Brusthöhe.

Die Frau verzog den Mund und schimpfte dann energisch mit Hilmi.

»Schade, dass wir nichts verstehen, aber er ist bestimmt auch der Sohn einer Gurke«, bemerkte Alfons-Kevin zwischen zwei Bissen.

»Hi!« Metin Türkoglus Kopf erschien hinter dem Tresen. »Braucht ihr noch was?«

»Nein, alles gut. Wir haben alles, was wir brauchen. Hilfst du heute mit den Soßen, ja?«

Der Teenager nickte. »Es macht Spaß.«

»Spaß, Spaß, alles Spaß«, jammerte Hilmi wieder, der ohne Burak völlig aufgelöst und schlecht gelaunt schien.

»Metin ist eine gute Hilfe«, sagte Gülsever und ignorierte ihren Mann. »Er hat heute Acili Ezeme gemacht. So viel, wir haben die ganze Woche genug.« Sie deutete auf den Tomaten-Paprika-Chili-Dip in der Auslage.

»Und jetzt«, sie hielt Schönbohm die Schale mit den Gewürzen hin, die sie gerade kleinmörserte, »machen wir zusammen Harissa. Es kommt in den Salat, den sie so gerne essen.« Verschwörerisch zwinkerte sie ihm zu.

»Mit Kartoffel. Kartoffel isst nur Kartoffel. Ich habe Börek, ich habe andere Börek und noch mehr Börek. Lahmacun, Falafel, Pide, Pogca, sogar Tarhana-Suppe. Und dieser Mann isst Kartoffelsalat.« Hilmi sah abgrundtief enttäuscht aus.

Gülsever sah ihren Mann humorlos an. »Es ist libanesischer Kartoffelsalat. Warum bieten wir ihn an, wenn ihn keiner essen soll?« Aggressiv mörserte sie die Gewürze. »Heute rösten wir besonders viele Kartoffeln für diesen Salat. Sie bekommen eine große Portion. Für unterwegs. Sie sind ganz dünn.« Eindringlich sah sie Schönbohm an, dann steckte sie die Nase in die Schale und atmete tief die Aromen ein. »Mehr Kümmel«, rief sie und verschwand dann wieder aus seinem Blickfeld.

»He, großer Meister, schauen Sie mal, was da kommt.« Alfons-Kevin hatte Schönbohm mit dem Ellenbogen angestoßen und nickte mit dem Kopf zu der sich nähernden Gestalt.

»Ooooh«, machte Hilmi gedehnt. »Gülseverrrrrrrrrrr, komm und schau, was der Bürgermeister für ein schönes Kleid trägt!«

Gülsevers Kopf erschien hinter der Verkaufstheke und dann schritt die Frau ganz hervor. »Der Bürgermeister ist eine hübsche Frau. Oh, so ein feines Kleid.«

»Ich kaufe dir auch so ein Kleid«, trällerte Hilmi nun ganz fröhlich. »Ich frage den Bürgermeister, wo er es gekauft hat.«

»Nein, du kaufst hier nichts mehr. Das ist für dich verboten!« In Gülsevers Stimme schwang Leid und Verärgerung, weil sie immer noch nicht wusste, wie sie ohne

Burak das Kayak zurückbringen sollte, das Hilmi statt der weißen Bohnen und roten Linsen gekauft hatte.

»Du tust so, als hätte ich nie gute Sachen gekauft. Denk doch nur an die exotische Gurke, die Glück bringt! Und ich habe danach 50 Cent auf der Straße gefunden! Eine Glücksgurke, Gülsever!«

Zu Schönbohms Überraschung schlug Hilmis Frau auf den Tresen. »Das war eine Aubergine. Für 75 Euro!« Dann verschwand sie fluchend im Inneren der Börekbude.

»Glücksgurke!« Traurig sah er seiner Frau nach. »Was soll denn jetzt der Bürgermeister von uns denken. Er hat extra sein schönstes Kleid angezogen.«

»Das ist nicht der Bürgermeister, das ist die Tochter«, murrte Schönbohm und bemerkte, wie er wieder anfing, ein Auge zuzukneifen.

Lydia Sonnemann, die gemächlich auf sie zu kam, trug ein rotes Kleid mit großen schwarzen Rosen, kleinen Punkten und einem schwarzen, buschigen Petticoat unter einem dicken Husarenmantel.

»Was ist das denn?« Hilmis Stimme hatte fast einen ehrfürchtigen Ton als die Bürgermeistertochter direkt vor ihm stand. »Ich fühle mich betrunken, wenn ich dich angucke.« Hilmi versuchte es mit derselben Taktik wie Schönbohm und sah sie erst mit dem einen und dann mit dem anderen Auge an. »Hier bist du der Bürgermeister«, raunte er mit einem aufgerissenen Auge, das er dann wieder schloss und dann das andere öffnete, »und hier bist du es nicht.«

Lydia Sonnemann lachte glockenhell und wischte verlegen an ihrem ausgestellten Rock.

»Das geht so nicht, ich werde verrückt.« Hilmi griff in die Auslage, schnappte sich eine Gurkenscheibe und legte sie auf ein Auge.

»Gurkenpirat«, kicherte Alfons-Kevin.

»Hier riecht es aber sehr lecker«, sagte Lydia Sonnemann mit irritiertem Tonfall und streckte ihr Kinn in die Luft. »Riecht so nach… nach Burak.«

Hilmi schlug beide Fäuste auf den Verkaufstresen und in Zeitlupe rutschte die Gurkenscheibe von seinem Auge auf die Wange. »Ich koche nicht meinen Sohn!«, brach es aus ihm heraus, als er vollends die Nerven verlor. »Ihr Deutschen seid kaputt im Kopf. Kaputt! Ich koche nicht meinen Sohn! Nicht Burak. Aber eventuell Bülent. Gülseverrrrrrrrrrrr!«

»Was hat denn Bülent so Schlimmes gemacht? Der wird ja nicht nur gemobbt, sondern sogar als Notration eingeplant.«

»Er ist Buchhalter!«

Der Kriminalhauptkommissar hüstelte und wandte sich an die Bürgermeistertochter. »Jetzt riecht es also nach dem Burak, den Sie gar nicht kennen, ja?« Schönbohm klang beleidigt und spitzfindig zugleich.

»Deswegen bin ich ja hier. Lassen Sie uns ein Stück gehen«, sagte sie leise und zog ihn mit eisernem Griff zu einer der Sitzbänke vor der Börekbude.

»Ich habe gelogen«, sagte sie dann und ließ den Blick in die Ferne schweifen. Der Himmel war klar und sie konnten mühelos den Brocken in der Ferne sehen.

»Erzählen Sie mir doch etwas, was ich noch nicht weiß«, knurrte er. »Ich schätze es nämlich gar nicht, wenn man denkt, man könnte mich veralbern. Und dann auch noch so schlecht, dass es eine Beleidigung für meine Intelligenz ist.« Er ließ sich auf die Bank fallen und bereut es sofort als er sich zu seinem Leidwesen das Steißbein auf der harten Sitzfläche aus Holz stieß.

Für einen Sekundenbruchteil sah die Bürgermeistertochter reuevoll aus. »Es tut mir leid, es war nicht die feine Art. Aber es ist alles etwas kompliziert.«

»Wie kompliziert kann es wohl sein? Schießen Sie los, ich habe wirklich unglaublich viel zu tun.«

Sie warf ihm einen zweifelnden Blick zu und seufzte. »Ich will eine Zeugenaussage machen. Burak war an dem Abend mit mir im Park. Er kann den Jungen gar nicht angegriffen haben.« Sie starrte nachdenklich an Schönbohm vorbei zu der Börekbude, wo Metin sich neben den schimpfenden Hilmi stellte und konzentriert zu ihnen blickte.

»Metin will Burak erkannt haben. Wie erklären Sie sich das?«

»Ich muss gar nichts erklären. Denn ich weiß, dass mir Burak nicht von der Seite gewichen ist und weder er noch ich diesen Jungen attackiert haben. Er muss wen anders gesehen haben. Man kann es ihm ja nicht verübeln, dass ihm die Sinne einen Streich spielen. Er ist schließlich traumatisiert.«

»War Burak auch in der Walpurgisnacht bei Ihnen als die Morde geschehen sind und er angeblich die Soßen holen wollte?«

»Nein«, sie schüttelte den Kopf und die blonden Haarsträhnen kitzelten ihre Nase. »Aber er hatte mir gesagt, dass er mit Türkoglu reden wollte. Denn Metin hatte uns gesehen und wollte unsere Beziehung herausposaunen. Aber er hatte damit gerechnet, sie auf dem Fest zu sehen. Das hätte die ganze Situation etwas entspannter gemacht, verstehen Sie?«

»Aber weshalb wollte er dann mit den Eltern reden?«

»Weil Metin einfach keinen Respekt vor Burak hatte. Vor seinem Vater aber schon. Er hatte Unterstützung gesucht und gehofft, dass die Eltern mit Metin reden würden, dass er nichts ausplaudert. Und er wollte über die vorzeitige Beendigung des Praktikums sprechen. Burak wollte nicht, dass es fortgesetzt wird, denn Geld hat in der Kasse gefehlt, verstehen Sie?« Ihre grauen Augen funkelten intelligent. »Und es war nicht Hilmi, der das Geld im Shopping-Rausch entwendet hat.«

»Aber abgesehen davon, was denken Sie denn, wie lange Sie die Beziehung geheimhalten können? Das hat so doch keine Zukunft, oder? Nicht, dass es mich etwas angehen würde…«

Lydia Sonnemann schnaufte frustriert. »Es geht Sie tatsächlich nichts an. Außerdem wollte ich eher Zeit gewinnen.«

Schönbohm nickte langsam. »Hatte Burak auch Ärger mit Metins Vater? Haben Sie da etwas mitbekommen?«

Sie zog die Augenbrauen hoch, seufzte und ihr Blick verlor sich wieder einige Sekunden in der Ferne. »Eine Schande, dass sie den schönen Ausblick mit Windkrafträdern kaputt machen wollen. Aber immerhin kühlen sie mit ihrem Wind die Erde und wir können die globale Erwärmung aufhalten oder zumindest verlangsamen.«

Schönbohm schluckte trocken, als er die hanebüchene Aussage hörte. »Na, bezahlbarer Strom ist nie schlecht. Zumindest habe ich kein Problem damit, wenn ich weniger zahlen muss. Und Burak sicher auch nicht. Und, ähm, wir war das noch gleich mit Burak und Ali Türkoglu? Hatten die Ärger miteinander?«

»Da war nicht viel. Sie hatten Streit wegen der Idee mit der Börek-Lasagne, aber der Türkoglu war ja kein Dummer. Der war doch Arzt, mit dem konnte man reden. Er hat schnell eingesehen, dass die Idee nicht funktioniert. Er wollte es ja nur seiner Frau recht machen. Umgekehrt hat Burak das auch nachvollziehen können. Aber die Idee mit dem Restaurant war natürlich Quatsch. Nicht nur wegen der Börek-Lasagne, sondern auch, weil die Türkoglus kein Geld mehr hatten. Burak hätte das finanzieren sollen, aber gleichzeitig war die Idee, dass der Gewinn gleich geteilt wird. Darüber hat Burak eigentlich nur gelacht, er hat diesen Quatsch gar nicht ernst genommen oder sich geärgert. Aber das ist ein unverschämter Vorschlag gewesen. Die Eier muss man erst einmal haben. Schämen würde ich mich.«

»Ja, das ist fast so als würde man eine Umgehungsstraße fordern, wenn es gar keinen Durchgangsverkehr gibt«, flüsterte Schönbohm mehr zu sich selbst.

»Ach ja, der Türkoglu hat übrigens auch den Tisch bezahlt, den der Metin kaputt gemacht hat bei der Randale, falls Sie das nicht wissen sollten. Aber für Burak war am Ende einfach das Fass voll wegen des fehlenden Geldes.«

»Den Tisch hat also nicht Ali Türkoglu kaputt gemacht, sondern Metin?« Schönbohms Gedanken rasten.

»Ja, ganz genau. Hatte Burak etwa was anderes gesagt?«

Marco Schönbohm brummte. »Nein, er hatte nichts anderes gesagt, aber ich hatte es auch nicht hinterfragt, sondern angenommen, dass es der Doktor war. Mein Fehler.« Er schluckte trocken. »Sie machen also eine offizielle Aussage? Dann wäre ich Ihnen dankbar, wenn Sie das gleich noch einmal auf der Dienststelle wiederholen würden, damit ich das schriftlich habe und an die Staatsanwaltschaft weiterleiten kann. Dann ist Burak schnell wieder hier.«

Ein Lächeln erhellte ihr Gesicht und sie nickte.

»Aber warum halten Sie die Beziehung geheim? So viel Ärger für nichts?«

»Mein Vater erwartet, dass ich einen Mann aus dem öffentlichen Dienst mit nach Hause bringe. Keinen Börekbudenbesitzer.«

Aufmunternd sah Schönbohm die Tochter des Bürgermeisters an und zwang sich, beide Augen geöffnet zu lassen. »Sie sollten es anders angehen. Osmanische Feinkost, da kann auch kein Bürgermeister widerstehen.«

ELF

»Kommen Sie herein, kommen Sie herein! Die Tür ist offen«, krähte Irma Krekels Stimme durch die dicke Holztür mit Schnitzereien.

»Frau Krekel, hier ist Kriminalhauptkommissar Schönbohm«, rief er freundlich, als er die knarrende Tür aufdrückte.

»Und sein treuer Gehilfe«, fügte der Schülerpraktikant hinzu und sprang in den dunklen, kalten Hausflur. »Bei der Kälte wird sie bestimmt noch weitere hundert Jahre alt.« Er rieb die Handflächen aneinander.

Schönbohm sah ihn verständnislos an.

»Konservierung. Ist doch klar.« Der Junge schüttelte den Kopf. Wieso musste er eigentlich einem erwachsenen Mann die Welt erklären?

»Kommen Sie. Hier entlang!« Irma Krekel stand unverhofft vor ihnen. Sie trug eine dunkelblaue Jogginghose, eine weiße Bluse und darüber eine dicke Filzweste. Die Männer zuckten zusammen.

»Hier entlang. Hier ist das Wohnzimmer.« Sie winkte sie mit der Hand heran.

»Mann, hier sieht es ja aus als hätte eine Taube eingeschlagen.« Alfons-Kevin drehte sich um die eigene Achse und betrachtete das Wohnzimmer von Irma Krekel.

Das Wohnzimmer wurde von großen, alten Möbeln beherrscht und die dunkle Holzvertäfelung ließ den Raum noch kleiner erscheinen. Ein großer Schrank aus der Gründerzeit beherrschte die Längsseite des Zimmers und auf den freien Flächen standen unzählige alte Familienfotos.

»Sie wollten doch schon vor ein paar Stunden hier gewesen sein«, krächzte die kleine buckelige Frau und klopfte zweimal herrisch mit ihrem Gehstock auf den staubigen Holzboden.

Normalerweise hätte Schönbohm sich sofort entschuldigt, aber sein Herz klopfte ihm vor Aufregung immer noch bis zum Hals. Dankenswerterweise war Lydia Sonnemann sofort mit ihm auf die Dienststelle gegangen und hatte ihre Aussage wiederholt. Wie sich das für den öffentlichen Dienst in Deutschland gehörte, faxte Schönbohm die Aussage vorab an die Staatsanwaltschaft. Burak würde aus der Untersuchungshaft kommen!

»Hier riecht es voll nach Leberwurst.« Schniefend sog Alfons-Kevin die Luft ein. »Wenn Sie eine Wurst sein könnten, Frau Krekel, was für eine wären Sie?«

»Gute alte Blutwurst« gab sie ohne zu zögern von sich. »Mit Stücken.«

»Frau Krekel, das ist mein Schülerpraktikant Alfons-Kevin und ich bin Kriminalhauptkommissar Schönbohm. Wir müssen im Übrigen dringend über die Stituation mit ihrer Haustür sprechend. Da kann ja jeder ins Haus kommen und alles leerräumen. «

»Was Sie mit dem Lasse gemacht haben, das war schändlich. Der arme Junge. Seine Oma hat mir das erzählt.« Seine Warnung ignorierte sie geflissentlich.

Schönbohm entschied sich seufzend, nicht auf das Thema Lasse Weber einzugehen.

»Frau Krekel, ich habe ein paar Fragen an Sie bezüglich des Vorfalls in der Walpurgisnacht.«

»Ja, bitte? Ich war zu Hause.« Sie marschierte durch das staubige Wohnzimmer und ließ sich schwungvoll in den alten Plüschsessel am Fenster fallen. »Setzen Sie sich.« Sie deutete auf eine alte graue Couch. Als sich Schönbohm und sein Praktikant setzen, wirbelte Staub hoch und glitzerte in der Luft.

»Erzählen Sie mir doch, was passiert ist«, forderte Schönbohm sie auf und holte seinen Notizblock hervor.

»Sie sind doch von der Polizei. Sie müssen doch wissen, was passiert ist.«

»Wir müssen und wollen natürlich alle Teile dieses Puzzles sammeln. Uns fehlt noch Ihre Beobachtung.

»Hätte ich etwas gesehen, hätte ich Ihnen doch schon etwas per Post geschickt, wie ich es immer mache.«

»Heißt das, Sie haben dieses Mal nichts gesehen?«

Die alte Dame nickte und die Brille mit dem großen Rahmen rutschte ihr auf die Nasenspitze.

»Meine Hecke wurde runtergetrampelt, Ihr verdammtes Fahrrad hat wieder so laut gequietscht, dass es Tote weckt! Der Lasse hat wieder so laut geschrien, als er an den Gänsen der Röllkes vorbeigefahren ist. Dann sind hier welche nackt vorm Haus rumgesprungen. Jawohl.« Nachdenklich wackelte sie mit dem Kopf. »Und das Auto der Feuerwehr ist 1,5 Dezibel zu laut! Ach ja, und mir wurde ein Mantel geklaut. Das habe ich noch nicht zur Anzeige gebracht, möchte es hiermit aber offiziell nachholen.«

»Ein Mantel?« Schönbohm sah müde aus.

»Ja, ein Pelzmantel, von meinem Mann, Gott hab ihn selig.«

»Wann haben Sie den Mantel denn das letzte Mal gesehen?«

»Ich würde sagen, das war so 1991.«

Alfons-Kevin warf Schönbohm einen ungläubigen Blick zu.

»Wurde er vielleicht einmal zur Kleiderspende gebracht?« Schönbohm klang ungeduldig. Wieso musste er sich um einen Mantel kümmern, wenn es einen Mord aufzuklären gab?

»Kokolores!« Wieder rammte sie ihren Stock auf den Boden. »Ich sagte doch, das war ein Geschenk meines Mannes. Den würde ich niemals weggeben. Ich will darin beerdigt werden. Nur darin, wenn Sie verstehen, was ich meine?!«

»Nackt, ääääh«, rief Alfons-Kevin und hielt sich die Hände vor die Augen als würde er so sein Kopfkino unterbrechen können.

»Nein, ohne Sarg! Ich will in den Mantel eingewickelt werden. Eine ganz natürliche Beerdigung.« Vor Ärger wackelte die Warze an ihrem rechten Mundwinkel. »Ist das Kind behindert?«, fragte sie Schönbohm und deutete mit ihrem Stock auf Alfons-Kevin.

Schönbohm warf einen schnellen Blick auf seinen Praktikanten und hustete. »Der ist noch in der Entwicklung. Und behindert sagt man nicht mehr.« Der politisch überkorrekte Lasse Weber wäre stolz auf ihn gewesen.

»Auf mich wirkt das Kind kernbehindert.« Geräuschvoll zog die alte Frau den Inhalt ihrer Nase hoch. »Es hat mir jemand doch glatt meine schöne Hecke runtergetrampelt.« Nun war ihre Stimme ganz weinerlich.

»Also dafür, dass Sie hier den ganzen Tag sitzen und alle möglichen Leute wegen Lappalien anzeigen, haben Sie aber erschreckend wenig gesehen.«

»Habe ich schon gesagt, dass mir mein Mantel gestohlen wurde?«

Schönbohm seufzte. »Frau Krekel, ich sagte gerade, dass Sie Ihre Tür nicht geöffnet lassen dürfen. Und sagen Sie das den Leuten an der Tür auch nicht, dass sie einfach so hereinkommen können. Sonst laden Sie Einbrecher und Diebe doch nur ein.«

»Sie haben gut reden!«, brauste Irma Krekel auf. »Ich bin eine alte Frau und auch noch alleine. Wenn ich stürze oder mit einem Infarkt umkippe und meine Türe geschlossen ist, dann kommt doch niemand rechtzeitig ins Haus, um mich zu retten.«

»Da gibt es doch mittlerweile Smart Watches mit Notfallknopf und sowas«, gab Alfons-Kevin zu bedenken.

»Ich hab die Uhr meines Großvaters, eine andere brauche ich nicht. Diesen neumodischen Kram mag ich sowieso nicht Was soll ich denn damit?« Mit ihrem Gehstock deutete sie auf eine große antike Uhr, die laut tickte und wahrscheinlich damals sehr teuer gewesen war.

»Ich weiß nicht«, murrte Alfons-Kevin, »vielleicht noch ein paar Jährchen länger leben?!«

»Frau Krekel, was halten Sie davon, wenn wir einfach einen Zweitschlüssel bei uns in der Polizeidienststelle deponieren und wenn mal einen Tag keine Anzeige per Post reinkommt, dann nehme ich den Schlüssel und schaue, ob Sie in Ordnung sind?« Schönbohm zwang sich zu einem freundlichen Lächeln.

»Das mache ich aber nur, wenn Sie mir versprechen, dass Sie vorher klingeln. Falls ich nackt durchs Haus springe, das wäre mir sehr unangenehm. «

»Glauben Sie mir, Frau Krekel, mir wäre das noch viel unangenehmer als Ihnen.« Er hustete einmal theatralisch, als er besonders viel Staub einatmete. »Wurde denn die Tür aufgebrochen oder ein Fenster eingeschlagen? Was wurde denn alles entwendet? Schmuck oder Geld?«

Irma Krekel kaute auf der Innenseite ihrer Wange, während sie angestrengt nachdachte. »Ich finde auch meine dazugehörige Pelzmütze auch nicht.«

»Können Sie Mütze und Mantel näher beschreiben?«

»Machen wir jetzt eine Vermisstenmeldung für die Klamotten?« Alfons-Kevin gluckste fröhlich.

»Synapsenfriedhof«, zischte die Krekel und ihr linkes Auge zuckte als sie den Teenager böse anstarrte.

»Hm, Sie sind das erste alte Mädchen, das mich nicht mag.« Mit betroffener Miene saß er auf der großen Plüschcouch.

»Ratte«, bellte sie unbeeindruckt.

»Hey«, rief Alfons-Kevin empört. »Nun werden Sie mal nicht persönlich.«

Schönbohm legte ihm tröstend die Hand auf die Schulter.

»Ich meine den Mantel. Das ist hochwertiger Rattenpelz!«

»Oh«, machte der Kommissar und wusste selbst nicht, weshalb er diesen Ton von sich gegeben hatte. War er betroffen, weil es nur für einen Mantel aus Rattenfell gereicht hatte? War er beeindruckt, weil jemand aus vielen hundert Ratten einen Mantel genäht hatte? Beinahe kam er sich mit einem »oh« unglaublich mysteriös und geheimnisvoll vor.

»Und einem Biberschwanz«, krähte die Krekel und riss Schönbohm aus seinen Gedanken.

»Wie bitte?«

»Hören Sie doch mal zu! Der Mantel hat einen Biberschwanz!«

Abrupt stand Alfons-Kevin auf, das alte Plüschsofa quietschte. »Ich muss mal kurz raus«, entschuldigte er sich und ging schnurstracks aus dem Haus und schloss wortlos die Tür. Dann hörte Schönbohm ihn laut lachen.

11

»Es soll die nächsten Tage aber regnen«, hatte Kala ihm gesagt, nachdem sie sich mit unbestimmter Miene und halb geschlossenen Augen die Geschichte über den Rattenpelzmantel mit Biberschwanz angehört hatte und gar nicht wusste, was sie dazu sagen sollte. Stattdessen hatte sie Schönbohm dazu verdonnert, endlich das lang ersehnte Gewächshaus im Garten aufzubauen. Oder doch zumindest damit anzufangen. Kala hatte außerdem argumentiert, dass frische Luft und körperliche Arbeit den Denkprozess unterstützen sollten.

Mürrisch war er in den Garten gegangen. Kala hatte vor Wochen bereits eine Stelle markiert, die für seinen Geschmack zu nah an der Grundstücksgrenze seiner Nachbarin war.

Die Beete der Vorbesitzer waren durch den letzten Regen noch matschig und ihm schwante nichts Gutes.

Er griff nach dem Spaten, rammte ihn in den Boden und musste feststellen, dass dieser ausgesprochen fest war.

»Das ist Lehm mit Bauschutt«, hörte er die Stimme von Schorsch Schladerbusch am Zaun. »Da werden Sie viel Spaß haben.«

Schladerbusch trug wie immer seinen blauen Arbeitskittel, eine grüne Arbeitshose, Gummistiefel, ein kariertes Hemd und eine grüne Mütze. Mit den Unterarmen stützte er sich auf einen der Pfosten des Zaunes. »Was wollen Sie da denn machen?«

»Suchen Sie nach einem Schatz?« quakte zu Schönbohms Grauen nun auch die Stimme von Berta Rehstock-Rosenstein von der anderen Seite in sein Ohr.

»Ich vergrabe nervige Nachbarn«, raunte Schönbohm und Schladerbusch, der das sehr wohl gehört hatte, lachte kehlig.

Die Rehstock-Rosenstein wackelte unsicher mit ihren Sandalen über eine umgegrabene Fläche ihres Gartens, steckte dann beide Hände in die Taschen ihrer geblümten Kittelschürze und wippte auf den Füßen auf und ab. Erwartungsvoll sah sie die Männer nacheinander an, als wartete sie auf Entertainment.

»Was soll das denn werden, wenn's fertig ist?«

»Hier soll ein Gewächshaus hin. Ich wollte eigentlich, ja, was eigentlich?« Schönbohm stockte.

»Fundament, ein Fundament wollten Sie bestimmt machen.« Unbeeindruckt holte der Schladerbusch eine Pfeife hervor, stopfte sie und zündete sie dann an.

»Also rauchen ist ja ganz schlecht«, bemerkte Berta Rehstock-Rosenstein. »Ich sage immer, Ewald, sage ich, ich bin so froh, dass du nicht rauchst.«

»Und was sagt dein Ewald dazu?« Schladerbusch blickte weiter starr auf Schönbohms Versuche, den Spaten in die Erde zu bekommen. Es knirschte als er wieder auf einen größeren Stein stieß.

»Der sagt dazu nichts.«

»Na, wenn er dazu nichts sagt, was langweilst du uns dann damit? Wir werden auch nichts dazu sagen.« Gemütlich stieß Schladerbusch einen Rauchkringel aus.

»Ich habe dich übrigens gesehen, wie du hier nachts rumgeschlichen bist«, stieß die Rehstock-Rosenstein hervor und Schönbohm hielt inne.

»Ich schleiche hier nicht rum, ich wohne in diesem Ort und ich habe meinen guten Freund Helmut besucht.«

»Im Dunkeln?« Ihre Stimme klang neugierig.

»Zu dieser Jahreszeit ist es auch um 18 Uhr dunkel, verehrte Berta.«

»Und was wollt ihr bitte um 18 Uhr im Dunkeln draußen machen?« Sie wippte ein wenig hektischer auf und ab.

»Wahrscheinlich dasselbe wie du am Fenster: Zeit vertreiben.«

»Da merkt man, dass dir die Frau fehlt. So unfreundlich! Wenn ich das Ewald erzähle«, brachte sie die schwache Drohung hervor.

Wieder lachte Schladerbusch kehlig. »Dann wird er vor Lachen umkippen und durch die Straßen von Pullstedt rollen. Dass er dann nur nicht wieder in einem Scheißhaus festsitzt.«

»Weck ja nicht das Tier in ihm, Schladerbusch!«

Wie beim Tischtennis blickte Schönbohm von einem zum anderen.

»Denkst du etwa, ich hätte Angst vor einem Esel?« Er steckte gelassen die Pfeife in den Mund und blickte gen Himmel. »Könnte Regen geben.«

Der Kommissar seufzte, was in dem Gezeter seiner Nachbarin unterging. Erst als sie abrupt verstummte, horchte Schönbohm auf. Wie erstarrt sah die Rehstock-Rosenstein zu seinem Haus. Er drehte sich ebenfalls um und erblickte Kala, die am Fenster stand.

»Sie haben da einen Asylanten in ihrem Haus«, wisperte sie zwischen zusammengebissenen Zähnen. »Ich rufe Ewald, der kommt mit einem Gewehr.«

»Frau Rehstein-Rosenbock«, schrie Schönbohm empört auf.

»Ach ja, verzeihen Sie, ich vergesse immer, dass das nur Ihre Putzfrau ist.« Sie seufzte erleichtert und sah sehr zufrieden mit sich aus, dass sie sich daran zu erinnern glaubte.

»Das ist nicht meine…« Aus dem Augenwinkel sah Schönbohm den Schladerbusch mit dem Kopf schütteln und dann mit der Hand eine abwinkende Geste machen.

»Wir schätzen unsere liebe Berta eigentlich viel zu wenig«, meinte Schladerbusch dann mit einem amüsierten Unterton. »Heutzutage ist es bei der gigantischen Konkurrenz nämlich wirklich schwer so dumm zu sein. Sie schlägt sich sehr gut, nicht wahr, Herr Kommissar?«

»Äh, ja, ganz, äh, eindeutig«, stimmte er irritiert zu und sah, wie sich seine Nachbarin freute.

»Ich hole Ihnen mal eine Hacke, dann können Sie die Erde ein bisschen lockern und dann besser graben«, rief sie unverhofft freundlich und wackelte vorsichtig zu einem kleinen, windschiefen Gartenhäuschen.

»Sie haben da übrigens keinen Rasen.« Mit der Pfeife deutete der Schladerbusch hinter Schönbohm auf das, was dieser zumindest als Gras erkannt hatte. »Sie haben da eine Wiese.«

»Okay?!«, brachte Schönbohm stotternd hervor und wusste nicht so recht, was er mit der Information anfangen sollte.

»Wissen Sie nicht, was eine Wiese ist?« Schladerbuschs ungläubige Blicke brannten sich ein.

»Ähm, grüne Stängel? Dicker Rasen?«

»Rasen sind grüne Stängel. Sie haben Wiese. WIE-SE«, sagte Schladerbusch besonders laut und betont als hätte der Kommissar ein Problem mit den Ohren. »Da haben Sie alles drin: Klee, Schafgarbe, Gräser. Das ist richtig robust. Da können auch Hühner und Enten von satt werden, falls Sie welche halten wollen. Ist ja kein reines Wohngebiet hier.«

»Passen Sie auf, die ist schwer«, rief die Rehstock-Rosenstein von der Seite als sie zurückgekehrt war und ihm die Hacke über den Zaun reichte.

»Wussten Sie eigentlich, dass Sie da eine Wiese haben?«

Verwirrt sah Schönbohm zu Schladerbusch, der nur stumm die linke Augenbraue hochzog und seine Pfeife rauchte.

»Immer schön aufpassen, nicht dass wir Dr. Bremer rufen müssen.« Sie deutete auf die Hacke. »Da muss man immer so lange warten. Ich habe dort meine ganze Jugend und Schönheit verschwendet.«

»Wann war das denn? Anno Steinzeit?« Schladerbusch lachte leise.

»Ich will ja nichts sagen oder irgendwen anschwärzen oder so«, ignorierte sie den Bauern gekonnt und Schönbohm wusste, wenn seine Nachbarin auf so eine Stichelei nicht einging, dann musste sie ein brandheißes Thema zum Tratschen haben. »Der Bremer ist ja richtig gefährlich. Ich habe gesehen«, und nun beugte sie sich verschwörerisch nach vorne, damit es theoretisch nur die beiden Männer hören konnten, wenn sie nicht so laut gesprochen hätte, »wie der einen Streit mit dem Türkenarzt hatte. Die haben sich ja richtig geschubst und so.«

Schönbohm senkte die Hacke, die zu seiner Überraschung wirklich schwer war, und hob den Kopf. Sein Interesse war geweckt. »Wann war das denn?«

»Puh«, machte sie und schnaufte, wobei sie ein bisschen Speichel verspritzte. »Wann war das? Das wird wohl gewesen sein, bevor der Türke umgebracht wurde.«

»Ha«, machte Schladerbusch keckernd und schlug mit der Faust auf den Zaunpfosten. »Das glaubt ja kein

Mensch, dass es wirklich vor seinem Ableben war und nicht hinterher. Sehr gut, Berta.«

»Ich wollte nur behilflich sein«, klagte sie beleidigt, reckte die Nase gen Himmel und drehte den Kopf in die andere Richtung, um Schladerbusch nicht ansehen zu müssen.

»Haben Sie rein zufällig mitbekommen, um was es ging?«

»Nun, Sie wollen mich wohl beleidigen, ich bin doch keine alte Lauscherin!« Unbewusst zupfte sie an ihrem rechten Ohrläppchen. »Ich habe nichts gehört. Ich habe nur ganz zufällig mitbekommen, dass der Türke sich über ein Medikament beschwert hatte. Es wirkt nicht, hat er gesagt. Und dann ist der Bremer ganz böse geworden und dann haben die sich geschubst.«

In Schönbohms Kopf ratterte es. Nachdem Lydia Sonnemann von Buraks Problemen mit Metin gesprochen hatte, war in ihm kurz der Verdacht aufgeflackert, dass Metin wohl nicht ganz der unschuldige Junge war, für den er sich ausgab. Aber hatte ein rebellischer Teenager das Zeug, kaltblütig die eigenen Eltern zu ermorden? Und jetzt hatte er Dr. Bremer als neuen Verdächtigen. Einen verbalen Ausbruch hatte er selbst miterlebt, als der Doktor über seinen Kollegen schimpfte, jetzt wusste er von seiner Nachbarin, dass die Grenze zur Gewalttätigkeit überschritten wurde.

»Hat er einen Schlaganfall?« Schorsch Schladerbuschs Stimme durchdrang seine Gedanken.

»Manchmal hat er das. Er guckt dann so, als hätte er Verstopfung. Das habe ich schon ein paar Mal gesehen.« Berta Rehstock-Rosenstein sah ihn abwartend an.

»Es ist alles in Ordnung, ich habe nur kurz an etwas gedacht«, rief Schönbohm etwas zu enthusiastisch, hob dann die Hacke über den Kopf und schlug auf den Boden ein. Es knirschte laut.

»Hm«, kam es betroffen von Schladerbusch, der das Debakel genau beobachtet hatte und »hm« echote Berta Rehstock-Rosenstein.

»Chrchrchr«, lachte es zu Schönbohms Leidwesen, als sich so die Anwesenheit von Ewald Rosenstock ankündigte.

»Was ist denn hier los?« Dann beobachtete auch er, wie Schönbohm ein zweites Mal mit der Hacke auf den Boden einschlug. Schweißperlen standen ihm auf der Stirn.

»Ich weiß gar nicht, wie sich Arbeit generell durchsetzen konnte, denn Spaß macht es ja gar nicht«, meinte der Rosenstock nachdenklich und kratzte seinen Ellenbogen.

»Halten sie den Griff mal nicht mit den Händen nebeneinander. Ein bisschen Lücke lassen, die Hände weiter auseinander«, schlug Schladerbusch vor, um danach mit der Pfeife wild zu gestikulieren. »Dort ist besonders viel Lehm und Stein. Das sehe ich ja von hier mit geschlossenen Augen.«

»Was machen Sie da überhaupt?«, grunzte der Rosenstock neugierig und kratzte sich nun an der Schulter unter dem Riemen des Trägers seiner Latzhose.

»Das wird eine Gartengarage, siehst du doch, Ewald«, stöhnte seine Frau genervt.

»Nein, das wird ein Gewächshaus«, antwortete Schönbohm keuchend zwischen zwei Schlägen mit der Hacke.

»Und was ist dann eine Gartengarage?« Ewald Rosenstock war deutlich irritiert.

»Du weißt auch wieder gar nichts«, keifte seine Ehefrau.

»Und was ist es dann?«

»Mensch, Ewald, woher soll ich das denn wissen? Ich habe ja keine. Das musst du den fragen!«

»Nee, mich müssen Sie nicht fragen«, ätzte Schönbohm, »denn ich habe auch keine Gartengarage, was immer das auch sein mag. Das wird ein Gewächshaus. Beziehungsweise das Fundament. Da kommen noch Drainage und Bewässerung rein.«

»Hey Aaaaaaaarschficker«, ertönte die Stimme des Pfarrers hinter Schladerbusch und eine Fahrradbremse quietschte.

»Herr Pfarrer, schön Sie zu sehen. Kommen Sie, um die Heidin in dem Haus hier zu bekehren?« Berta Rehstock-Rosenstein sah Pfarrer Hauke Haufen erwartungsvoll lächelnd an.

»Ich bin, äh, hier nur vorbeigekommen.« Der Pfarrer sah sich um. »Und was wird das?«

»Das wird eine Gartengarage«, rief Ewald Rosenstock zufrieden.

»Hast du nicht zugehört, Ewald?!« Schönbohms Nachbarin wippte eifrig auf und ab. »Das wird ein Gartenpool. Er hat doch gerade vom Wasser geredet.« Ungläubig schüttelte sie ihren Kopf und ihre kupferrot gefärbte Kurzhaarfrisur leuchtete in den vereinzelten Sonnenstrahlen.

»Massengrab für Nachbarn«, murrte Schladerbusch.

»Heilige Scheiße«, flüsterte der Pfarrer.

»Gewächshaus. Gewächshaus!« Marco Schönbohm begann sich zu fragen, ob Kala das mit Absicht machte. Immer stiftete sie ihn zu Sachen an, die er gar nicht wollte und dann fand er sich in solchen Situationen wieder. Insgeheim wünschte er sich wieder einmal, dass er eigentlich irgendwo in einer Psychiatrie lag und sich das alles nur ausdachte.

»Eigentlich«, der Pfarrer räusperte sich und schwang mit einer schnellen Kopfbewegung seine Föhnwelle auf die Seite, »habe ich auch nur eine Frage an die Runde.«

»Herr Pfarrer, ihr Name ist Berta. So viel Zeit muss sein, bei aller Liebe.«

»Lassen Sie mich umformulieren. Ich habe eine Frage an die Anwesenden. Kommen Sie auch zu Barbara Rautmanns Geburtstagsfeier?«

»Mir ist das zu ordinär, zu obszön, ich halte da gar nichts von.« Berta Rehstock-Rosenstein verschränkte die Arme vor der Brust.

»Nicht eingeladen also«, bemerkte Schladerbusch spitzfindig.

»Wenn ich das hier überlebe, dann ja«, schnaufte Schönbohm.

»Für jemanden aus der Stadt nicht so schlecht. Nur falsch und langsam.« Schladerbusch pustete noch einen Rauchkringel in seine Richtung.

»Wenn Sie dort jetzt mit dem Spaten noch ein bisschen nacharbeiten«, fing der Pfarrer an.

»Besser wäre ein Drainagespaten«, murrte der Rosenstock und zog eine Salami aus der Tasche seiner Latzhose und biss mühsam ein Stück ab.

Die vier schaulustigen Pullstedter beobachteten Schönbohm, dem langsam die Arme abzufallen drohten.

»Hätte er andere Schuhe, würde das schneller gehen.«

»Niemand hat das je mit diesen Schuhen gemacht.«

»Auch mit anderen Schuhen ist seine Durchführung scheiße.«

»Er hatte nicht mal eine eigene Hacke.«

»Ich kann Sie alle hören, ich bin anwesend«, rief sich Schönbohm in Erinnerung, der bereits vor einiger Zeit von der Hacke zum Spaten wechselte.

»Oh, was ist denn hier los?« Wie aus dem Nichts war der selbsternannte Harzschamane Kurt Schnitzelmeier aufgetaucht. »Gibt es hier was umsonst?« lachte er. »Außer schlechte Energie«, raunte er dann und das Lächeln war wie weggefegt. Die Fransen seiner Lederweste schwangen noch ein Weilchen im Rhythmus seiner energischen Schritte, obwohl er schon längst stehengeblieben war. »Oh, oh«, rief er dann dramatisch und beugte sich nach hinten, wobei er die Fingerspitzen an die Schläfen drückte.

»Tod und Teufel, Pestileeeeeenzzzzz«, bölkte er und Schladerbusch stellte sich mit einem epischen Augenrollen aufrecht hin. Nur Ewald Rosenstock lachte sein fröhliches »Chrchrchr«.

»Wer hat dir denn in die Konfettikanone geschissen, Schnitzelmeier?« Sorgsam rückte Schladerbusch seinen Hut auf dem Kopf zurecht.

Das Auge des Pfarrers zuckte nervös.

Schönbohm überlegte, ob er gerade kurz davor war, den Ausbruch einer Dorfschlägerei zu beobachten oder ob es doch eher Pullstedter Geplänkel war. Smalltalk sozusagen.

»Schorsch, geh mal in dich. Spürst du das?« Schnitzelmeier griff den Bauern am Oberarm. »Hier ist das Böse.«

»Okay, aber warum ist gerade mein Haus böse?« Humorlos und mit hängenden Armen stand Schönbohm in seinem flachen Erdloch.

»Ich kann es riechen. Den Hauch des Todes, den Geruch des Dämons. Wie nach den Morden!«

Ein Raunen ging durch die kleine Menschenmenge. Schladerbusch machte sich von dem Schamanen los.

»Also ich war es nicht. Wir hatten heute keine Eier«, wehrte Berta Rehstock-Rosenstein ab und ihr Mann nickte zustimmend.

»Koriander und Kümmel!«

»Jetzt schlägt es aber dreizehn!« Unzufrieden hatte Schladerbusch die Pfeife aus dem Mund genommen und den Tabak auf dem Pfosten ausgeklopft. »Du hast wahrscheinlich einen Kümmelschnaps mit Kutte getrunken. Einen zu viel.«

Schnitzelmeier streckte ein Bein nach vorne und rammte die Hände in die Hüften. »Also, wer hatte Kontakt zu dem Dämon?«

Unnötigerweise hielt Pfarrer Haufen die Hände abwehrend von sich und signalisierte damit, dass er es nicht gewesen war.

»Ich war es nicht. Ich habe nur libanesischen Kartoffelsalat von Buraks Börekbude gegessen. Da war kein Dämon drin, nur Gewürze, falls Ihnen das weiterhilft, Herr Schnitzelmeier.«

»Ich rieche das doch ganz genau«, murmelte der Mann, streckte den Oberkörper vor, machte einen langen Hals und fuhr dann laut inhalierend Schlangenlinien mit der Nase durch die Luft.

»Meine Nase, meine Riechfähigkeit ist besonders gut ausgeprägt. Ich bin ein Superriecher.« Er stellte sich wieder in seine Ausgangsposition. »Das liegt daran, dass ich 7,8 Dioptrien habe. Ich bin ja quasi blind.«

»Warum tragen Sie denn keine Brille?« Schönbohm blickte zu Schladerbusch, der vor seinem Gesicht mit der flachen Hand eine wischende Geste machte.

»Ich kuriere das selbst mit pflanzlichen Produkten. Alles andere ist schlecht für das Geschäft. Wer geht denn zu einem Schamanen, der eine Brille trägt? Keiner. Das ist wie mit meinem Konkurrenten hier.« Er machte einen Schritt zu Pfarrer Haufen. »Die Blitzableiter auf den Kirchendächern sind doch wohl der größte Misstrauensbeweis gegenüber Gott!«

Schönbohm sah, dass das Auge des Pfarrers mit dem Mundwinkel um die Wette zuckte.

»Aaaaaaah«, rief er zur allgemeinen Ablenkung, damit der Fokus nicht auf dem Pfarrer lag. »Aaaaaah«, machte er erneut, blickte dann ratlos an sich hinab. »Ein Splitter in meiner Hand!«

»Mein Gott, hier nimmt mich ja keiner ernst«, schnaufte der Schamane genervt und ging dichter an den Jägerzaun zu Schönbohm. »Lassen Sie mal sehen, ich kann garantiert helfen.«

»Vielleicht könnten Sie besser sehen, wenn Sie sich nicht ständig Efeu und ihre Finger in die Augen stecken würden«, schlug Schönbohm vor als er an den Zaun trat und seine Hand ausstreckte, doch Schnitzelmeier knurrte nur missbilligend.

»Ich kann Ihnen eine Salbe aus Schafgarbe bringen. Das hilft gegen alles. Nur nicht gegen Ungläubigkeit und Blödheit.« Er reckte das Kinn in die Luft und blickte dann alle nacheinander an. »Ich komme dann später wieder und bringe Ihnen ein Gläschen mit Salbe. Und bei der Gelegenheit kann ich noch ein bisschen Salbei verräuchern. Die Atmosphäre hier ist heikel.«

»Nein, das müssen Sie nicht machen, Herr Schnitzelmeier. Ich komme zurecht.«

»Er macht da einfach ein Stück Butter drauf«, mischte sich die Rehstock-Rosenstein ein.

Irritiert blickte Schönbohm zu ihr. »Nein, ich werde definitiv keine Butter drauflegen. Oder Marmelade oder sonstige Lebensmittel.«

»Was ist mit Erdnussbutter?« Ewald Rosenstein blickte Schönbohm konzentriert an. Und Schönbohm blickte zurück, wartete einen Moment, doch es kam keine weitere Reaktion des Mannes.

»Erdnussbutter ist ein Lebensmittel.«

Seine Nachbarin verschränkte die Arme vor der Brust und schüttelte streng mit dem Kopf.

»Es IST ein Lebensmittel. Warum denken Sie denn, dass so viele Menschen eine Erdnussbutterallergie haben?!«

»Es gibt keine Allergien.« Ohne Abschied ging der Harzschamane wiegenden Schrittes von dannen.

»Sehen Sie?!« Die Stimme seiner Nachbarin klang triumphierend. »Außerdem sind manche Leute eben gegen Butter allergisch. Weil es ein tierisches Produkt ist.«

Schönbohm warf einen Blick gen Himmel und hoffte, die Götter des Harzes mögen ihn mit Geduld segnen. »Was denken Sie denn, was Erdnussbutter so generell ist?«

»Erde, Nuss und Butter«, schnappte die Rehstock-Rosenstein als wäre Schönbohm unglaublich dämlich. »Essen Sie denn Erde, wo Sie herkommen?«

»Warum sollte man Erde mit Nüssen und Butter mischen?« Marco Schönbohm klang entgeistert und ungeduldig.

»Das weiß ich doch nicht.«

»Liebe Nachbarn, Sie sind da wahrscheinlich einer Fehlinformation aufgesessen. Denn Erdnuss heißt Erdnuss, weil sie in der Erde wachsen. Es handelt sich also sehr wohl um ein Lebensmittel.«

»Warten Sie mal, bis die beiden von Walnüssen hören«, raunte Schladerbusch belustigt.

»Und was machen Sie nun mit der Umrandung?«, fragte Berta Rehstock-Rosenstein nahtlos als wäre die Episode nie passiert.

»Welche Umrandung?« Der Kommissar stützte sich auf den Stiel des Spatens und keuchte.

»Wenn ich Sie wäre«, Schladerbusch gestikulierte mit seiner Pfeife als Zeigestock, »dann würde ich

Rasenkantsteine nehmen. Aber Ihr Boden ist murks. Da ist so viel Lehm und Schrott drin, da sollten Sie mindestens 80cm ausheben und dann mit Sand und Kies auffüllen.«

»Ja, bis zur Frostfreigrenze«, fügte Ewald Rosenstock hinzu und nickte eifrig, sodass sein Doppelkinn gefährlich zu wabbeln anfing.

»Und dann nehmen Sie die Rasenkantsteine hochkant. Vorne, hinten, Seite, Seite. Am besten kaufen Sie dann noch ein paar mehr, dann können Sie auch gleich einen Weg daraus machen für innen drin.« Schladerbusch nickte und war mit sich selbst zufrieden. »Ich habe ja einen Unimog, mit dem können wir in vier Stunden im Baumarkt sein.«

ZWÖLF

Schönbohm war unzufrieden. Nicht etwa, weil er das großzügige und äußerst verlockende Angebot von Schorsch Schladerbusch bezüglich der vierstündigen Baumarktsfahrt vorschnell abgelehnt hatte, sondern weil ihm alles weh tat. Sein verletzter Arm sowieso, die Schultern, der Rücken, die Beine und wenn er sich in seiner Wehleidigkeit noch etwas mehr Mühe gab, dann taten ihm sogar noch die Füße weh. Aber eines hatte er in Pullstedt schnell gelernt: Er durfte niemals Angst oder Schmerzen zeigen. Die Pullstedter konnten Schwäche wittern.

Ganz selbstlos hatte er Alfons-Kevin mit Barbara Rautmann losgeschickt, für ihre Geburtstagsfeier einzukaufen und hatte sogar noch verkündet, dass sie direkt in den Feierabend gehen könnten. So hatte er nicht nur Ruhe, um alle Unterlagen noch einmal durchzugehen, sondern konnte auch ungestört vor Schmerzen stöhnen, wenn er aufstehen musste. Einen Sporttest würde er jetzt jedenfalls nicht mehr bestehen.

Er blickte traurig in seine leere Kaffeetasse und wägte ab, ob es sich lohnen würde aufzustehen und entschied sich energisch dagegen. Dabei merkte er nicht, wie am Fenster ein Schatten vorbeihuschte.

Er öffnete ein Fach im Schreibtisch und holte die Akte Türkoglu hervor. In Pullstedt hatte er keine Whiteboards, keine Flipcharts, er hatte Kopierpapier, davon allerdings nur genug, wenn Barbara Rautmann es nicht klaute und dann an den nächstgelegenen Copy Shop verkaufte.

Statt aufzustehen, zog er sich an den Tischen entlang und rollte mit seinem Schreibtischstuhl zum Kopierer, legte ein Paket Kopierpapier auf seinen Schoß und rollte wieder an seinen Schreibtisch. Vorsichtig öffnete er das Papier, denn kaum etwas hasste er mehr als Papierschnitte, mit Ausnahme von Pullstedt vielleicht. Voller Tatendrang nahm er einen schwarzen Marker und... nichts. Schönbohm wusste nicht, wo er anfangen sollte. Nervös wackelte er mit dem Fuß. Etwas auf dem Bildschirm des Computers erregte seine Aufmerksamkeit. Er klickte das blinkende Icon an.

»Hallo Cheffe«, ertönte eine freudige Stimme und dann erschien das breit grinsende Gesicht von Lasse Weber.

»Weber«, keuchte Schönbohm, »wie geht es Ihnen? Was macht der Knöchel?«

»Dem geht es schon wieder ganz gut. Ich habe gesehen, dass Sie online sind, da dachte ich, ich rufe mal durch.«

»Ja, ich habe die Berichte runtergeladen im Fall Türkoglu. Aber Sie rufen doch nicht einfach an, weil Ihnen zufällig langweilig ist, oder?« Schönbohm blinzelte in die Kamera.

»Na ja«, Weber druckste herum und fuhr sich jungenhaft durch sein blondes Haar. »Lisa hat gesagt, sie könnten wohl ein bisschen Hilfe gebrauchen und dass Sie wohl mit dem kernbehinderten Grufti-Lulatsch überfordert sind. Und das war ein Zitat, Sie wissen, dass ich das so nie formulieren würde!«

Schönbohm musste schmunzeln. »Ich weiß, Sie sind politisch korrekt wie kein zweiter Mensch auf dieser

Welt.« Und er dachte unwillkürlich daran, wie Weber einmal eine Ratte als Nagetier mit Kanalisationshintergrund bezeichnet hatte.

»Und was hat die Staatsanwältin Ihnen sonst noch so erzählt?«

»Nur, dass Sie überfordert sind und in Pullstedt mal wieder alle Amok laufen. Erzählen Sie mir doch lieber mal, was es Neues gibt. Also allgemein.«

»Hm«, Schönbohm sah nachdenklich an die Zimmerdecke. »Die Gänse der Röllkes wurden erschlagen oder erdrosselt. Sie sind zumindest tot. Herr Rosenstock wurde vom Schnitzelmeier exorziert, weil der wiederum dachte, der Rosenstock wäre ein besessenes Scheißhaus. Die Krekel hat uns beide angezeigt, aber vom Mord nichts gesehen. Was sie allerdings gesehen hat, war dass der Bremer nackt ums Haus tanzt wie Rumpelstilzchen und dass ihr Mantel und Hut geklaut wurden, wobei diese das letzte Mal 1991 gesehen wurden.«

Jungenhaft lachte Weber und hatte sich seine große Hand vor den Mund gelegt.

»Ich habe den Wahnsinn ja wirklich vermisst. Ich bin echt froh, dass es in Pullstedt nicht langweilig wird.«

Schönbohm zog eine Grimasse, die ein Lächeln darstellen sollte. »Ja, schön hier.« Er schluckte trocken.

»Burak hat übrigens eine heimliche Freundin. Die ist so heimlich, dass er lieber in U-Haft gegangen ist, statt von ihr zu erzählen! Können Sie sich das vorstellen?«

»Oh, oh, wer ist es denn?« Neugierig legt Weber den Kopf in die Hände und stützte sich mit den Ellenbogen auf.

»Die Tochter des Bürgermeisters!« Schönbohm nickte triumphierend in die Kamera.

»Okay«, Weber kratzte sich am Kinn, »aber welche? Die Hübsche oder die Hässliche?«

»Ähm, die Lydia.« Eine Unruhe machte sich in Schönbohm breit.

»Lydia ist die…«

Mehr konnte Schönbohm von Weber weder hören noch sehen. Alles war dunkel. Stromausfall.

Er tastete auf seinem Schreibtisch nach seinem Telefon und warf dabei alles auf den Boden. Mit knackenden Knien ließ er sich auf alle Viere nieder und sah nicht, wie eine Gestalt an ihm vorbeizog.

»Frau Rautmann, sind Sie das? Es riecht so nach Mottenkugeln.« Unsicher kicherte er. »Wird wohl der Teppich sein.« Ein Licht blitzte auf und Schönbohm ergriff sein Telefon auf dessen Display ein Videoanruf einging. Weber.

»Weber«, sagte er gedehnt mit einem Seufzen. »Hier ist Stromausfall.« Seine Knie knackten erneut als er sich aufrichtete. Er blickte in ein paar Augen und schrie. Dann machte er einen Satz zur Seite, stieß gegen etwas und sah in ein weiteres Paar Augen. Ein Kanon des Geschreis ließ die Wände der Polizeidienststelle Pullstedt erzittern. Und Lasse Weber am Telefon schrie gleich mit.

»Großer Meister, immer locker bleiben«, erklang dann die Stimme des Schülerpraktikanten.

»Alfons-Kevin?« Schönbohms Stimme zitterte unsicher.

»Ja, Mann, ich weiß schon wieder nicht, wen ich hier zuerst wiederbeleben muss, weil alle so alt sind oder ob ich zuerst blutende Ohren bekomme und dann selbst einen Infarkt. Sie haben mich vielleicht erschreckt.« Eine Taschenlampe erhellte den kleinen Raum und Schönbohm sah, dass sich der Teenager ans Herz gegriffen hatte. Er atmete laut aus.

»Ich habe Ihnen da was vom Einkaufen mitgebracht«, lachte Alfons-Kevin.

Burak.

»Schönbohm«, grüßte Burak seinen Dartkameraden unterkühlt.

»Die alte Gang ist wiedervereint«, seufzte Alfons-Kevin nostalgisch.

»Bist du okay?« Schönbohm wagte es kaum, Burak anzusehen.

»Du hast dein Versprechen gehalten. Ich bin wieder hier. Und ich muss ein paar Einkäufe von Baba stornieren. Gerade noch rechtzeitig.« Burak lachte sein Lachsack-Lachen.

»Du hast nur Lydia zu danken, dass sie ihre Meinung geändert hat.«

»Wir hoffen, dass ihr Vater es nicht erfahren wird«, brummte Burak.

»Oder der Rest der Welt«, flüsterte Alfons-Kevin und hustete auffällig unauffällig.

»Na ja, ich gucke mal eben nach dem Sicherungskasten. Vielleicht ist ja nur eine Sicherung rausgesprungen.«

»Alles klar, ich muss auch noch den restlichen Browserverlauf meines Vaters überprüfen. Wir sehen uns«, verabschiedete sich Burak.

»Und warum bist du noch nicht weg?« Schönbohm legte den Hauptschalter um und das Licht ging wieder an.

»Haben Sie noch nie einen Thriller gesehen, großer Meister?« Die Stimme des Teenagers klang aufgeregt. »Es fängt mit einem Stromausfall an und dann geht es erst richtig los.«

»Was soll richtig losgehen?«

»Das Metzelschnetzel und so. Dann wird es spannend.«

Schönbohm sah Weber auf dem Display seines Telefons zustimmend nicken.

»Weber, wir unterstützen den realitätsfernen Quatsch der Fernsehanstalten nicht. Wir sind die Polizei. Wir sind seriös.«

»Wir sind die Polizei, wir sind seriös«, äffte Alfons-Kevin den Kommissar mit verstellter Stimme nach und Lasse Weber kämpfte, um die Fassung zu behalten, dann legte er beide Hände vor den Mund und machte einen Buckel, während er in die Handflächen kicherte.

»Fernsehanstalten«, echote Alfons-Kevin. »So redet ja nicht mal mein Opa. Streaming ist angesagt.«

»Praktikumsbescheinigungen auch. Wäre doch blöd, wenn du die ganze Zeit unentschuldigt gefehlt hättest.« Schönbohm grinste den Jungen humorlos an.

»Ich habe nichts gesagt. Ich muss eh noch für einen großen Test nach dem Praktikum lernen.« Wortlos stapfte er von dannen und setzte sich dann an Webers Schreibtisch. Er kramte in seinem Rucksack, holte ein Buch und eine Flasche hervor.

»Oh, die Milch von April«, hörte Schönbohm ihn sagen, als er sich ebenfalls an seinen Schreibtisch setzte.

Alfons-Kevin schüttelte die Flasche und Schönbohm fand das Geräusch äußerst besorgniserregend.

»Bist du sicher, dass die Milch noch gut ist?« Er sah seinen Praktikanten besorgt an, als dieser die Flasche öffnete, kurz daran roch und dann beherzt einen großen Schluck nahm.

»Natürlich ist die noch gut«, antwortete er dann. »Wollen Sie auch ein Stück?«

Schönbohm würgte trocken als er sah, dass Alfons-Kevin anfing, zu kauen und winkte ab. »Nein, aber Danke für das Angebot.«

»Cheffe, was ist denn nun eigentlich los?«, meldete sich Lasse Weber zu Wort und starrte in die Kamera seines Telefons.

»Unsere einzigen Zeugen und das Wort Zeugen verwende ich hier ganz vorsichtig, sind der Schnitzelmeier und Kutte. Ich weiß ja nicht, was Ihnen Ihre holde Staatsanwältin schon unter Missachtung der Schweigepflicht verraten hat.«

»Och, nicht so viel, deshalb hatte ich ja angerufen.«

»Der Schnitzelmeier meint, es wäre ein Dämon, der nach Koriander riecht.«

»Das ist ja auch Höllenzeug. Muss man mögen. Da gibt es kein Zwischending«, stimmte Weber der Meinung des Harzschamanen zu.

»Burak hat ein Alibi. Die Frage ist nur, warum Metin Burak anschwärzen will.«

Alfons-Kevin blickte auf.

»Vielleicht wollte er das gar nicht, sondern er war überzeugt davon, dass es Burak war.« Weber sah nachdenklich aus.

»Burak ist auch nicht sportlich«, warf Alfons-Kevin ein und strich über einen imaginären Wohlstandsbauch.

»Wieso sportlich?«

»Alfons-Kevin und ich wurden verfolgt. Das dämonische Vieh ist hinter uns hergerannt, ist von Bäumen und Zäunen gesprungen.« Schönbohm seufzte. »So etwas habe ich noch nie gesehen, Weber. Noch nie!«

»Aber«, mischte sich Alfons-Kevin wieder ein, »wer sollte hier Angst vor Weihwasser haben?«

»Hm«, machte Schönbohm ratlos.

»Hm«, echote Lasse Weber. »Irgendwas wurde übersehen.«

»Das hilft uns aber nicht weiter, weil wir ja nicht wissen, was übersehen wurde.«

Schönbohm seufzte. »Wolltest du nicht lernen?«

Der Schülerpraktikant schüttelte den Kopf. »Ich lerne Polizeiarbeit.«

Lasse Weber rutschte unruhig hin und her. »Ich würde noch einmal an den Tatort gehen. Keine Spuren sind auch Hinweise, oder?«

»Wir können die Arbeit der Spurensicherung kaum besser machen. Das sind die Profis.« Schönbohm schüttelte den Kopf.

»Nein, aber schauen wir doch einfach noch einmal dort nach, wo es angefangen hat.«

I I ✒

»Was ist denn mit dem Lasse los gewesen? Der hat so mysteriös geredet.« Alfons-Kevin Kaufmann folgte Schönbohm in das Haus der Familie Türkoglu. Obwohl es nicht warm war, fühlte sich die Luft drückend an.

»Ich weiß es auch nicht«, murrte der Kommissar.

»Sind bestimmt die Medikamente«, gluckste der Teenager.

»Recht hat er aber. Wir haben ja nichts zu verlieren. Im Gegenteil.« Schönbohm blickte auf den hässlichen Blutfleck auf dem weißen Teppich, der sich mittlerweile braun verfärbt hatte.

»Und woher wissen wir, was die von der Spurensicherung schon gemacht haben?«

»Erinnerst du dich an die nette Frau, die hier mit ihrem Team hergekommen ist?«

Alfons-Kevin nickte. »Ja, und dann haben sie mich mit Burak und dem Pfarrer rausgeworfen.«

»Ja, nun, das war die Spusi-Susi. Sie und ihr Team der Kriminaltechniker ist mit mir den Tatort durchgegangen.

Priorität hatte hier natürlich der offene Wohnraum des Wohnzimmers, da hier die Morde begangen wurden. Es ist der eigentliche Handlungsort. Wie dem auch sei, es wird immer von außen nach innen gearbeitet. Zuerst haben sie geschaut, ob die Tür manipuliert wurde, aufgebrochen und so weiter. Der vom Schnitzelmeier beschriebene Fluchtweg wurde dokumentiert und untersucht. Dann natürlich wurde im Haus alles dokumentiert und unter Umständen mitgenommen. Und hier kommen wir dann wieder zu unserem eigentlichen Handlungsort. Hier werden dann die Spuren gesammelt.«

»Okay«, sagte Alfons-Kevin gedehnt und Schönbohm erkannte das Aufflackern eines quengeligen Tonfalls, den der Teenager gelegentlich an den Tag legte. »Danke für die Info, aber woran erkennen die überhaupt, was eine Spur ist?«

Schönbohm räusperte sich. »Mach mal die Augen zu.«

»Aber sie fassen mich jetzt nicht unsittlich an, oder?« Alfons-Kevin sah in Schönbohms humorloses Gesicht. »Ist ja gut, ich mache die Augen zu.«

»Und was riechst du?«

»Es stinkt.«

»Geht das auch genauer?«

Tief atmete der Schülerpraktikant ein. »Stickig. Metallisch.«

»Ja, genau. So hast du gerade deine ersten Spuren gesichert. Das wird dokumentiert. Wahrnehmung ist das Stichwort.« Euphorisch blickte Schönbohm durch den Raum. »Du musst auch deine Sinne dafür nutzen. Optische Wahrnehmung, Geruchswahrnehmung.«

»Also hat Schnitzi mit seinem Dämonenduft auch Spurensicherung gemacht.«

»Sozusagen.« Schönbohm nickte. »Dann wird der Tatort verbal erfasst für den Tatortfundbericht, danach werden Fotos gemacht, manchmal Videos. Und danach erfolgt die kriminaltechnische Spurensicherung, also Sicherung von Faserspuren, Werkzeugspuren, Schuhein- und -abdrücken. Und natürlich auch die Sicherung im Original, also die Beweisgegenstände. Das wird auch alles dokumentiert. Und es gibt ja noch die Beschaffung von Vergleichsmaterial. Wie das bei uns war, als eine DNS-Probe genommen wurde. Wenn man bedenkt, wer alles da durch den Tatort gestiefelt ist.« Schönbohm schlug die Hände vors Gesicht. »Ein Grauen.«

Alfons-Kevin überließ Schönbohm seinem gedanklichen Elend und blickte aufmerksam durch den Raum. »Kriminaltechnik ist viel cooler. Ich hätte das als Praktikum machen sollen.«

»Na Danke«, murrte Schönbohm und blickte auf.

»Und weil nirgendwo anders irgendwas außer der Reihe war, ist das hier der Haupttatort und überwiegend wurden hier Spuren gesichert.« Alfons-Kevin sah mit sich zufrieden aus.

»In diesem Fall muss nicht jeder Zentimeter mit dem Ohrenstäbchen abgewischt werden. In der Küche waren sie noch. Falls die Tatwaffe hier entnommen wurde.«

»Cool« raunte der Teenager.

»Du musst aber gleich nach Hause. Ich bekomme noch Ärger mit dem Jugendschutz.« Schönbohm sah auf seine Uhr.

»Das ist unser Geheimnis, großer Meister« Verschwörerisch sah der Teenager den Kommissar an und dann blickte er auf sein Handy, das gepiept hatte.

»Oh Mann, ey! Deine Mutter arbeitet an der Losbude als Niete. Also der Pfarrer geht mit langsam echt auf die Eier.«

Schönbohm schmunzelte. »Ich würde ihn ja verhaften, aber schlechte Deine-Mutter-Witze sind leider nicht strafbar.«

»Seelische Grausamkeit auch nicht?« Alfons-Kevin steckte das Telefon in die Tasche seiner schwarzen Hose.

Schönbohm schüttelte den Kopf als er daran dachte, was ihm alles blühte, wenn jemand herausfand, was sein Schülerpraktikant alles machte. Und er wollte sich nicht vorstellen, an welchen Ort er im besten Falle versetzt werden würde, der noch schlimmer wäre als Pullstedt.

»Ich wühle mich einfach mal durch die Sockenschubladen.« Der Teenager riss Schönbohm aus seinen Gedanken.

»Nein, nein, du bleibst schön bei mir.« Er ging zum Gästebadezimmer und warf einen prüfenden Blick hinein. »Hier waren sie schon sehr gründlich. Gehen wir nach oben.«

»Das ist eigentlich ein Satz, den ich so nie hören wollte von einem Mann Ihres Alters.«

»Was hast du heute eigentlich im Kopf?« Ärgerlich sah er den Teenager an.

Er zuckte kurz mit den Achseln. »Kein Plan. Pubertät wahrscheinlich.« Mit schweren Schritten stapfte er die Treppenstufen hoch.

»Siehst du, hier sind weniger Markierungen der Spurensicherung. Nach der Analyse, was vorgefallen ist, kamen wir zu dem Schluss, dass der Täter mit an Sicherheit grenzender Wahrscheinlichkeit nur unten war, die Tat verübt hat und verschwunden ist. Es gab keine offenen oder durchwühlten Schubladen. Laut Metin wurde nichts entwendet.«

»Das ist doch Bullshit«, rief Alfons-Kevin aus. »Vielleicht ist der hier rumgelaufen und hat sich mit getragenen Strümpfen abgeschrubbelt.«

»Möglich, aber unwahrscheinlich«, murmelte Schönbohm, während er konzentriert das weiß gefliese Badezimmer im ersten Stock betrachtete.

»Was suchen wir?«

»Das, was wir finden.«

»Oh Mann«, nörgelte Alfons-Kevin unleidlich. »Ich bin eine Niete im Suchen. Deswegen lade ich mir auch nie Wimmelbildspiele runter.«

»Merkst du etwas?« Schönbohms Augen wanderten ziellos durch den Raum.

»Es ist schwül hier drin.« Dramatisch fächerte sich der Teenager Luft zu.

Schönbohms Blick fiel auf die Dusche und er kam näher. Eine normale Duschkabine wie er sie auch hatte.

Neutrale weiße Fliesen. Ein eingebautes Ablagefach mit verschiedenen Flaschen Duschgel. Vorsichtig drehte er die Flaschen um, doch er fand nichts.

»Hast du die Taschenlampe eingesteckt?« Erwartungsvoll sah er seinen Schülerpraktikanten an, der wiederum die Taschenlampe aus dem Rucksack kramte.

»Haben Sie jetzt was gefunden?«

»Nein, noch nicht.« Der Kommissar nahm die Taschenlampe entgegen, ging auf die Knie und leuchtete in die Türschienen der Duschtür.

»Haben Sie jetzt was gefunden?«

Langsam drehte Schönbohm den Kopf und blickte Alfons-Kevin über die Schulter an. »Ich werde dir Bescheid sagen.«

»Sehr cool. Danke, großer Meister.« Der Teenager sah zufrieden aus und ließ sich auf dem Toilettendeckel nieder.

Mit dem Oberkörper in der Dusche und dem Unterkörper auf dem Duschvorleger und der Nase fast auf dem Boden der Duschwanne, scannte Schönbohm die Nasszelle.

»Haben Sie jetzt was gefunden?«, fragte Alfons-Kevin als er sah, dass der Kommissar innegehalten hatte.

Schönbohm starrte einen Augenblick lang in den Abfluss, änderte den Winkel der Taschenlampe und starrte noch mehr.

»Ich habe da was gefunden«, sagte er leise, fast zu sich selbst.

»Jetzt, wo ich mich gerade hingesetzt habe.« Alfons-Kevin Kaufmann klang vorwurfsvoll.

»Es ist ein ganz kleiner Fleck. Aber ist es auch Blut? Ich kann es nicht richtig sehen, weil es halb im Abfluss verschwindet«, führte Schönbohm sein Selbstgespräch fort.

»Wenn ich für jeden Millimeter Blut in dieser Bude einen Euro bekäme, würde ich Schulabbrecher werden.«

Schönbohm richtete sich mit einem Ächzen auf und griff unbewusst an seinen Rücken. Dann beugte er sich wieder vor, ganz nah an den Abfluss, bis er sich in dem Metall spiegelte. Er nickte, brummte und richtete sich erneut auf. Dann zückte er sein Telefon und rief Weber an.

»Wir haben was gefunden, Weber. Ich denke, es ist Blut.« Er drehte sich dann zu seinem Praktikanten um. »Die Möllenstein-Türkoglu hatte doch gefärbte Haare. Schau mal, ob du was von der Blondierung findest. Ich brauche Wasserstoffperoxid!«

»Cheffe?« Webers Stimme klang zögerlich.

»Wofür brauchen Sie das denn?« Alfons-Kevin stand rumpelnd auf und die Schritte seiner schweren Schuhe hallten im Badezimmer. Er öffnete einen Badezimmerschrank nach dem anderen. »Hier ist so eine Blondie-Box.« Schüttelnd hielt er eine Packung Blondierung in die Höhe.

»Oh super«, rief Schönbohm enthusiastisch. »Wir haben hier kein Luminol, aaaaalso können wir den unbekannten Fleck mit Wasserstoffperoxid identifizieren.«

»Cheffe?« Lasse Webers Stimme war nun etwas lauter geworden.

»Einen Moment, Weber. Ich lege das Telefon an die Seite und mache Sie auf Lautsprecher.«

Sachte lehnte er sein Handy gegen eine Flasche Duschgel.

»Damit du nicht sagst, du hättest hier nichts gelernt, Alfons-äh, Kevin. Wir machen uns ein Enzym im Blut zunutze, das aus Wasserstoffperoxid Sauerstoff freisetzt! Wie cool ist das denn?!« Schönbohms Wangen waren gerötet.

»Irgendwie sehen Sie mir viel zu begeistert aus für dieses Thema.«

»Aber das ist doch spannend, oder? Der Wahnsinn!« Erwartungsvoll sah der Kommissar den Teenager an, der wiederum nachdenklich dreinblickte.

»Nur damit ich das richtig verstanden habe. Wenn mich jemand in Wasserstoffperoxid ertränken will, muss ich mich nur selbst verletzen und dank meines Blutes habe ich genug Sauerstoff, um nach oben zu schwimmen?«

Schönbohm freudiges Grinsen erstarb abrupt und sein rechter Augenwinkel zuckte.

»War das ein schlechtes Beispiel?«

»Okay, ich versuche es mal pädagogisch: Du bist nicht der dümmste Junge auf der Welt, aber du solltest aufpassen, dass der andere nicht stirbt.«

»Cheffe?« Weber brüllte ins Telefon.

»Weber, ja, was ist denn?«

»Cheffe, Sie können mit Wasserstoffperoxid nur Blutflecken nachweisen, die maximal zwei Tage alt sind. Haben Sie das vergessen?«

Schönbohm warf schamvoll einen flüchtigen Blick auf Alfons-Kevin, der ihn grinsend ansah.

»Tja großer Meister, wer im Schlachthaus sitzt, sollte nicht mit Schweinen werfen. Und vielleicht hat sich hier nur einer beim Rasieren geschnitten.«

»Cheffe, es hilft halt nichts, rufen Sie die Kollegen von der Kriminaltechnik an. Und grüßen Sie die Spusi-Susi von mir.«

DREIZEHN

»Oh, hier gibt es aber ein super Buffet«, schrie Kala begeistert gegen die Musik an, als sie sich auf der Geburtstagsfeier der Barbara Rautmann befanden.

»Die Hälfte ist doch von Burak und die andere Hälfte aus der Dosenfabrik. Wenn wir keine Live-Musik vom fetten Elvis hätten, dann hätte sie die bei uns im Büro illegal runtergeladen«, murrte Schönbohm und blickte in den mit Luftschlangen dekorierten Festsaal der Gaststätte Zur Linde. Ganz Pullstedt schien um Stehtische, das Buffet und natürlich an der Theke im Schankraum versammelt zu sein.

»Dosenfabrik?« Kala sah ihn irritiert an und zupfte am Saum ihres bunten Rockes.

»Die Rautmann hat doch mehrere 450-Euro-Jobs und einer davon ist in einer Dosenfabrik«, erklärte Schönbohm nach einem großen Schluck Bier.

»Das ist ja auch ein Knochenjob, könnte ich mir vorstellen. Arbeitet sie da am Band?«

»Nein«, murrte Schönbohm und unterdrückte ein Rülpsen von der Kohlensäure. »Nicht am Band. Soweit ich weiß, lassen sie die Rautmann frei rumlaufen. «

»Ich trinke nicht, ich bin mit dem Trecker da«, sagte Rüdiger-Rodriguez Mehlmann am anderen Ende des Raumes zu Alfons-Kevin Kaufmann, der in beiden Händen ein Mixbier hielt.

»Aber wenn du besoffen bist«, flüsterte Alfons-Kevin verschwörerisch, »dann können wir es auf den Alkohol schieben.«

»Was hast du vor, Alpha?« Die Stimme des korpulenten Jungen zitterte unsicher.

»Da hinten steht doch noch das Klohäuschen von der Walpurgisnacht zur Abholung, oder?«

»Ich möchte dir eigentlich niemanden vorstellen«, brummte weiter hinten Schönbohm am Buffet, während er dabei zusah, wie Kala mit verschiedenen Häppchen den Teller füllte. »Die sind einfach alle viel zu verrückt, glaub mir das einfach.« Er trank einen großen Schluck von seinem Bier. »Und guck dir da hinten meinen Schülerpraktikanten an. Der stiftet den dicken Pupsi doch wieder zu irgendwas an.«

»Du, das ist mir alles so egal. Ich bin nur wegen des Essens hier.« Fröhlich blickte sie ihn über den vollen Teller hinweg an.

»Du bist ja mit einem Mal noch desinteressierter als ich.«

»Ich bin nur hungrig. Wer ist denn nun dein Praktikant, wenn du unbedingt drüber reden willst?« Kala steckte sich ein Häppchen in den Mund und schloss verzückt die Augen.

»Das ist der dürre Grufti, der so aussieht als würde er die Mikrowelle vorheizen.«

Kala verschluckte sich und hustete. »Wie viel hast du eigentlich schon getrunken?«, fragte sie dann, als sich ihr Hustenanfall gelegt hatte.

»Noch nicht genug«, seufzte er mit müdem Blick als der fette Elvis ein weiteres Elvis Presley Lied zu Ehren des Geburtstagkindes umgeschrieben hatte und so tönte ein »Viva Barbara Rautmann« aus den Lautsprechern. Mühsam wandte er den Blick von dem Entertainer ab, als sein Handy in der Tasche vibrierte. Es war Dr. Bremer. Schönbohm runzelte die Stirn. »Einen Moment, Kala.«

»Herr Schönbohm«, bellte es aus dem Telefon, bevor sich der Kommissar überhaupt mit Namen melden konnte. »Ich möchte, ich muss mit Ihnen sprechen. Ich habe hier noch ein paar Patienten und danach könnten wir kurz reden, ja?«

Im Hintergrund hörte Schönbohm ein kränkliches Husten.

»Ähm, ja, natürlich. Das passt sich nämlich ganz gut, da ich auch mit Ihnen sprechen möchte. Es gab hier näm-lich eine Anzeige wegen Exhibitionismus, wenn man so will«, sagte der Kommissar autoritär. »Über was wollen Sie denn mit mir sprechen?«

»Ich möchte das gerne unter vier Augen und nicht am Telefon besprechen. Es ist mir wirklich ein dringendes Anliegen.« Besorgnis lag in der Stimme des Arztes.

»Soll ich zu Ihnen in die Praxis kommen?«

»Ich komme in die Gaststätte. Wir finden dort einen ruhigen Raum. So kann ich auch noch der Barbara gratu-lieren.«

»Okay, dann sehen wir uns gleich.«

Irritiert blickte Schönbohm auf sein Handy als Dr. Bre-mer ohne ein Wort des Abschieds aufgelegt hatte.

»Was war das denn?« Kauend sah Kala ihn neugierig an.

»Das war nur der schrullige FKK-Dorfarzt mit Krampfadern an den…« Schönbohm verstummte.

»Was? An den was? Bitte sag mir, dass du über Beine sprichst!« In ihrem Gesicht stand der Schrecken.

»Siehst du das?« Seine Stimme war ein Flüstern und er trank sein Bier in einem Zug leer, ohne seinen Blick von dem Schauspiel abzuwenden, das ihn dermaßen in den Bann gezogen hatte.

Barbara Rautmann, mit frischer Minipli-Dauerwelle, gekleidet in ihren neongelbsten Leggins, leopardengeflecktesten Bluse und kunststoffhaltigsten Gummiclogs, knutschte wild mit einem Mann.

Kala Goraya legte den Kopf auf die Seite.

»Was ist das?«

Zweifelnd blickte sie ihn an. »Zwischenmenschliche Interaktion romantischen Ursprungs? So als Vorschlag.«

»Das will ich aber irgendwie nicht sehen. Das ist Frau Rautmann. Das geht nicht.«

»Das geht echt nicht«, erklang die Stimme von Micha Lüdermann zu Schönbohms Leidwesen hinter ihnen. »Ich hatte doch schon ein Auge auf die Rauti geworfen.«

»Ich dachte, Sie wären ihr Cousin.« Schönbohms Mundwinkel der Enttäuschung zuckte leicht.

»Das eine schließt das andere nicht aus.« Dann blickte er Kala an. »Und wer sind Sie?«

»Das ist meine Lebensgefährtin«, antwortete Schönbohm streng.

»Die Steigerung von Lebensgefahr ist Lebensgefährtin!« Lüdermann zwinkerte Schönbohm verschwörerisch zu. Sein Haar war mittlerweile lang genug, um als Mini-Pferdeschwanz getragen zu werden. Standardmäßig trug er seine kurze Hose und einen dicken Kapuzenpullover.

»Und wer ist das nun?«, fragte Schönbohm, der von irgendwo ein neues Bier bezogen hatte und damit auf die Rautmann und den unbekannten Mann deutete.

Lüdermann, der schon weitaus mehr getrunken hatte als Schönbohm, wankte einmal, sein Oberkörper pendelte langsam im Kreis, während er lässig eine Hand in der Tasche seines Kapuzenpullovers hatte. In der anderen Hand hielt er eine Flasche Bier.

»Das ist der Würgepeter.« Er spuckte die Worte beinahe aus.

»Würgepeter«, echoten Kala und Schönbohm fast gleichzeitig.

»Na ja, er heißt Hannes Würgpeter, aber ich nenne ihn Würgepeter. Einfach nur, um Krawall zu machen, verstehense?«

Zu seiner eigenen Überraschung nickte Schönbohm anerkennend. Überhaupt fühlte er sich mit einem Mal ganz merkwürdig. Dabei hatte ihm die Rautmann gar keinen Tee vorgesetzt. Sein rechtes Augenlid wurde schwer und er zwinkerte mehrfach.

»Und was machen Sie so? Außer den zu ertragen?« Lüdermann deutete auf Schönbohm, der nun mit dem Zeigefinger das Augenlid hochhielt.

»Ich bin Bestatterin. Mir gehört seit letztem Jahr das Bestattungshaus Starke.«

»Stark.« Lüdermann nickte anerkennend. »Das ist ein Beruf, wenn man was mit Leuten machen, aber nicht mit ihnen diskutieren will, oder?«

»Haben Sie eine Ahnung«, schnaufte Kala und steckte sich noch ein Häppchen in den Mund. »Und Sie?«

»Ich hab schon viel gemacht. Ich habe sogar schon im Zirkus gearbeitet.«

Eine Bierfontäne schoss aus Schönbohms Mund, als er sich vor Überraschung verschluckte.

Micha Lüdermann lackte gackernd. »Ich weiß doch, was Sie wieder denken. Sie denken, ich war der dressierte Affe, aber das stimmt nicht.« Ein wenig Stolz schwang in seiner Stimme. »Ich war eher sowas wie ein Akrobat. Das war toll. Gute alte Zeit.«

»Warum haben Sie dort denn aufgehört, wenn es so ein Traumjob war?« Kala sah ihn aufrichtig interessiert an. »Was für Kunststücke haben Sie denn gemacht? Erzählen Sie mal.«

Der Trunkenbold gab ein sehnsüchtiges Seufzen von sich. »Ich musste leider aufhören, weil ich einen schweren Unfall hatte. Das hat meine Zirkuskarriere beendet.« Nachdenklich ließ er den Blick durch den Raum schweifen und trank langsam noch einen Schluck von seinem Bier. »Ja, ganz schlimm. So richtig habe ich mich davon nicht erholen können.«

Kala sah ihren Verlobten streng an. »Du sagst, der wäre nur bekloppt und versoffen, dabei ist er nach einem Arbeitsunfall behindert", zischte sie.

»Ich habe immer noch Angst, wenn es regnet«, fuhr Lüdermann unbeirrt fort. »Es war ein Trick mit einem Regenschirm. Diese kleinen Regenschirme, die groß werden, wenn man auf einen Knopf drückt.« Lüdermann sah Kala an, um an ihrer Reaktion zu sehen, ob sie wusste, wovon er sprach und als sie nickte, sah er zufrieden aus.

»Ich habe mir so einen Regenschirm in den Mund gesteckt. Natürlich nicht mit der Schirmseite, sondern mit dem Griff im Mund. Meine Berechnungen hatten ergeben, dass dann der Schirm aus meinem Mund herausschießen würde. Aber vielmehr schoss der Griff nach hinten, hat mir meine Vorderzähne abgebrochen und dann hab ich mich vollgekotzt, als der Griff in meine Würgreflexzone gerutscht ist.«

»Oh«, machte Kala und sah irritiert aus.

»Okay, aber was ist das überhaupt für ein beschissener Trick?« Schönbohm schielte ihn eindringlich an. »Wer denkt sich denn sowas aus? Da hätten Sie sich eher als dressierter Affe ausgeben sollen.«

»Lass das«, flötete Kala unbehaglich und warf Lüdermann ein falsches Lächeln zu. »Der Mann hat offenbar ein Regenschirmtrauma. Lass ihn in Ruhe.«

Lüdermann wackelte teils anerkennend, teils betrunken mit dem Kopf. »Eine nette Frau ist das. Sie haben wirklich Glück und deshalb gebe ich Ihnen einen Beziehungstipp: Wenn Sie mal später nach Hause kommen und testen wollen, ob sie sich schlafend stellt oder nicht, dann rufen sie mal „Schläfst du schon, du dicke Nudel?" Da bekommen Sie sofort eine Antwort. Ich fand das immer hilfreich.«

»Äh, Danke«, rülpste Schönbohm, während Kala nur kopfschüttelnd das Gesicht verzog und dann unwillkürlich schmunzelte. »Das andere Bier hatte aber nicht so viel Kohlensäure«, sagte Schönbohm, rülpste noch einmal und torkelte dann einen Schritt nach hinten.

»Na, na, nun machen Sie mal nicht schlapp. Gucken Sie sich doch Mal mich als Positivbeispiel an: Ich habe schon 9 Flaschen Pullstedter Powerpils getrunken und kann immer noch stehen, obwohl vor einer halben Stunde die Kneipe umgekippt ist. Muss wohl ein verdammtes Senkloch sein.«

Kala verzog das Gesicht und schüttelte den Kopf. »Ich glaube, Sie sind schon ein wenig betrunken. Brauchen Sie ein Wasser?«

»Betrunken? Ich bin nicht betrunken, ich bin nur nicht nüchtern. Das ist ein Unterschied. Außerdem war ich bisher nur einmal betrunken! Das weiß ich deshalb, weil ich Zucker in die Waschmaschine gekippt habe, um Zuckerwatte zu machen. Sowas macht nur jemand, der betrunken ist.«

»Powerpils?« Schönbohm hob mit zitternder Hand die Bierflasche, als die Information langsam durch den Nebel in seinem Kopf gesickert war.

»Keine Sorge, ich spucke da nicht mehr rein. Das gab zu viel Ärger. Ich mische das jetzt mit Korn, Regenwasser und Magnesiumtabletten für den Sprudeleffekt. Hilft zwar nicht so sehr dem Immunsystem wie die Variante mit der Spucke, aber ich muss warten, bis mein Patent durch ist. Und Korn desinfiziert ja quasi von innen.«

Kala schüttelte noch einmal den Kopf, dieses Mal jedoch mehr angewidert als irritiert.

»Und jetzt mache ich eine kurze Pause. Seid nicht traurig, euer King ist gleich zurück«, bellte der fette Elvis ins Mikrofon. »Thank you, thank you.« Eine schmierige Locke fiel ihm in die Stirn und er stakste o-beinig in Richtung Theke, bis er kurz vor seinem Ziel von Alfons-Kevin, Rüdiger-Rodriguez und nunmehr auch Thorben Mittenmang abgefangen wurde.

»Ey Elvis, wir hätten die kleinste Bühne der Welt für dich, damit kommst du ins Guinnessbuch der Rekorde!«

Alfons-Kevin hatte ein gefährliches Funkeln in den Augen, wie es nur von jugendlichem Leichtsinn hervorgerufen werden konnte. Doch dann schrie er auf, als sich eine Hand auf seine Schulter legte.

»Burak, Habibi, du hast mir einen Heidenschreck eingejagt. Oh, Heidenschreck, darf ich das überhaupt sagen, Herr Pfarrer?«

Burak und Pfarrer Hauke Haufen blickten auf die sonderbare Gruppe.

»Alpha, Junge, was machst du mit dem fetten Elvis?«, fragte Burak lachend als wäre der Sänger gar nicht anwesend.

»Eure Mütter sammeln hässliche Kinder«, begrüßte der Pfarrer die Teenager, dann sah er Alfons-Kevin Kaufmann an und fügte hinzu: »Und deine Mutter arbeitet im Gefängnis als Bestrafung.«

Mittenmang verzog weinerlich das Gesicht und Rüdiger-Rodriguez pupste leise.

»Das ist voll fies, ey!«

Burak schob die Ärmel seines hellgrauen Merinopullovers hoch. »Ich bin mir ziemlich sicher, dass ihr etwas Fieses im Sinn hattet.«

»Ficker.« Der Pfarrer winkte ab.

»Ich weiß schon wieder nicht, ob das Absicht war oder Tourette«, sagte Alfons-Kevin mit zusammengekniffenen Augen.

»Macht doch lieber mal was partykonformes wie der Kerl da!« Burak zeigte auf Herrn Wu, der ein Hawaiihemd mit Flamingodruck trug und gerade auf dem Rücken liegend Breakdance demonstrierte.

»Old School«, keuchte Rüdiger-Rodriguez beeindruckt.

Der fette Elvis blickte zu Wu, dann sah er an sich herab und schüttelte den Kopf als würde er die Grenzen der Nähte seines Ganzkörperanzugs kennen.

»Burak, bester Mann, ich habe hier einen wichtigen Auftrag zu erledigen. Aber ich habe einen Eid der Verschwiegenheit geleistet. Gehe er von dannen!«

Burak lachte sein Lachsacklachen. »Alpha, wenn Blödheit rollen würde, müsstest du den Berg hochbremsen.«

»Ich bin der Bremsmeister.« Alfons-Kevin nickte stolz.

»Bremsstreifenmeister«, lachte Burak.

»Seifenbückbruder«, antwortete der Teenager.

»Arschfick«, warf der Pfarrer lapidar ein und ein Raunen ging durch die Teenager.

»Okay, das ist jetzt genug!« Eilig schob Burak den Pfarrer weg und hob die Hand zum Abschied.

Schönbohm konnte das Geschehnis zwar nicht mit anhören, aber sehr wohl durch ein Auge beobachten. Das andere Auge hatte er zugekniffen, um nicht zu schielen.

»Kala«, lallte er wehleidig, »ich weiß nicht, was es ist mit diesem Alkohol hier, aber der ist anders als im Rest des Landes.«

»Ja, Schätzchen, alles klar. Du wartest hier.« Kala marschierte schnurstracks zu Ingo Hopf und kam mit Mineralwasser zurück. »Du trinkst das jetzt bitte. Und du machst gefälligst beide Augen auf!«

Schönbohm öffnete zu seiner eigenen Überraschung mit viel Anstrengung sein rechtes Auge so gut wie es ihm möglich war.

»Okay, mach es wieder zu. Du siehst ja aus wie Karl Dall.«

»Ist der auch hier?« Schönbohm sah sich suchend um, während Kala kopfschüttelnd zum Buffet ging.

»Ist der mit Lüdermann weggegangen? Kala?«

»Ey Schönbohm«, lachte Burak. »Du bist ja ein Wrack. Was ist mit dir passiert?«

»Pullstedter Powerpils.« Der Kommissar trank einen großen Schluck Wasser.

»Das ist nicht gut.« Der Pfarrer schüttelte mit dem Kopf.

»Ich habe den Haufen hier draußen getroffen und wir haben gedacht, er könnte ja mit in die Dartgruppe kommen.« Burak schlug dem Pfarrer kameradschaftlich auf die Schulter. »Immerhin hat er dir ja schon das Leben gerettet.«

»Ich glaube, ich werde die nächsten Wochen eh nicht geradeaus werfen können.«

»Himmel, Arsch und Sacke«, stieß der Pfarrer hervor als er Lasse Weber auf Krücken hereinhumpeln sah.

»Oh Weber«, rief Schönbohm verzückt.

»Du musst was essen, Mann.« Burak schüttelte den Kopf und marschierte ebenfalls zum Buffet, wo er sich an Jörg Brüller und Björn Björnsen vorbeischieben musste, die über den Mangel an lokaler Teewurst klagten.

Hektisch nahm Schönbohm noch einen Schluck Wasser. »Ich muss auf's Klo!« Er knallte das Wasser energisch auf den Tisch.

»Brauchen Sie Hilfe?«

»Nichts für ungut, Herr Pfarrer, aber irgendwie wäre es merkwürdig, wenn jemand uns beide zusammen auf der Toilette sehen würde, oder?«

»Ein Schelm, wer Böses dabei denkt«, rief Hauke Haufen dem wegtorkelnden Kommissar hinterher.

»Wo rennt der denn jetzt hin? Oder wo würde er hingehen wollen, wenn er nicht im Kreis laufen würde?« Burak stellte den Teller auf den Stehtisch.

»Klo.«

»Mal abwarten, ob er ankommt.«

Und in der Tat kam Schönbohm an und auch wieder zurück. Mühsam kämpfte er sich durch den Saal. Die Musik, die abgespielt wurde, da der fette Elvis unter ungeklärten Umständen verschwunden war, kam zumindest bei den Anwesenden um einiges besser an.

»Oh, Junge, was ist dir denn passiert?« Burak deutete auf eine große rote Stelle an Schönbohms Kinn.

»Da wurde mir freundlicherweise mitgeteilt, dass das Ölportrait vor den Toiletten entgegen meiner Vermutung keine Kotzhilfe vom Flohmarkt ist, sondern Mutter Hopf mit ihrer Mutter, Gott hab sie selig.«

»Ja, da kann der Herr Hopf sensibel sein«, nickte Hauke Haufen und sah betroffen aus.

»Du bist nicht der Erste und sicher nicht der Letzte.« Burak gähnte. »Geht es dir schon besser? Iss doch mal was.« Er deutete auf den Teller.

»Geht schon wieder. Ich habe auf dem Klo von Lüdermann eine Anleitung zum Kotzen bekommen.«

»Dafür muss man ihn ja nur angucken. Arschgesicht.«

»Herr Pfarrer«, keuchte Burak mit leicht vorwurfsvollem Ton, doch der Gottesmann zuckte nur gleichgültig mit den Schultern.

»Ich glaube, das war nicht christlich«, murmelte Schönbohm.

»Und ich glaube, das war kein Tourette.«

Der Pfarrer verzog das Gesicht. »Die Wege des Herrn sind unergründlich.«

Schönbohm kniff wieder ein Auge zu, um besser sehen zu können. Er fühlte sich zwar besser, aber er war noch lange nicht nüchtern.

»Also der Frau Rautmann werde ich das verbieten. Der Mann ist mir suspekt.«

»Der Würgepeter?«

»Ja, der Würgepeter.« Irritiert drehte sich Schönbohm zu der Stimme um. »Weber«, rief er dann freudig.

Burak lachte und schlug Lasse Weber auf die Schulter. »Lasse, Alter, was krückst du hier rum? Du musst doch in die Reha.«

»Ich muss doch auf den Geburtstag unserer Rauti.«

»Ey Leute«, lallte Micha Lüdermann, der mit Mühe seinen schwungvollen Gang abbremste und sich mit einer Hand dezent am Stehtisch festhielt. »Ich kann nicht mehr, will jemand noch ein Bier?« Er drückte Schönbohm die Flasche Powerpils in die Hand. »Ich sag es nicht gerne, aber das könnte zu viel gewesen sein. Und ich muss noch nach Hause fahren.«

»Sie fahren unter Alkoholeinfluss nicht nach Hause. Auch nicht mit dem Fahrrad!« In Schönbohms Stimme lag sowohl Tadel als auch eine Warnung.

»Lieber Kommissar Rex«, lallte Lüdermann und wankte dabei bedrohlich, »wir sind hier nicht in der Stadt. Da ist man nach vier Bier besoffen. Hier auf dem

Dorf ist man nach vier Bier der Fahrer!« Er schielte triumphierend in die Menge.

»Der fährt nicht mehr, der kann ja nicht mal mehr geradeaus gucken«, flüsterte Burak und nahm Schönbohm dann die Bierflasche ab. »Hey, will noch jemand ein Bier?«

Lüdermann fuchtelte mit den Armen. »Ich nehme das. Einem geschenkten Gaul…«

Burak lachte und guckte Lüdermann hinterher, der glücklich mit seinem Bier von dannen torkelte. »Klappt doch immer wieder.«

Doch dann drehte der Lüdermann in einer sportlichen Bewegung auf einem Bein um und kehrte zu der kleinen Gruppe zurück.

»Ey Lasse, warst du schon immer so groß oder kam das erst durch die frische Luft in der Reha?«

»Also bei meiner Geburt war ich jedenfalls nicht zwei Meter groß.« Er blickte an sich hinab.

Resolut stemmte Lüdermann eine Faust in die Hüfte und trank dann von seinem Bier, während er zu Lasse Weber hinauf sah. »Du, meine Junge, bist der Traum eines jeden Scharfschützen. Wahrlich.« Die Bewunderung eines Betrunkenen lag in seiner Stimme.

»Kann den mal jemand nach Hause bringen?« Suchend blickte sich Schönbohm um.

Pfarrer Hauke Haufen seufzte. »Das ist wohl meine scheiß Pflicht der Nächstenliebe.« Er griff Lüdermann am Oberarm und lenkte ihn sachte und bestimmt durch den Partyraum. Kurz bevor sie den Saal verließen und den Schankraum betraten, kreuzten sich ihre Wege mit Buraks Vater Hilmi.

Nervös blickte Schönbohm auf seine Uhr. »Eigentlich wollte der Bremer noch mit mir reden. Er sagte, es sei wichtig.«

»Der wird schon noch kommen. Wenn mein Vater hierher findet, dann doch auch der Bremer.«

»Was ist jetzt eigentlich mit dem Bremer?«

»Keine Ahnung. Ich wollte ihn noch befragen, weshalb er nackt vor dem Tatort rumtanzt. Aber dafür müsste er auftauchen.«

Schönbohm verzog das Gesicht als er vom Powerpils sauer aufstoßen musste. »Oh Mann«, murrte er und trank eilig einen Schluck Wasser.

»Wessen Telefon ist das?« Lasse Weber lauschte konzentriert.

»Das ist meins.« Hektisch zog der Kriminalhauptkommissar das Telefon aus der Tasche. Innerlich fluchte er. Es war die Staatsanwältin.

»Schönbohm«, keifte sie ins Telefon, als er den Anruf angenommen hatte, dann hielt sie einen Moment inne. »Während Sie sich anscheinend auf einer Party vergnügen, habe ich gearbeitet und mir die Obduktion Ihrer Toten angeguckt. So wie sich das gehört. Und jetzt setzen Sie sich hin. Oder vielleicht legen Sie sich besser hin, denn das wird Sie umhauen.« Lisa Böning machte eine dramatische Pause. »Das männliche Opfer wurde erstochen.«

Schönbohm verzog das Gesicht und sein Mundwinkel zuckte. Er war versucht, sie zu fragen, was daran neu war.

»Aber die Frau, die wurde erstickt. Der Rechtsmediziner sagt Burking.«

»Burking?!«, echote der Kommissar.

»Burking«, rief Lasse Weber begeistert aus.

»Habe ich da den Lasse gehört?« Die Stimmt der Staatsanwältin war misstrauisch geworden.

»Nein, das war wohl eine Rückkopplung in der Leitung.«

»Sie waren doch die ganze Zeit am Tatort und die Frau hat sich bewegt, also sollten Sie doch wissen, wer zuletzt an der Frau dran war. Also los, verhaften Sie jemanden.« Ohne Abschied legte sie auf.

»Heilige Scheiße«, stieß Schönbohm hervor.

»Burking!« Lasse Webers Augen glänzten.

»Was zum Henker ist das?« Burak sah ihn neugierig an.

»Wenn jemand erstickt wird, dann gibt es innere und äußere Erstickung. Bei innerer Erstickung liegt es meist an einer Vergiftung, Kohlenmonoxid oder Zyanid, ja?«

Burak und Schönbohm nickten eifrig.

»Die äußere Erstickung entsteht, wenn der Sauerstoffgehalt in der Lunge vermindert ist, entweder durch Strangulation oder sauerstoffarme Umgebung. Burking gehört zur oronasalen Okklusion.«

Der Kriminalhauptkommissar und der Börekbudenbesitzer wechselten einen Blick und sahen dann Lasse Weber fragend an.

»Ich bin enttäuscht«, er warf Schönbohm einen traurigen Blick zu. »Das ist das Zuhalten von Nase und Mund, auch bekannt als gewaltsames Ersticken! So. Und Burking ist das gleichzeitige Zuhalten von Nase und Mund sowie der Behinderung der Thoraxexkursion. Der Name kommt von William Burke, der im 19. Jahrhundert auf diese Weise Menschen umgebracht und deren Leichen verkauft hat. Darüber gibt es sogar einen Film.«

»Thoraxexkursion?« Burak sah irritiert aus. »Mann, ich schneide Tomaten auf, keine Menschen, auch wenn ich gerade noch weiß, was ein Thorax ist. Aber was willst du mir sagen?«

Lasse Weber atmete tief ein und aus, ein und aus. »Hast du das gesehen?«

»Ja, herzlichen Glückwunsch, du kannst stehen und gleichzeitig atmen. Männliches Multitasking.«

Weber rollte mit den Augen.

»Die Bewegung des Brustkorbs beim Atmen«, murrte Schönbohm.

»Ich bin raus.« Burak hob abwehrend die Hände. »Ich habe niemanden geburkt. Ich habe offenbar nur zugeguckt.«

»Ein Todesvoyeuer«, hauchte Alfons-Kevin in Buraks Ohr.

»Wo kommst du denn plötzlich her?«

»Ich bin überall. Überall und nirgends. Ich bin quasi Herpes auf zwei Beinen. Versteckt eure Frauen!«

»Versteckt eure Töchter und Frauen, hier kommt Herpes-Kevin?!« Burak lachte, doch Schönbohm fand das alles nicht lustig. Seine Gedanken rasten zum Mordtag der Eheleute Türkoglu.

»Was ist denn mit dem los? Der guckt schon wieder so als ob er Verstopfung hat«, plapperte Barbara Rautmann, die sich zu Schönbohms Unglück noch dazu gesellt hatte. »Ich wollte ihm ja eigentlich den Hannes vorstellen.« Sie winkte ihrem Freund zu, der unbehaglich etwas abseits wartete.

»Er denkt nach, Frau Rautmann« flüsterte Lasse Weber, dessen Bewunderung für seinen zuweilen seltsamen Chef nicht abgenommen hatte.

Schönbohm konnte es deutlich vor seinem inneren Auge sehen. Metin umarmte seine Mutter, dann lief Dr. Bremer auf sie zu, riss den Jungen von seiner Mutter und dann... dann hatte er sie geburkt.

»Bremer, der Schweinehund«, stieß er hervor. »Er wollte mit mir reden, wahrscheinlich weil ihm klar war, dass es herauskommt, dass er sie umgebracht hat. Und dann hat ihn der Mut verlassen.«

»Er könnte flüchtig sein, Cheffe.« Lasse Weber sah ihn aus klugen und wachsamen Augen an. Schönbohm nickte.

»Ich muss schnell in die Praxis!«

»Hier wird wohl keiner mehr fahren können, auch wenn Lüdi das Gegenteil behauptet.«

Burak warf Schönbohm einen Blick zu. »Baba ist mit dem Rasenmähertraktor hier.«

Schönbohm schluckte trocken. »Na, dann fangen wir den Bösewicht!«

»BABAAAAAAAA«, brüllte Burak, während er neben Schönbohm aus der Kneipe eilte, Alfons-Kevin trottete hinterher.

Barbara Rautmann, die zwischen Lasse Weber und Hauke Haufen stand, blickte ihnen hinterher und hakte sich bei den beiden Männern ein.

»Herr Pfarrer, was ich mich schon immer gefragt habe… Wenn Männer laufen, was passiert dann mit ihren Hoden? Schwingen die hin und her? Verheddern die sich ineinander?« Erwartungsvoll sah sie den Pfarrer an. Sein Auge zuckte.

Mit wackeligen Knien stieg Schönbohm von dem Aufsitzrasenmäher. Hilmi war so schnell gefahren, dass es Schönbohm angst und bange wurde. Verstärkt wurde das Gefühl dadurch, dass er sich an Hilmi klammern musste und im Gegenzug von Alfons-Kevin umklammert wurde. Er hoffte inständig, dass ihn niemand gesehen hatte. Burak hatte seinem Vater noch vor der Kneipe Instruktionen gegeben, jedoch darauf verzichtet, sie zu begleiten.

»Ihr bleibt hier«, zischte Schönbohm und fühlte sich ganz flau im Magen, was jedoch eher dem verbliebenen Powerpils und der rasanten Fahrt geschuldet war als der heiklen Situation.

»Aber ich bin Praktikant«, maulte Alfons-Kevin enttäuscht.

»Genau deswegen habe ich ja eine Fürsorgepflicht.« Schönbohms Stimme war streng.

»Und ich bin Buraks Baba!«

Irritiert drehte sich Schönbohm zu Hilmi um. »Du bleibst schön hier.« Er hatte den Zeigefinger auf ihn gerichtet. »Da drin sind bestimmt Skalpelle und Spritzen und ich will nicht, dass einem von euch etwas passiert.«

»Ich kann helfen!« Energiegeladen sprang Hilmi von seinem kleinen Traktor, der fleißig pöpperte. Der Mann trat und boxte in die Luft. »Ich mache Känguru!«

»Kung-Fu«, korrigierte Alfons-Kevin.

»Das mache ich auch«, erwiderte Hilmi nach einem weiteren Tritt in die Luft.

Schönbohms Mundwinkel der Enttäuschung rutschte in die enttäuschte Position.

»Ich gehe hier jetzt weg.« Mit hängenden Schultern trottete der Kriminalhauptkommissar durch das Eingangstor der Praxis. Licht schien durch die Fenster nach draußen. Mit leisen Schritten näherte er sich der Eingangstür.

»Gut, dass wir mit dem Rasenmäher hier sind. Mit den Fahrrädern hätten wir uns gar nicht anschleichen können.«

Schönbohm zuckte zusammen. »Ich habe dir doch gesagt, du sollst bei Hilmi warten. Und mit einem Rasenmäher schleicht man auch nicht! Der ist doch viel zu laut.«

»Ich will nicht bei Hilmi warten. Er behauptet, er hätte einen Kampfsport namens Türk-wan-do erfunden und will mich zum Beweis mit einem Handkantenschlag wie einen Backstein spalten.«

Schönbohm rollte mit den Augen und schüttelte wortlos den Kopf. Er beschloss, den Wahnsinn zu ignorieren. Vorsichtig, aber bestimmt öffnete er die Praxistür.

Im letzten Jahr war er zum ersten Mal hier gewesen, als Dr. Bremer einen Gänsebiss behandeln musste. Mit Schaudern dachte er an den Besuch zurück. Nicht, weil etwas Seltsames passiert war oder etwas, das noch seltsamer war als alles andere in Pullstedt, sondern einfach, weil es ihm unangenehm war, wenn sein Hausarzt aufgrund seiner Vorliebe für Freikörperkultur unter dem Arztkittel nichts trug.

Schönbohm spähte in das leere Wartezimmer und ging zur Anmeldung. »Dr. Bremer?«

Das leise Rauschen des Filters des obligatorischen Praxisaquariums erfüllte den Raum.

»Dr. Bremer, sind Sie hier?« Er ging um den Empfangstisch und betrachtete den Arbeitsplatz. Die kleine Schreibtischlampe war angeschaltet. Auf dem Laptop lag ein Zettel mit der Aufschrift »Defekt«. Schönbohm runzelte die Stirn.

»Dr. Bremer, hier ist Schönbohm, Sie wollten doch mit mir reden.« Schönbohm ging einige Schritte und wartete vergeblich auf eine Antwort.

»Sie sind nicht laut genug, großer Meister. Der Mann ist steinalt, der hört nichts, wenn Sie so leise sind.«

Die Stimme des Schülerpraktikanten ließ Schönbohm zusammenzucken.

»Ich habe dir doch gesagt, du sollst draußen warten«, zischte der Kommissar angestrengt und stampfte unbewusst mit dem rechten Fuß auf. »In diesem Ort wird ein Ohrenarzt benötigt. Keiner hört, wenn man was sagt.«

»Ich gebe Ihnen Rückendeckung.«

»Wieso habe ich das nur befürchtet? Na, komm.« Er deutete dem Jungen, ihm in Richtung Behandlungszimmer zu folgen. Als Schönbohm sah, dass die Tür einen Spalt offen war, hielt er inne und deutete mit einer Geste an, dass Alfons-Kevin Abstand halten sollte.

»Dr. Bremer«, rief Schönbohm noch einmal und zu Alfons-Kevins Erleichterung auch extra laut. »Hier ist die Polizei Pullstedt, Kriminalhauptkommissar Schönbohm. Ich betrete jetzt das Behandlungszimmer.«

Er streckte vorsichtig die Hand aus, öffnete die Tür und sah dann einen Fuß hinter dem Schreibtisch am Boden.

»Scheiße«, stieß Schönbohm hervor und machte einen eiligen Satz in den Raum.

»Oh nein«, jammerte Alfons-Kevin hinter ihm als Schönbohm nach Lebenszeichen des Arztes suchte. »Alt. Alt und schrumpelig. Ich bin doch minderjährig. Machen Sie bitte seinen Kittel zu!«

Schuldbewusst bedeckte Schönbohm den FKK-Allgemeinmediziner mit seinem Arztkittel, der beim Sturz das offenbart hatte, was niemand der Anwesenden jemals hatte sehen wollen.

Der ältere Mann war blass, regelrecht grau im Gesicht und Schweiß überzog seine Haut.

»Warum haben Sie mich überhaupt mitgenommen?«

»Du wolltest doch mit. Ich habe dir tausend Mal gesagt, du sollst draußen bei Hilmi warten!« Der Kommissar raufte sich die Haare.

»Sie müssen den Notruf anrufen«, bemerkte Alfons-Kevin unnötigerweise und der Kommissar fühlte noch einmal den Puls des Arztes, dann alarmierte er den Notarzt.

»Was ist das denn? Eine tote Riesenratte!« Mit ausgestrecktem Finger zeigte Alfons-Kevin auf den Papierkorb, aus dem Haare quollen.

»Türk-wan-dooooooo«, brüllte er dann unerwartet und trat den Mülleimer um.

»Mein Gott, reiß dich zusammen!« Der Kommissar warf ihm einen strengen Blick zu, als er das Telefon einsteckte. Er ging zum Mülleimer.

»Scheiße«, flüsterte er wieder und sah Alfons-Kevin an, der daraufhin näherkam.

»Ist das der Dämon?«

Schönbohm zog ein Paar Handschuhe aus einem Pappkarton mit Einmalhandschuhen und zog diese an. Dann griff er das Bündel Haare und breitete es aus.

»Das sieht für mich aus wie der Mantel von der Krekel.«

»Es gab also nie einen echten Dämon.« Nachdenklich kratzte der Teenager seinen Hinterkopf und bemerkte nicht Schönbohms irritierten Blick.

»Es ist echt schwer, dich zu unterschätzen.«

»Danke.« Alfons-Kevin grinste stolz. »Dann hätte das Vollpinkeln ja eh nichts bewirkt.« Bedauernd schüttelte er den Kopf und sein schwarz getönter Pferdeschwanz rutschte von einer Schulter zur anderen. »Aber wie konnte er uns so jagen und sie fast abstechen? Das ist ein alter Knacker mit O-Beinen.«

»Vergiss den FKK-Sportverein nicht. Und er leitet die Seniorensportgruppe«, gab Schönbohm zu bedenken.

»Alter Schalter.« Alfons-Kevin klang ernsthaft beeindruckt.

Die Sirene des Notarztwagens ertönte in der Ferne und wurde immer lauter.

Schönbohm blickte zu Dr. Bremer am Boden.

»Ziehen wir ihm mal lieber seine andere Sandale an. Nicht, dass er sie brauchen würde, aber mit nur einem Schuh sieht er aus wie ein dahergelaufener Lumpensack.«

Alfons-Kevin lachte sein Höhö-Lachen und hob die Sandale auf, die etwas entfernt lag. »Der hat sich so richtig gemault. Deswegen sollte man in einem bestimmten Alter nur festes Schuhwerk tragen.«

Er wippte von den Fersen auf die Zehenspitzen, was Schönbohm an seine Nachbarin erinnerte, und die Schuhe gaben ein knatschendes Geräusch von sich.

»Man liebt es ja«, murrte er dann und hielt sich die Ohren zu als der Notarztwagen vor das Haus fuhr. Noch lauter als die Sirene war dann allerdings der Knall als das Rettungsfahrzeug in das Eisentor vor der Praxis fuhr.

Schönbohm und sein Praktikant sahen sich an, dann blickten sie zu Bremer. Beide liefen aus der Praxis, wo bereits Hilmi mit einem Rettungsarzt zeterte.

»Hilmi, lass den Mann in Frieden. Alfons-Kevin, zeig ihm, wo Dr. Bremer ist.«

Alfons-Kevin leitete wie ein Stadtführer den Notarzt in die Praxis, indem er ihm erklärte, was sich alles um sie herum befand.

»Hilmi, was ist hier passiert?« Schönbohm sah Buraks Vater besorgt an.

»Dieser Idiot wäre mir fast in den Rasenmäher gefahren.«

»Immer mit der Ruhe, ich bin ja ausgewichen«, ertönte eine bekannte quakend-nasale Stimme und Schönbohm machte vor Schreck einen Schritt nach hinten als Micha Lüdermann vor ihn trat.

»Herr Lüdermann«, rief Schönbohm lauter als gewollt und er griff sich unbewusst ans Herz. »Sie sind doch komplett volltrunken! Sie können doch nicht fahren!« Der Kommissar hörte das Blut in seinen Ohren rauschen, als sein Blutdruck in die Höhe ging.

»Ich habe Ihnen doch gesagt, dass man nach fünf oder sechs Bier auf dem Dorf noch der Fahrer ist.«

»Und ich sage es Ihnen noch einmal, dass Sie alkoholisiert nicht fahren dürfen!«

»Hören Sie mal, Kommissar Rex, ich habe schließlich Bereitschaftsdienst, natürlich muss ich fahren. Das wäre sonst Arbeitsverweigerung.«

Hilmi, der mit neugierigem Blick alles verfolgt hatte, legte Schönbohm väterlich beruhigend die Hand auf die Schulter und tätschelte ihn mehrmals.

»Sie dürfen so weder arbeiten noch fahren, Lüdermann!«

»Wie? Mit Hose? Mit Nase im Gesicht?«

»Mit Alkohol im Blut!« Schönbohm merkte gar nicht, dass er angefangen hatte, zu schreien. Was er jedoch sehr wohl merkte, war ein stechender Schmerz, der durch seinen Körper fuhr und er in kalten Schweiß ausbrach.

»Und Sie dürfen das?« Lüdermann legte den Kopf auf die Seite und blinzelte Schönbohm an.

»Bei mir ist Gefahr im Verzug.«

»Bei mir auch.«

Die Männer standen sich gegenüber und starrten sich an. Ein Nerv unter Schönbohms Auge zuckte.

»Lüdermann, wir können das ja gerne Mal testen. Laufen Sie hier mal eine gerade Linie und sagen Sie mir das

Alphabet auf und fangen Sie bitte mit dem Buchstaben M an«, knurrte Schönbohm.

»Malphabet.«

VIERZEHN

»Schönbohm, Sie gottverdammtes Weichei! Da sitzen Sie schon im Provinznest und da kippen Sie trotzdem vor Stress um.«

»Nun lassen Sie doch den Mann in Ruhe.«

Schönbohm blinzelte mehrfach in das grelle Licht der Deckenlampe. Er hatte es doch die ganze Zeit gewusst: Er war tatsächlich in der Psychiatrie und Pullstedt war nur ein böser Traum gewesen und jetzt wirkten endlich die Medikamente und er konnte wieder klar denken.

»Kala?« Sein Mund war trocken.

»Sie ist gerade gegangen. Aber ich bin hier. Ihre Rauti«, trällerte sich eine fröhliche Stimme durch den Nebel seines Bewusstseins. »Und diese kleine Schreck-schraube der Staatsanwaltschaft.« Jetzt klang die Stimme weder fröhlich noch nett.

»Besser als eine große Schreckschraube auf 450-Euro-Basis«, keifte die andere Stimme zurück.

»Ihr verschwindet jetzt besser beide«, ertönte nun eine männliche Stimme. Es folgte lautes Rumoren und wenig damenhafte Beschwerden, dann fiel die Tür ins Schloss.

»Alles in Ordnung, Cheffe?«

Noch einmal blinzelte Schönbohm angestrengt und konnte dann mit Mühe die Augen offenhalten.

»Weber?«

»Ja, ich bin es. Ich bin froh, dass Sie wach sind. Die Rauti wollte schon in der Bettpfanne Kuchen backen. Fragen Sie mich nur nicht wie.«

Schönbohm grinste schief.

»Was ist passiert?« Er sah sich um, steriles Weiß an den Wänden, Geruch von Desinfektionsmittel in der Luft.

»Na ja«, sagte Weber und sein Gesicht wurde rot. »Sie haben sich vollgekackt. Aber so richtig. Sie sind ein Opfer der Powerpils-Magen-Darm-Epidemie. Aber das habe ich keinem gesagt. Die denken, Sie wären vor Stress umgekippt.«

»Danke, Weber. Ich weiß das wirklich zu schätzen. Sehr umsichtig von Ihnen.«

Der junge Polizist nickte stumm und eine blonde Strähne fiel ihm in die Stirn.

»Wo ist Kala?« Schönbohm räusperte sich und Weber humpelte hinüber und gab ihm einen Becher mit Wasser.

»Sie hat eine Beerdigung reinbekommen.«

»Ist es Bremer?«

»Nein, der liegt hier auch auf Station.« Weber kramte in seiner Tasche und faltete dann das Blatt Papier auf. »Das haben wir auf dem Schreibtisch gefunden. Er hat einen Abschiedsbrief getippt. Inklusive Geständnis, dass er die Türkoglus umgebracht hat.«

»Aber wie wollte er sich denn umbringen?«

»Er hat sich anscheinend Insulin gespritzt. Sehr viel Insulin. Er hatte einen hypoglykämischen Schock.«

»Hm«, machte Schönbohm nachdenklich und starrte auf den Becher in seiner Hand. »Dann haben wir jetzt unseren Mörder.«

»Aber wissen Sie, was mich stört?«, brach es aus Weber raus, der von dem Ausbruch genauso überrascht schien wie Schönbohm.

»Was denn, Weber?«

»Ich habe mir letzte Nacht die Akte und Ihre Notizen angeguckt.« Er deutete zu der Akte auf dem Tisch.

»Sie waren die ganze Nacht hier?« Der Kriminalhauptkommissar war sichtlich irritiert und überrascht.

»Natürlich, das würden Sie doch auch für mich tun, Cheffe!«

Schönbohm hatte das Gefühl, als zöge sich alles bei ihm zusammen und das lag nicht an seinen Magen-Darm-Beschwerden. Er hatte Weber nicht einmal im Krankenhaus besucht. Doch zu seiner Erleichterung ging Weber gar nicht weiter auf das Thema ein.

»Wenn wir den vermuteten Tathergang hernehmen, die Verletzungen der Opfer betrachten und die Blutmenge berücksichtigen, dann muss der Täter einfach auch Verletzungen an den Händen haben. Das waren Morde mit ganz viel Emotion. Es wurde ja regelrecht auf die Leute eingehackt, nicht nur eingestochen. Sie wissen, wie rutschig und schlierig Blut wird. Die Hand rutscht vom Griff und man schneidet sich. Die Hände von Bremer sind vollkommen okay. Er könnte sich öfter eincremen, aber das war es auch schon.«

»Er könnte einfach diese Handschuhe mit der gummierten, rutschfesten Handfläche getragen haben«, gab Schönbohm zu bedenken und trank noch einen Schluck Wasser, dann hustete er.

»Lisa sagte, der Bericht kam bezüglich des Bluttropfens, den Sie in der Dusche gefunden haben. Die Kollegen waren echt schnell. Es ist das Blut des Vaters.«

»Hm«, machte Schönbohm nachdenklich. »Die Krekel sagte, Bremer wäre nackt dort rumgelaufen. Es wäre gar nicht so auffällig gewesen, wenn er nackt ist durch seine FKK-Vorliebe. Er hätte sich dort einfach das Blut abduschen können und wäre sauber aus dem Haus gekommen. Keine blutige Kleidung, die es definitiv gegeben haben müsste, wenn der Täter bekleidet gewesen wäre.«

Weber blinzelte nervös. »Frau Krekel sagte, sie habe einen nackten Mann gesehen, sie hat nicht gesagt, dass es Dr. Bremer war. Das haben wir ganz nachlässig unterstellt, weil es ins Bild passt. Und angenommen, Bremer war es, welchen Grund hätte er gehabt, es Burak in die Schuhe schieben zu wollen? Es macht doch keinen Sinn.«

»Mord macht nie Sinn, Weber. Burak wäre für ihn Kollateralschaden gewesen. Ganz einfach. Gab es sonst noch etwas?«

»Es wurden zwei Messer in der Schublade in Bremers Praxis gefunden. Es könnte sich dabei um die Tatwaffen handeln.« Er hielt inne und räusperte sich. »Und ein gebastelter Dämonenkopf aus Pappmaché, altem Rattenfell und LEDs für die Beleuchtung der Augenhöhlen. Und noch so ein Ungetüm von Mantel mit einem Schwanz dran.«

Schönbohm verzog das Gesicht. »Ja, der gehört Frau Krekel. Den hat sie von ihrem Mann, Gott hab ihn selig.«

»Die Glückliche.« Weber starrte an die Wand und fragte sich nicht zum ersten Mal, warum jemand dachte, ein Biberschwanz an einem Mantel wäre modisch oder gar praktisch. »In der Wohnung über der Praxis wurde bislang nichts Auffälliges gefunden.«

»Die waren wirklich schnell.«

»Ich habe ein bisschen Druck gemacht. Kann ja nicht sein, dass wir ständig hören, dass Pullstedt nicht auf der Prioritätenliste steht.« Weber blickte ihn verärgert an.

»Was ist los, Weber? Irgendwas stimmt doch nicht.«

»Irgendwie deutete doch alles auf Burak hin. Ich weiß nicht, ob ihm die Lydia nicht einfach nur ein Alibi geben wollte. Und dann passt es doch wieder nicht und alles deutet auf Dr. Bremer. Mein Hirn explodiert noch.« Er hatte die Hände an die Schläfen gelegt und ließ sie dann kraftlos in den Schoß fallen.

»Aber warum sollte der Bremer einen Selbstmordversuch unternehmen und ein Geständnis ablegen, wenn er es nicht getan hat?«

»Das ist die Frage, Cheffe, das ist die Frage.« Weber brütete einen Moment vor sich hin. »Wir müssen eh mit ihm reden, wir fragen ihn direkt. Seine Glukoseinfusion wird ja wohl seit gestern Abend durchgelaufen und er wieder ansprechbar sein.«

Schönbohm nickte. »Wie lange muss ich eigentlich an diesem Tropf angeschlossen sein?«

»Sie waren von, äh, also von der Sache mit dem Verdauungsproblem regelrecht dehydriert. Ich denke, Sie sollten da schon noch ein bisschen dranbleiben. Ich suche mal eine Fachkraft für Krankenpflege.«

Schönbohm grinste als Weber mit seiner temporären Gehhilfe, die ihm viel zu klein war und wahrscheinlich anderweitige Beschwerden in Rücken und Schultern verursachen würde, den Raum verließ.

Er blickte sich um und sah seine kleine Reisetasche. Zum Glück war Kala so umsichtig gewesen und hatte ihm Kleidung gebracht. Er rutschte an die Bettkante, stand auf. Alles drehte sich und Übelkeit stieg in ihm auf. Schwer ließ er sich wieder auf das Krankenbett fallen.

»Ja, das kommt eben vor, wenn man diese langen Spontanentleerungen hat und dann liegt. Da kommt der Kreislauf erstmal nicht hinterher.« Eine Frau mit blondierter Kurzhaarfrisur und dem Kreuz eines Hufschmieds betrat mit Weber den Raum.

»Fachkraft Erika sagt, nach der Visite können Sie nach Hause. Der Arzt kommt etwas später vorbei.«

»Richtig« lachte Schwester Erika und in ihrem runden Gesicht machten sich Lachfältchen breit. »Und jetzt holen wir Sie erstmal aus ihrer Windel.«

I I ⁄

»Das ist einfach nur demütigend und entwürdigend«, murrte Schönbohm als er kurze Zeit später ohne Windel und frisch geduscht im Rollstuhl auf dem Weg zu Dr. Bremers Krankenzimmer war. »Das war doch gar nicht nötig.«

»Cheffe, ich würde sagen, bei fäkaler Pyrotechnik war das wirklich nötig und definitiv nicht übertrieben.« Weber humpelte neben ihm her.

Schönbohm rutschte gequält im Rollstuhl hin und her und seine Stimme war klagend. »Können wir das Thema nicht lassen?«

»Besser wäre es, denn dort vorne ist ihr übereifriger Schülerpraktikant.« Lässig deutete er mit der Krücke den Gang hinunter, wo sich Alfons-Kevin Kaufmann und seine Mütter befanden.

»He großer Meister!« Alfons-Kevin kam strahlend auf die beiden Polizisten zu.

»Cheffe«, sagte Weber untypisch humorlos.

»Großer Cheffe«, johlte Alfons-Kevin und Grübchen erschienen auf seinen Wangen. Er war wie immer in schwarz gekleidet und fiel in dem hellen Krankenhausflur ganz besonders auf.

»Oh hallo«, rief seine Mutter und winkte eifrig. »Ich weiß nicht, ob Sie sich an mich erinnern. Ich bin Katrin. Wie in Wodkatrinken.« Sie lachte.

»Ja, ja, ich habe es seit den letzten zwei Mal tatsächlich nicht vergessen. Ich habe es aber leider eilig. Ich muss Dr. Bremer sprechen.«

»Na, da können Sie gleich hierbleiben. Was für eine Unverschämtheit, dass der gleich im Zimmer neben Metin gelegen hat. Deswegen sind wir hier. Um uns zu beschweren. Der Junge ist doch wohl genug traumatisiert worden und muss dann noch neben dem Schänder seiner Eltern liegen.«

»Schänder«, echote Weber ungläubig und auch Schönbohm wurde ganz schwummrig bei dem Gedanken.

»Na, zum Glück ist Dr. Bremer ja nun kein Schänder, auch kein Leichenschänder soweit wir wissen, sondern lediglich ein Mörder.«

»Messerstecher«, wisperte Alfons-Kevin. »Bremer das Breitschwert. Doc Klinge.«

»Ich meinte auch Schächter, nicht Schänder.«

»Oh Mann, Mutter, das meinst du auch nicht. Schlächter ist das Wort!« Genervt stöhnte Alfons-Kevin und seine Wangen waren vor Ärger ganz rötlich verfärbt. »Ist ja mega peinlich mit dir.«

»Pubertät«, erklärte Katrin Kaufmann lachend. »Kennste noch, oder Lasse? Ist ja gar nicht so lange her.« Wieder lachte sie gackernd und ihre mit Ohrringen behängten Ohrläppchen wackelten.

»Weshalb ist Metin überhaupt hier?«

»Der Vogel ist gestern Abend schon wieder umgekippt.« Alfons-Kevin verdrehte genervt die Augen.

»Genau, und der wird ja kaum mehr wach, der schläft so unglaublich viel, da wollten wir, dass sich das mal jemand anguckt. Ist ja nun nicht das erste Mal. Kann doch nicht immer der Kreislauf sein. Das kann mir keiner erzählen.«

»Soll ich mal mit jemandem reden wegen einer Verlegung?« Schönbohm räusperte sich. Er fühlte sich immer noch sehr ausgetrocknet.

Katrin Kaufmann winkte ab. »Das lohnt sich gar nicht. Wir nehmen den ja direkt wieder mit. Der Junge hat Diabetes und kein Insulin bekommen, das wissen wir jetzt. Nur die werte Frau Psychologin hier will aus Prinzip etwas sagen und sich wegen Bremer beschweren.« Sie rollte theatralisch mit den Augen und Alfons-Kevin wackelte nickend mit dem Kopf.

»Ach, da kommt der kleine Scheißer ja.« Sie winkte Metin, der in Jogginghose und einem dicken Pullover aus einem Krankenzimmer kam.

»Was ziehst du denn für ein Gesicht? Lach doch mal. Lachen ist die beste Medizin. Na, außer bei dir, da ist es Insulin.« Sie lachte über ihren eigenen Witz und legte dann die Hand verschwörerisch an den Mundwinkel. »Stellen Sie sich vor, da ist der Vater Arzt und der Junge hat Diabetes und keiner merkte es. Der ist uns stääändig umgekippt.«

»Ja, das ist ja ganz super, das freut mich«, sagte Schönbohm geistesabwesend. Sein Blick folgte einem Arzt, der in ein Zimmer eilte. Schönbohm vernahm Stimmengewirr. »Ich muss los!«

Ohne ein Wort des Abschieds fuhr er so schnell es ihm möglich war, mit dem Rollstuhl davon.

»Jetzt ist Ruhe mit dem Kerl«, hörte Schönbohm den Arzt mit dem vollen grauen Haar und der schwarz gerahmten Brille zu einer Pflegekraft sagen. Er räusperte sich.

»Kriminalhauptkommissar Schönbohm aus Pullstedt. Ich will zu Dr. Bremer.«

Der Arzt blickte an seiner Nase entlang zu ihm hinab. »Und ich bin Doktor Weihnachtsmann vom Nordpol. Da kann ja jeder kommen.«

»Das stimmt, er ist der neue Chef«, keuchte Weber als er sie endlich erreicht hatte.

»Ach, Sie sind der Kerl, der sich gestern so vollgeschissen hat.« Nachdenklich nickte der Arzt, klemmte sich das Klemmbrett unter den Arm und reichte Schönbohm die Hand.

»Ich bin Dr. Bremer.«

»Wollen Sie mich verarschen?«, entfuhr es Schönbohm, der nicht sehen konnte, wie Weber neben ihm hektisch den Kopf schüttelte, dann erblickte er das Namensschild auf dem Arztkittel.

»Ich bin der Cousin von Dr. Bremer. Immerhin bin ich Chefarzt. Für eine bessere Unterscheidung strebe ich doch noch eine Professur an.«

»Vornamen und das Äußere eignen sich dafür aber auch ganz hervorragend.«

»Was wollten Sie doch gleich?« Dr. Bremer sah ihn kalt an.

»Verzeihen Sie, Dr. Bremer, sehen Sie es mir nach. Ich habe eine schlimme Nacht hinter mir. Ich möchte nur mit Ihrem Cousin sprechen.«

»Das geht jetzt nicht. Wir haben ihn gerade sediert. Er hat hier den Aufstand geprobt.«

»Als ich ihn waschen wollte, hat er mich vollgepinkelt und danach noch angespuckt.« Die Pflegefachkraft, deren Name laut Namensschild Jonas war, hatte die Stirn verärgert krausgezogen. »Ich muss mich erstmal duschen gehen.« Sichtlich verärgert entfernte er sich.

»Randaliert hat er auch. Er war eine Gefahr für sich und andere.«

Schönbohm und Weber wechselten einen schnellen, zweifelnden Blick.

»Dann komme ich später wieder.«

Der Arzt schüttelte den Kopf. »Das Mittel wirkt etwas länger, das können Sie sich sparen.«

»Dann planen Sie doch bitte meinen Besuch für morgen ein.«

»Bedaure«, sagte der Arzt und blickte auf die Blätter auf seinem Klemmbrett. »Später wird er abgeholt und kommt in die Untersuchungshaft. Die Staatsanwaltschaft hat das schon abgeklärt mit einem Haftbefehl vom Richter.«

»Hören Sie zu, ich muss mit ihm reden. Das ist mein Fall und ich habe die Ermittlungen noch nicht abgeschlossen. Ganz egal, was die Staatsanwältin will oder der Richter unterschreibt.« Er blickte zu seinem Kollegen. »Nichts für ungut, Weber.«

»Alles fein.« Er grinste schief.

»Wenn er weg ist, werde ich der einzige Dr. Bremer im Landkreis sein.« Der Chefarzt lachte dröhnend. »Okay, kam nicht so gut an. Die deutsche Polizei hat wohl keinen Humor.« Er rückte seine Brille zurecht, sah nach rechts und nach links und senkte vertraulich die Stimme: »Was soll ich tun?«

FÜNFZEHN

»Weber, Sie müssen wirklich nicht hier sein. Sie sind noch krankgeschrieben.« Schönbohm stand in der Praxis von Dr. Bremer.

»Na ja, dann mache ich das hier eben als Hobby. Und ich kann mich ja auch hinsetzen.«

Alfons-Kevin Kaufmann lächelte Weber freundlich an. »Ich kann dich auch wie einen Rucksack auf meinem Rücken tragen. Fleischrucksack sozusagen.«

Schönbohm rollte die Augen. »Willkommen in meiner Realität der letzten Zeit.«

Weber rümpfte die Nase. »Nein, Danke.«

Der Praktikant zuckte mit den Schultern. »Mein Angebot steht. Willst du eine Kinderüberraschung? Vielleicht hast du ja was anderes als einen Holzball drin.« Er hielt ihm eine Avocado entgegen und Webers Blick erhellte sich, als er danach griff.

»Weber«, raunte Schönbohm vorwurfsvoll und wandte sich dann lieber für ihn interessanteren Dingen zu.

»Was suchen Sie überhaupt, Cheffe?«

»Beweismittel, Weber.«

»Aber die Spurensicherung war doch schon hier.« Weber sah Alfons-Kevin an und schüttelte den Kopf. »Was können wir denn noch finden, was die nicht gefunden haben?«

»Die wissen eben nicht, was wir wissen«, seufzte Schönbohm geheimniskrämerisch und wühlte durch einen Stapel Unterlagen.

»Und was wissen wir?«

»Ich glaube, nichts.« Fröhlich sah Alfons-Kevin ihn an.

»Gleich fliegt ihr beide raus«, knurrte Schönbohm gallig. »Da kann man sich ja gar nicht konzentrieren.«

»Dann rede ich halt mit dir.« Alfons-Kevin wandte sich komplett unbeeindruckt an Lasse. »Ich bin im Zwiespalt. Der große Meister ist der große Meister, aber du bist größer. Du kannst aber nicht der größere Meister sein, wenn du hierarchisch untergeordnet bist. Wie soll ich dich also nennen?«

»Einfach Lasse?!« Webers Stimme klang fragender, als er es beabsichtigt hatte.

»Könnte funktionieren, klingt aber nicht so cool.«

»Cool wird überbewertet.«

»Ich nenne dich Krück-Man. Großer Krück-Man.«

»Das ist keine Krücke, das ist eine Unterarmgehstütze.«

»Oooooh«, schnaufte Alfons-Kevin theatralisch, »du bist immer so pingelig mit Bezeichnungen.«

»Politisch korrekt auch«, ergänzte Weber mit einem Anflug von Stolz.

»Pingelig?« Schönbohm hielt inne.

»Das ist ein Adjektiv und beschreibt jemanden, der übertrieben genau ist.« Lächelnd sah Alfons-Kevin Weber an, der ihn wiederum wie ein großer Bruder voller Stolz angrinste.

»Pingelig, pingelig«, wiederholte Schönbohm.

»Er ist jetzt wohl kaputt.« Alfons-Kevin machte eine entschuldigende Geste, »aber ich war das nicht. Der war schon so, als ich mit dem Praktikum angefangen habe.«

»Pingelig. Bremer hat doch gesagt, niemand wäre so pingelig wie er. Seine Ordnung wird er wohl kaum gemeint haben.«

Schönbohm ließ den Blick durch den urigen Behandlungsraum schweifen. Alte, dicke Bücher, die in Leder gebunden waren, standen in staubigen Regalen zwischen Gläsern mit konservierten Körperteilen mit Anomalien, eine Hand mit sechs Fingern, eine Eidechse mit zwei Köpfen, dazwischen ein Autogramm von Rudi Carrell. Ein Schauer lief ihm über den Rücken.

»Der Mann hat viel gesagt und geredet. Man muss nicht allem Bedeutung beimessen. Er hat die Leute umgebracht, weil er Ärger mit einem potenziellen Konkurrenten hatte.« Webers Stimme brachte ihn in die Gegenwart zurück. Der junge Polizist sah seinen Vorgesetzten eindringlich an.

»Jetzt bin ich aber gespannt, wie Sie die Kurve kriegen wollen, großer Meister.« Alfons-Kevin verschränkte die Arme vor der Brust.

»Ich muss gestehen, dass es gerade etwas…« Schönbohm hielt inne.

»Er guckt wieder so als hätte er Verstopfung. Die Rauti sagt das auch immer.«

Weber nickte zustimmend. »Er denkt halt nach.«

»Gestehen… Geständnis… Das ist es! Mann, Weber, denken Sie mal nach! Wir haben das Geständnis und den Abschiedsbrief. Der ist ausgedruckt, aber der Laptop am Empfang ist defekt!«

»Dann war er halt hinterher defekt.« Alfons-Kevin sah verständnislos in die Runde.

»Aber wenn man die Absicht hat, sich umzubringen, dann ist es einem doch egal, ob die Leute wissen, dass der Laptop kaputt ist.« Schönbohm redete hastig.

Weber sah ihn mit funkelnden Augen an. »Und Dr. Bremer arbeitet alleine hier. Wer soll das also lesen?«

»Wir.« Er sah seinen Kollegen und Alfons-Kevin eindringlich an. »Irgendjemand will nicht, dass wir uns den Laptop ansehen. Irgendwas muss dort drauf sein!« Er hastete aus dem Besprechungsraum in den Empfangsbereich. Eifrig klappte er den Laptop auf und drückte den Startknopf. Mit einem leisen Surren fuhr der Laptop hoch und verlangte zu Schönbohms Leidwesen ein Passwort.

»Scheiße« knurrte er zwischen zusammengebissenen Zähnen. Dann tippte er:

123

Falsches Kennwort.

FKK

Falsches Kennwort.

»Weber? Wie viele Versuche hat man bei der Passworteingabe?« Schönbohm lauschte in die Stille. »Weber?!«

Doch Schönbohm wartete vergebens. Ungeduldig stampfte er in den Besprechungsraum, wo Weber und Alfons-Kevin um einen Schrank standen.

»Was machen Sie denn da? Ich habe Sie gerufen, Weber«, jammert Schönbohm weinerlich und mit vorwurfsvollem Ton.

»Cheffe, Dr. Bremer ist alt.«

»Steinalt«, ergänzte Alfons-Kevin.

»Das ist eine Generation, die oft mit Technik fremdelt. Denken Sie wirklich, er dokumentiert Sachen auf dem Laptop im Empfang? Warum hat er keinen hier im Behandlungsraum?«

»Raubmord!« Alfons-Kevin schlug die Hände vor den Mund.

»Der Mann wollte sich umbringen und hat sich selbst bestohlen?« Lasse Weber verzog das Gesicht zu einer

Grimasse. »Nein, er hat hier einfach keinen. Oder hat er bei Ihnen mal was dokumentiert als Sie hier waren?«

Schönbohm dachte nach. »Ich hatte angenommen, er würde das hinterher machen.«

Weber schüttelte den Kopf. »Der ist da wie meine Oma, der Mann braucht Papier. Und hier ist der Schrank mit den Patientenakten!« Wie ein Zauberer, der seine Assistentin präsentierte, deutete Weber auf den mannshohen Schrank. "Tadaaaaaaa!"

»Oh Weber«, hauchte Schönbohm. »Gut gemacht!«

»Sie haben die Ehre, Cheffe.« Weber humpelte zur Seite, um den Weg für Schönbohm freizumachen.

»Nein, Ehre, wem Ehre gebührt, Weber.« Ermunternd nickte er dem jungen Mann zu.

»Das ist ja so…«, rief Alfons-Kevin und würgte gespielt, dann öffnete er mit einem Ruck den Schrank.

»Was ich mich gerade frage, Cheffe… Würden Sie dem nackten Bremer die Tür öffnen?«

»Na ja, der Mann ist FKK-Fanatiker.« Schönbohm blickte unbeeindruckt drein.

»Nackt, ich rede von nackt. Im Alltag hat er doch wenigstens seinen Kittel an.«

»Auf einem weißen Kittel sieht man alles, insbesondere Blutflecken. Wir müssen in Erfahrung bringen, wo Bremer seine Arztkleidung reinigen lässt oder es am Ende sogar selbst wäscht. Wir sehen gleich oben in der Wohnung nach.«

»LECK MICH AM ARM!« Alfons-Kevins Aufschrei ließ die Polizisten zusammenzucken.

»Was ist los mit dir?« Schönbohm griff sich an die Brust. »War das denn nötig?«

»Hier ist die Krankenakte von Metin. Dr. Bremer hat schon vor Monaten Insulin verordnet. Warum hat er so getan, als wüsste er nicht, dass er Diabetes hat? Bestimmt ist er deshalb ständig umgekippt.«

»Warte… War das nicht ein Streit zwischen den beiden Ärzten, dass angeblich ein Medikament nicht die gewünschte Wirkung hat?« Schönbohm runzelte die Stirn.

»Cheffe«, Webers Ton war ungeduldig. »Metin hat das Insulin nicht genommen. Er hat es gesammelt, um damit zu morden.«

In Schönbohms Kopf lief ein Film ab… Metin mit den blauen Flecken, die von Bastian Böllermann stammen sollten, aber in Wahrheit von den wehrhaften Gänsen der Röllkes stammten. Die rot vereinten Augen, die aber nur so gerötet waren, weil der Pfarrer dem vermeintlichen Dämon das geweihte Eau de Toilette in die Augen gesprüht hatte…

»Heiliger Strohhut«, rief Alfons-Kevin mit zitternder Stimme, dann überkam ihn die Erkenntnis. »Er ist alleine mit meinen Müttern! Ich muss ihnen Bescheid sagen!« Er atmete schnell.

»Nein, nein, es ist am besten, wenn sie es nicht wissen, dann benehmen sie sich normal, äh, unauffällig, ich meine, so wie immer.«

Weber nickte zustimmend. »Das stimmt.«

»Weber, ich will wissen, was passiert ist. Gehen Sie ins Krankenhaus, sprechen Sie mit Dr. Bremer, also dem richtigen Doktor, dem anderen Doktor und setzen Sie sich durch!«

»Großer Meister, ich weiß, man soll nicht mit Tauben auf Spatzen schießen, aber Sie müssen Verstärkung anfordern. Das Militär! Der bringt jetzt vielleicht gerade meine Familie um!« Alfons-Kevin sprang aufgeregt von einem Bein aufs andere und seine Wangen waren gerötet.

»Keine Angst, ich werde die Situation gleich deeskalieren. Wir dürfen Metin nur nicht vorab beunruhigen.«

Der Blick des Teenagers war von Angst erfüllt. »Aber ich halte das nicht aus! Ich muss ihnen helfen!«

Bevor Schönbohm reagieren konnte, rannte Alfons-Kevin hinaus.

»Verdammte Scheiße«, fluchte der Kommissar gehetzt und für einen Moment flammte Panik in seinen Augen auf. »Weber, kommen Sie klar?«

»Ja, laufen Sie, Cheffe!«

»Na, ich glaub, mein Schwein pfeift!« Jörg Brüller hatte die Hände in die Hüften gestemmt. »Kannst du das glauben?« Er versetzte seinem Schwager Björnsen einen Stoß in die Seite.

»Nee, das ist echt unglaublich.« Mit dem Zeigefinger fuhr er sich durch seinen Schnauzbart. »Schon wieder sowas.«

»Pullstedt ist das Portal zur Hölle geworden!« Harzschamane Schnitzelmeier bemühte sich mal wieder, einen Strauß getrockneten Salbei anzuzünden. Kutte Habermann, der auf seinem laufenden Mofa saß, blickte stumm auf das umgekippte Toilettenhäuschen.

»Scheiße, Fickscheiße«, rief Pfarrer Hauke Haufen aufgeregt. »Das ist ein Job für die katholische Kacke Kirche!«

»Jörgi, haste noch eine Teewurst für mich?« Wackelig saß Lüdermann auf seinem Fahrrad neben Kutte

Habermann und hielt dem Brüller eine leere Blechtasse entgegen.

»Ja, da hinten. Kannste dir holen.« Er deutete auf einen Mülleimer neben der Bushaltestelle, von dem dicker Qualm aufstieg.

Entschlossen schüttelte Schnitzelmeier den Kopf und unter dem fahlen Schein der orangeflackernden Straßenlaterne funkelten seine Augen. »Das ist ein Job für den einzig wahren Harzschamanen!«

»Lasst mich raus«, nörgelte eine weinerliche Stimme aus dem Toilettenhäuschen, die verdächtig nach dem fetten Elvis klang.

»Wenn ihr Vollidioten euch zusammentut, dann könnte das mit dem Exzohumieren doch klappen, oder?« Erwartungsvoll sah Jörg Brüller erst den Pfarrer und dann den wildgewordenen Schnitzelmeier an.

»Exorzieren«, korrigierte Björnsen ihn sanft.

»Sage ich doch!«

Es war leise, nur das pöppernde Motorgeräusch des Mofas erfüllte die spannungsgeladene Stille.

»Hier ist es viel cooler als in der Kneipe, nur der Alk fehlt«, keckerte Lüdermann mit seiner quakend-nasalen Stimme.

Schnitzelmeier räusperte sich, dann begann er mit einem schamanischen Gesang. Pfarrer Hauke Haufen ließ sich nicht lumpen und begann lautstark zu beten, die Augen ehrfürchtig und in Konzentration geschlossen.

»Das ist wie im Film, nur bescheuerter«, lallte Lüdermann in einem klaren Moment und sah auf, als er durch das Stimmengewirr Schritte näherkommen hörte.

»Machen Sie das Mofa aus, das ist ja Ruhestörung um diese Zeit«, bellte Schönbohm gehetzt.

»Was?«

»Mofa! Aus!« Der Kommissar blieb stehen und stützte die Hände auf die Oberschenkel.

»Wieso? Hat es Sie gebissen?« Lüdermann und Kutte lachten.

Hauke Haufen öffnete inbrünstig betend ein Auge und spähte zu Schönbohm.

Der Kriminalhauptkommissar hatte jedoch keine Zeit für den typischen Quatsch von Lüdermann. Er setzte sich keuchend in Bewegung. Glücklicherweise war es nicht mehr weit bis zum Haus der Kaufmanns. Ächzend setzte er einen Fuß vor den anderen und als er um die Kurve gelaufen war, konnte er bereits die beleuchteten Fenster sehen.

Schönbohm wollte gerade den Weg zum Haus hinauf- gehen, als ein paar Gestalten hinter dem Gebüsch des Nachbargrundstücks hervorsprangen. Er spürte etwas Hartes gegen seinen Kopf schlagen, dann lief es an seiner Schläfe herab. Er griff sich an den Kopf. War das Blut? Nein. Er konnte es ganz klar als Ei identifizieren.

»Wir machen dich fertig, Alpha-Lutscher!« Schön- bohm erkannte die Stimme von Böllermann. Die anderen Teenager konnte er im Dunkeln nicht erkennen, doch er bewunderte insgeheim ihre Treffsicherheit als ein Hagel aus Tomaten und Eiern auf ihn herniederging. Er machte einen Hechtsprung über einen Lavendelbusch, als sich die Haustür der Kaufmanns öffnete und jemand eilig das Haus verließ.

»Scheiße, das ist der Falsche«, schrie einer der Jungs, jedoch nicht ohne Opfer des pubertären Stimmbruchs zu werden.

»Verpissen wir uns«, dröhnte Böllermann und warf zu Schönbohms Glück noch einmal ins Dunkel und streckte die Person nieder, die gerade das Haus der Kaufmanns verlassen hatte. Die Teenager grölten ausgelassen, als sie sich entfernten.

»Metin«, brüllte Schönbohm als der Getroffene aufstand und weglief. »Bleib hier!«

Die Haustür öffnete sich erneut und Alfons-Kevin erschien. »Hier ist alles okay!«

Schönbohm sprang auf, rutschte auf einem Tomatenrest aus, konnte sich noch auffangen und lief hinter Metin her. Doch noch bevor er die Kurve erreicht hatte, hörte er Motorengeräusche und aufgeregte Stimmen.

»Scheiße«, keuchte er und wischte sich eine Mischung aus Schweiß, Eiweiß und Tomatensaft von der Stirn. »Ich hasse Pullstedt!« Seine Beine schmerzten und er war überzeugt, dass er sich seine Hose bei einem der ganzen Stürze aufgerissen hatte, doch jetzt musste er erst einmal einen jugendlichen Mörder fassen.

Mit schweren Schritten lief der Kommissar um die Kurve, die durch eine immergrüne Hecke schwer einzusehen war. Laute Schritte hinter ihm signalisierten, dass Alfons-Kevin ihm gefolgt war.

Schönbohm sah jetzt nicht nur das umgekippte Toilettenhäuschen, sondern auch wie Pfarrer Hauke Haufen nun zum zweiten Mal mit ausgestrecktem Arm auf den Jungen zuging und ihm sein After Shave in die Augen spritzte. Womit Schönbohm allerdings nicht gerechnet hatte, war die plötzliche Ankunft von Buraks Vater Hilmi, der, gefolgt von je einer Mülltonne an seiner Seite, ohne abzubremsen, den kurzzeitig erblindeten Metin über den Haufen fuhr. Der alte Mann sprang von seinem Aufsitzrasenmäher und trat auf den Teenager ein.

»Das machst du nicht mit meinem Burak! Mit dem Bülent, ja, aber nicht mit Burak! Niemand bringt meinen Sohn ins Gedächtnis!«

»Gefängnis«, korrigierte Björn Björnsen nachsichtig.

»Und du klaust auch noch meine Messer! Der Apfel fällt nicht weit vom Pferd! Du Sohn einer Gurke!«

»Wir können ihn mit Wurstwasser exorzieren«, lallte Lüdermann und sah zuerst auf seine Teewurst und dann zu Schnitzelmeier.

Metin rappelte sich mühsam auf, doch der massige Jörg Brüller packte den Jungen am Kragen. Sein Schwager öffnete die Tür des Toilettenhäuschens und Brüller ließ Metin einfach hineinfallen. Dann stellte er einen Fuß auf die Tür.

»Fetter Napoleon«, hauchte der fette Elvis ehrfürchtig und fäkalienbeschmiert.

»Wir hätten dich vielleicht drin lassen sollen«, gackerte Björnsen mit Sicherheitsabstand.

»Was ist denn das für eine Shit Show?« Alfons-Kevins Stimme überschlug sich vor Aufregung und einzelne kleine Löckchen standen von seinem Kopf ab. »Ihr habt echt Glück, dass meine Mutter ihn zuerst mit einem BH strangulieren wollte und die andere ihn dann mit einem Dildo verkloppt hat, sonst hättet ihr keine Chance gehabt.«

»Zu viele Informationen«, raunte Schönbohm ihm zu.

»Wieso? Ist doch nur Waschtag, da kann doch mal ein BH in Gebrauch sein.« Unbekümmert wischte sich der Teenager den Schweiß von der Stirn.

»Mann, Sie sehen ja aus wie ein Schwein«, sagte der fette Elvis zur Begrüßung und rümpfte die Nase über Schönbohms Anblick.

»Danke, gleichfalls. Bei mir ist es wenigstens noch nicht durch den Verdauungstrakt gegangen.«

»Man könnte also sagen, ich bin eine Weiterentwicklung. «

»Man könnte eher sagen, Sie waren dumm genug, um sich von angetrunkenen Teenagern in einem Plumpsklo einsperren zu lassen, nachdem jeder gehört hat, was dem Rosenstock passiert ist."

»Wurde der Bengel jetzt zum Spaß eingesperrt wie unser fetter Kloaken-Elvis?« Brüller warf einen flüchtigen Blick auf den durchgefrorenen und verdreckten Entertainer.

»Zum Spaß? Zum Spaß?« Die Stimme des Elvis-Imitators war ungläubig und verärgert zugleich. Ruckartig drehte er sich zu dem Schülerpraktikanten um. »Alpha-Kevin, du hast auf Rautis Geburtstag gesagt, es wäre die kleinste Bühne der Welt und ich komme ins Buch der Rekorde! Und jetzt höre ich hier, dass es ein Spaß war!«

»Schhhh«, machte der Teenager, »du musst jetzt echt erst einmal nach Hause und duschen. Danach sieht die Welt wieder ganz anders aus, mein fettester, bester Freund.« Ohne ihn zu berühren, versuchte Alfons-Kevin den Mann wegzubugsieren.

»Dieses Toilettenhäuschen ist ja ein richtiges Verkehrshindernis. Wie ist das überhaupt mitten auf die Straße gekommen? Das war doch nicht die ganze Zeit hier. «

»Der Pupsi hat das mit dem Trecker gebracht«, kicherte Lüdermann.

»Gebracht ist übertrieben«, murmelte der Brüller. »Das Scheißhaus ist ihm vom Frontlader gefallen, er hat es nicht mehr draufbekommen und hat das Klo quasi durch den Ort gerollt. Immer mal eine oder zwei Straßen pro Tag. «

Schönbohm sah entsetzt aus.

»Jetzt stellen Sie sich mal vor, wie sich das anfühlt, wenn man im Scheißhaus durch die Gegend gerollt wird. Nicht schön, oder?«

Der Kriminalhauptkommissar schüttelte eifrig den Kopf.

»Aber der Pupsi, dieser Terrorist, der hat das Klo mit dem fetten Elvis hochkant durch die Straßen gewürfelt!« Lüdermann feixte und fiel beinahe von seinem Fahrrad. »Hochkant!«

Pfarrer Hauke Haufen und der Harzschamane Schnitzelmeier bekreuzigten sich.

»Mann, der Pupsi übt halt noch«, bemerkte Alfons-Kevin, der den Elvis-Imitator auf den Weg gebracht hatte. »Der fette Elvis hat ihn so quasi in der Entwicklung seiner Fähigkeiten gefördert.«

Marco Schönbohm, der die Zeit des Geplänkels genutzt hatte, um seine Unsportlichkeit wegzuatmen, baute sich nunmehr vor dem Toilettenhäuschen auf.

»In diesem Ort bringt jeder alles und jeden zur Anzeige und jeder beschwert sich über den leisesten Vogelpups. Wenn aber EIN TOILETTENHAUS VON EINEM MINDERJÄHRIGEN MIT EINEM TRECKER HOCHKANT DURCH DEN ORT GEWÜRFELT WIRD, DANN SAGT KEIN SCHWEIN WAS!«

»Halt die Fresse«, tönte es verärgert aus mehreren Fenstern und Schönbohm warf den Anwesenden einen triumphierenden Blick zu.

»Das meine ich.« Empört stemmte er die Hände in die Seiten und sah die Anwesenden nacheinander an.

»Heeeeeee!«, tönte es mal wieder weinerlich aus dem Toilettenhäuschen, auf dessen Tür der Vokuhila-Träger vom Schrottplatz noch immer seinen Fuß gestellt hatte.

Schönbohm atmete einmal tief durch und sammelte seine Gedanken. »Metin, wir wissen, was du gemacht hast.«

»Ja, wir wissen, was du gemacht hast«, tönte Jörg Brüller und drehte sich dann zu Schönbohm um. »Was hat er denn gemacht?«

»Er hat seine Eltern umgebracht. In der Walpurgisnacht.«

Ein Raunen ging durch die Anwesenden.

»Warum macht man denn sowas?« Björn Björnsen sah fassungslos aus.

»Ja«, rief sein Schwager empört. »Warum macht man denn sowas?«

Ein lauter Schrei, eine Mischung aus Wut, Verzweiflung und Traurigkeit, kam aus dem Toilettenhäuschen. »Er wollte zurück in die Türkei.«

Metin schluchzte leise. »Mein Vater wollte zurück in die Türkei, weil er hier keine richtige Arbeit gefunden hat. Immer nur so blöde Jobs. Aber ich habe hier Freunde, hier kann ich machen, was ich will. Aber nicht bei meinem Onkel in der Türkei, der wohnt total ländlich und betet den ganzen Tag. Obwohl ich es schon lange wusste, bin irgendwie durchgedreht als er dann wirklich Flugtickets gekauft hat. Ich war so wütend wie noch nie.« Er räusperte sich. »Zuerst war es immer nur eine vage Idee, aber dann nahm es immer mehr Gestalt an. Um keine blutigen Klamotten zu haben, bin ich nackt ins Haus, habe danach geduscht und bin wieder abgehauen. Ich dachte aber, dass meine Mutter auch tot ist. Aber war sie nicht. Und dann konnte ich sie nicht leben lassen. Sie wusste, was ich getan hatte. Sie durfte nicht leben.«

Die Männer sahen betroffen auf den nassen Asphalt.

»Warum hast du es Burak anhängen wollen?«

Schönbohm warf einen zaghaften Blick auf Hilmi, der gerade anfangen wollte, zu schimpfen. Glücklicherweise nahm Pfarrer Haufen den alten Mann linkisch in den Schwitzkasten und hielt ihm den Mund zu.

»Weil er meinem Vater eine Abfuhr erteilt hat, obwohl er doch auch Türke ist. Wir müssen uns doch gegenseitig helfen! Das hat mich so wütend gemacht. Aber gleichzeitig durfte ich bei ihm Praktikum machen, es war wie eine zweite Familie dort.«

»Die erste Familie bringt man um und die zweite Familie tyrannisiert und beklaut man? Ist das deine Vorstellung von Familie?«

Metin antwortete nicht sofort. »Ich dachte, ich könnte Burak dazu bringen, dass er meinen Vater anstellt oder mit meiner Mutter ein richtiges Restaurant eröffnet, wenn ich ihm drohe, dass ich allen von seiner Beziehung erzähle. Ich wollte ihn loswerden, dann aber auch wieder nicht. Deshalb wollte ich es dann lieber auf den alten Mann abwälzen.«

»Woher kanntest du eigentlich das Passwort seines Laptops?«

»Es gab kein Passwort. Deshalb habe ich dann einfach ein Passwort vergeben, damit keiner etwas findet, was mich verrät, nachdem ich nichts finden konnte.«

»Unsere Techniker können den Laptop problemlos entsperren«, gab Schönbohm zu bedenken.

»Ich hätte aber trotzdem Zeit gewonnen bis dahin. Wie haben Sie es überhaupt so schnell herausgefunden?«

»Die verfickten Fragen stellt hier die Polizei«, bellte der Pfarrer übereifrig und lockerte den Griff, in dem er Hilmi die ganze Zeit über gehalten hatte.

Schönbohm sah Hauke Haufen streng an. »Wie hast du Dr. Bremer überhaupt überrumpeln können?«

»Er ist vorangegangen und ich habe ihm den Fuß weggetreten. Danach habe ich ihm den Mantel übergeworfen, bin ihm auf den Rücken gesprungen, habe mit den Knien seine Arme runtergedrückt und ihm das ganze Insulin gespritzt. Ganz einfach.« Seine Stimme klang gleichgültig.

»Und was ist jetzt mit dem Dämon?« Harzschamane Schnitzelmeier zog ein weiteres Büschel Salbei und einen Salzstreuer aus der Westentasche.

»Himmel, Arsch und zugenäht, es gibt keinen Fickarsch Dämon!« Pfarrer Haufen blickte fassungslos in die Runde. »Wofür ist überhaupt der Salzstreuer?«

»Schnitzi hast du Fritten dabei?« Lüdermann blickte hungrig in die Runde.

»Pommes passen aber nicht zu Teewurst«, dröhnte Brüller ungehalten. »Das ist nicht akzeptabel.«

»Mord ist nicht akzeptabel«, warf Schönbohm ein.

»Mord und Dämonen«, rief Hauke Haufen enthusiastisch.

Das Licht der Straßenlaterne flackerte und ließ den Pfarrer unheimlich wirken.

»Könnt ihr mal die Fressen halten? Es ist Abendruhe«, grölte es verärgert aus einem der Wohnhäuser.

»Hier ist die Polizei!« Schönbohm fühlte Müdigkeit aufsteigen.

»Aber nicht die richtige Polizei!«

Wieder flackerte die Straßenlaterne.

»Und Sie wollen mir einreden, dass es hier keinen Dämon gibt!« Hektisch begann Schnitzelmeier um das Toilettenhäuschen zu tanzen.

Schönbohm seufzte als trüge er die Last der Welt auf seinen Schultern. »Lüdermann, hören Sie auf, die Laternen auszutreten.«

Schnitzelmeier starrte verärgert auf das Toilettenhäuschen. »Ich will einen Dämon. Das ist nicht okay, das ist nur wieder Verschwendung meiner wertvollen Zeit. «

»Es hat Sie auch keiner gerufen. Arschloch. Exorzismus ist Aufgabe der Kirche.« Der Pfarrer hatte sich vor dem Schamanen aufgebaut.«

»Ja, ehrlich, ich kann auch pupsend um das Klo rumlaufen und behaupten, ich bin Schamane«, gackerte Lüdermann.

Harzschamane Schnitzelmeier schleuderte den Salbei
zu Boden und ballte die Hände zu Fäusten. »Ich leiste
hier wichtige Arbeit für die Allgemeinheit!«

»Meine Herren«, beschwichtigte Schönbohm die
Streithähne und stellte sich mit erhobenen Händen zwischen sie. »Streit ist völlig unnötig und bringt uns nicht
voran.«

»Der Wichtelarsch ist nur so schlecht gelaunt, weil er
zu Hause stundenlang seine Geistwesen beschworen hat
und dann als Zeichen nur 11:11 auf der Mikrowelle erschienen ist«, giftete der Pfarrer völlig uncharakteris-
tisch.

»Wenigstens habe ich noch eine Mikrowelle!« Schnit-
zelmeier warf einen hektischen Blick auf Schönbohm.
»Die ist natürlich schon in der Garage und schon für den
Elektroschrott abholbereit.«

Hauke Haufen schüttelte den Kopf, dass seine Föhnwelle wackelte. »Die war defekt.«

Schnitzelmeier lachte laut. »So kaputt, dass sie jetzt
von der Polizei benutzt wird. Wer sich von der Rautmann eine Mikrowelle abschwatzen lässt, verdient auch
keine.«

»Das verdammte Pfarrhaus braucht auch keine Mikrowelle!« Das Auge des Pfarrers zuckte verdächtig. »Der
einzige Nutzen ist doch nur, dass man den Finger, den
man sich am Tellerrand verbrannt, am Essen kühlen
kann! Braucht kein Arsch!« Mit einer drehenden Bewegung des Handgelenks begann er, den Rosenkranz bedrohlich in der Luft zu schleudern.

»Nicht streiten.« Schönbohm klang hilflos.

Jörg Brüller rollte die Ärmel seines Pullovers bis zu den Ellenbogen hoch. »Ich regel das für Sie.«

Hektisch schüttelte Schönbohm mit dem Kopf. »Nein, nein, nein!«

Bevor Brüller jedoch die Köpfe von Harzschamane und Pfarrer aneinanderschlagen konnte, krachte es hinter der Bushaltestelle. Schönbohm machte einen Satz zur Seite.

»Keine Sorge, mir sind nur die Stiefel umgekippt«, krächzte die erstickte Stimme Micha Lüdermanns.

Schönbohms Stimme war misstrauisch und er zerrte nervös am Kragen seiner Jacke. Schließlich kannte er Lüdermanns Eskapaden schon. »Aber ihre Schuhe kippen so laut um?«

»Ja, ich stecke halt noch drin.«

I I ⁄

»Dorfbewohner nehmen Mörder in Gewahrsam – Polizei steht nutzlos daneben«

Schönbohm drehte den Pullstedter Express um und zog ein unzufriedenes Gesicht.

»Der Anrheiner hat sich richtig Mühe gegeben. Das Interview mit Hilmi finde ich besonders gelungen. Aber wer hätte gedacht, dass unser Hilmi der Anführer einer geheimen Mülltonnengang ist.« Barbara Rautmann stellte Schönbohm eine Tasse Kaffee auf den Schreibtisch.

»Unter den Mülltonnen ist der Aufsitzrasenmäherfahrer König?!« Lasse Weber und Alfons-Kevin Kaufmann lachten glucksend.

Aber widerwillig musste Schönbohm seiner 450-Euro-Schreibkraft beipflichten, denn der Lokalreporter hatte für jeden Beteiligten, mit Ausnahme von Schönbohm, eine Art Steckbrief geschrieben.

»Held in Gottes Auftrag« lautete die Überschrift für Pfarrer Haufen und Schönbohm wusste, dass dieser sich sehr darüber freuen würde.

Der fette Elvis hatte eine etwas zweifelhaftere Überschrift für seinen Steckbrief erwischt:

»Scheiß guter Entertainer«

Schönbohm seufzte.

»Machen Sie sich nichts draus, Cheffe.« Weber blinzelte ihn liebenswürdig an.

»Tassenkuchen?«

Schnell schüttelte Schönbohm den Kopf, während Weber und der Praktikant eifrig nickten.

»Aber ich verstehe immer noch nicht, wie der Junge das gemacht hat.« Barbara Rautmanns Gummiclogs quietschten als sie sich auf den Weg in die Küche machte. »Über sowas schreibt der Anrheiner wieder nicht.«

»Der muss ja auch nicht alles wissen.«

»Ich finde es lustig, dass Metin zuerst mit dem Trecker ins Dorf fahren wollte, aber weil er keine Ahnung hatte, lediglich das Scheißhaus mit dem Rosenstock drin gerammt und umgekippt hat.«

In der Stimme des Praktikanten schwang für Schönbohms Geschmack ein wenig zu viel Begeisterung.

»Hatten Sie nicht gesagt, er wäre gesprungen und gerannt wie der Teufel persönlich als er sie gejagt hat?« Barbara Rautmann stellte den ersten dampfenden

Tassenkuchen auf den Schreibtisch vor Alfons-Kevin und legte einen Teelöffel daneben.

»Mich hat ja keiner gefragt, weil ich leider nicht anwesend war, aber«, Lasse Weber holte tief Luft, »auf den Tatortfotos kann man im Hintergrund Auszeichnungen sehen. Ich habe eins der digitalen Fotos vergrößert und gesehen, dass es einen Pokal für den dritten Platz im Parcours gab. Das ist doch dieses Hindernisspringen und Laufen. Aber weil Alpha-Kevin immer gesagt hat, Metin kippt ständig um, hat keiner angenommen, dass er sowas kann.« Nachdenklich schüttelte Lasse den Kopf. »Ich war ja selbst mal Kreismeister im Parcours.«

Die Rautmann warf Weber einen zweifelnden Blick zu.

»Hinterher ergibt immer alles einen Sinn. Die blauen Flecken, erinnerst du dich, Alfons-Kevin? Wir dachten, der Böllermann hat ihn verkloppt, aber ich denke, als er die Gänse gekillt hat, haben die sich gewehrt. Damit hat er nicht gerechnet. An den Gänsen und dem Poldi von den Röllkes hat er geübt.«

»Und was wird jetzt aus dem Jungen?« Der nächste Tassenkuchen landete auf dem Schreibtisch.

»Soweit ich weiß, ist er in der Jugendpsychiatrie. Sein Strafverteidiger plädiert auf Unzurechnungsfähigkeit. Harzgeister und Besessenheit.« Schönbohm faltete die Zeitung und ließ sie in den Papierkorb fallen.

»Heißt der Strafverteidiger zufällig Schnitzelmeier und ist der Bruder eines gewissen Schamanen?« Die Rautmann blinzelte ihn neugierig an und der Kommissar nickte wortlos.

»Man übt das Morden nicht an Tieren oder sammelt sein Insulin und behauptet dann, man wäre spontan durchgedreht. Auch, dass er sich noch vor dem Haus ausgezogen hat, um blutige Kleidung zu vermeiden, also dass ist für mich einfach alles geplant gewesen. Da kann Metin behaupten, was er will.«

»Hm«, machte Barbara Rautmann nachdenklich.

»Tja, wer anderen eine Grube gräbt, ist selbst ein Schwein«, warf Alfons-Kevin schmatzend ein.

»Ich finde das unbefriedigend.« Barbara Rautmann hatte die Stirn in Falten gelegt und sah verärgert aus. Dann wackelte sie mit der Nase und sah aus wie ein kleines dickes Kaninchen mit Locken.

»Wir wollen ja immer alles verstehen und brauchen Gründe. Aber manche Menschen sind wohl einfach böse. Da braucht es keine dämonische Besessenheit.« Der Kriminalhauptkommissar zuckte mit den Achseln. »Man kann den Leuten nur vor den Kopf gucken, nicht in den Kopf, nehme ich an.«

Schönbohm nickte zustimmend.

»Ein bisschen Vertrauen in die Menschen muss schon sein.« Lasse Weber lächelte sie jungenhaft an.

»Vertrauen ist gut«, sagte Alfons-Kevin unschuldig lächelnd, dass die Grübchen auf seinen Wangen zum Vorschein traten und nahm noch einen Bissen Tassenkuchen, »aber nackt im Keller anketten, ist besser!«

EPILOG

Micha Lüdermann wurde erneut die Erlaubnis verweigert, Pullstedter Powerpils zu brauen, was womöglich unter anderem daran lag, dass das Regenwasser in original Pullstedter Schlaglöchern gesammelt wurde.

Der Pullstedter TÜV agiert weiter im Verborgenen.

Ob Lydia Sonnemann die schöne oder hässliche Bürgermeistertochter ist, konnte bislang nicht mit eindeutiger Gewissheit in Erfahrung gebracht werden.

Der fette Elvis kam in der Tat ins Guinnessbuch der Rekorde. Allerdings nicht für den Auftritt auf der kleinsten Bühne, sondern für die längste Strecke, die ein Elvis-Imitator in einem Toilettenhäuschen hochkant und unfreiwillig zurückgelegt hat.

Bastian Böllermann wurde von seiner Mutter verdonnert, die ganze Straße für einen Monat zu reinigen.

Es gibt weiterhin keine Flugverbotszone über Pullstedt.

Barbara Rautmann trennte sich nach nur 78,5 Stunden Beziehung von Hannes Würgpeter, da er ihr zu sesshaft war.

Cousins Matte und Friselotte trainieren für die Mülltonnen-Tourenmeisterschaften.

„Hinter'm Renault Megane scharf links und dann dritter Caddy von rechts" hat mittlerweile einen eigenen Briefkasten und zählt nunmehr dank des Einsatzes von Bürgermeister Sonnemann als ladefähige Anschrift.

Familie Röllke hat zwar keinen neuen Poldi, jedoch einige neue Gänseküken erworben – ganz zum Leidwesen von Lasse Weber.

Wie Hilmi mit seinem Aufsitzrasenmäher der Anführer der fahrenden Mülltonnenbande geworden ist, konnte Schönbohm nie in Erfahrung bringen.

Ob Buraks Bruder Bülent nur deshalb bei seinem Vater so unbeliebt ist, weil er Buchhalter geworden ist, bleibt ungeklärt. Vorerst.

Burak hat Hilmis Telefon mit einem Kindersicherung versehen und sämtliche Shoppingseiten gesperrt.

Das Rezept für Barbara Rautmanns extra trockenen Tassenkuchen lautet:

4 EL Mehl
1 EL Kakao
1 EL Zucker
1 TL Stärke
¼ TL Backpulver
1 EL Öl
3 EL (Pflanzen-)Milch
1 Prise Salz

Je nach Leistung 3-4 Minuten in der Mikrowelle backen, bis der Kuchen aufgegangen ist.

Bitte nicht ausprobieren! Für entstehende Schäden an Mobiliar, Gebäude oder an Körper und Seele wird nicht gehaftet!